古典文獻研究輯刊

十一編

曾永義 主編

第6冊

空間・神話・行旅
——漢晉辭賦中的「山水書寫」研究

吳翊良 著

國家圖書館出版品預行編目資料

空間‧神話‧行旅——漢晉辭賦中的「山水書寫」研究／吳翊
良 著 -- 初版 -- 新北市：花木蘭文化出版社，2015〔民 104〕
目 6+252 面；19×26 公分
（古典文學研究輯刊 十一編；第 6 冊）
ISBN 978-986-404-112-1（精裝）
1. 辭賦 2. 文學評論
820.8   103027543

古典文學研究輯刊
十一編　第六冊　　　　　　ISBN：978-986-404-112-1

空間‧神話‧行旅
——漢晉辭賦中的「山水書寫」研究

作　　者　吳翊良
主　　編　曾永義
總 編 輯　杜潔祥
副總編輯　楊嘉樂
編　　輯　許郁翎
出　　版　花木蘭文化出版社
社　　長　高小娟
聯絡地址　235 新北市中和區中安街七二號十三樓
　　　　　電話：02-2923-1455／傳眞：02-2923-1452
網　　址　http://www.huamulan.tw 信箱 hml810518@gmail.com
印　　刷　普羅文化出版廣告事業
初　　版　2015 年 3 月
定　　價　十一編 29 冊（精裝）台幣 52,000 元

空間・神話・行旅

——漢晉辭賦中的「山水書寫」研究

吳翊良　著

作者簡介

吳翊良，國立臺南成功大學中國文學研究所碩士、博士。碩士班師學於江建俊教授、陳怡良教授，主要研究魏晉南北朝辭賦；博士班就讀期間，師學於廖美玉教授，博士論文以南明遺民詩為研究議題。曾任職於南臺科技大學通識中心、臺南應用科技大學通識中心兼任助理教授。相關論文有〈殘山剩水話南朝——南明遺民詩中的「南朝想像」（1644-1662）〉、〈歸園田居——明初「歸田詩」研究（1368-1402）〉、〈鍾惺、譚元春《唐詩歸》選評杜甫詩研究——以杜詩各體為觀察核心〉、〈地景書寫與文本詮釋——以錢謙益的〈黃山組詩〉二十四首為析論對象〉、〈空間‧欲望‧園林——論李漁的小說《十二樓》中「樓」的象徵與意涵〉、〈權力中心，版圖越界——漢代京都賦中的「山水書寫」研究〉、〈從「詠嘆山水」到「歷史隱喻」——魏至西晉辭賦中的「山水書寫」研究〉、〈終罷斯結廬，慕陶真可庶——論韋應物對陶淵明之繼承與轉化〉、〈放逐與反放逐——柳宗元作品中的「望鄉」論述〉、〈漢代女賦家「女性書寫」探討——以〈自悼賦〉、〈東征賦〉為析論對象〉。

提　　要

　　綜觀學界有關六朝山水詩的研究，已有一定的成果展現，然則對於「山水賦」或是「辭賦中的山水書寫」之關注，則顯得寥寥無幾；如果我們承認中國古典「山水」文學，不僅止於「山水詩」之板塊，而是涵容其他文體（辭賦）、滲透其他文類（京都賦、畋獵賦、行旅賦），從而成為一龐大的、繁複的、有機的「山水」系統；那麼，將視角轉移至其他文體、文類，進行深入的探討、綜合的分析，勢必是一項無可迴避的問題，也唯有如此，始能更清楚地了解到中國古典「山水」文學的深厚底蘊，進而確立其文學價值，闡發其藝術美感。

　　是而，本論文總題為「漢晉辭賦中的山水書寫研究」，就是欲以「漢晉」為時程，「辭賦」為文體，「山水」為視角，觀察此時的「山水」與各種主題相互結合、滲透、影響的文學現象，如何在歷史流程中，呈示出具有不容輕覷的文學史意義。

　　本論文凡分五章，扣除第一章〈緒論〉與第五章〈結語〉，內文計有三章，分別是第二章「空間與權力」、第三章「神話與永恆」、第四章「行旅與審美」，這三章不但是組構本論文之有機主體，同時，也是本文所欲切入的三個探照視野——空間、神話、行旅——藉由這三個向度的拼湊、整合、綴連與交鋒，可以釐整漢晉時期辭賦中的「山水書寫」之現象。

　　整體言之，本論文的撰寫，便是以「時代」（漢代、魏至西晉、東晉）為經，以「主題」（空間、神話、行旅）為緯，透過經緯交織的方式，去進行縫合拼湊的工作，讓前中古時期——漢晉——的山水書寫，能得到一較為清晰完整的景貌。

目次

第一章 緒 論

第一節　研究動機與研究目的之確立

壹、研究動機：一個閱讀經驗的回顧

會從原先專注的六朝詩歌轉向賦學研究，有著一段曲折的歷程。

筆者曾於民國九十三年，參與國立成功大學中文系廖國棟教授，於該年度所執行的國科會計畫——「試探漢晉隱逸賦的用世情結」〔註1〕——藉由這次專題計畫的補助與廖先生的悉心指點，讓筆者得以大量的閱讀了漢晉時期的隱逸賦文本，並旁及相關詩文與理論之運用，從而對其中所反映的諸多文化現象，諸如：仕隱問題的抉擇考量、士人心態的幽微顯隱、歸田曠達的哲思玄理、山居園林的恬淡閑靜等議題，有了較深入的認識與整體的照察。

有了這次閱讀賦篇文本的經驗，筆者接著從兩位漢代的女性作者出發——班婕妤、班昭——立基於「女性主體」〔註2〕的角度，分別論述其〈自悼賦〉、〈東征賦〉，一方面，冀能對中國古典的女性文學，略盡綿薄之力；二方面，則對這兩篇鮮少為學界關注的文本，探析其文學史意義；三方面則是援

〔註1〕此專題計畫的執行起迄：2003/08/01~2004/07/31。

〔註2〕這裡使用的「女性主體」一詞，並不等同於「婦女」一詞，前者是代表「社會構成」，即文化和社會標準所造成的性別標準和行為模式，用「婦女」（或「女人」）則表示純生物學方面的性別差異。所以，「女性」指文化修養，「婦女」指自然本性。參考王逢振：《女性主義》，（台北：揚智文化，1995年），頁 19-20。

用相關的女性文論,解析文脈,以深化其論述意涵,從而開啓賦學論述與文化研究的對話視窗〔註3〕。

這些研探「賦學」文化的相關經驗,當然成了日後閱讀賦篇文本的基礎;然則,眞正促使筆者以賦學研究爲志向的關鍵,卻是從六朝「山水詩」的議題所引發而來的。

大抵言之,綜觀目前學界對六朝「山水詩」的成果,可謂繽紛繁茂〔註4〕;學者在談論六朝「山水詩」的起源、流變與發展時,也都一定會談到《詩經》、《楚辭》、《漢賦》中的「山水」,並以之作爲日後「山水詩」的濫觴與起源〔註5〕。至於漢賦中的「山水」,更對日後「山水詩」的發展,有著直接的啓迪與導引之功,誠如王國瓔先生所云:

> 漢賦作家通常是以寫物圖貌爲手段,以便達到諷喻勸誡、或炫燿辭
> 章的才智等目的,山水景物的描寫往往佔有極大的分量,甚至出現
> 全篇描寫某一種景物的作品;自然界的山水景物,已經有了從文學
> 作品中陪襯、附屬的賓位,起步走向主位的趨勢。又由於漢賦中表
> 現的作者對自然界山水景物的體認,與後世山水詩人登臨山水以求
> 心神自由和美感經驗的情緒遙相呼應,他們對山水景物的刻意描
> 寫,爲後世山水詩人模山範水的藝術技巧奠定了基礎。〔註6〕

只是,「辭賦」中的「山水」是否只對「山水詩」發生了影響與滲透,而沒有在「賦」體之內,形成一套屬於自己的批評系統與文類矩則?這是令筆者感

〔註3〕這篇論文,後來發表於第十一屆國立臺灣師範大學國文學系研究生學術論文研討會,由台灣師範大學高秋鳳教授講評,後通過審查刊登於《思辨集》第八集,2005年,頁181-199。

〔註4〕歷來針對古典山水詩的研究與探討,學界已從情景交融、物我相應、感懷起興所延展出的人文思考;或從現象學等學科進行深層的美學探索,而獲致豐碩且精湛的成果,足資後人借鏡與參考。前者如王國瓔:《中國山水詩研究》(台北:聯經,1986年)、王玫:《六朝山水詩史》(北京:天津人民出版社,1996年)、王力堅:《魏晉詩歌的審美關照》(台北:文津出版社,2000年);後者如王建元:《現象詮釋學與中西雄渾觀》(台北:東大出版社,1988年)。

〔註5〕例如李文初以《詩經》、《楚辭》爲中國古代「山水詩」的孕育期,詳見氏著:《中國山水詩史》(廣東:廣東教育出版社,1991年),頁1-5。又,王國瓔:「探討中國山水詩的淵源,必須從中國最早的兩部詩集──〔詩經〕和〔楚辭〕開始著手,因爲兩者不但是中國詩歌發展的主要基礎,而且是後世詩人創作的典範。」詳見氏著:《中國山水詩研究》(台北:聯經出版社,1986年),頁11。

〔註6〕詳見氏著:《中國山水詩研究》,頁46。

到好奇的第一個問題。

　　除此之外，自然「山水」在先秦時期常被作爲道德功利的象徵，人們常常以之比事、以之比義、以之比理、以之比德，以致形成所謂的「比德說」〔註7〕，或是將「山水」當作傳達義理思想的媒介〔註8〕。基於這個觀念，辭賦中的「山水」也往往被視作道德意識的附庸，例如〈七發〉中的「觀濤」，確有大量、精采的「水」勢之敘述，然學者卻仍以之爲「天人感應」的影子〔註9〕。

　　然則我們不免要提問，從漢代以來，辭賦中的「山水書寫」，確實大量的呈示在文本中，逐漸成爲不可忽視的「主位」，這是無法迴避也不可忽視的客觀現象，那麼，是否僅能侷限在漢人的「比興思維」〔註10〕去照察「山水」的意義？這是令筆者感到疑惑的第二個問題。

　　基於這樣的問題意識與研究動機，筆者進一步思考：如果「辭賦」中的「山水書寫」，有其存在的理由與探討的必要，那麼，該用什麼方法去釐整這些錯綜複雜的問題？選取哪一段論述時域，更能看出「辭賦中的山水書寫」之演變脈絡與發展歷程？換言之，也就是「賦」體從何時開始較爲大量的運用「山水書寫」，而文本中的「山水書寫」到了何時，始能臻達成熟的境界？本文的研究範圍之起迄，應如何界定？

〔註7〕論者即云：「老子以「水」比「上善」、以「谷」比「上德」。孔子曾以「山」比德、以「水」比德、以「玉」比德、以「松柏」比德等等，在「比德」階段，山水的價值、山水所受到的關注、所得到的表達，只是其某一部分、某一方面甚至僅僅某一點的屬性特徵，只是與某種觀念義理相似、相仿、相通、相同的捨棄質地的抽象的形式結構。」詳參葉太平：《中國文學之美學精神》（台北：水牛，1998 年），頁 288-289。

〔註8〕楊儒賓即以先秦典籍中的「水」爲例──孔門之水、孟荀之水、道家之「水」、《管子·水地篇》之水──說明「水」與先秦諸子思想的關聯，詳參氏著：〈水與先秦諸子思想〉，《中國文學的多層面探討》（台北：國立台灣大學中國文學系編印，1996 年），頁 533-573。

〔註9〕論者云：「〈七發〉中觀濤的一段描寫，雖然目的仍在於啓發楚太子，但已相當程度上再現了自然的美。然而這種可能性在漢武帝時代思想一統的局面下迅速發生了逆轉。因爲在天人感應學說的框架中，自然和人，都失去了相對獨立的價值，而成爲天人感應的例子。」詳參韓高年：《詩賦文體源流新探》（成都：巴蜀書社，2004 年），頁 253。

〔註10〕有關漢儒之「比興」思維與漢代詩學中的「美刺」觀念，蔡英俊認爲：「詩的「六義」有意被賦予政治道德倫常的內容與價值，而「賦」、「比」、「興」這三類可能指稱情感表現手法的詩歌創作「技巧」就具有了政治寄託、道德寓意的性質，而詩歌也就具有反應政治實相、倫理結構的象徵與暗碼的作用。」詳參氏著：《比興物色與情景交融》（台北：大安出版社，1986 年），頁 119。

　　基於這些提問，我們可以從錢鍾書先生的一段話談起。

貳、研究目的：從錢鍾書先生的一段話談起

　　錢鍾書曾謂：

> 詩文之及山水者，始陳其形勢產品，如《京》、《都》之《賦》，或喻
> 諸心性德行，如《山》、《川》之《頌》，未嘗玩物審美。……。終則
> 附庸蔚成大國，殆在東晉乎。〔註11〕

亦即，詩文中所談到的「山水」，最初都是用來描摹形制、狀寫品類，例如〈兩
都賦〉、〈兩京賦〉；或是如董仲舒〈山川頌〉藉以表徵心性德行的天人隱喻；
大體說來，山水尚處於附庸階段，直到東晉，方擺脫此從屬地位，逐漸為人
發現其作為審美主體的存在。從這段的論述當中，我們可以勾勒出幾個重點。
第一，詩文中有關「山水」的描寫，隨著歷史演進，有其不同樣貌之展現；
第二，漢代京都賦中的「山水」，主要是用來描摹形制、狀寫品類，其與王朝
帝國的版圖界域，或有密切的關聯，可資觀察；第三，「山水」要在詩文的文
本當中，躍為「玩物審美」的主體，必須要等到東晉時期。綜合這三點來看，
我們發現，錢鍾書先生論及了漢代到東晉，詩文中「山水書寫」演變之態勢，
其實也就提示了我們應該認知到：「山水」的樣貌與姿態，會隨著世代演進，
有不同的展示景觀。故而，我們更要注意到「漢晉」時期，「辭賦」（文體）
中的「山水」，在文學史上、賦史上乃至山水文學上的可能意義與價值。

　　也因此，錢鍾書所云的「漢代到東晉」這一段時域，便是一極佳的考察
階段。更何況，漢代所代表的文體即為「辭賦」，而漢大賦中的「山水書寫」
又已有了較嫻熟的表現技巧〔註12〕，以漢代作為討論起點，有其文學因緣；
再次，東晉中後期，政治趨穩，文人遍遊江南勝景，「境內名山」打開了賦家
的眼界、吸引了遊覽者的吟詠，「山賦」與相關詩文，自然而然的增加了許多，
茲如：孫綽的〈遊天台山賦〉〔註13〕、湛方生〈廬山神仙詩序〉〔註14〕、劉

〔註11〕引自錢鍾書《管錐編》第三冊（台北：書林出版，1990 年），第六十六則〈全
　　　　後漢文卷八九〉，頁 1037。

〔註12〕于浴賢云：「漢賦對山水的嫻熟描寫，表現角度、層次的選擇，多種修辭手法
　　　　的運用，為山水賦的產生打下了堅實的基礎，提供了寶貴的借鑑經驗。」頁
　　　　287。

〔註13〕原文見《文選》，頁 269-274。〔美〕康達維（David R. Knechtges）則認為孫
　　　　綽是最早對天台山進行描寫的作品，其云：「Sun Chuo's fu is the earliest known
　　　　tribute to these mountains.」詳見 XIAO TONG:《Wen xuan》Translated, with

程之〈廬山精舍誓文〉〔註15〕，可以說，偏安江南的士族此時已逐漸走向南方山水，寓目泉林，開發新的名山勝景，探訪自然景觀，自然也促進了「山水賦」之成熟與發展。

　　準此，從漢大賦中的「山水書寫」，再到東晉「山水賦」的蔚為大觀，這其中固然反映了本論文的研究起迄──「漢代始」、「東晉終」──更重要的，還在於觀察辭賦中的「山水書寫」，如何經過漫長流溯的時光，在東晉時期，成為一獨立的審美主體。

　　大體言之，本文即是從「漢到東晉」作為整體論述的背景，並分成「漢代」、「魏至西晉」、「東晉」三個階段與時程，觀察「山水」在此中的承傳、衍繹與轉化的文學史議題。而以「辭賦」此一文體作為主要的觀察點，主要是在於，學界有關六朝山水詩的研究，已有一定的成果展現，然則對於「水山賦」或是「辭賦中的山水書寫」之關注，則顯得寥寥無幾；如果我們承認中國古典「山水」文學，不僅止於「山水詩」之板塊，而是涵容其他文體（辭賦）、滲透其他文類（京都賦、畋獵賦、行旅賦），從而成為一龐大的、繁複的、有機的「山水」系統；那麼，將視角轉移至其他文體、文類，進行深入的探討、綜合的分析，勢必是一項無可迴避的問題，也唯有如此，始能更清楚地了解到中國古典「山水」文學的深厚底蘊，進而確立其文學價值，闡發其藝術美感。

　　基此，本文的研究目的與撰作動機，即在於透過「漢晉辭賦中的山水書寫」之整體研究，試圖釐清幾個問題：

■「山水賦」的定義、發展之相關問題及其與「山水書寫」的差異所在？

■以「山水書寫」代替「山水賦」的理由為何？

■不以「山水」為名的賦作，是否即沒有可觀的「山水書寫」？

■「京都賦」、「宮殿賦」、「畋獵賦」、「行旅賦」、「隱逸賦」中的「山水書寫」，要如何看待與分析？既有的前人研究，有何不足與侷限？又需要怎樣的研究路徑與詮釋理論，始能完全掌握文本的深義與要旨？

Annotations and Introduction by DAVID R. KENCHTGES, （Princeton Library of Asian Translations: Princeton University Press, 1987 年），pp243。

〔註14〕原文見〔清〕嚴可均校輯：《全上古三代秦漢三國六朝文》（中文出版社，未注出版年月），頁 2270。

〔註15〕原文見〔清〕嚴可均校輯：《全上古三代秦漢三國六朝文》（中文出版社，未注出版年月），頁 2279。

- 漢晉辭賦中的「山水書寫」所展現的主題，有哪些形式？而這些主題之間，彼此是否有所關聯？然則隨著文化現象、審美品味、藝術型態的改易，「主題」是否也因此而折射出不同世代的文化變遷與殊異的詮釋景觀？

- 學界歷來總是以東晉的「山水賦」作為賦家「審美意識」之顯露，然而觀看山水的「審美意識」，是否只能從單一文類——「山水賦」——進行理解？

- 「山水」迭經易代之轉化，從「漢代」、「魏至西晉」、「東晉」三個階段與時程，在文學史上，有何承傳、衍繹與轉化的現象與景況？如何評估其價值與意義？

- 漢晉時期的「山水書寫」，既然是一個龐大繁複的網脈，該如何重整其組織架構，建立一套有機的系統，以供理解？進而為往後的「山水賦」之文化美學研究，奠定基礎？

綜合言之，漢晉辭賦中的「山水書寫」是一龐大細密的圖象，不但分散在不同文類之中，更隨著時代變遷有而不同的展示景貌，要如何拼湊其完整樣貌，確實是件艱鉅龐雜的工作。本文之撰作，即是為了解決前中古時期——漢晉——辭賦中的「山水書寫」之相關議題，一方面釐清此時期錯綜複雜的「山水」現象；二方面則是建立起一套與「山水詩」可以相互參照的座標；三方面則是為了開展古典「山水賦」之文學意義、文化美學、藝術價值，所作的初步準備與奠基。

第二節　研究範圍與研究方法之提出

壹、研究範圍

在研究目的一節中，我們曾引述錢鍾書先的一段話進行討論：

> 詩文之及山水者，始陳其形勢產品，如《京》、《都》之《賦》，或喻諸心性德行，如《山》、《川》之《頌》，未嘗玩物審美。⋯⋯。終則附庸蔚成大國，殆在東晉乎。

大體言之，錢鍾書先生論及了漢代到東晉，詩文中「山水書寫」演變之態勢，那麼，錢鍾書所云的「漢代到東晉」這一段時域，便是一極佳的考察階段。本文即是從「漢到東晉」作為整體論述的背景，並分成「漢代」、「魏至西晉」、

「東晉」三個階段與時程，觀察「山水」在此中的承傳、衍繹與轉化的文學史議題。

當然，文學的流變與傳承，不必然與政治、歷史有一定的對應關係，例如本論文將漢末的「建安文學」歸諸「魏代文學」而不繫於漢代，便是著眼於「建安文學」乃「魏晉文學」之啓導〔註16〕，相較漢代文學已有不同的文學表現。也因此，文學史上的流變觀念，不一定可以完全符合政治的變動、對應朝代的遞嬗。

但是，中國古典文學的發展，往往是以朝代作爲衡量的指標，而任何文本，都是特定時空場景之下所創作出來的，如果忽略了文學現象與歷史層面之間的交互影響，那麼，文本也就失去了其存在的深刻意義與獨特價值；更何況，從「漢至東晉」，橫跨六百餘年〔註17〕，幅度之廣，其政經時局、社會民生、文化思潮、文藝活動、文學品味與文學演變，都有一定的差異、變動，設若將之混融錯雜，含糊論述，文本的重要意義與文學價值，即會因此而抹煞、疏失，焉能得出客觀的分析與論證？遑論釐清文學史上的諸多關鍵議題。

就這個角度來看，我們認爲，歷史發展的「朝代」觀念，對文體流變的「文學」現象，仍有一定的積極意義與導引作用，誠如《文心雕龍‧時序》所云：

> 故知文變染乎世情，興廢繫乎時序，原始以要終，雖百世可知也。
> 〔註18〕

文學的演變規律、文體的興衰存廢均和時代背景互有關聯，也因此，按照既有的朝代斷限之概念，將文學現象置諸整個歷史脈絡進行觀察，毋寧是一客觀且合理的論述方式。

故而，本文即是從「漢到東晉」作爲整體照察的背景，並分成「漢代」、「魏至西晉」、「東晉」三個連續的時段。

〔註16〕林文月先生：「以曹氏父子及兄弟爲中心的鄴下文學之士，向來被目爲魏代文學之代表。」詳參氏著：〈關於文學史上的指稱與斷代——以六朝爲例〉，《中國文學的多層面探討》（台北：國立台灣大學中國文學系編印，1996 年），頁1。李寶均亦云：「建安文學裂變於漢末，又開啓魏晉文學之先河，從文學史的角度來說，建安文學不屬於兩漢文學的範疇，而是魏晉文學的起點。」詳見李寶均：《曹氏父子和建安文學》（台北：萬卷樓，1991 年），頁 2。

〔註17〕西漢立國係公元前 206，而東晉國祚則到公元 420，前後所跨越的年限，長達六百餘年。

〔註18〕周振甫：《文心雕龍譯注》（台北：五南出版社，1993 年），頁 549。

而其階段性的劃分之依據與緣由，茲分述如下：

首先，以漢代為討論起點之原因，便在於：如果我們承認詩經、楚辭中的「山水」敘寫，已經萌芽滋長了「山水」意識，那麼，漢代辭賦中的「山水」書寫，自然也是這種審美意識的承傳、流露與拓展；更何況，自《詩經》、《楚辭》乃至漢賦，恰巧是一條文學發展的脈絡，而「賦」又是表徵漢代王朝顯赫一世的主要文體，從漢代作為考察起點，方始能確立辭賦中的「山水書寫」如何在此時被大量的運用、採擷與發揮。故以「漢代」作為考察起點，有其合理之處。

再次，自漢末以來，各地州牧、豪強擁兵割據，相互爭奪，戰火連綿，造成民生凋敝，浩劫不斷，及至官渡之戰，曹操統一中原，獨霸北方，後經赤壁之戰，南方吳、蜀聯合繫敗北方的曹魏，此時中國形成天下三分的局面，大漢盛世不復存在。接著，曹魏代漢，乃至西晉纂魏，一統天下，此時的政權，從動盪不安的「三國鼎立」到短暫平和的「穩定局勢」，可以說，完全不同於彪炳雄風的「漢代盛世」。也因此，魏至西晉，可自成一階段，而與兩漢盛世，有一區隔。

永嘉之亂後，西晉滅亡，中原山河由北移南，公元 316 年，司馬睿（晉元帝）定都建康，建立東晉；此時流寓江左，擁有半壁江山的王朝，在偏安的穩定政權下，懷抱克復神州之思，這時候的環境與地域，較諸以往都呈現了完全相異的景況；首先，初到南方，面對南方的長江、大海，「江海」所具有的險要地勢，適巧提供了王朝一幅固若金湯的城池，不但可以用來區分華夷、穩定政局、凝聚向心力，更代表著「權力象徵」與「國勢象喻」。「江海水域」與「東晉王朝」在此憂戚與共，兩者緊密聯契，相互定義，成了生命共同體；再次，東晉中後期，政治趨穩，文人遍遊江南勝景，「境內名山」打開了賦家的眼界、吸引了遊覽者的吟詠，「山水賦」的質量自然而然的增加了許多，並由此而煥發了「山水賦」之審美意識；大體言之，座落江南水域的東晉王朝，其時空環境，已然迥異於「魏至西晉」的歷史背景，從而獨具特有的歷史意義，故可將之劃分為第三階段。

綜合上述，本文以「漢到東晉」作為整體論述的背景，並分成「漢代」、「魏至西晉」、「東晉」三個階段與時程，就是欲藉由「歷史斷代」之研探方式，觀察「山水」與各種主題相互結合、滲透、影響的文學現象，如何在歷史流程中，呈示出具有不容輕覷的文學史意義？這正是本文所致力的議題之一。

貳、研究方法

　　介紹了本論文的研究範圍——漢至東晉——係「漢代」、「魏至西晉」、「東晉」三個時空背景。接下來，我們將導引出本論文所採取的研究方法：歷史研究、文本研究、文化研究。

一、歷史研究

　　文學與歷史的相互影響與對應關係，是本論文所關注的焦點之一。劉勰在《文心雕龍・時序》早云：

> 故知文變染乎世情，興廢繫乎時序，原始以要終，雖百世可知也。

文學的演變規律、文體的興衰存廢，均和時代背景互有關聯，假使能掌握到歷史的起迄，即使是橫亙百年之世代，亦能觀察出文學作品在其中的演化之態勢；就此而言，劉勰這一番話提示了我們，「文學文體」的文化現象與文藝思潮，與「歷史背景」的時序演進與演變脈絡，彼此對照，相互影響。也因此，面對漢晉時期，長達六百餘年的歷史長河，如何兼顧「文本研究」與「歷史研究」的視角，是本文首要的考量處。如果說，一代有一代的文學，而文學史的賡續發展，是奠基在前代文學的基礎上進行因襲、轉化、翻新而來的；那麼，每一篇獨特的文本之撰作，就必須要兼顧到「歷史」在其中的轉運過程與操作機制，所折射出的特有之文化現象、審美品味與文藝思潮。

　　基此，如果不先對時代背景與文化現象之間的雙向互動，有明確的認知，就不免會對文本造成錯誤的解讀與理解，如于浴賢在分析木華的〈海賦〉時，所云：

> 木華海賦透露了對東晉中興氣象的頌揚之情。……郭璞〈江賦〉與
> 木華〈海賦〉同為東晉江海賦的奇構。〔註19〕

有幾個商榷之處。首先，根據《文選》李善注引《華集》曰：「為楊駿府主簿。」〔註20〕而永熙元年（290），楊駿輔政，召潘岳為太傅府主簿。可見，縱使無法得知木華之生卒人，但根據史料的相關記載，木華當為西晉賦家而非東晉作者，絕無異議〔註21〕；第二，也正因為錯弄了歷史背景，而將〈海

〔註19〕于浴賢：《六朝賦述論》（保定：河北大學出版社，1999 年），頁 304。

〔註20〕《文選》，頁 299。

〔註21〕曹道衡云：「木華字玄虛，廣川人，生卒年不詳，曾任太尉楊駿主簿，可知生活於晉武帝至惠帝時代。」詳見氏著：《魏晉文學》（合肥：安徽教育出版社，2001 年），頁 191。

賦〉的論述，導向「對東晉中興氣象的頌揚之情」，不但在文本中難以看出這種「中興」的頌揚之情，更無法與郭璞〈江賦〉並稱東晉江海賦。

就這個典例來看，對「歷史背景」與「文學現象」的認識，有其不可忽視的重要意義。

那麼，從漢到東晉，時間之跨度長達六百餘年，是否僅具有數字上的意義，而沒有可資解讀的文學史、學術史現象？換言之，歷史背景與文學現象之間，是否有一內在的聯繫？針對這個問題，龔鵬程在談論漢代思潮的整體價值與特色時，曾以魏晉時期作爲參照座標，認爲歷史的發展，本來即有常有變，魏晉的社會型態、世族門第、意識形態、名士風流、思想學術，其實都是漢代的發展。〔註22〕

又云：

> 一位歷史研究者，貴在知其常而審其變，方能清楚地解說歷史推展的歷程，把「階段性」跟「延續性」的歷史觀，作較好的統合。……
> 所謂常、所謂源流，不是只有歷史的溯源意義，還有理解其內在本質的意義。〔註23〕

縱然我們不是歷史研究者，不過這番話的最大啓示，乃在於歷史觀念之「階段性」跟「延續性」，足資提供給文學研究者一個比較客觀的研究視角，那就是：任何一個文本的存在，都必須扣合其時代背景、文化現象，將之擺放在一個古往今來，時序綿延的環節上，進行多視角的綜合探討，如此一來，既可微觀的探討文本在某一「階段性」之深刻意義，又可宏觀的察照文本之間的「延續性」議題，兩者並重，始能分梳每一文本與歷史世代、文化潮流、主體情志之間，寥轕纏繞，混融錯雜的現象，進而加以客觀準確的看出文本之獨特意義。

二、文本研究

透過深細精密的閱讀方式，始能闡釋文本的意義與蘊藏的價值。也因此，我們透過一手資料的蒐集與閱讀，例如〔梁〕蕭統編，〔唐〕李善注：《文選》〔註24〕；〔清〕陳元龍輯：《御定歷代賦彙》〔註25〕；〔清〕嚴可均校輯：《全

〔註22〕有關漢代學術的整體觀照及其對魏晉文學的前導，詳參氏著：《漢代思潮》（嘉義：南華大學，1999 年），頁 35。
〔註23〕詳見氏著：《漢代思潮》（嘉義：南華大學，1999 年），頁 35。
〔註24〕〔梁〕蕭統編、〔唐〕李善注：《文選》（台北：五南出版社，1994 年）。

上古三代秦漢三國六朝文》〔註26〕；費振剛、胡雙寶、宗明華輯校：《全漢賦》〔註27〕；採今人的注本與選集，諸如：林貞愛：《揚雄集校注》〔註28〕；俞紹初輯校：《建安七子集》〔註29〕；顧紹柏：《謝靈運集校注》〔註30〕；章滄授主編：《歷代山水名勝賦鑑賞辭典》〔註31〕。

　　本文除了關注具有代表性的經典賦作，例如：班固的〈西都賦〉、〈東都賦〉，張衡的〈西京賦〉、〈東京賦〉，潘岳〈西征賦〉，木華〈海賦〉，郭璞〈江賦〉，謝靈運〈撰征賦〉，孫綽〈遊天台山賦〉，藉由細讀文本的基礎工作，重新閱讀、梳理、詮釋，探析文本更深層的內涵，證見其無可撼搖的典範地位；同時，我們也將視野擴大，討論其他鮮為人知的個別作家之作品、散落在選集當中的作品，例如：班彪的〈覽海賦〉、班固的〈終南山賦〉、曹丕的〈浮淮賦〉、應瑒的〈靈河賦〉、成公綏的〈大河賦〉、張協的〈登北芒賦〉，加以掘隱探微，分析其所以存在的理由與意義，進而確立其文學史之地位。

　　整體言之，針對賦體特有的艱澀難辨之字詞，詰屈迂迴之語句，繁複典麗之事典，深邃幽微之內容，筆者均經過透徹的閱讀與深入的理解，以此作為詮釋與立論的基礎；特別值得一提的是，李善注《昭明文選》，在疏釋原文的基礎工作上，給予筆者很大的啟發並開啟許多論述的視域與眼界〔註32〕。

　　　　主要探討的「賦」之類別，包含：「京都賦」、「郊祀賦」、「畋獵賦」、「紀行賦」、「遊覽賦」、「江海賦」；至於《文選》的分類原則與方法，可以參考楊利成：〈《昭明文選》賦體分類初探〉，《新亞學術集刊》，1994 年，頁307-319。

〔註25〕（清）陳元龍輯：《御定歷代賦彙》（北京：北京圖書館出版社，1999 年 11月第一版）按內容分類，《正集》三十類、《外集》八類，本論文主要探討的「賦」之類別，包含：「地理」、「言志」、「行旅」；至於《文選》中的「紀行賦」、「遊覽賦」與《御定歷代賦彙》中的「行旅賦」之名實內涵與義界區分，可以參考本論文第四章第一節。

〔註26〕〔清〕嚴可均校輯：《全上古三代秦漢三國六朝文》（中文出版社，未注出版年月）。

〔註27〕費振剛、胡雙寶、宗明華輯校：《全漢賦》（北京：北京大學出版社，1997 年）。

〔註28〕林貞愛：《揚雄集校注》（成都：四川大學出版社，2001 年）。

〔註29〕俞紹初輯校：《建安七子集》（台北：文史哲出版社，1990 年）。

〔註30〕顧紹柏：《謝靈運集校注》（台北：里仁書局，2004 年）。

〔註31〕章滄授主編：《歷代山水名勝賦鑑賞辭典》（北京：中國旅遊出版社，1998 年5月）。

〔註32〕例如，李善注郭璞〈江賦〉之題旨，引《晉中興書》所說的一段話：「璞以中興，三宅江外，乃著江賦，述川瀆之美。」《文選》，頁 306 其實，李善所謂的「中興」之說，深刻的解釋了〈江賦〉的存在背景與理由，讓我們注意到

凡此，都是必須奠立於文本資料的整理蒐集、精細閱讀、融通體會，始能在前人研究上，進一步的開拓出嶄新的論域與極具研究價值的議題。

三、文化研究

文學研究，如果僅止於分析片面的字詞語義，或是孤立的去探討單一文本而不旁及相關作品作為映證，從而把影響作品的外緣因素，全然排除在外，不予探討，那麼，對於理解作家創作的主體心靈，文本存在的意義與價值，世代文化的型態與範式，就難以有更精確詳實的把握。

而任何一個文本的存在，如前所述，都必須扣合其時代背景、審美型態、文藝風潮、文化現象等多向度，進行不同視角的解讀與分析，方能讓文本的「可能」發揮得淋漓盡致，也因此，本文首重的研究方法——除了歷史研究、文本研究之外——就是「文化研究」。

我們絕對不會反對任何一個獨特的作品之產生，是經過許多內外緣因素所湊泊而來的，基於這樣的理由，針對漢晉辭賦中的「山水書寫」之龐大文本，就不能單純的僅分析其字句語義、文藝賞析、篇章結構，更重要是在這些基礎工作上，觀察每一文本的深刻涵義，掘發其所內蘊的奧秘義理，並進一步分析同一時代不同文本之間的橫向交集，以及不同時代不同文本之間的縱向傳承，始能發顯文學作品與當代文化的互動繫聯。更何況，「賦」本身即為一複雜的文類〔註33〕，若單單只是探討單一的、表面的字句翻譯與解釋，是無法深入理解「賦」這一體類與當代文化、權力結構、政經狀況、審美情趣與藝術型態等文化現象之間的錯綜關聯。例如分析孫綽的〈遊天台山賦〉，假使忽略了東晉時期佛道兩教交鋒、對話的文化現象〔註34〕，便無法深入文

郭璞寫作〈江賦〉的動機，正是在「述川瀆之美」外，更為了要「中興」王朝。也因此，而促使筆者撰寫了第二章第四節。

〔註33〕〔美〕康達維（David R. Knechtges）曾將「賦」比喻成「石楠花」，認為「賦」如同「石楠花」一般，也包括了幾種不同的種類；原來的文體和早先的一些文體相配則產生了一種新文體，而這種新文體後來反而被認為是這種文體典型的形式，這是指西漢辭賦家創造出的新文體而言，後來，原來是石楠花形式的「賦」體終於也產生杜鵑花，有些文學作品不再以「賦」為題，但是基本上卻具有「賦」體裁本質。〔美〕康達維（David R. Knechtges）：〈論賦體的源流〉，《賦學研究論文集》（成都：巴蜀書社，1991年），頁14。

〔註34〕〈天台山賦〉中的「道教」、「佛教」交融，誠如〔美〕康達維（David R. Knechtges）所述：「Ashe progresses up the slopes, Sun's account becomes more philosophical as he imagines himself roaming the slopes with Taoist immortals and Buddhist arhats. The poem ends in the realm of pure philosophy, in which

本肯綮。

如鄭毓瑜所言：

> 所謂「文學」的原起與演化，已然不再是封閉在內的自然規律，
> 而是整個人文社會複雜的型式顯影，亦即當今文學研究著重的是
> 文學書寫與當時社會環境、權力結構彼此交錯互動的關係探討，
> 以及在全球化的地域脈絡中不可迴避的跨地域與跨學科的交流對
> 話。〔註35〕

藉由這樣的概念，本論文在討論賦篇文本，並不孤立的採取單一角度進
行賦作之解讀，而係將之與同時代的不同文類（如詩、文）進行相互比對與
映證，以呈顯其在文學史上的價值，並置放在整體的文化現象中，觀察其多
重互動的網絡。

例如學者認為班彪〈覽海賦〉是對後世影響不大的作品〔註36〕，但筆者
根據相關作品，從班彪的〈覽海賦〉、〈冀州賦〉到班固的〈終南山賦〉，進行
綜合探討，認為〈覽海賦〉實是班彪對東漢國祚命運的見證與祝禱，並不是
只有「雍容揄揚」、「宣上德而盡忠孝」的精神體現，甚或是毫無價值可言；
此外，又如分析謝靈運〈歸塗賦〉中的「山水」，筆者即將之與〈辭祿賦〉相
互比照，以明兩者之創作動機、隱居緣由、內容語句，更從同樣出守永嘉時
期所寫的相關詩歌，作為映證，來闡發謝靈運第一次歸返故鄉的內在思緒；
大體言之，沒有一個文本可以孤立存在而不去追問它與那個時代、環境、主
體之間的關係，也正因此，著重在「文化現象」的解讀與分析，亦是本文所
致力的議題之一。

然而，任何一種論述角度，任何一種解讀方法，都不免帶著前見的「視

Buddhist and Taoist concepts are perfectly blended.」筆者暫譯，如下：「當他往
斜坡上傾時，其描述變得更加哲理化，因為他想像自己以道教的不朽、佛教
的義理漫遊著；而這詩結束於純粹的哲學範疇，此時佛教與道教的內容，是
完全的混合交融。」詳見 XIAO TONG:《Wen xuan》Translated, with Annotations
and Introduction by DAVID R. KENCHTGES,（Princeton Library of Asian
Translations: Princeton University Press, 1987 年），pp243。凡本論文之外文翻
譯，均為筆者暫譯，底下皆同，特此說明。
〔註35〕引自鄭毓瑜：〈中國文學研究的新趨向導言〉，鄭毓瑜主編：《中國文學研究的
新趨向——自然、審美與比較研究》（台北：台大出版中心，2005 年）。
〔註36〕馬積高：「〈覽海〉是我國文學史上第一篇描寫海的作品，但直接寫海景的文
字不多，而以寫海上神仙傳說為主，故實為游仙之作，對後世影響不大。」
詳見氏著：《賦史》（上海：上海古籍出版社，1998 年），頁 102。

域」，由此而影響了觀照文本的界域與視野，更何況，當我們在面對中國古典文學——漢晉文學——的閱讀時，不可能不以當代知識份子的觀點與視界，去賦予文本更深層的意義，並以之與當代文學場域、文學現象、文學理論，作一整體的關照與統合，誠如王璦玲博士所云：

> 在我們建構起關於戲劇的現代美學時，我們對於戲劇美學，無論是古典的，或是當代的，皆應具備著豐厚的「情境」觀點。一代有一代的戲劇審美心理，一代有一代的戲劇美學批評。藝術品的價值產生於歷代觀賞與美學批評的累積過程之中。〔註37〕

王璦玲博士雖以「戲劇」為例說明「一代有一代的戲劇審美心理」，然則將之改為「一代有一代的賦審美心理」與「一代有一代的賦學研究」，也未嘗不可。

也正因此，立基在本文上述的歷史研究——微觀的探討文本在某一「階段性」之深刻意義，宏觀的察照文本之間的「延續性」議題，兩者並重，始能分梳每一文本與歷史世代、文化潮流、主體情志之間，轇轕纏繞，混融錯雜的現象，進而客觀準確的看出文本之獨特意義；文本研究——文本資料的整理蒐集、精細閱讀、融通體會，從而在前人研究上，進一步的開拓出嶄新的論域與極具研究價值的議題；文化研究——建立起「一代有一代的賦學審美心理」與「一代有一代的賦學研究」，將賦篇文本當成一批評客體，藉由當代知識份子的理解視域，去探抉文本更細深的涵義，開啟賦學研究的文化論述，並由此為基礎，去建構出一「山水賦」之美學系統。

第三節　前人研究與文獻回顧之述評

有了本文的研究範圍與研究方法的認識，接著我們要確定本文的幾個關鍵詞之義界，諸如「山水書寫」、「山水賦」之區別與本文對「山水書寫」的定義；針對這些問題，我們可先從學界目前的相關研究作為討論起點，藉由前人基礎與文獻回顧之探討，益加確立本文的研究範圍（漢晉時期）、研究文本（山水書寫）之定義。

〔註37〕詳參王璦玲博士：〈中研院文哲所與「明清戲曲」研究〉，《漢學研究通訊》，20卷，2001年，頁35-43。

壹、專書論著的隻言片語

一、以「賦史」為主體，觸及「山水賦」、「山水書寫」的研究

　　根據筆者近兩年來的搜羅、整理與觀察，目前學界直接針對「山水賦」或者辭賦中的「山水書寫」作一深入探討者，並未睹見；不過，學者們在其「賦史」著作中，均有專設章節，對「山水賦」或是辭賦中的「山水書寫」，進行相關介紹與討論，關於這方面的「賦史」專著，按照年代先後，茲舉馬積高、于浴賢、陳慶元、程章燦等幾位學者的研究為例，作為討論起點。

　　首先，以馬積高先生來說，其《賦史》一書從先秦辭賦縱貫到明清賦作，憑著幾十年的日積月累，厚積薄發，因而在處理材料時才能辨明哪些賦尚存，哪些已殘，哪些亡佚，並從類書、古注中爬剔零碎星散的材料，因而在論述某一題材賦之發展變遷時，才能歷歷如數家珍〔註 38〕。綜觀全書，歷史跨度之龐大深廣，作品內容之考訂批評，作家作品之介紹解析，均有宏觀的鳥瞰與視野，確實對鑽研辭賦研究者，有一定的啟引與導覽之功，是一部歷代賦之通史的傑作。

　　即以本文所欲評述的「山水」議題來看，書中談到枚乘〈七發〉中的「觀濤」，與本文的問題意識，有較密切的關聯，茲引「觀濤」之描述，並稍作解釋，如下：

> 並往觀濤乎廣陵之曲江，至則未見濤之形也。徒觀水力之所到，則卹然足駭矣。……
>
> 紛紛翼翼，波涌雲亂。蕩取南山，背擊北岸。覆虧丘陵，平夷西畔。險險戲戲，崩壞陂池，決勝乃罷。瀄汩潺湲，披揚流麗。橫暴之極，魚鱉失勢，顛倒偃側，洸洸湲湲‧蒲伏連延。神物怪疑，不可勝言。直使人踣焉。迴闇悽愴焉。此天下怪異詭觀也，太子能強起觀之乎〔註 39〕？

枚乘〈七發〉中「觀濤」一節，對水勢的浩湯壯闊有極為精湛的描寫，此賦假借吳客與楚太子的問答，進行對貴族生活的批判，吳客連用了奇聲、奇味、騎射、游宴、校獵、觀濤、要言妙道等七件事，啟發太子擺脫糜爛腐敗的生活，以「觀濤」的情節提出水山有發瞶震聾之效，勸諫太子勿耽溺物質享受

〔註38〕有關馬積高先生《賦史》一書的成就，可以參考程章燦，頁 254。

〔註39〕引自費振剛、胡雙寶、宗明華輯校：《全漢賦》（北京：北京大學出版社，1997年），頁 20。

爲主要旨意，其中烘托水勢之盛，馬積高先生即云：

> 這是我國文學史上第一次對潮水（也可以說對「水」）所作的最生動
> 的描寫。〔註40〕

姑不論〈七發〉中的「觀濤」一節，是否眞爲文學史上第一次對潮水的描述，然其：「紛紛翼翼，波涌雲亂。蕩取南山，背擊北岸。覆虧丘陵，平夷西畔。險險戲戲，崩壞陂池，決勝乃罷。浟泊潺湲，披揚流灑。」的細膩體會與生動敍述，卻是鮮明靈活的展現了其浩瀚詭譎之貌，細究此段對江濤沸勝攪滾，洶勇異常的描寫，可說是第一次大幅描寫水流的鉅製，山水書寫已具十足的分量，其中對「山水」的刻劃與描摹，在辭賦史上，確實有一定的啓迪之功。

合上述，馬先生之說，提供了我們一條觀賞辭賦中的「山水」之線索，只不過，揆諸全書，正因爲其廣博淵深，是以針對某些特定的議題，自然會有無法深入細究的議題，即以本文所欲觀察的「山水賦」或辭賦中的「山水書寫」等相關議題來看，除了對〈七發〉中的「觀濤」有較細膩的掘發，我們發現《賦史》一書，不但沒有歷來研究者素所關懷的東晉「山水賦」之深論，在這章節，也僅點到郭璞、庾闡、孫綽等人之賦作〔註41〕，就東晉時期特殊的文化背景來看，人們寓目泉林，到自然界的佳山秀水中頤養情性，滌淨心靈，「江南勝景」，特別是縹緲超塵，雋秀壯麗之山嶽，尤其引人欣然神往，肆意遨遊，也因此，「江南勝景」促進了文人登臨名山，遊歷水湄的活動，進而撰作了「山水」佳構。是以就這個角度來看，倘若沒有論析東晉「山水賦」或者當時辭賦中的「山水書寫」，對中國古典山水文學之認識，也就缺乏了整體的關照與更細密的詮釋〔註42〕。

接下來，另一部賦史專著，則是于浴賢先生的《六朝賦述論》。揆諸此書，將時代斷限放在六朝，並以題材內容的方式，歸納、討論了此時期之賦作〔註43〕，其中一類，即爲「山水賦」，其云：

〔註40〕詳見馬積高：《賦史》（上海：上海古籍出版社，1998 年），頁 65。

〔註41〕詳見氏著：《賦史》（上海：上海古籍出版社，1998 年），頁 184-194。

〔註42〕此外，馬積高先生在談論班彪〈覽海賦〉時，更云：「〈覽海〉是我國文學史上第一篇描寫海的作品，但直接寫海景的文字不多，而以寫海上神仙傳說爲主，故實爲游仙之作，對後世影響不大。」詳見氏著：《賦史》（上海：上海古籍出版社，1998 年），頁 102。筆者充分的掌握資料，並進行對賦文的細膩闡釋，認爲〈覽海賦〉有其深遠的重大意義。詳本論文第三章所述。

〔註43〕于先生所歸納的賦作類型涵括：京殿苑獵賦、紀行賦、情志賦、戀情美色賦、登覽賦、隱逸賦、山水賦、詠物賦、樂舞賦、文化藝術、科技工藝賦，詳見

山水賦在六朝產生和繁榮，進一步豐富了六朝賦的題材內容，並爲六
朝山水文學的繁榮起了導夫先路的作用。本章所述，專指以山、水爲
描寫主體，並以山、水名篇的賦作，不包括各類題材中的山水描寫。
于先生採取主題式的方法，將六朝「山水賦」釐析成「山賦」、「水賦」兩大類
進行綜合論述，在文本的蒐集、考據、析解，對本文的基礎工作，有一定的助
益與導引，只不過，過於著重在「主題」的混融討論，也就因此而錯雜混亂了
文本的歷史背景，從而對作品產生了不盡客觀的討論，不能不說是一大缺憾。

　　第三位在「賦史」專著，對「山水賦」或辭賦中的「山水書寫」作出初
步觀察者，則是陳慶元先生的《賦：時代投影與體制演變》。此書的第六章〈多
樣化：兩晉賦〉，即有「河海・山岳」一類，針對兩晉的「山水賦」，陳先生
的結論如下：

　　　　山水作爲賦體獨立的描寫對象，較大量的出現是在兩晉。換言之，
　　　　兩晉的山水賦已經到了成熟時期。而在兩晉山水賦已告成熟之時，
　　　　山水詩才零星出現，而且其成就也不可與賦同日而言。〔註44〕

全書針對兩晉「山水賦」之論述，可以分成「河海賦」與「山賦」，前者涵括：
木華〈海賦〉、郭璞〈江賦〉、庾闡的〈涉江賦〉、〈海賦〉；後者則有：潘岳〈登
虎牢山賦〉、張協〈登北芒山賦〉、郭璞〈巫咸山賦〉、孫綽〈遊天台山賦〉，
以及王彪之、孫放、支曇啼等人的〈廬山賦〉〔註45〕。平心而論，書中對文
本的羅列與討論，除了文學史上既有的名篇，更延展了罕爲人知的賦篇，對
本文的資料之蒐集，亦有一定的程度的啓引，只不過，文中對「山水賦」的
定義稍嫌空泛與浮泛，難以見出「山水賦」的眞正涵義，加上文中僅以「山
水」爲名稱的賦作進行討論，忽略了「辭賦中的山水書寫」，這一大區塊，也
是本文可以再釐清、深探之問題。

　　最後一位在賦史中提出「山水賦」的學者，則是程章燦先生的《魏晉南
北朝賦史》。大抵說來，此書的時代斷限，與于浴賢先生的論述略有重疊，然
而，程先生對「山水賦」的焦點則更爲明確，其對「山水賦」的定義也較前
人完備周延：

　　氏著：《六朝賦述論》（保定：河北大學出版社，1999 年），頁 1-3 頁，底下引
　　文見該書，頁 284。

〔註44〕陳慶元：《賦一時代投影與體制演變》（桂林：廣西師範大學出版社，2000 年），
　　　　頁 271。

〔註45〕同上注，頁 264-271。

這裡所謂的山水賦，是指以描寫山水，從而體驗山水的自然美爲主體的作品，與某些賦只把山水描寫視爲全篇的片斷、襯托、背景者不同。後者以山水描寫爲手段，前者以山水描寫爲目的。作爲一種文學史現象，山水賦是在東晉出現的。〔註46〕

整體言之，程先生因考量到東晉時期流寓江左的文化背景，將「山水賦」置放在東晉「玄言詩」、晉宋「山水詩」等文類交互影響下，作一整體的考察，故其對「山水賦」的定義，足資我們參考、借鏡與鑒照。

二、以「詩史」爲主體，旁及「山水賦」、「山水書寫」的研究

討論完以「賦史」爲主體，觸及「山水賦」、「山水書寫」的研究者。接下來，我們將視角擺放在以「詩史」爲主體，旁及「山水賦」、「山水書寫」的研究，所謂的「詩史」在此處指的是「山水詩史」的專著，由於「山水詩」的相關研究，學界或從情景交融、物我相應、感懷起興所延展出的人文思考；或從現象學等學科進行深層的美學探索，從而獲致豐碩且精湛的成果，足資後人借鏡與參考。限於問題意識與討論重點，我們僅舉與本文論述有直接相關者，作爲探析核心。

王玫在《六朝山水詩史》一書，討論了六朝時代山水詩的歷史演變、文化現象與美學關懷，雖以「山水詩」爲主軸，但也討論到「漢賦」中的「山水」，其云：

賦中寫景狀物傳統由來已久，自荀況與宋玉之始，賦對一文體便是以「體物」爲其特徵，所謂「賦體物而瀏亮」；「體物寫志」，由於要體察萬物，故「賦家之心苞括宇宙，總攬人物」。爲了窮形盡相刻寫事物之狀貌，賦之寫作必然鋪采摛文，極盡誇飾，客觀上促成描景狀物之全面細致。〔註47〕

由此，漢大賦中的「山水」之寫景狀物，鋪采摛文，勢必不能忽視，這也是本文認爲必須從漢大賦作爲考察起點，始能看出辭賦中的「山水書寫」如何在此時被大量的運用、採擷與發揮。

貳、期刊論文的初步成果

期刊論文方面，同樣也可以分成「單一作家、作品」以及「山水賦的綜

〔註46〕程章燦：《魏晉南北朝賦史》（南京：江蘇古籍出版社，2001年），頁137-138。
〔註47〕詳見氏著：《六朝山水詩史》（天津：天津人民出版社，1996年），頁45。

合研究」兩大項，進行討論。

一、單一作家與作品的研究

　　這一大類，主要係針對單一作家或某篇、某類賦作，進行深入細密的探討，按照年代先後，分別有陳心心、何美寶合撰的〈唐以前海賦的研究——以 Eliade 的宗教理論爲基礎的分析〉〔註48〕、陳萬成〈孫綽《遊天台山賦》與道教〉〔註49〕、高莉芬〈水的聖域：兩晉江海賦的原型與象徵〉〔註50〕。

　　細讀上述學者的研究成果，最大的特徵就在於，其論文皆從個別的作家（孫綽）、或者是某一類的賦作（唐以前海賦、兩晉江海賦）出發，並以宗教理論、神話思維、宗教義理等新方法、新論點，作爲觀照視野，從而開拓出極有新意，頗富價值的學術成果。只不過，面對漢晉時期辭賦中的「山水書寫」之龐雜繁複，則未能擴展研究範圍，加以有系統地統攝、整合，以致各照隅隙，鮮觀衢路，缺乏宏觀的整體論述，此外，對賦篇文本在文學史的地位以及彼此承傳的脈絡，更少有析論梳理，是較爲可惜之處。

二、「山水賦」的綜合研究

　　這一類的期刊論文，則是針對東晉時期的「山水賦」作直接的研究與探討，並旁及「辭賦中的山水書寫」，就筆者管見，這類型的綜合研究，主要集中在大陸學者，按照年代先後，分別是張寧〈論中國古代山水賦的審美特徵〉〔註51〕、劉衛英與王立合撰的〈山水賦意境美初探〉〔註52〕、王琳〈楚漢魏晉辭賦寫景述要〉〔註53〕、馬磊與丁桂春合撰的〈論晉代山水賦的思想價值及藝術成就〉〔註54〕等文。

　　整體言之，大陸學者直接將焦點放在東晉「山水賦」的探勘，掌握了東晉時期的時代特徵、地域層面以及文化背景等大方向，並對「山水賦」的特徵與要點，提出了與陳慶元、程章燦等人，相類似的看法，如王琳所云：

〔註48〕《中外文學》第十五卷第八期，頁 130-151。
〔註49〕《新亞學術集刊》，1994 年，頁 255-263。
〔註50〕《政大中文學報》，第一期，2004 年 6 月 113-148 頁。
〔註51〕《大同高等專科學校學報》（綜合版），1995 年第 1 期，頁 45-48。
〔註52〕《大慶高等專科學報》，第 17 卷第 2 期，1997 年 5 月，頁 62-65。
〔註53〕《山東師大學報》（社會科學版），1997 年第 5 期，頁 68-72。
〔註54〕《岱宗學刊》，第 6 卷第 2 期，2002 年 6 月，頁 23-24。

所謂魏晉山水賦的興起，最重要的標誌是山水景物已經成爲此時
一部份賦作的主要描寫內容，與之相關，體驗、謳歌山水的自然
美、表現人與自然的親近和諧關係則是創作這類賦的主要目的所
在。〔註55〕

整體言之，在期刊論文方面，台灣學者主要係以新議題、新觀點的引入，針
對單一作家或文本，作出細膩縝密的考釋與詮解；大陸學者則是專著在「山
水賦」與時代背景、審美意識乃至文學史意義的問題，進行釐清。

綜合「專書論著的隻言片語」、「期刊論文的初步成果」這兩小節的研究
概況。前者又可細分成兩點：『以「賦史」爲主體，觸及「山水賦」、「山水書
寫」的研究』、『以「詩史」爲主體，旁及「山水賦」、「山水書寫」的研究』；
後者，則可略分成台灣學者、大陸學者的研究成果。

底下，我們將站在客觀的立場上，以立體宏觀的視界，統整前人的相關
研究，藉由綜合討論的方法，彙整出幾點前人研究的缺陷與不足之處，並從
這些拋出的議題，逆推本文的問題意識與研究價值。

（一）流於浮泛、片面的解析

大體說來，學者們對「山水賦」或者「辭賦中的山水書寫」之討論，對
於筆者在搜羅文本的基礎工作上，有了一定的啓迪之功。只不過，批覽相關
的研究成果，我們不免會看到千篇一律的文本賞析與幾乎相同的結論。

即以木華的〈海賦〉的開端爲例：

昔在帝媯巨唐之化，天綱浡潏，爲凋爲瘵，洪濤瀾汗，萬里無際，
長波淊（水阤），迤涎八裔。於是乎禹也，乃鏟臨崖之阜陸，決陂潢
而相洩啓龍門之岯，墾陵巒而嶄鑿。群山既略，百川潛渫。決漭澹
泞，勝波赴勢。江河既導，萬穴俱流。掎拔五嶽，竭涸九州。瀝滴
滲淫，薈蔚雲霧。涓流泱瀁，莫不來注。於廓靈海，長爲委輸。(《文
選》，頁 299)

陳慶元先生在分析〈海賦〉的開端，云：

唐虞之世，天泄洪水，大禹出而治之，讓陸地上江河湖澤，低窪之
地的積水無不順勢注入靈海。〔註56〕

〔註55〕王琳：〈楚漢魏晉辭賦寫景述要〉，頁 70。
〔註56〕陳慶元：《賦—時代投影與體制演變》（桂林：廣西師範大學出版社，2000 年），
頁 266。

同樣的，于浴賢先生對〈海賦〉的開端，亦有相同的解釋與論析：

> 賦從大禹治水、啓龍門、引百川歸海開篇，引用關於大海形成的歷
> 史傳說，表現了大海神奇非凡，總敘大海體勢之宏闊。……從眾多
> 角度對大海做全方位的審美觀照，展示出大海塊奇絢麗、博大富有，
> 多采多資的品格。〔註57〕

可以說，大禹治水的事件，都是兩人的關注焦點，只不過于先生用了較多的
篇幅更進一步分析了〈海賦〉；大抵來說，兩人並沒有太大的衝突與不同的意
見，也因此，對於〈海賦〉的研究便沒有突破性的成果，以致顯得稍微平面、
呆板而不夠立體、深細，無法更深刻的揭示出〈海賦〉中的深層內蘊與多元
義旨。此外，在討論「山水賦」的審美意識與描寫手法之議題來看，學者的
結論也都大致相同，如張寧〈論中國古代山水賦的審美特徵〉云：

> 山水賦的意境是雄渾博大的，後更多地是將客體對象作橫向拓展，
> 在展現平面上的無限寬廣的同時，又將空間的事物摹狀到高聳無
> 比，廣袤無垠的程度。〔註58〕

馬磊、丁桂春合撰的〈論晉代山水賦的思想價值及藝術成就〉云：

> 作品中全面地展現山水景物的完整型態，晉代山水賦善於總體把
> 握山水形態的基本特徵。總是原始要終，循序寫來，同時又經緯
> 交織，上下左右，具體點染，這樣則在廣闊的空間展現出山水的
> 全貌。〔註59〕

以「空間」的藝術手法，談論「山水賦」的表現形式，前者是「將空間的事
物摹狀到高聳無比，廣袤無垠的程度。」後者是「經緯交織，上下左右，具
體點染，這樣則在廣闊的空間展現出山水的全貌。」兩相對照，我們很容易
的可以看出學者對「山水賦」的認識，主要還是停留在對「視點」的極致刻
畫與「巧構形似」的山水圖景等層面之討論，換言之，「山水賦」的「巧構形
似」〔註60〕、「文貴形似」〔註61〕，以及由此而延伸出來的「人與自然」之間

〔註57〕于浴賢：《六朝賦述論》（保定：河北大學出版社，1999年），頁302-303。
〔註58〕《大同高等專科學校學報》（綜合版），1995年第1期，頁47。
〔註59〕《岱宗學刊》，第6卷第2期，2002年6月，頁24。
〔註60〕詳見鍾嶸對張協（景陽）的品評，引自王叔岷：《鍾嶸詩品箋證稿》（台北：中央研究院中國文哲研究所，1992年），頁185。
〔註61〕《文心雕龍》：「自近代以來，文貴形似，……體物為妙，功在密附。故巧言切狀，如印之印泥，不加雕削，而曲寫毫芥。」引自王更生：《文心雕龍讀本》

的「審美意識」〔註62〕。

　　大體言之，學者們對「山水賦」之討論，都有了初步的解釋與探討，只不過，針對賦篇文本的闡發與釐清，顯然未見透徹，有待更進一步的分梳與理解。

（二）對「山水賦」的義界之歧異

　　此外，學者對於「山水賦」的眞正定義，也有不盡相同的論點，以陳慶元先生來說：

> 山水作爲賦體獨立的描寫對象，較大量的出現是在兩晉。換言之，
> 兩晉的山水賦已經到了成熟時期。而在兩晉山水賦已告成熟之時，
> 山水詩才零星出現，而且其成就也不可與賦同日而語。〔註63〕

以此觀之，陳先生係將「兩晉」以「山水」爲名稱的賦作，即稱之爲「山水賦」；于浴賢先生則認爲：

> 水賦在六朝產生和繁榮，進一步豐富了六朝賦的題材內容，並爲六
> 朝山水文學的繁榮起了導夫先路的作用。本章所述，專指以山、水
> 爲描寫主體，並以山、水名篇的賦作，不包括各類題材中的山水描
> 寫。〔註64〕

于先生則將「六朝」直接以「山水」爲名稱的賦作，即稱之爲「山水賦」，這個觀點與陳慶元先生的意見，大致相同，只不過其上限推至漢代的「山水賦」，也因此，諸如：杜篤〈首陽山賦〉、班彪〈覽海賦〉、班固〈終南山賦〉，都在討論範圍之中；如此看來，陳慶元、于浴賢先生對「山水賦」的定義，大致相同，換言之，也就是「以山、水名篇的賦作」，即稱之爲「山水賦」。

（台北：文史哲出版社，1991年），頁302。

〔註62〕如論者所云：「所謂魏晉山水賦的興起，最重要的標誌是山水景物已經成爲此時一部份賦作的主要描寫內容，與之相關，體驗、謳歌山水的自然美、表現人與自然的親近和諧關係則是創作這類賦的主要目的所在。」又：「山水賦作爲一種獨立的文學樣式，它所表現出的意境美是博大雄奇、宏闊壯麗的，是自然山水之美在『誇飾』、『虛構』等外在形式上藝術追求作用下的藝術美創造。」前者見王琳：〈楚漢魏晉辭賦寫景述要〉，《山東師大學報》（社會科學版），1997年第5期，頁68-72。後者見劉衛英、王立合撰的〈山水賦意境美初探〉，《大慶高等專科學報》，第17卷第2期，1997年5月，頁65。

〔註63〕陳慶元：《賦一時代投影與體制演變》（桂林：廣西師範大學出版社，2000年），頁271。

〔註64〕于浴賢：《六朝賦述論》（保定：河北大學出版社，1999年），頁284。

而與陳、于兩位學者，比較不同的意見，是程章燦先生的論點，其云：

> 這裡所謂的山水賦，是指以描寫山水，從而體驗山水的自然美爲主
> 體的作品，與某些賦只把山水描寫視爲全篇的片斷、襯托、背景者
> 不同。後者以山水描寫爲手段，前者以山水描寫爲目的。作爲一種
> 文學史現象，山水賦是在東晉出現的。〔註65〕

程先生與陳、于兩位學者的看法，出現了較大的差異；首先，他認爲「山水賦」是指「以描寫山水，從而體驗山水的自然美爲主體的作品」，換言之，也就是除了把「山水」當作描寫主體之外，還在於親身「體驗」山水的「自然美」，方能稱之爲「山水賦」；再次，他明確的提出：「作爲一種文學史現象，山水賦是在東晉出現的。」觀點，與陳先生的「兩晉的山水賦已經到了成熟時期」，顯然有很大的落差。

　　綜合陳慶元、于浴賢、程章燦三位學者的看法，我們認爲，六朝以「山水」爲名的賦作，應可直接喚之爲「山水賦」，只是，以「山水」爲名的賦作，並不代表其內容旨意，便是純粹以「山水」爲描寫主體，如劉楨〈黎陽山賦〉：

> 自魏都而南邁，迄洪川以竭休，想王旅之旌旄，望南路之遐修，御
> 輕駕而西徂，過舊塢之高區。爾乃踰峻嶺，超連岡，一登九息，遂
> 臻其陽，南蔭黃河，左覆金城，青壇承祀，高碑頌靈，珍木駢羅，
> 奮葉揚榮，雲興風起，蕭瑟清泠，延首南望，顧瞻舊鄉，桑梓增敬，
> 慘切懷傷，河源泪其東遊，陽鳥飄而南翔，睹眾物之集華，退欣欣
> 而樂康。〔註66〕

此賦寫於劉楨從洛陽南行，沿途所見所感，在鋪排一連串的山景之後，作者回望故鄉，感於軍旅跋涉的辛勞，遂引發了慘切懷傷的情緒，然河水順勢的往東流行，鳥鳥群聚於南端，萬物各安所居，各得其所，此時依附曹魏政權的我，其實正恰逢大有可爲的時機〔註67〕。整體而言，「山水」並不位居文本

〔註65〕程章燦：《魏晉南北朝賦史》（南京：江蘇古籍出版社，2001 年），頁 137-138。

〔註66〕原文引自（清）陳元龍輯：《御定歷代賦彙》（北京：北京圖書館出版社，1999 年 11 月第一版），頁 437。

〔註67〕王鵬廷云：「從開頭的『魏都』、『王旅』到最後的『睹眾物之集華，退欣欣而樂康』可看出劉楨此賦亦借遊山表現他歸曹後的欣慰之情及對自己事業前途的信心。」詳見氏著：《建安七子研究》（北京：北京大學出版社，2004 年 10 月），頁 159。

之主體，作者的「羈旅之思」反而才是文章的重點所在。

　　也因此，程章燦先生云：「以描寫山水，從而體驗山水的自然美爲主體的
作品」，始能稱之爲「山水賦」，便是著眼於「山水」在文本中的主體以及由
此而散發出來的人與自然之間之「審美意識」，方能名之爲眞正的「山水賦」。
只不過，程章燦先生認爲「山水賦」作爲一種文學史現象，要到東晉才出現，
卻又不免過於武斷與偏頗；以漢代班固的〈終南山賦〉而言，節錄其賦中對
山林之描寫：

> 傍吐飛瀨，上挺修竹，玄泉落落，密陰沉沉。榮期綺季，此焉恬心。
> 三春之季，孟夏之初，天氣肅清，周覽八隅。黃鸚鸝鸝，驚乃前趨。
> 爾其珍怪，碧玉挺其阿，蜜房溜其顛。翔鳳哀鳴集其上，清水泌流
> 注其前。《全漢賦》，頁 353

飛瀨漱石，山林泉水，綠陰修竹，山林景貌，栩栩布列，漢代班固〈終南山
賦〉中對「山水」的描繪刻劃，相較東晉山水賦，毫不遜色。

　　再以「水」的撰作爲例，如木華的〈海賦〉：

> 洪濤瀾汗，萬里無際，長波溰溰，逴迤八裔。……群山既略，百川
> 潛渫。決溜澹汋，勝波赴勢。江河既導，萬穴俱流。掎拔五嶽，竭
> 涸九州。瀝滴滲淫，薈蔚雲霧。涓流泱瀁，莫不來注。（《文選》，頁
> 300）

形容水勢的強大浩瀚，磅礡海濤，漫天襲地，西晉木華的〈海賦〉，對「水」
之描繪，也同樣作了極爲深入細緻的觀察；整體來說，漢代的〈終南山賦〉
與西晉的〈海賦〉，兩篇文本都視「山水」爲一「主體」，進而加以形容刻劃、
描繪與狀寫，就這點而言，若說「山水賦」遲至東晉才出現，不免忽略了此
前的賦家之努力與創作，對後來者的啓引與指導。

　　綜合上述，我們發現，漢代以來，即開始出現了直接以「山水」爲名的
賦作，縱使其創作理念與動機並不是以「山水」爲純粹的描寫主體，惟其在
賦中對「山水」或多或少的圖繪摹寫、勾勒刻劃、細緻觀察，必定對──東
晉時期──成熟的「山水賦」到來之前，有直接的影響與啓示；換言之，漢
代、魏代、西晉等賦家所撰寫的「山水賦」，一定對東晉時期的「山水賦」有
著莫大的啓發與提點。

　　就這個角度來看，我們大可不必追究「山水賦」的起源或原初，究竟應
該在何時的討論上，否則，將免不了陷入主觀者分別站在不同立場上，進行

各說各話的無意義之論爭當中。是以，綜合陳慶元、于浴賢、程章燦三位學者的看法，我們進一步的融通其說，將漢晉「山水賦」的演變歷程，解析如下：

自漢代以來，以山水爲名的賦作，逐漸增加，其內容旨意雖不完全以描寫「山水」之自然美爲切要，惟賦中對「山水」或多或少的圖繪摹寫、勾勒刻劃、細緻觀察，也漸次的反應出賦家對「山水」、「自然」的愛賞與觀看，洎乎東晉時期，則進一步的藉由「江南勝景」之啓迪，在佳山秀水中頤養情性，滌淨心靈，寓目泉林，從而造就了「以描寫山水，從而體驗山水的自然美爲主體」——成熟的「山水賦」——之佳構。

參、本論文對「山水書寫」的義界

從上一節的綜合分析來看，我們大抵確定了漢晉時期「山水賦」的演變歷程。同時，也看到了學者們對「山水賦」之起源與義界的歧異；姑不論其對「山水賦」之定義、起源、發展，有何不同的意見與觀點，我們可以發現，學者們所討論的「山水賦」都是「以山水爲名稱」的作品，換言之，也就是作品的題目均是以「山」或「水」、「江」、「海」、「河」爲標目的賦作。只不過，如果「山水」是一種創作的題材、文本敘述的內容、凝視觀看的對象，那麼，是否僅有「以山水爲名」的賦作，才會出現「山水」的描述與體會？

這當然是否定的。

因爲，東晉的「山水賦」要成爲一獨特的文類，絕對不是毫無依憑，無所承襲，便能直接地躍上文學的舞台；例如，東晉之前，漢大賦中的「山水」、魏至西晉尚未完全成熟的「山水賦」，都是東晉「山水賦」可資借鏡、吸收的題材，更何況，漢晉時期的行旅賦、京都賦、畋獵賦、遊覽賦中的「山水」，也有大量可觀的「山水書寫」之存在，其所反映的文化現象與審美型態，不但值得細加討論，更對東晉成熟的「山水賦」有前導之功。基於這樣的認知，我們將不以「山水賦」爲標目，而是以「山水書寫」爲角度切入漢晉辭賦，讓「以山水爲名」的賦作和「不以山水爲名」的賦作，能夠綜合討論，藉以觀察「山水」如何穿梭游移在不同文類（山水賦、行旅賦、京都賦、畋獵賦、遊覽賦）之間，而成爲一複雜的、龐大的文化現象。

而本文對「山水書寫」的義界及其定義，可先從「山水」與「風景」、「自然」的關係，作爲觀察途徑。

一、「山水」與「風景」、「自然」的交集疊合

「山水」與「風景」、「自然」，又互有關聯、疊合、交集之處，〔日〕小川環樹先生即云：

> 「賦」可以說是六朝詩的原型，現在讓我們先看看賦所描寫的風景的構成內容。《文選》所載的賦，正如上面所說，分為十五類，在開頭的「京都」到「畋獵」四類（十五首）的各篇裏，自然物的描寫雖然不是沒有，但這些只不過是作為背景（background），賦的作者著重的是其中人的活動。〔註68〕

縱使其認為「賦」中的「自然」物之描寫只是「背景」，不過卻點出了賦中的「風景」內容，有部分即是「自然物」，由是言之，「風景」即包含了「自然」；而〔德〕顧彬則將「山水」視作「風景」的一部分：

> 自從「山水」發展成為中國詩歌的一個固定術語之後，儘管「山」和「水」指的只是風景的一部分，但鄰近的環境已包括在內，這叫做「以部分代整體」。〔註69〕

以此觀之，「風景」是一個大的整體，當無疑議；而「山水」正是「自然」之化身，當屬於「自然」之一部分；也因此，「風景」為首，「自然」次之，「山水」又次之；整體言之，從「山水」作為基點出發，始能理解其與「自然」、「風景」交相對話的現象與意義，誠如論者所云：

> 「景」作為一種審美範疇，它指的是自然界的一種客觀存在物，與作為主體的人相對，可以身游目視，是物質性的山水實景。〔註70〕

也因此，大賦中的「山水」自然是一種「風景」，一種「自然」的呈示，當然必須納入論述範疇。

二、「山水書寫」一詞較具涵容包納的幅度

深究言之，大賦中的「山水」，雖不以「山水」為題，卻涉及了大量的、純熟的「山水書寫」之技法，如論者所云：

> 漢賦中的山水描寫僅僅作為一種陪襯物而存在，或以陪襯帝王林苑

〔註68〕 詳參小川環樹著，譚汝謙、陳志誠、梁國豪合譯：《論中國詩》（香港：中文大學出版社，1997年），頁13。

〔註69〕 詳參〔德〕顧彬著，馬樹德譯：《中國文人的自然觀》（上海：人民出版社，1990年），頁11。

〔註70〕 詳參郁沅：《心物感應與情景交融》（南昌：百花洲文藝出版社，2006年），頁14。

之廣、物產之豐饒、帝都之形勝，或以爲盛世召喚人才的手段，或作爲諷諫儲君、人主的說辭；山水描寫僅作爲「通諷諭」、「盡忠孝」的背景或手段。因此，它們與以寫山水爲主要描寫對象並獨立成章的山水賦還有相當的距離。不過，漢賦對山水的嫻熟描寫，表現角度、層次的選擇，多種修辭手法的運用，爲山水賦的產生打下了堅實的基礎，提供了寶貴的借鑒經驗。〔註71〕

又云：

較早以山水爲題的賦，有漢朝班彪的《覽海賦》、杜篤的《首陽山賦》和班固的《終南山賦》等。這三篇賦雖然也對海山景物做了描寫，但其成績總體沒能超越大賦中的山水片斷。〔註72〕

如此說來，漢大賦中的「山水」縱然「只是某種思想觀念的說明或某種現實圖景的陪襯，作者寫賦的目的或題旨在於規諷。」〔註73〕但是，作品之存在必然有其理由，如果我們承認《詩經》、《楚辭》中片段的「山水」剪影，爲日後的「山水」文學起了濫觴，那麼，按照文學史的發展，漢大賦中的「山水」就必然會以之爲借鏡，並加以接收，改易，演化，擴展，終而成爲東晉「山水賦」正式來臨的中介與不可或缺的環節。

也因此，陳慶元先生認爲：「漢朝班彪的《覽海賦》、杜篤的《首陽山賦》和班固的《終南山賦》，均是以「山水」爲名之賦作，然其對「山水」之敘寫，卻比不上大賦中的山水片斷。」這番深省，確實值得我們特別去注意，那些不以山水爲名的賦作之「山水書寫」，可能存在的重要意義與深層意旨；而于浴賢在確定六朝「山水賦」的文本時，無意之間也透露出了其他題材中的「山水書寫」之重要性：

本章所述，專指以山、水爲描寫主體，並以山、水名篇的賦入，不包括各類題材中的山水描寫。〔註74〕

〔註71〕于浴賢：《六朝賦述論》（保定：河北大學出版社，1999 年），頁 287。

〔註72〕陳慶元：《賦—時代投影與體制演變》（桂林：廣西師範大學出版社，2000 年），頁 264。

〔註73〕王玫：「漢賦作品所反映的山水鑑賞態度尚未達到完全自覺，自然景物還不是賦家自覺欣賞和描寫的主要對象。……漢大賦中的自然山水往往只是某種思想觀念的說明或某種現實圖景的陪襯，作者寫賦的目的或題旨在於規諷。」《六朝山水詩史》，頁 45-46。

〔註74〕于浴賢：《六朝賦述論》（保定：河北大學出版社，1999 年），頁 284。

整體言之，于浴賢先生所討論的仍舊是「以山水爲名」的賦作，但是，從最後所補充的一句：「不包括各類題材中的山水描寫。」來看，不正點出了其他題材亦具有「山水書寫」的客觀事實與文本現象？

三、打破文類的限制與隔閡，以「山水」作爲一種書寫題材

基此，若僅只探討「以山水爲名」的賦作，是否會忽略了更龐大、更複雜、更豐富的賦作？換言之，不「以山水爲名」的賦作，就沒有令人值得注意、釐整的必要嗎？揆諸漢晉時期，筆者即認爲，除了「山水賦」之外，其他題材的辭賦之「山水書寫」，諸如「京都賦」、「宮殿賦」、「畋獵賦」、「行旅賦」、「隱逸賦」，對「山水」亦有著非常精彩的描述與深刻的描繪，也因此，欲探討整個漢晉時期，「辭賦」中的「山水書寫」之大量使用，勢必不能迴避這些具有充沛的「山水書寫」卻「不以山水爲名的賦作」，如此，始能窺探漢晉辭賦中的「山水書寫」之全豹。故而，「山水」既然是一種書寫的創作題材，就不可能只單單出現在以「山水」爲名的賦作，將視角延展至其他文類，也將是本文所致力之處。

最後，綜合上述，我們已大可確立本論文蒐集文本的原則與範圍：第一，漢晉時期直接以「山水」爲名稱的賦作；第二，雖不以「山水」爲名，衡諸文本內容卻有大量「山水書寫」者，如「京都賦」、「畋獵賦」、「行旅賦」、「隱逸賦」等；故而，以「山水書寫」之稱，較諸「山水賦」，不但能涵容其他不同題材的賦作，也才能更精確的拼貼出，漢晉辭賦中的「山水書寫」之整體樣貌。

第四節　研究架構與詮釋系統之造構

本論文凡分五章，扣除第一章〈緒論〉與第五章〈結語〉，內文計有三章，分別是第二章「空間與權力」、第三章「神話與永恆」、第四章「行旅與審美」，這三章不但是組構本論文之有機主體，同時，也是本文所欲切入的三個探照視野──空間、神話、行旅──藉由這三個向度的拼湊、整合、綴連與交鋒，可以釐整漢晉時期辭賦中的「山水書寫」之景貌。底下，我們並不按次介紹各章節的論述，而是藉由這三章的綜合分析，從「主題式的橫向統攝」、「系統式的縱向深抉」兩大端，進行更宏觀的照察與統合，進而建立本論文的研究架構與詮釋系統之造構。

壹、「主題式」的橫向統攝

以「主題式」來說，「山水」既是一種題材之運用，那麼，通常「山水」會與哪一種主題有較密切的扣合？即以本論文欲討論的辭賦而言，我們認為，「山水」是一種「空間」〔註75〕，可以說，從自然空間、人文空間、神聖空間，都與「山水」有極為密切的關聯；此外，「山水」境域更是「神話」〔註76〕的主要場景，例如神話世界中追求「不死」或「樂園」的永恆象徵，就是「崑崙山」，揆諸漢晉辭賦中的「山水書寫」，我們更發現，無論是「京都賦」中帝王的苑囿、宮殿，或者是域外大海、境內名山等「遊仙世界」，乃至「宗教名山」的建構，都以「崑崙山」作為原型範本，就此而言，「山」與神話的緊密聯繫，已不言而喻，故而「山水」題材與「神話」主題，是第二個必須著重的大方向；最後，可堪注意的是，「行旅賦」〔註77〕中的山水書寫，與外在的風景氣候、作者心靈，交織成整體的「風景」，如何看待「行旅」與「山水」的牽連互動，即為本文的第三個主題。

整體言之，若將「山水」當作一種題材之運用，便可發現其與「空間」、「神話」、「行旅」三個主題，有直接的聯繫與扣合之處。

貳、「系統式」的縱向深抉

以「系統性」來說，「山水」既與「空間」、「神話」、「行旅」有內在的淵源與關聯，那麼，假使這三個主題，分別置諸特定的歷史斷限之中——漢晉時期——是否會隨著歷史背景的遞嬗、文化現象的改變、審美品味的轉換、文藝思潮的滲透，而顯示各自不同的詮釋景觀？更重要的是，從歷史縱深之承傳來看，特定主題的流變與衍繹，是否具有因襲轉化的文學史意義，可資探討？

底下，我們將按照漢代、魏至西晉、東晉三個時域為論述階段，分別針對「空間與權力」、「神話與永恆」、「行旅與審美」三個論題在不同時期的演變，作一說明。

從「空間」議題言之，扣緊「空間與權力」的視角。觀察「山水空間」

〔註75〕有關中國「空間觀」的類型及其意涵，可以參看本論文第二章第一節。

〔註76〕有關中國「神話」的主要定義、思維與特徵，可以參看本論文第三章第一節。

〔註77〕有關「行旅賦」的主要特徵及其與「紀行賦」、「遊覽賦」的名實內涵之辨析與差異，可以參看本論文第四章第一節。

作為一種「權力象徵」，如何隨著時程的演變，展演不同的詮釋景觀。以漢代
來說，本文特選取「京都賦」作為討論對象，觀察以「巨麗」、「壯麗」為表
現形式的京都賦，如何與「空間」（權力）文化，相互結合，闡釋出新的意義。
至於魏至西晉，可以細分成魏代、西晉進行細膩的探討，前者鎖定「山水空
間」與賦家主體情志的互動，後者則從「以空間表示時間」、「空間經驗的時
間化」兩端討論其背後的意義與深刻的價值；到了東晉，則是著重在「江海
賦」與江左王朝之間的相互定義，並由此而延伸出「神聖空間」之討論。

　　從「神話」議題言之，拈出「神話與永恆」這條軸線。分析「山水」如
何成為「神話」、「仙話」的境域，在其中又反映了怎樣的「永恆」界義？以
漢代京都賦來看，其仙境可稱為「人間仙境化」之圖式，而東漢班彪的〈覽
海賦〉、〈冀州賦〉到班固〈終南山賦〉，讓域外大海、境內名山直接促成了「遊
仙世界」之建構。到了魏至西晉這段時域，賦家題寫的山水賦作，屢屢以神
話中的兩大仙鄉──崑崙、蓬萊──作為原型。此時的崑崙聖山、蓬萊仙島，
分別代表著西方、東方，各自從屬的地理位置與神話系統。然則，到了木華
的〈海賦〉，賦中又同時收攏了崑崙聖山、蓬萊仙島，讓兩大神話仙鄉一應俱
全的顯現在此長篇鉅作中，充分的展示與立體的顯現了兩大仙鄉所特有的地
理位置、空間象徵乃至均衡對稱的神話系統，從而在〈海賦〉中形成一「均
衡對稱的神話系統」。最後，則是針對東晉境內名山，作一深細的探討，以孫
綽〈遊天台山賦〉為主軸，分梳幾個議題：「天台山」作為境內名山，如何呈
顯出其神聖特質？「名山」與「地仙」、「山林」與「隱逸」的思維，如何呈
示？再次，〈天台山〉係一座擁有道、佛教義滲透融會的文化地景，將如何看
待其中涵藏的思想？最後，並參照相關山賦以及同時期的「山嶽」詩文，可
以全幅朗現出「宗山名山」的文化圖景與衍繹軌跡。

　　從行旅議題言之，統攝出「行旅」與「審美」的交會。從漢晉「行旅賦」
作為觀察文類，試圖釐析漢晉賦家看待山水的「審美意識」之流變、演進與
臻達成熟。接著，宏觀漢晉行旅賦中的「山水書寫」之整體發展，並將之稱
為「一個開始」、「三次發展」、「一個止泊」，從而對學界不甚關注的行旅賦，
作出全面的考述與深入的研究。

參、以「時代」為經，以「主題」為緯：拼湊一幅山水圖景

　　經由上述的綜合討論，我們以「主題式」與「系統式」的方法，切入討

論的賦篇文本，茲圖示如下：

時代＼主題		空間與權力	神話與永恆	行旅與審美
漢代	西漢	以「京都賦」爲核心之探討	以「京都賦」、「畋獵賦」爲主之探討	劉歆〈遂初賦〉、班彪〈北征賦〉、班昭〈東征賦〉、蔡邕〈述行賦〉
	東漢		班彪〈覽海賦〉、班固〈終南山賦〉	
魏至西晉		曹丕〈浮淮賦〉、〈濟川賦〉、楊泉〈五湖賦〉、劉楨〈黎陽山賦〉、應瑒〈靈河賦〉、王粲〈遊海賦〉、阮籍〈首陽山賦〉、成公綏〈大河賦〉、張協〈登北芒賦〉	曹丕〈滄海賦〉、應瑒〈靈河賦〉、成公綏〈大河賦〉、木華〈海賦〉	王粲〈初征賦〉、劉楨〈遂志賦〉、潘岳〈西征賦〉
東晉		郭璞〈江賦〉、庾闡〈海賦〉、〈涉江賦〉、孫綽〈望海賦〉	孫綽〈遊天台山賦〉	謝靈運的〈辭祿賦〉、〈歸塗賦〉

由此圖表至少可以顯示出幾個比較重要的現象：

　　首先，本文不以「賦」之類別作爲區分的依據，而是將辭賦中的「山水」視作一種題材，來進行綜合論述；故此，除了「山水賦」之外，京都賦、行旅賦中的「山水」也是本文一大考察點。

　　第二，由於漢晉辭賦中的「山水書寫」，過於龐雜、瑣碎與分歧，筆者試圖將之整理、歸納、分析進而詮釋，所採取的方式即「主題式」的討論，將「山水書寫」分成——空間、神話、行旅——三大區塊，當然，這樣的歸類方式，不免會因筆者的主觀判斷而與讀者有所差異，例如孫綽〈遊天台山賦〉，《文選》歸類爲「遊覽賦」，何以跟「神話」之境，有所牽連？其實，只要細讀賦文，可以發現，孫綽將「天台山」與同樣是宇宙中心軸的「崑崙山」類比等同，讓「天台山」與「崑崙山」因同樣具有「宇宙中心軸」的象徵，故此，〈遊天台山賦〉的神話、仙境，便是值得探討之處，將之分類爲「神話」主題，亦無疑議；也因此，本文在分類某一賦篇，都會著重在「文本」的獨特屬性，藉由細讀文本的基礎工作，閱讀、梳理、詮釋，探析文本主要的內涵，從而避免因分類而造成「文本」的割裂，將是筆者所要注意避免的。

　　第三，以「主題」作爲拼湊「山水圖景」之步驟，讓空間、神話、行旅

三大主題看似彼此獨立，毫無干涉，其實，這三個主題之間，互有關聯與回合；以漢代「京都賦」中的「山水書寫」來說，其內容之廣泛與博深，即跨越了「空間」與「神話」兩個向度，必須兼採「權力」與「仙境」兩個視角，始能充分的理解京都賦中的「山水」之運用。又如魏至西晉的「山水賦」，應瑒〈靈河賦〉、成公綏〈大河賦〉，也都跨越「空間」、「神話」兩個主題，是以本文在歸類上，也盡可能的考慮到三個主題之間的交互影響與滲透。

第四，將三個「主題」按照歷史背景的演變，作一觀察，更可以發現，每一個主題均會隨著歷史背景的遞嬗、文化現象的改變、審美品味的轉換，而有不同的展示景觀，例如：觀察漢晉行旅賦中的「山水書寫」之整體發展，即可從中釐析出一條賦家賞翫、觀看「山水」的方式，以及其中「審美意識」的演進脈絡。也因此，每一個「主題」在迭代改易、遷變與轉化，如何與世代，相互映照與互動，是不可忽視的議題。

總之，本論文打破文類的限制與隔閡，視「山水」成為一種創作題材，讓漢晉辭賦中的「山水書寫」成為一整體的現象，不單只探討東晉成熟的「山水賦」，也不僅關注以「山水」為名的賦作，而是擴大文本的論述範圍，讓其他文類（「京都賦」、「宮殿賦」、「畋獵賦」、「行旅賦」）的「山水書寫」，也能納入討論。然則面對如此龐大的文本、文化與歷史背景，遂不能不先以歸納、分類的方式進行挑論，是以筆者將其中的「山水書寫」作一宏觀的照察，將之區分成「空間」、「神話」、「行旅」等三大主題，觀察「山水書寫」與這三個主題之間的對應關係。

由是言之，漢晉辭賦中的「山水書寫」，不妨視作一塊拼圖，它由不同文類（山水賦、京都賦、宮殿賦、畋獵賦、行旅賦）、不同主題（空間、神話、行旅）、不同時代（漢代、魏至西晉、東晉）所綴連組織而成，彼此交雜、混融與滲透，形成一龐大複雜的文化現象與文學圖像，是以本論文的撰寫，便是以「時代」（漢代、魏至西晉、東晉）為經，以「主題」（空間、神話、行旅）為緯，去進行縫合拼湊的工作，讓前中古時期——漢晉——的山水書寫，能得到一較為清晰完整的樣貌。整體言之，藉由「主題」的「橫向」視野與「時代」的「縱向」深抉，始能有條不紊的分梳漢晉時期龐大纏繞的「山水」樣貌，從而拼湊出一幅：漢晉辭賦中的「山水書寫」。

第二章　空間與權力──漢晉辭賦中的「山水書寫」研究面向之一

　　如果說，漢晉辭賦中的「山水書寫」，是一完整的圖象；那麼，本論文的撰寫，即是欲從三個大面向進行拼湊、整合、綴連的工作，底下，便是從「山水」與「空間」的交集疊合，作爲釐整廓清的對象，並以之爲「漢晉辭賦中的『山水書寫』」面向之一。本章計分四節，第一節對「空間」思維及議題，作一介紹與分析，在此基礎上，提出兩個與「山水」密切融織的空間概念──政權象徵與帝國版圖──並以之作爲貫串本章的軸線；第二節探討漢代京都賦中的「山水書寫」與「權力」互動；第三節分析魏至西晉，從「詠歎山水」到「歷史隱喻」的「山水書寫」；第四節則扣緊「江海賦」與東晉王朝之間，密不可分的聯繫。

第一節　山水與空間──政權象徵與帝國版圖

　　「空間」議題，廣涉了不同領域的範疇，成了一門專業的顯學，晚近以來，從物理學、地理學到現象學，從藝術審美到權力運作都可以藉由「空間」角度進行論述〔註1〕。緣此，我們將試圖勾勒出學界目前對「空間觀」的研探

〔註 1〕中文學界有關「空間」論述的說法，較爲詳備且深入的著作，允推鄭毓瑜：《文本風景──自我與空間的相互定義》（台北：麥田，2005 年），在該書中，鄭氏大量的參考了各領域的專門學術著作，介紹了「空間」概念的論述，茲如：針對西方由神學到物理學乃至於網路空間發展、人文空間的相關著作，以及檢討場（field）、區（region）、領域（territory）等地理概念，可資參看，特別

議題，以之作爲本論文切入角度的對照與參考。

壹、「空間」思維及其相關類型概述

一、自然空間

首先，以「自然空間」來看，宇宙萬有的創生，從千仞山巖，水月澄明，山嵐煙海，舊浦芳菼，風吹林蔭，雲影飄蹤，林泉翠峰，清潭孤石，水深山高，無一不是「自然空間」的佈化與存在，誠如學者指出的：

> 宇宙境域就是我們一切經驗的基礎，在這基礎上所衍生的自然空間、人爲環境、精神世界等現象，就策動了文學意象空間的創生。……因此，當人爲造境的建築空間加上大化流衍的自然環境後，寄寓其中的芸芸蒼生、纏綿世間的滾滾紅塵，遂成爲包羅萬有的生命風景，這生命風景正是文學所欲攝取的書寫對象，因爲，它總是我們視覺場域中不曾須臾或離的地方景致。〔註2〕

職此，「自然空間」的場域，當然也就涵蓋了名山海域、阜丘川流、樹石花鳥、禽魚花草、田園莊稼等豐富多元的有機體；更重要的是，中國文人往往在面對「自然空間」，興發情思感懷，哲理意境，進而撰作文學作品，就此而言，「自然空間」實是一種文學之素材來源。

二、人文空間

以「人文空間」來看，如果說，「自然空間」較不具有「人爲經驗」的概念，那麼，「人文空間」則係有「眞實的」經驗或事件之參與，而較偏向「地方」的性質，潘朝陽綜合段義孚、芮查（Edward Relph）等人所提出的說法，可以作爲「空間」與「地方」的差異，茲徵引如下：

> 一個地方，即是被主體我占有居存的空間，在其中不斷生發其存有意義，使此原本空洞、抽象的空間轉化成涵詠蘊具人文與生命意義的空間。〔註3〕

學者又深刻的指出：

是〈抒情自我的詮釋脈絡〉一節，頁15-29。
〔註2〕詳見尤雅姿：〈文學世界中的空間創設〉，（台北：中央研究院中國文哲研究所，2000年），頁157-158。
〔註3〕詳見氏著：〈空間・地方觀與「大地具現」暨「經典訴說」的宗教性詮釋〉，《中國文哲研究通訊》，10卷3期，2000年9月，頁178。

經由人的居住，以及某地經常性活動的涉入；經由親密性及記憶
的累積過程；經由意象、觀念及符號等意義的給予；經由充滿意
義的「眞實的」經驗或動人事入，以及個體或社區的認同感、安
全感及關懷的建立；空間及其實質特徵於是被動員並轉形爲「地
方」。〔註4〕

由此，「人文空間」，諸如：宮殿建築、亭台樓閣、園林池榭等人爲建造的地
景，因爲「主體我」的存在、設計、觀看、投射，而不斷賦予其深刻的意義，
遂成了一個有意義的「人文空間」。「透過人與空間經常性的互動關係，空間
一詞所代表的意義於是熟悉化而爲地方，而人的感受亦漸次由空間的生疏感
轉化成爲地方的熟識感」〔註5〕；換言之，也就是突顯出一個「主體我」與「空
間」的互動，觀察兩者之間的對話與印記，進而呈現出：「人文空間」的建築
物，怎樣反映出其中所滲透的「權力運作」之深刻涵義？進一步延伸的課題
則是：這些「人文空間」的宮殿建築、亭台樓閣、園林池榭，要藉由什麼特
殊的「地景」，完成其神聖意象與至高無上的地位，凡此，本文都將納入考察
範圍。

　　此外，在「人文空間」的範疇中，另一個可資探討的議題則是，根據人
文地理學的研究指出，任何一種地理景觀，都是一種「歷史重寫本」或是「文
化記憶庫」，不能把地理景觀僅僅看作物質地貌，而應該把它當作可解讀的文
本〔註6〕，亦即，空間景觀，其實涵藏了時間的足跡，任何地理空間，都看得
到其中殘留的歷史餘影，故而：

　　一個地區的文化表明該地區的景觀是所有隨時間消逝增長、變異及

　　重複的文化的總和或集中體現。〔註7〕

基於這樣的理解基礎，我們也將於本章第四節，考察東晉時期，南方的「江海
水域」如何凝結集體記憶，聚集中興意識，從而成爲一處永恆的「神聖地景」。

〔註4〕詳見艾蘭・普瑞德：〈結構歷程和地方——地方感覺和感覺結構的歷程〉，收
　　　錄於夏鑄九、王志弘編譯：《空間的文化形式與社會理論讀本》（台北：明文
　　　書局，1994年），頁86。
〔註5〕引號內文字參考王文進對「空間」與「地方」的理解，詳見氏著：〈陶謝並稱
　　　對其文學範型流變的影響——兼論陶謝「田園」、「山水」詩類空間書寫的區
　　　別〉，頁99。
〔註6〕詳見〔英〕Mike Crang 著，楊淑華、宋慧敏翻譯：《文化地理學》（南京：南
　　　京大學出版社，2005年），頁37。
〔註7〕〔英〕Mike Crang 著，楊淑華、宋慧敏翻譯：《文化地理學》，頁20。

三、神聖空間

最後，再從「神聖空間」來看，西方宗教神話學大師耶律亞德（Mircea Eliade）曾指出「神聖空間」與「凡俗空間」兩種存在型態，其云：

> 空間具有兩種存在模式——神聖與凡俗。從凡俗的經驗來看，空間是同質性的，是中性的；但對宗教人而言，空間卻具有非同質性，他會經驗到空間中存在著斷裂點（interruptions）或突破點（breaks）。這就是宗教人所體驗到的神聖空間（真實與實存的空間）與其他空間（非神聖性的、不具結構或一致性、是無特定形態的空間）之間對立關係的經驗。〔註8〕

以此觀之，「神聖空間」的徵顯係宗教人出入「聖凡」之特殊經驗，因之，宗教人總希望將自己立足於真實的「神聖空間」，而此「神聖空間」之特徵，誠如耶律亞德（Mircea Eliade）所說，就是「世界的中心」〔註9〕。換言之，「中心」的象徵與體系，實為討論「神聖空間」所必須面對的重要課題，而以「中心」作為輻輳，往外延展的「四方」界誌，如何共構為一「空間圖像」？而此圖像又有何深義，可供發掘？凡此，都是與「空間」關涉密切的課題，不容輕覷。

綜合本小節所論及的「自然空間」、「人文空間」、「神聖空間」等空間類型來看〔註10〕，本論文也由此開展了一連串的延伸議題：

〔註8〕 引自耶律亞德（Mircea Eliade）著，胡素娥譯：《聖與俗——宗教的本質》（台北：桂冠出版，2000），頁28-29。

〔註9〕 耶律亞德（Mircea Eliade）認為：「『中心』就是宇宙面發生突破點（break）之處，在那裡，空間成了神聖的，因而也成了最真實的。」並分析「中心」的各種形態，諸如：宇宙軸或聖柱、宇宙山、聖地與聖殿、古金字塔型的殿宇、國家、城市、聖殿或宮殿、自己的住家等，都是「世界的中心」。詳見氏著：《聖與俗——宗教的本質》（台北：桂冠出版社，2000年），頁28-32。又，耶律亞德（Mircea Eliade）在《宇宙與歷史——永恆回歸的神話》一書，歸納「中心」之類型，如下：1、聖山——天地交會之處——位於世界中心。2、所有的寺廟與宮殿——擴而充之，所有的聖殿與王居——皆是聖山，因此也都是中心。3、聖城、寺廟等乃是宇宙之軸，為天、地、地下三界交會之點。詳見氏著：《宇宙與歷史——永恆回歸的神話》，楊儒賓譯（台北：聯經，2000年），頁9。而有關耶律亞德（Mircea Eliade）在兩岸三地的傳播與接受，可以參考鄭振偉：《意識‧神話‧詩學一文本批評的尋案》（北京：中國社會科學出版社，2005年），頁56-77。

〔註10〕 除了本文此處所討論的「自然空間」、「人文空間」、「神聖空間」等空間類型，尚有「身體空間」的範疇，綜觀中文學界目前針對「身體與自然」之主題計

以「自然空間」來看,「山水」作爲一「空間結構」,如何成爲賦家吟詠
情思,宣洩抑鬱,興發感懷的「情感載體」,將是我們所要討論的一大重點。
以「人文空間」來看,諸如「京都賦」中的宮殿建築,如何借用「名山聖水」
建構其「權力空間」是第二個研討的重點。最後,則從「神聖空間」之向度,
釐清幾個問題:東晉王朝如何在面江環海的「水域空間」,藉由「水域」的滌
淨蛻變,成爲一永恆的「神聖空間」?此外,孫綽〈遊天台山賦〉中,身爲
宗教名山的「天台山」,又如何從「世俗空間」轉化成「神聖空間」,進而躍
升成爲佛道兩教共同修練護法的「神聖空間」?凡此,都是值得深入探討的
有趣課題。

底下,我們將從「空間與權力」的觀點爲主軸,視「山水空間」爲一「政
權象徵」與「帝國版圖」,並以這樣的視域,開展「漢晉辭賦中的山水書寫研
究」(之一)。

貳、本文採取的「空間」觀

綜覽以上所討論的各種「空間」類型,確實給予我們深遠的啓發,並開
拓了許多值得深究的議題;本文以「空間」的角度,乃根基於中國文學中本
有的「空間觀」之概念,諸如「自然空間」(山水)、「人文空間」(宮殿建築、
亭台樓閣、園林池樹)等「空間結構」,作爲相關討論的起點,所謂「空間結
構」,也就是論者所云:「宇宙境域就是我們一切經驗的基礎,在這基礎上所
衍生的自然空間、人爲環境、精神世界等現象,就策動了文學意象空間的創
生。」

以此之故,我們將「山水」直接視爲一眞實存有的「自然空間」,一方面
著重在「山水空間」如何成爲政權的象徵與符碼?其所構設出來的「空間」
圖景,有何意義?又,「山水空間」假使成爲賦家感懷宣洩的情感載體,其中
所透顯的「權力運作」之流動,該如何解釋?總括言之,藉由「自然空間」、
「人文空間」、「神聖空間」等空間類型,此處的「空間觀」可以拈出兩個大
方向:「政權象徵」與「帝國版圖」。

畫,可從幾篇研究成果,得知其概況:鄭毓瑜:〈身體時氣感與漢魏「抒情」
詩——漢魏文學與楚辭、月令的關係〉,《漢學研究》第 22 卷第 2 期,頁 1-34;
蔡瑜:〈試從身體空間論陶詩的田園世界〉,《清華學報》,新 34 卷第 1 期,2004
年 6 月;蔡璧名:〈疾病場域與知覺現象:《傷寒論》中「煩」證的身體感〉,
《台大中文學報》,2005 年 12 月,頁 61-104。

一、政權象徵

「山水空間」，成了一種「政權象徵」之呈示，可先從《史記‧封禪書》中的一段話談起：

> 自古受命帝王，曷嘗不封禪？蓋有無其應而用事者矣，未有睹符瑞見而不臻乎泰山者也。雖受命而功不至，至梁父矣而德不洽，洽矣而日有不暇給，是以即事用希。傳曰：「三年不爲禮，禮必廢；三年不爲樂，樂必壞。」每世之隆，則封禪答焉，及衰而息。厥曠遠者千有餘載，近者數百載，故其儀闕然堙滅，其詳不可得而記聞云。

「自古受命帝王，曷嘗不封禪？」帝王只要合乎「受命」、「功至」、「德洽」、「暇給」等四個條件，即可「封禪」〔註11〕。

此處明白指出古代帝王登基之後，務必到山嶽舉行「封禪」的儀式，王青先生云：

> 所謂封禪，即是在高山上祭天，再到高山下面的小山祭地。《漢書‧郊祀志上》顏師古注云：「封禪者，封土於山而禪祭以地也。」《後漢書》志七《祭祀上》引服虔注《漢書》曰：「封者，增天之高，歸功於天。」張晏注云：「天高不可及，於泰山上立封，禪而祭之，冀近神靈也。」項威注曰：「封泰山者，告天下，升中和之氣於天。祭土爲封，爲負土於泰山爲壇而祭也。」實際上，這是一種野外祭天地的儀式。〔註12〕

追溯其意義，則可以概括如下：

> 封禪是在高地作壇祭神的宗教儀式，祭拜的對象是代表天的上帝，天或上帝象徵著主宰天地萬事萬物的至上神，政權的認得被認爲是至上神的安排，將天命授於帝王，代理至上神來統治人民。至上神是高高在上，是結合了天的崇拜而來，重點在於天命的授與上，是朝代更替的推動者，更是社會命運的決定者，帝王是必須按天命來

〔註11〕 這四項條件的定義，分別是：「受命」——先要獲得天命，方可以改朝換代，所謂「自古受命帝王」，「皆受命然後德封禪」。「功至」——應指改朝換代成功，國家統一，而且政權穩固。「德洽」——應指政治上軌道，人民安和樂利，安於新朝代。「暇給」——以上三項工作都完成了，開始有閒暇從事禮樂，封禪即是古代帝王之大禮。詳參阮芝生：〈三司馬與漢武帝封禪〉，《台大歷史學報》20 期，1996 年 11 月，頁 309-310。

〔註12〕 詳見氏著：《漢朝的本土宗教與神話》（台北：洪葉文化，1998 年），頁 130。

行事，所謂天命，常以自然災異的現象來顯示上帝的訊息，帝王要
面對這些訊息採取適當的回應方式。封禪是最高級的回應儀式，是
以象徵天命的獲得，是用來直接地感應上帝，選擇在高山上祭拜上
帝，是因爲高山直插雲霄，有著山與天通的感受，再山上祭祀代表
著直接與神感應。〔註13〕

選擇在崇山峻嶺的高山祭拜上帝，直接與神感應，從而表徵人間帝王取得政
權的合法化，更何況，「從神話的角度詮釋，山標誌著一個垂直向上與天相接
觸的點，象徵與上界接觸的神聖空間」〔註14〕，是以「自古受命帝王，曷嘗
不封禪？」清楚的說明了帝王與山嶽的緊密聯繫，誠如王國瓔所說：

> 山嶽河川不僅因爲形狀高峻、聲勢浩大令人起敬，更因爲山岅河川
> 能反映上天的意志，是人間社會秩序的鏡子。山川在自然界的地位，
> 有如人君在人間的地位，兩者同樣受命於天；山川主宰自然，君主
> 主宰人間；山川之力相當於王權，山川之惠相當於君王之德。〔註15〕

也因此，「山水空間」在此成了潤色鴻業的政治話語，「成爲統治者實行統治
與教化的工具」〔註16〕，對帝王而言，「封禪是一種宣示天命、昭告德業的祭
祀儀典，不但是天下擁有天下的正名儀式，同時也是一種將屬於君王個人慾
望合法化爲國家典制的必要手段」〔註17〕，係不可或缺的政權象徵，也是舉
國關注的重大事件〔註18〕。

〔註13〕說見鄭志明：《中國社會鬼神觀念的衍變》（台北：中華大道文化，2001年），
　　　　頁159-160。
〔註14〕詳見鄭振偉引耶律亞德（Mircea Eliade）之說，氏著：《意識·神話·詩學—
　　　　—文本批評的尋案》（北京：中國社會科學出版社，2005年），頁117。
〔註15〕詳見氏著：《中國山水詩研究》，頁15。
〔註16〕引發內文字參見張懷通：〈先秦時期的山川崇拜〉，《河北師院學報》，1997年
　　　　4月第2期，頁56。文中並討論了商、西周、春秋、戰國以來，「山川崇拜」
　　　　的演變歷程，可資參看。
〔註17〕引號內文字見鄭毓瑜：《性別與家國——漢晉辭賦的楚騷論述》（台北：里仁
　　　　書局，2000年），頁114。
〔註18〕謝謙以漢武帝時的封禪大典爲例，云：「元鼎六年四月，武帝終於帶著文武朝
　　　　臣封登泰山，舉行了對王朝建立以來的首次封禪大典，並下昭改年號爲「元
　　　　封」。封禪泰山，自然是當時舉國關注重大事件。司馬談因故「留滯周南，不
　　　　得與從事，故發憤且卒」。臨終前對其子司馬遷道出終生憾事：「今天子接千
　　　　歲之統封泰山，而余不得從行，是命也夫！命也夫！」可見漢武帝「建漢家
　　　　封禪」在當時士大夫心目中的神聖意義。自此而後，武帝又於元封五年，太
　　　　初三年，天漢三年，太始四年，征和四年，每隔五年一修封。封禪大典的舉

　　此外，《史記·封禪書》亦記載秦始皇由於都城咸陽位居僻遠，相較先秦時期形成的「五岳」、「四瀆」的概念，成了「五岳四瀆皆並在東方」的局勢，為了保全秦朝的正統性，秦始皇更動名山大川的序列，使咸陽之東、西各有名山環繞，從而達到方位的對稱與均衡。像這樣以「山川」作為國都方位是否「居中」的判準，亦見諸清人建都北京的例子，唐曉峰認為：

> 清人建都北京，地處傳統中原大地的東北部，於是有人將天下山水
> 的總方向朝京師靠攏，以歌頌帝都的崇高偉大：天下萬山皆成於北，
> 天下萬水皆宗於東，於此乎建都，是為萬物所以成終成始之地，自
> 古所未有也。（孫承澤：《天府廣記》卷一形勝）〔註19〕

無論是偏處西戎的秦地，或是凌駕東北的清朝，隨著政權的轉換而將中原「五岳」、「四瀆」的概念更迭置換，於此，可見出兩者均以外環之「山水空間」作為國都方位的考量，擴大而言，可以說：「自然山水常常被納入表述王朝疆域話語。中國的名山大川，幾乎等於王朝的代名，坐江山，就是治中國，江山作為政治符號。」〔註20〕

　　準此以觀，山水作為自然造化的真實存在，不但是目睹身臨的真實空間，當君主坐擁「政權中心」（如宮殿建築），名山大川，幾乎等於王朝的代名詞，攤展在輿圖上的自然山水，遂成為國勢政權的具體反映；於此，「山水空間」，便是一種「政權象徵」與「帝國版圖」，可作為極佳的切入視角。

二、帝國版圖

　　藉由上述「山水空間」是一種「政權象徵」的討論基礎，我們進一步的將「山水空間」當作帝國疆界的版圖延伸，誠如〈西都賦〉中的具體陳述：

> 宮館所歷，百有餘區，行所朝夕，儲不改供。禮上下而接山川，究
> 休祐之所用。《文選》，頁16。

在這段話中，有幾點值得注意的方向：首先，〈京都賦〉中的宮殿建築、離宮

　　　　行，標誌著大漢王朝的統治達到鼎盛時期。」詳參謝謙：〈大一統宗教與漢家
　　　　封禪〉，《四川師範大學學報》，第22卷第2期，1995年4月10-11。阮芝生則
　　　　進一步探討司馬談之死與漢武帝不讓他參加封禪有關，他因此「發憤」而卒。
　　　　簡中原委，可以詳參氏著：〈三司馬與漢武帝封禪〉，《台大歷史學報》20期，
　　　　1996年11月，頁307-341。
〔註19〕唐曉峰：《人文地理隨筆》，北京：三聯書店，2005年五月，頁270。
〔註20〕括號內文字引自唐曉峰：《人文地理隨筆》，北京：三聯書店，2005年五月，
　　　　頁268-270。

別館，彌山跨谷，彼相綴連，所型塑的巨麗豪奢，鮮明可見；第二，天子在京都城池，「禮上下而接山川」、「第從臣之嘉頌」〔註21〕（《文選》，頁16），儼然以「縮影」的形式，將「山川」變成京都、宮殿中的圖景；特別的是，帝王一方面「接山川」，宣示自己的權威，一方面又透過「第其高下，以差賜帛也」的實際品評行動，體現至尊無上的地位。

　　就此而言，「京都賦」中的「山水書寫」，特別是「以群體空間見勝的中國建築的空間組織，集宏大與深邃、華麗與優雅於一體」〔註22〕的宮殿、居室，如何結合「山水書寫」，成為帝王「接山川」、「第其高下」的威儀象徵，值得釐清；換言之，「宮室」、「都城」等空間格局，如何透過「山水書寫」，體現出整個國家的「權力結構」與「正當性」〔註23〕？進一步來說，天子要在何處發號施令，「禮上下而接山川」、「第從臣之嘉頌」，也就是：都城的「中心」樞紐，位居何處？再從「中心——四方」的角度來看，《京都賦》是否可以當做一政治文本來照察？總括來說，我們將以漢代京都賦中的「山水書寫」為例，視「山水空間」為「帝國疆界」的延伸，回應以上的諸多提問。

　　接著，若再把「山水空間」為「帝國版圖」的視角，移轉到東晉時期，更可以清楚的看到：面對南方的長江、大海，「江海」所具有的險要地勢，適巧提供了江左王朝一幅固若金湯的城池，不但可以用來區分華夷、穩定政局、凝聚向心力，更代表著「權力象徵」與「國勢象喻」。因此，「江海」對東晉王朝而言，也是一種「帝國版圖」的隱喻。

　　綜合上論，「山水空間」，便是一種「政權象徵」與「帝國版圖」，我們將按照漢代、魏至西晉、東晉三個時域為論述階段，扣緊「空間與權力」的視角，觀察「山水空間」作為一種「權力象徵」，如何隨著時程的演變，展演不同的詮釋景觀：

〔註21〕《漢書》曰：「宣帝頗好儒術，王褒與張子僑等並待詔，所幸宮館，輒為歌頌，第其高下，以差賜帛也。」《文選》，頁16。

〔註22〕引號內文字見王貴祥：《文化‧空間圖式與東西方建築空間》（台北：田園城市文化，1998年），頁411。

〔註23〕王健文認為「國家結構」的正當性宣稱，可以透過空間的規劃來呈現，其云：「統治者如何利用空間格局的規劃，或者是宮室、或者是都城、或者是祭祀的空間，不同的設計，體現出不同的意義。一方面涉及現實政經實務上的掌握與運作，另一方面則以空間格局體現出權力的結構。再方面，也轉換成或體現而為國家的正當性。」詳見氏著：《奉天承運——古代中國的「國家」概念及其正當性基礎》（台北：東大發行，1995年），頁191。

　　首先，漢代的辭賦中，尤以「京都賦」運用山水書寫爲大宗，本文特以漢代「京都賦」中的「山水書寫」作爲討論核心，由於外環山水代表天然地勢的險要，山水書寫遂往往與都城結合，顯示國家體勢的壯盛，因之，京都作爲國家政治、社經、文化、權力、資產的載體，亦是天子發號施令之所由，賦家們書寫山水（空間）所具有的權力象徵，皆從京都如何運用外環山水顯示國都具有險要地勢、座落極佳位域爲端緒，進而表達出天子如何藉由山川水域而坐擁權力的中心，拓展無遠弗屆的帝國版圖。本小節將以長安、洛陽兩大都城進行論述，由此證明「京都賦」中「山水書寫」的大量運用，同時也觀察漢代賦家如何運用京都賦中的「山水書寫」，宣示君主的「權力中心」與帝國的「版圖界域」，從而建構出一由「中心」爲輻輳，往外漸次延伸的「同心圓」版圖。

　　洎乎魏至西晉，辭賦中的山水書寫，亦將山水視爲表徵國土界域的權力劃分，如前者在三分天下（魏、蜀、吳），以「山水書寫」誇炫各偏一隅之政權，後者於三國歸（西）晉，以「山水書寫」編織太平盛世之藍圖；大凡，都將山水作爲潤色鴻業的政治話語。只不過，因應時空場景的轉化而有了殊異的美學徵候，故筆者特分「魏代辭賦中的山水書寫」、「西晉辭賦中的山水書寫」進行討論；其中，尤其值得注意的是，「魏代辭賦中的山水書寫」、「西晉辭賦中的山水書寫」均在文本中透示出君主的權力滲透，亦即，建安諸子、魏初賦家在詠歎山水，圖謀大展所長之際，對君王的潤色鴻業，頌揚讚嘆，已然預設君主（閱讀者）的觀看，是以山水賦篇儼然成了臣下對君上的奏章；至於西晉賦家從規箴諷諫的角度加入了禍福興衰、歷史隱喻，則是希望文本背後的閱讀者——君主——能夠記取殷鑒不遠的教訓，俾使國祚綿延，功垂不朽，從而也揭示了賦家站在政治立場發聲，爲君主（閱讀者）服務的深意。從這個角度而言，魏代或西晉辭賦中的山水書寫，或有各自不同的重心，然而在吟詠山水空間時，兩者卻止掩不住文本背後，那隱微不彰卻無所不在的——「君主權力」。

　　最後，則是把焦點放在東晉「江海賦」，觀察賦家如何借用長江、大海呈顯王朝政權，同時也進一步探究，南方的江海水域與東晉王朝彼此緊密，相互定義的關係，換言之，江海空間一方面具現了東晉王朝的地理疆域，同時也宣示了：南方的東晉王朝，因座落水域繚繞，江海環抱的特殊位域，正係一「神聖空間」之所在。

第二節　漢代：帝國光影與山水書寫的相互輝耀

壹、以「京都賦」作爲整體觀照之理由

　　錢鍾書先生曾云：「詩文之及山水者，始陳其形勢產品，如《京》、《都》之《賦》。」

　　可堪注意的是，錢氏早已拈出漢代「京都賦」使用「山水書寫」之現象，針對此一論題，學界已略有關注與探討〔註 24〕，然未獲全面而深入的分析。筆者認爲，京都賦中的「山水書寫」誠爲一組特殊的符碼，顯然不同於董仲舒〈山川頌〉的比德之說，係儒家道德意識的產物〔註 25〕。京都賦中的「山水書寫」涵藏了都城的文化、政治、權力等深層內蘊，更具有險要地勢的象徵，國勢政權的隱喻，版圖界域的宣示等，值得深入探討的意義，絕不能僅視作文本的基底架構或創作背景而已。

　　誠如〔美〕康達維（David R. Knechtges）教授所分析，漢大賦──都城、宮殿、苑囿──「以大爲美」的特質，係最適合用來表徵國家權力的文體，其云：

> 漢代王朝要如何彰顯它的光榮與威嚴？它們藉由壯大的景觀展示，包括畋獵、軍事行動、慶典與儀式。也以韻文的方式呈現，在這些所有的相關活動當中，可以看到一個佔有優勢的美學標準，那就是「以大爲美」。我在此所使用的這個術語「以大爲美」，實際上是來自於漢武帝時期所寫的詩文。這樣的詩文──即是「賦」──在漢代宮廷是首要的文類。在漢代宮廷所構造的這些賦篇，主要是用盛

〔註 24〕相關討論，如李炳海：〈帝都中心論的文化承載──古代京都賦意蘊管窺〉，《齊魯學刊》，2000 年第 2 期，頁 4-10；鄭毓瑜：〈名士與都城──東晉「建康」論述〉，《文本風景──自我與空間的相互定義》（台北：麥田，2005 年），頁 35；曹勝高：《漢賦與漢代制度》（北京：北京大學出版社，2006 年），頁 16-93。

〔註 25〕王琳云：「所謂「比德」，便集中地體現了先秦兩漢儒家的自然觀。孔子說：「知者樂水，仁者樂山，知者動，仁者靜」，皇侃釋此爲「明智仁之性」，《說苑·雜言》、《荀子·宥坐》、《尚書大傳·略說》、《韓詩外傳》、《大戴禮記》等所記載之基本精神亦同。劉向載孔子釋「君子見大水必觀」的緣由云：「夫水者，君子比德焉」；繼而羅列「遍予而無私，似德，所及者生，似仁」等等加以比附，可見所謂「君子樂水」在於其可以象喻某些社會屬性，這就把「發軔於《詩經》的「比興」意識完全人格化，而變成儒家自然觀的核心內容。董仲舒《山川頌》是展示這種自然觀的典型作品。詳參氏著：〈楚漢魏晉辭賦寫景述要〉，《山東師大學報》（社會科學版），1997 年第 5 期，頁 69。

大的、華麗的形式,來展示文本。這種類型的賦,在中國即稱之爲
大賦。而它們之所以稱之爲「大」,正在於它們是長篇的份量,而它
們在標題上又具有盛大的意味,諸如都城、宮殿、苑圃。〔註26〕
如此說來,漢代「京都賦」之標題不但是一種盛大華麗的指稱,其內容也是
以「巨麗」、「壯麗」〔註27〕爲表現形式,故此,漢代京都賦中的「山水書寫」,
實爲一極佳的切入點,其如何與「空間」(權力)文化,相互結合,闡釋出新
的意義,將是我們觀察的重點,涵括幾個議題如下:

賦家如何運用外環山水顯示國都具有險要的地勢,座落極佳的位域?進
而頌揚天子坐擁權力的中心,拓展無遠弗屆的帝國版圖?其空間圖式,如何
構設?大凡此類問題,筆者試圖在底下逐次綜理與分析。

透過本小節的深入分析,一方面可以看出漢代王朝如何藉由「山水書寫」
與「帝國光影」相互輝耀,二方面則映證了漢代京都賦中的「山水書寫」,實
爲文本中一龐大繚繞的網絡,不宜輕覷。

貳、權力中心,版圖越界——漢代京都賦中的「山水書寫」研究

底下,我們將以《昭明文選》所選錄的漢代京都賦名篇——〈兩都賦〉、
〈兩京賦〉——爲主要文本,輔之以〈子虛賦〉、〈上林賦〉等相關賦作,並
以承載國家政治、文化、社會、經濟、權力意涵的兩漢首都——長安、洛陽
——分別作爲切入點,闡釋京都賦結合山水書寫,在西漢、東漢所各自開展

〔註26〕原文如下:「How did the Han celebrate its glory and grandeur? They did it by
staging large spectacles, including hunts, military reviews, pageants, and
ceremonies. They also celebrated it with poetry. In all of these activities one can
see a dominant aesthetic, that of the beauty of the large. The term that I use here,
"beauty of the large," actually comes from a poem written during the Emperor Wu
era. This poem is a fu 賦,which was the principal poetic genre of the Han court.
The fu composed at the Han court were mainly display pieces written in a grand
and ornate style. This type of fu is called in Chinese da fu 大賦,which literally
means "large fu." Such pieces are called "large" because they are long, but also
because they are on grand topics such as capitals, palaces, and park.」詳參〔美〕
康達維(David R. Knechtges):〈"Have You Not Sssn the Beauty of the Large":An
Inquiry Imperial Chinese Aesthetics〉李豐楙主編:《文學、文化與世變——中
央研究院第三屆國際漢學會議論文集文學組》(台北:中研院中國文哲研究
所,2002年),頁44。
〔註27〕康達維(David R. Knechtges)教授稱之爲「ju li」、「zhuang li」,〈"Have You Not
Sssn the Beauty of the Large":An Inquiry Imperial Chinese Aesthetics〉,頁45、
47。

的多重義旨與深層內蘊。文末並根據賦文所述，嘗試繪製出屬於漢代的同心
圓的帝國版圖。

　　以是，不但彰顯了京都賦中「山水書寫」的重要性，同時也輝映了盛世
的帝國光景；而兩漢的權力中心與版圖界域，更由此建構與延展。

一、長安：以苑囿、宮殿結合山水書寫為政權象徵

　　在本小節中，將先以〈西都賦〉、〈西京賦〉所描繪的西漢長安都城出發，
觀察長安如何藉由「苑囿」與「宮殿」結合山水書寫，狀摹帝國版圖與權力
中心；以「苑囿」來說，賦家分從水域、山勢、宮殿、物產等四端，結合山
水書寫，將天子苑囿打造成帝國版圖之縮影；繼而，討論「未央宮」仿照天
體之律度，俾合宇宙之儀則，視天上「紫宮」為人間君主之宮殿，且「未央
宮」又位居「龍首山」上，從而具有耶律亞德（Mircea Eliade）所謂的「中心」
象徵，遂成為長安的政治中心與權力命脈之所在；最後，再討論外環長安都
城的「崇山峻嶺，繚繞水域」之險要地勢，以期整全的體現〈西都賦〉、〈西
京賦〉中的山水書寫

（一）苑囿：帝國版圖的縮影

　　漢代苑囿，最著名者，莫過於司馬相如所寫的〈子虛賦〉、〈上林賦〉，前
者以諸侯身分發言，後者則從天子立場發聲，均極盡能事的炫耀各自的版圖
界域；其中，以〈上林苑〉為例，天子發言人的亡是公，宣示天子所在的苑
囿，遠遠勝過諸侯國的疆域領土，不知凡幾，於是，「且夫齊楚之事又烏足道
乎？君未睹夫巨麗也，獨不聞天子之上林乎？」而學界討論漢賦中的苑囿，
均已注意到：苑囿係帝王所專享的政治資產〔註 28〕、以縮影形式復現其幅員
遼闊的帝國的山林川澤〔註 29〕、苑囿是皇帝的遊獵場所，這一空間所具有的
政治、文化意義十分重大，可說是帝國的縮影，是朝向認同的帝國所有欲望
再現的地方〔註 30〕；大抵而言，本文同意以上的結論，然而苑囿如何成為帝

〔註 28〕 如鄭毓瑜：〈賦體中「遊觀」的型態及其所展現的時空意識——以「天子遊獵
　　　　賦」、「思玄賦」、「西征賦」為主的討論〉，即有相關之討論。見氏撰，收入《第
　　　　三屆國際辭賦學學術研討會論文集》（台北：政治大學文學院，1996 年 12 月），
　　　　頁 411-432。

〔註 29〕 如大衛・霍克斯（David Hawkes）：〈神女之探尋〉，程章燦譯，收入莫礪鋒編：
　　　　《神女之探尋》（上海：上海古籍出版社，1994 年），頁 46。

〔註 30〕 如鄭在書：〈苑囿：書寫帝國的空間——以〈子虛〉、〈上林〉兩賦為例〉，李
　　　　豐楙、劉苑如編：《空間、地域與文化——中國文化空間的書寫與闡釋》（台

國藍圖之縮影，筆者認為有再釐清的必要，換言之，連類堆疊、聚眾萬品的物產，絕域極境、浩瀚無垠的地理疆界，當然是帝國資產的再現與聲明，然而這樣一幅帝國藍圖之縮影，究竟如何形成，其發展軌跡又如何？委實能再作延伸之討論。

是以，為了呈現漢代以來「苑囿」的發展脈絡，可先從枚乘〈梁王菟園賦〉談起，繼之討論〈子虛賦〉、〈上林賦〉與〈西都賦〉、〈西京賦〉中有關苑囿的相關條例，俾使「苑囿」成為帝國藍圖之縮影的演變歷程，有更立體的說解。

據《史記・梁孝王世家》記載：

> 孝王，竇太后少子也，愛之，賞賜不可勝道。於是孝王築東苑，方三百餘里。廣睢陽城七十里，大治宮室，為複道，自宮連屬於平臺三十餘里。得賜天子旌旗，出從千乘萬騎，東西馳獵，擬於天子。
> 〔註31〕

梁孝王為竇太后少子，貴為諸侯，其東苑、宮室之廣袤雄偉，座騎、畋獵之盛大空前，儼然比肩國君，「擬於天子」，枚乘〈梁王菟園賦〉即有相關記載：

> 脩竹檀欒夾池水，旋菟園，並馳道，臨廣衍，長穴板，故徑于崑崙，觀相物芴焉子，有似乎西山。西山隉隉，卹焉虺虺，塞路委移，釜巖紆巍。郝焉暴熛，激揚塵埃。蛇龍，奏林薄，竹遊風踊焉，秋風揚焉，滿庶庶焉，紛紛紜紜，騰踊雲亂，枝葉罩散，摩來番番焉。谿谷沙石，洄波沸日，湲浸疾東，流連轔轔。陰發緒菲菲，闐闐謹擾，昆雞螳蛙，倉庚密切，別鳥相離，哀鳴其中，若乃附巢塞鼓之傳于列樹也，欐欐若飛雪之重弗麗也。西望西山，山鵲野鳩，白鷺鶻桐，鸚鴞鸒鶹，翡翠雛谷佳，守狗戴勝，巢枝穴藏，被塘臨谷，聲音相聞，喙尾離屬，翔翔群熙，交頸接翼，闇而未至，徐飛蚗羽沓，往來霞水，離散而沒合，疾疾紛紛，若塵埃之閒白雲也。子之幽冥，究之乎無端。〔註32〕

梁孝王曾與枚乘、司馬相如等辭賦家游宴園中，菟園即當時文人雅士聚集的

北：中央研究院，1993 年），頁 136。

〔註31〕引自瀧川龜太郎：《史記會著考證》（台北：宏業書局，1994 年），頁 806。

〔註32〕引自費振剛、胡雙寶、宗明華輯校：《全漢賦》（北京：北京大學出版社，1997 年），頁 29。

場所，枚乘的〈梁王菟園賦〉以親身遊歷菟園的經歷，圖寫出園林自然風光
的景色、游晏玩賞的芳蹤，進而表達出園林內繁華茂盛的空間資產，是以賦
中先側寫脩長的竹林映照水池爲起始，構設出悠遠淡雅的景致，接續以園林
內「西山隉隉，岶焉嵬嵬」，絕巘峭拔，蜿蜒曲折的山勢來襯托菟園之廣大遼
闊，同時也表徵了梁孝王擁有境內物產的所有權。

　　如果說，梁孝王的菟園宣示諸侯的權力展示，眞正從天子／國家的苑囿
進行書寫者，毋寧須以司馬相如〈上林賦〉所描寫的上林苑爲代表。〈上林賦〉
與〈子虛賦〉爲一整體，司馬相如爲漢武帝寫作〈上林賦〉之前，已先有描
寫諸侯疆域範疇的〈子虛賦〉問世，〈子虛賦〉主要藉由子虛（楚）、烏有（齊）
的問答，各自表徵出所屬國（楚、齊）如何以山水作爲國土分野的勢力劃分，
如子虛盛誇楚國雲夢大澤：

> 雲夢者，方九百里，其中有山焉。其山則盤紆嵒鬱，隆崇聿崒，岑
> 崟參差，日月蔽虧。交錯糾紛，上干青雲；罷池陂陀，下屬江河。
> 其土則丹青赭堊，雌黃白坿，錫碧金銀，眾色炫耀，照爛龍鱗。其
> 石則赤玉玫瑰，琳瑉昆吾。
> 其東則有蕙圃，衡蘭芷若，穹窮菖蒲，茳蘺蘪蕪，諸柘巴苴。
> 其南則有平原廣澤，登降陀靡，案衍壇漫，緣以大江，限以巫山。
> 其高燥則生葳菥苞荔，薛莎青薠。其埤濕則生藏茛蒹葭，東薔彫胡，
> 蓮藕觚蘆，菴閭軒于。眾物居之，不可勝圖。
> 其西則有湧泉清池，激水推移。外發芙蓉菱華，內隱鉅石白沙。其
> 中則有神龜蛟鼉，王毒瑇瑁鱉。
> 其北則有陰林，其樹楩柟豫章，桂椒木蘭，檗離朱楊，櫨梨梬栗，
> 橘柚芬芳。
> 其上則有鵷鶵孔鸞，騰遠射干。
> 其下則有白虎玄豹，蟃蜒貙犴。〔註33〕

面對子虛誇飾楚國疆域的廣大，齊國的烏有先生則從鉅海、琅邪、渤澥、孟
諸等自然山川作爲版圖分野：

> 且齊東陼鉅海，南有琅邪，觀乎成山，射乎之罘。浮渤澥，游孟諸。

〔註33〕〈子虛賦〉原文，引自〔梁〕蕭統編、〔唐〕李善注：《文選》（台北：五南出
　　　　版社，1994年），頁190、191。本文所徵引的賦篇文本，出處同此，若非特
　　　　別說明，將只註明頁數，恕不溢注。

邪與肅慎爲隣，右以湯谷爲界，秋田乎青丘，徬徨乎海外。吞若雲
夢者八九於其胸中，曾不蔕芥。（《文選》，頁 195）

烏有先生以「吞若雲夢者八九」，輕描淡寫的展演出齊國的勢力範圍，相較子
虛側重於矜誇諸侯國的勢力，齊國烏有先生則是從「不稱楚王之德厚」、「言
淫樂而顯侈靡」之疾言勸諫來諷刺楚國的豪奢：

今足下不稱楚王之德厚，而盛推雲夢以爲高，奢言淫樂而顯侈靡，
竊爲足下不取也，必若所言，固非楚國之美也。無而言之，是害足
下之信也。彰君惡，傷私義，二者無一可，而先生行之，必且輕於
齊而累於楚矣。（《文選》，頁 194）

以此觀之，齊國的烏有先生儼然是站在賦家曲終奏雅的立場，提出：「在諸侯
之位，不敢言游戲之樂，苑囿之大」，規諫楚國君主應以厚德爲主，切莫奢華
侈靡。

承上，〈子虛賦〉係以子虛、烏有藉由山水的卷布劃分，圖寫出諸侯國（楚、
齊）的權力展演與勢力範圍，直至〈上林賦〉方藉著天子發言人的亡是公，
宣示天子所在的苑囿，遠遠勝過諸侯國的疆域領土，不知凡幾，於是，「且夫
齊楚之事又烏足道乎？君未賭夫巨麗也，獨不聞天子之上林乎？」司馬相如
以大賦的鋪排方式，分別從水域、山勢、宮殿、物產，極力地張設出帝國之
盛世藍圖：

左蒼梧，右西極。丹水更其南，紫淵徑其北，終始灞滻，出入涇渭，
酆鎬潦潏，紆餘委蛇，經營乎其內。東西南北，馳騖往來，出乎椒
丘之闕，經乎桂林之中，過乎泱漭之壄，汨乎混流，順阿而下，赴
隘陿之口，觸穹石，激堆埼，沸乎暴怒，洶涌彭湃，滭弗宓汩，偪
側泌㵖，橫流逆折，轉騰潎洌，滂濞沆溉，穹隆雲橈，宛潭膠盩，
踰波趨浥，涖涖下瀨，批巖衝擁，奔揚滯沛，臨坻注壑，瀯瀯寊墜，
沈沈隱隱，砰磅訇石蓋，滈滈溫溫，潏潗鼎沸，馳波跳沫，汨濦漂
疾，寂漻無聲，肆乎永歸。然後灝溔潢漾，安翔徐回，翯乎滈滈，
東注太湖，衍溢陂池。〔水域〕（《文選》，頁 198-199）

於是乎崇山矗矗，巃嵸崔巍，深林巨木，嶄巖嵾嵯，九嵏巀嶭，南
山峨峨，巖陀甗錡，摧崣崛崎，振溪通谷，蹇產溝瀆，谽呀豁閜，阜
陵別隖，崴磈嵔瘣，丘虛堀礨，隱轔鬱山雷，登降施靡⋯⋯布結縷，
攢戾莎，揭車衡蘭，藁本射干，茈薑蘘荷，葴持若蓀，鮮支黃礫，

蔣芧青薠，布濩閎澤，延曼太原，離靡廣衍，應風披靡，吐芳揚烈，
郁郁菲菲，眾香發越，肸蠁布寫，晻薆咇茀。〔山勢〕（《文選》，
頁 200-201）

於是乎離宮別館，彌山跨谷，高廊四注，重坐曲閣，華榱璧璫，輦
道纚屬，步櫩周流，長途中宿。夷嵕築堂，累臺增成，巖突洞房，
頫杳眇而無見，仰攀橑而捫天，奔星更於閨闥，宛虹拖於楯軒。……
靈圉燕於閒館，偓佺之倫暴於南榮。醴泉涌於清室，通川過於中
庭。……〔宮館〕（《文選》，頁 201-202）

於是乎盧橘夏熟，黃甘橙楱，枇杷橪柿，樗柰厚朴，梬棗楊梅，櫻
桃蒲陶，隱夫薁棣，荅遝離支，羅乎後宮，列乎北園，貤丘陵，下
平原……楩檀木蘭，豫章女貞。長千仞，大連抱。於是乎玄猨素雌，
蜼玃飛，蛭蜩蠷猱，獑胡縠蟫，棲息乎其間。長嘯哀鳴，翩幡互經，
夭蟜枝格，偃蹇杪顛，踰絕梁，騰殊榛，捷垂條，掉希間，牢落陸
離，爛漫遠遷〔物產〕（《文選》，頁 202-204）

司馬相如以山水爲鋪述主軸，首先狀寫環繞上林苑的水域分佈：「左蒼梧，右
西極。丹水更其南，紫淵徑其北，終始灞滻，出入涇渭，酆鎬潦潏，紆餘委蛇，
經營乎其內」；四周矗擁的高聳山勢：「崇山矗矗」、「深林巨木」；而離宮別館
亦建造在險要的山勢之上，彌山跨谷，彼相綴連；至於上林苑內的資產「羅乎
後宮，列乎北園」，含括了內陸、海域等千奇百怪，繁茂繽紛，應有盡有的多
元物類，充足的展現了帝國的雄厚資產，以及賦家對帝國的讚嘆[註34]。

　　由此，司馬相如從水域、山勢、宮殿、物產四端結合山水書寫，襯托上
林苑之高、大、奇，並極力將其誇炫成比楚國雲夢大澤、齊國領域，更具壯
闊雄偉，遼敻浩蕩的地景，然上林苑非僅具有廣大無垠的領土，君主更可位
居其中，藉以掌控權力，發號施令，例如班固〈西都賦〉、張衡〈西京賦〉在
描寫上林苑時，同樣都用人工開鑿的昆明池，來顯示苑囿之浩瀚，以及天子
位居上林苑，觀臨天下，施展權力：

　　〈西都賦〉：「……集乎豫章之宇，臨乎昆明之池。左牽而右織女，

〔註34〕王國瓔認爲：「漢賦中對天子遊獵的林苑山水景物的誇飾，以及對京城都會山
　　　　水地勢的描述，就充分表現一分對天子擁有無比權勢和財富的讚嘆，和對帝
　　　　國統一與繁榮境況的自豪。」此與筆者觀點相近，可資參看。詳見氏著：《中
　　　　國山水詩研究》（台北：聯經，1986 年），頁 48。

似雲漢之無涯。」（頁 15）。

〈西京賦〉：「上林禁苑，跨谷彌阜。東至鼎湖，邪界細柳。……有
昆明靈沼，黑水玄阯。……豫章珍館，揭焉中峙。牽牛立其左，織
女處其右。日月於是乎出入，象扶桑與濛汜。」（頁 41-42）

《漢書》曰：「武帝發謫吏穿昆明池。」「穿昆明池象滇河。」可知昆明池的
修建，主要是為了討伐邊界國家，作為軍事演練以熟稔水上作戰，其中「似
雲漢之無涯」、「日月於是乎出入」的昆明池當然映襯出上林苑的廣闊浩瀚，
然作為征戰防備之用，毋寧也顯露出天子位居苑囿，統率三軍，發號施令的
權力展現：

於是天子乃登屬玉之館，歷長楊之榭，覽山川之體勢，觀三軍之
殺獲。原野蕭條，目極四裔。禽相鎮壓，獸相枕藉。（〈西都賦〉，
頁 15）

屬玉館在上林苑中的長楊宮〔註35〕，天子登臨上林苑的宮館樓閣，居高眺望，
山川的體勢，三軍的伐戮，盡收攬在天子的目下；從昆明池的浩瀚無邊可知
上林苑的廣大，而軍事用途的昆明池也同時表徵出漢帝國的強大武力，是以
在上林苑登館升堂，覽山川體勢，觀三軍奪戰，正宗示了：（天子）坐擁（長
安近郊）苑囿，居高臨下，施放權力，若再結合上述〈上林賦〉中繁茂繽紛，
連類鋪排，應有盡有的萬品物類與雄厚資產，如此一來，上林苑儼然就是一
幅帝國的縮影，也就漸漸具體而深刻了。

（二）政治中心，權力命脈——殿居「龍首山」上的未央宮

如前所述，君主即在長安近郊的苑囿（上林苑）以山水書寫結合水域、
山勢、宮殿、物產表徵上林苑的幅員遼闊，從而縮影了帝國版圖，此外苑囿
境內作為軍事職能的昆明池，亦顯現了西漢之威武雄風；底下，將進一步析
論天子權力中心之所在，亦即，作為整個長安都城之中心位置，到底座落何
方？從〈西都賦〉、〈西京賦〉的相關條例來看，天子所在的「未央宮」，可以
提供我們觀察的線索，首先試看〈西都賦〉的載錄：

其宮室也，體象乎天地，經緯乎陰陽。據坤靈之正位，做太紫之圓
方。（頁 8）

〔註35〕《三輔黃圖》曰：上林有長楊宮；《漢書》曰：行幸長楊宮屬玉觀。可知屬玉
觀在長楊宮。

未央宮的建造係以天地運行、陰陽開閉爲範式，故據乾坤大道之正位，仿效
天上星宿——太微與紫宮〔註36〕——築建上圓下方之人間宮殿樓館，換言
之，未央宮作爲天子所在地，必是具有中心象徵且極爲尊貴的，因之，未央
宮侔天制作，以天帝的室宇「紫宮」（李善注：大帝室也）爲模本，環繞其周
的便是如「太微」（李善注：其星十二，四方）等星宿的離宮別館：

> 徇以離宮別寢，承以崇臺閒館。煥若列宿，紫宮是環。清涼宣溫，
> 神仙長年。金華玉堂，白虎麒麟。區宇若茲，不可殫論。（〈西都賦〉，
> 頁 8）

「煥若列宿，紫宮是環。」即說明未央宮如同紫宮有眾星宿環繞一般，其四
方的離宮別館，室宇樓閣，如清涼殿、神仙殿、長年殿、宣宣室殿、中溫室
殿、金華殿、太玉堂殿、中白虎殿、麒麟殿，亦綿延迤邐，無法殫論；陸機
〈列仙賦〉云：「觀百化於神區，覿天皇於紫微。」〔註37〕說明了天皇之居所
是「紫微」，而「天有紫微宮，王者象之。」〔註38〕、「紫極，星名，王者爲
宮以象之」〔註39〕，在在說明了人間的未央宮係以天帝所居的「紫宮」作爲
建造的基底模型，於是「正紫宮於未央」（〈西京賦〉，頁 32），未央宮殿恰爲
天帝所居之「大帝室」（紫宮）的人間翻版，體現了天子的未央宮與宇宙原型
相互對應，換言之，人間未央宮的儀型，即宇宙模式之翻版，「依據某一原型
而建設，正是模仿上天原型的一種功能」〔註40〕。

再者，「未央宮」更位居名山之上，〈西都賦〉云：

> 樹中天之華闕，豐冠山之朱堂。（頁 8）

李善註解「樹中天之華闕，豐冠山之朱堂」，便云：「未央宮，皆疏龍首山土

〔註36〕 李善注：「太微」：其星十二，四方。「紫宮」：大帝室也。
〔註37〕 引自（清）陳元龍輯：《御定歷代賦彙》第八冊（北京：北京圖書館出版社，
　　　　1999 年 11 月第一版），頁 2。
〔註38〕 李善注〈西京賦〉「正紫宮於未央」條下語，頁 32。
〔註39〕 李善注〈西征賦〉「厭紫極之閒敞」條下語，頁 248。
〔註40〕 耶律亞德（Mircea Eliade）認爲：「人們在占有土地之初，亦即開始開發土地
　　　　之際，他必須先舉行儀式，象徵性地重新進行創造天地的事蹟；草昧未闢的
　　　　境域由此先被『宇宙化』，然後人類才得以居住。……環繞我們、爲人手所開
　　　　發的世界，它取法一個超越塵世以外的原型。人類根據某一原型而建設，不
　　　　僅城市或寺廟有其天上的模型，連他所居住的全部區域、供給飲水的河川、
　　　　提供食物的田野等等，也莫不如此。」詳見耶律亞德（Mircea Eliade）著，楊
　　　　儒賓譯：《宇宙與歷史——永恆回歸的神話》（台北：聯經：2000 年），頁 3、
　　　　7。

作之。然殿居山上，故曰冠云。」〔註41〕此即明顯的點出未央宮座落「龍首山」上，係位居名山的宮殿，從而也就具有了耶律亞德（Mircea Eliade）所謂的「中心」象徵，其研究論道：

1、聖山——天地交會之處——位於世界中心。

2、所有的寺廟與宮殿——擴而充之，所有的聖殿與王居——皆是聖山，因此也都是中心。

3、聖城、寺廟等乃是宇宙之軸，爲天、地、地下三界交會之點。
〔註42〕

以第二點來看，所有的寺廟與宮殿，皆是聖山，因此也都是中心；未央宮即是君王所居的宮殿，其位址更座落於「龍首山」上，於是，「殿居山上」的未央宮，其特質正與耶律亞德（Mircea Eliade）所謂的「中心」象徵，若合一契，當然，未央宮稍偏於長安之西南，就地理方位來說，並不在都城中央，此處所謂的「中心」，毋寧是指涉象徵意義的，曹勝高即云：

未央宮以西南爲正位，是當時宗法禮制和風俗習慣的體現，又是祭祀觀念的反映，也與西南地勢較高有關。未央宮在龍首山，不必另築台基，乃就其形勢，隆其宮殿，俯瞰全城，增其威嚴。〔註43〕

事實上，未央宮是「上林苑」中的宮殿建築之一，而「上林苑」又剛好座落在「長安」城之西南，誠如〔美〕康達維（David R. Knechtges）所論述：

由司馬相如所撰寫的上林賦。此賦所描寫的保存帝王權力之上林苑，是座落在京都的西南方。〔註44〕

也因此，未央宮雖偏於西南，然本身即具有宗教祭祀、風俗習慣等多重義旨的文化意涵，加上其高聳峭拔的優越地勢，遂成爲長安都城內，政治中心，

〔註41〕詳見《文選》，頁8。

〔註42〕詳見耶律亞德（Mircea Eliade）著，楊儒賓譯：《宇宙與歷史——永恆回歸的神話》（台北：聯經，2000年），頁9。

〔註43〕詳參氏著：《漢賦與漢代制度》（北京：北京大學出版社，2006年），頁81。

〔註44〕原文如下：「"Shanglin fu 上林賦"（Fu on the Imperial Park） by Sima Xiangru （179?～117 B.C.）This fu is a description of the Shanglin Park 上林苑, the great imperial preserve located west and soth of the capital.」詳參〔美〕康達維（David R. Knechtges）：〈"Have You Not Sssn the Beauty of the Large"：An Inquiry Imperial Chinese Aesthetics〉 李豐楙主編：《文學、文化與世變——中央研究院第三屆國際漢學會議論文集文學組》（台北：中研院中國文哲研究所，2002年），頁45。

權力命脈之所在，同時也是賦家心中，「立君臣之節，崇賢聖之業」〔註45〕的
理想場域。

　　總上所述，天子所在的未央宮係以天象原型爲模照樣本，彷照天體之律
度，侔合宇宙之儀則，而宮殿（未央宮）結合山水書寫（「殿居龍首山」），在
「殿居山上」的最佳位域，建造出人間的中心地景，從而表徵中心象徵的意
涵；換言之，一方面來說，「未央宮」仿照天上「紫宮」爲人間君主之宮殿，
且「未央宮」又位居「龍首山」上，從而具有耶律亞德（Mircea Eliade）所謂
的「中心」象徵，遂成爲長安的政治中心與權力命脈之所在。準此，天子位
居（長安）未央宮，與天（帝）同等莊嚴威儀，神聖尊貴，一切權力的運作，
遂由此而擴展。

（三）崇山峻嶺，繚繞水域

　　如上，從未央宮出發，往外是苑囿，那麼，再向外延伸，是否也以山水
書寫環繞整座長安都城呢？根據史傳記載，劉邦即位之後原本預計以洛陽爲
都，後因婁敬（劉敬）的建議，長安才納入考量：

> 夫秦地被山帶河，四塞以爲固，卒然有急，百萬之眾可具也。因秦
> 之故，資甚美膏腴之地，此所謂天府者也。陛下入關而都之，山東
> 雖亂，秦之故地可全而有也。《史記・劉敬列傳》〔註46〕

之後，張良更附議婁敬，其曰：

> 雒陽雖有此固，其中小，不過數百里，田地薄，四面受敵，此非用
> 武之國也。夫關中左殽函，右隴蜀，沃野千里，南有巴蜀之饒，北
> 有胡苑之利，阻三面而守，獨以一面東制諸侯。諸侯安定，河渭漕
> 輓天下，西給京師；諸侯有變，順流而下，足以委輸。此所謂金城
> 千里，天府之國也，劉敬說是也。《史記・留侯世家》〔註47〕

洛陽居中卻四面受敵的位置，不符合用武之大道，於是高帝以偏居西隅的長

〔註45〕揚雄在〈羽獵賦〉：「立君臣之節，崇賢聖之業，未遑苑囿之麗，遊獵之靡也。
　　　　因回軨還衡，背防房，反未央。」諷諫漢成帝當以奢侈華靡爲戒鑑，賦末即
　　　　以未央宮對舉阿房宮，顯示未央宮係一「立君臣之節，崇賢聖之業」的極佳
　　　　位域。詳見《文選》，頁217。至於漢賦諷諫之起源與相關問題，簡宗梧先生
　　　　有很詳盡的討論，見氏著：《漢賦源流與價值之商榷》（台北：文史哲出版社，
　　　　1980年），頁12-21。
〔註46〕瀧川龜太郎：《史記會注考證》（台北：宏業書局，1994年），頁1084。
〔註47〕瀧川龜太郎：《史記會注考證》（台北：宏業書局，1994年），頁788-789。

安爲都，東制諸侯，遂西都關中，正是相中其「被山帶河」，可以說，藉由巍
峨高山、遼闊水域等四方山水所環布之險要地勢，在此成了國都座落何處的
重要考量，亦即長安帝京向外延伸，即成了一幅固若金湯之城池，試看以下
例子：

〈西都賦〉云：

> 漢之西都，在於雍州，寔曰長安。左據函谷二崤之阻，表以太華終
> 南之山。右界褒斜隴首之險，帶以洪河涇渭之川。眾流之隈，汧涌
> 其西。華實之毛，則九州之上腴焉；防禦之阻，則天地之隩區焉。……
> 於是晞秦嶺，睋北阜。挾灃滻，據龍首。（頁 3-4）

左據雄偉險峻的函谷和崤山，並有太華與終南山作爲一方標誌；右則與褒谷、
斜谷、龍首山相毗連接，更環繞著黃河、涇水、渭水等河川。此處的防禦固
若金湯，眺望終南，遙視北山，挾帶灃滻二水，依傍龍首山，將長安的險要
地勢藉由環繞之山水，巧妙的勾顯出來；〈西京賦〉亦有類似記載，並以左、
右、前、後如實描繪：

> 左有崤函重險，桃林之塞。綴以二華，巨靈贔屭，高掌遠蹠，以流
> 河曲，厥跡猶存。
>
> 右有隴坻之隘，隔閡華戎。岐梁汧雍，陳寶鳴雞在焉。
>
> 於前則終南太一，隆崛崔崒，隱轔鬱律。抱杜含鄠，欱灃吐鎬。
>
> 於後則高陵平原，據渭踞涇。（頁 30）

無論是崤、函、桃林、二華、終南、高陵等巍峨山勢，或是灃水、鎬水等繚
繞水域，均勾勒長安「金城千里，天府之國」的優越地域。

綜合本小節所述，西漢長安，即從龍首山上的未央宮爲中心出發，結合
近郊的苑囿，再向外延伸，則爲崇山峻嶺與繚繞水域所圈繞，於此，京都賦
中的山水書寫之運用，便可見一斑，而帝國的版圖，也就是由此，層次漸進
的發散出去。

二、洛陽：以「明堂」位居大地中心的文化版圖

（一）三雍：明堂、辟雍、靈台之禮制建築

相較長安以苑囿、宮殿結合山水書寫的論述表徵權力中心，其中並且大
量的誇炫了西漢帝國的物產、地域、版圖、疆界，那麼東都洛陽毋寧致力於
「由奢入儉」的禮義之道，如〈東京賦〉所云：「奢未及侈，儉而不陋。規遵

王度，動中得趣。」（頁 64）說明了東都雖奢卻不及侈，儉卻不至於陋，規摹
先王法度，舉動行誼均皆合禮，可以說，長安苑囿所縮影的帝國版圖，甘泉、
建章、未央等宮殿及其環繞四周的山水仙景，在東都已非主要的鋪展脈絡，
所謂：「奢不可逾，儉不能侈。」（東都賦，頁 20）、「改奢即儉。」（東京賦，
頁 79）一新長安矜誇豪奢之耳目，此時的洛陽改以仁義道德、禮治教化的文
化空間為基調：

> 於是聖上覩萬方之歡娛，又沐浴於膏澤，懼其侈心之將萌，而怠於東
> 作也，乃申舊章，下明詔。命有司，班憲度。昭節儉，示太素。去
> 後宮之麗飾，損乘輿之服御。抑工商之淫業，興農桑之盛務。遂令
> 海內棄末而反本，背偽而歸真。女修織紝，男務耕耘。器用陶匏，
> 服尚素玄。恥纖靡而不服，賤奇麗而弗珍。捐金於山，沈珠於淵。
> 於是百姓滌瑕盪穢，而鏡至清。形神寂漠，耳目弗營。嗜欲之源滅，
> 廉恥之心生。莫不優游而自得，玉潤而金聲。是以四海以內，學校
> 如林，庠序盈門。獻酬交錯，俎豆莘莘。下舞上歌，蹈德詠仁。〈東
> 都賦〉，頁 23-24

天子憂懼奢侈之心萌發而怠慢了田間的勞耕種植，於是申令舊有典章制度，
復返節儉，表彰樸素，天下百姓遂棄工商而重農耕，背虛偽而歸真誠，繼而
四海之內學校如林，青年學子濟濟盈門，進獻酬答之禮往來交錯，俎豆之類
的禮器陳列繁盛，儼然形成人文薈萃，仁德聚集的文化場域；相關記載同樣
見諸〈東京賦〉：

> 仁風衍而外流，誼方激而遐騖。日月會於龍䳌，恤民事之勞疲。因
> 休力以息勤，致歡忻於春酒。……敬慎威儀，示民不偷。我有嘉賓，
> 其樂愉愉。聲教布濩，盈溢天區。〈東京賦〉，頁 74

天子仁德之風廣布四方，道義感化亦遠播各地，不但能體恤民事的勞累而舉
行共飲春酒的活動，更且標舉出恭敬謹慎的威儀作為黎民百姓的表率，由是，
天子聲威自然廣佈天下，充塞四方；此外，如「改奢即儉，則合美乎斯干。」
（〈東京賦〉，頁 79）即引用周宣王儉宮室之詩的「斯干」，來說明東漢光武帝
改西京奢華，而就儉約，正合斯干之美。是故「不窮樂以訓儉，不殫物以昭
仁。」（〈東京賦〉，頁 76）清楚的昭示了洛陽迴異於長安的豪奢無度、窮盡侈
靡，結合上述〈東都賦〉、〈東京賦〉的相關引文來看的話，天子所廣佈傳衍
的仁義禮治、道德教化等人文素養，正是此時的文化基調，同時也可以說是

東都洛陽勝出西漢長安的最關鍵處。因之,崔駰〈反都賦序〉:

> 漢曆中絕,京師為墟。光武受命,始遷洛都。客有陳西土之富,云
> 洛邑褊小。故陳禍敗之機,不在險也。觀三代之餘烈,察殷夏之遺
> 風。昔崤函之固,即周洛之中。興四郊,建三雍,禪梁父,封岱宗。
>
> 〈全後漢文,卷四十四〉

指出禍敗之機,並不在於地勢險要與否,而是關乎統治者「興四郊,建三雍,禪梁父,封岱宗」所倡導的道義規範與儀禮活動。〔註48〕

於此,可以進一步觀察的是,相較長安以「殿居山上」的未央宮作為都城中心,洛陽既以禮樂制度的人文思考為重點,那麼承載文化命脈,推廣君主所宣稱的仁義道德之地點究竟何在?天子須在何處制禮作樂,推廣教化,收風吹草偃之效?換言之,都城的中心在哪?

根據〈東都賦〉、〈東京賦〉所載,可窺其建制:

> 建章甘泉,館御列仙,孰與靈臺明堂,統和天人?太液昆明,鳥獸
> 之囿,曷若辟雍海流,道德之富?(〈東都賦〉,頁 25)

長安的建章宮、未央宮,哪裡比得上洛陽境內統合天人的「靈臺明堂」?而宮殿中的太液池、昆明池,又何以能和推廣道德的辟雍,相提並論?在這一段話,固然顯示了東都主人、安處先生以「仁義教化」、「禮樂典章」作為東都勝過西都之處,更重要的是,長安境內的宮殿,和「靈臺明堂」相互對舉,如果說長安的「未央宮」為政權中心,那麼,洛陽是否即以統合天人的「靈臺明堂」為權力樞紐?事實上,推崇禮儀教化,法度政令的洛陽,其推廣教化的地點,即為「三宮」,如〈東京賦〉所述:

> 乃營三宮,布教頒常。……左制辟雍,右立靈臺。(頁 64)

「三宮」即指明堂、辟雍、靈臺,賦中所述,顯然將「明堂」當作推廣禮儀教化之中心〔註49〕,至於「辟雍」與「靈臺」則分設左、右,其形制正如〔美〕康達維(David R. Knechtges)所云:

〔註48〕 有關班固〈東都賦〉、張衡〈東京賦〉中的禮義節制,包含:巡狩、大蒐、郊祀、明堂、辟雍、靈臺、朝覲、大饗之綜合比較,朱曉海先生有非常深入詳實的考釋。請參看氏著:《習賦椎輪記》(台北:學生書局,1999 年),〈《兩都賦》、〈兩京賦〉義疏補〉,頁 171-176。

〔註49〕 楊英認為:「明堂、辟雍、靈臺,為自古相傳的議政、朝覲、養老、禮賢、享神、祭祖、望氣等的場所。古時典籍有時合稱之為三雍。」詳參氏著:〈東漢郊祀考〉,《天津師大學報》,2000 年第 4 期,頁 48。

明帝禮儀中的「三雍」，儀禮之殿由「明堂」、「辟雍」、「靈臺」構成，是光武帝於公元 56 年命令建造。這三部份在洛陽南門外組成了一組禮儀建築物。這一組建築物的中心是明堂，辟雍居此以東 150 米，靈臺居此以西 80 米處。〔註50〕

準此，「三雍」的中心是「明堂」，當無疑議；閱讀〈東都賦〉、〈東京賦〉，更可以發現，「明堂」涵攝文化、政治、祭祀於一爐，具有「制禮作樂，推行教化」、「朝會諸侯，發布政令」、「祭祀祖先，神祈聚集」等多重功能，如此說來，洛陽的中心，天子發號施令的所在，就可從「明堂」這一綜合的建築體，進行考察。

　　誠如論者所云：

　　　　明堂本是古代宗教、政治、教育的中心所在，儒家將其作為王權與禮樂教化的一個象徵。〔註51〕

此外，胡學常、曹勝高亦有相同看法，胡先生云：

　　　　在漢帝國的官方象徵體系裡，明堂既是一種宗教儀式，又是一種政治儀式，但歸根究底是一個政治象徵的符號。……漢儒以其大生命的宇宙觀及統綜貫通的學術取向，將明堂改造成一個宗教、政治、文教三者合一的措施。〔註52〕

曹先生云：

　　　　東漢賦家都認為洛陽的宮殿設施並非東漢建築的代表，能夠體現東漢建築特點和文化品格的是以三雍為代表的禮制建築，賦家認為明堂、辟雍、靈台是東漢標誌性的建築，它們的修建，意味著東漢採取了與西漢不同的政治文化制度。〔註53〕

綜合上述，「明堂」作為格陽最重要的建築體，已不言而喻；本文即是乞靈於此，將「明堂」直接視為洛陽的中心。也因此，「三雍」的禮制建築不但體現

〔註50〕詳見氏著：〈漢頌——論班固《東都賦》和同時代的京都賦〉，《文史哲》1990 年第五期，頁 11。

〔註51〕詳參謝謙：〈大一統宗教與漢家封禪〉，《四川師範大學學報》，第 22 卷第 2 期，1995 年 4 月，頁 9。

〔註52〕詳見氏著：《文學話語與權力話語》（杭州：浙江人民出版社，2000 年），頁 133-134。

〔註53〕詳見氏著：《漢賦與漢代制度》（北京：北京大學出版社，2006 年），頁 105-107。曹先生並點出「明堂」不但象徵「王道政治」、「天人感應」，同時也是行「德治王政」之所。

了東漢的政治文化制度，與儒教天子角色的制度化〔註54〕。其中，「三雍」的「明堂」更因其多元綜合之功能，成了一處兼攝宗教、政治、文教三者合一的神聖中心。

底下，即從「明堂」出發，一方面觀測其「中心」之義，另方面則試圖掘發「明堂」如何藉由循環不已，流轉不息的「水」，成為「神聖空間」之所在。

（二）神話宇宙的顯影：明堂與辟雍（水道）

所謂「明堂之制，既甚難詳」〔註55〕，學界對「明堂」起源、制度仍存有不同說法，眾說紛紜，未有定論〔註56〕，然根據葉舒憲的分析，「明堂」具有十項主要功能，底下，筆者將葉舒憲的看法與賦中描述到的明堂功能製表對照，以期突顯出明堂位居都城中心的深層意義〔註57〕：

葉舒憲的看法	賦文的描述
1、天子發布政令的所在	「乃營三宮，布教頒常。」
2、天子祭祀先王及祖先的所在。	「宗上帝於明堂，推光武以作配。」
3、天子「享上帝，祀鬼神」的所在。	「辯方位而正則，五精帥而來摧。」
4、天子朝會諸侯的所在。	「百僚師師，于斯胥泊。藩國奉聘，要荒來質。具惟帝臣，獻琛執贄。當觀乎殿下者，蓋數萬以二。」
5、天子「順四時，行月令」的所在。	「規天矩地，授時順鄉。」
6、天子「制禮作樂，頒度量」及「行教化」的所在。	「觀明堂，臨辟雍。揚緝熙，宣皇風。登靈臺，考休徵。」李善注引《周書》曰：「明堂者，明諸侯之尊卑也。故周公建焉，而朝諸侯於明堂之位，制禮樂，頒度量。」
7、天子設立國家「大學」的所在。	「春日載陽，合射辟雍。」

〔註54〕 「明堂」禮制與儒教的關係，請參考甘懷眞：《皇權、禮儀與經典詮釋：中國古代政治史研究》（台北：樂學總經銷，2003 年），〈「制禮觀念的探析」〉，頁 85。

〔註55〕 東晉作家車胤云：「明堂之制，既甚難詳。且樂主于和，禮主于敬。故質文不同，音器亦殊。」引自〔清〕嚴可均校輯：《全上古三代秦漢三國六朝文》（中文出版社，未注出版年月），頁 2238。

〔註56〕 王田或維即指出：「古制中聚訟不決者，未有如明堂之甚也。」引自《觀堂集林》卷三，中華書局 1959 年，頁 125。限於篇幅，本文將論述焦點放在明堂成為都城中心，其功能與意義何在的討論上？換言之，天子如何在明堂內發揮政治、文化、宗教等功能，毋寧才是本文所措意處，故暫不擬深入明堂的起源與制度等前人未有定論的相關問題，關於這方面的相關研究，張一兵有很詳盡的討論，詳見張一兵：《明堂制度研究》（北京：中華書局，2005 年 8 月）。

〔註57〕 詳見葉舒憲：《中國神話哲學》（西安：陝西人民出版社，2005 年 5 月），頁 164-165。

8、天子「觀四方」的所在。	「於是孟春元日，群后旁戻。」李善注曰：「言諸侯正月一日從四方而至，各來朝享天子也。」
9、天子「養民以公」並「示節儉」的所在。	「經始勿亟，成之不日。猶謂為之者勞，居之者逸。」
10、天子封爵賞賜以及饗射俘的所在。	「因進距衰，表賢簡能。」

　　綜合說來，「明堂」所具有的功能，可以再簡約成三個主要面向，第一：「制禮作樂，推行教化」〔註58〕，如6、7、9；第二，「朝會諸侯，發布政令」〔註59〕，如1、4、8、10；第三，「祭祀祖先，神祈聚集」〔註60〕，如2、3、5。其中值得注意的是，第五項的「順四時，行月令」之功能，〈東京賦〉有云：「授時順鄉」，李善注：「鄉，方也，言頒政賦教，常隨時月而居其方。」亦即天子之言行舉止，頒布政令，推行施政均需配合年月的推移，在明堂的不同方位進行，這種現象，耶律亞德認為：

> 　　根據中國的傳統，每座都城都必須有一座明堂，它是舉行儀式的場
> 　所，同時也是世界的縮影（imago mundi）和曆法。明堂建成方形地
> 　面（＝地），圓形屋頂（＝天）。一年當中，君主要在明堂不同的宮
> 　室之間遷移；按照曆法規定，住在一定方位，以促使每季和每月的
> 　相繼推移。君主的服色、飲食起居和言行舉止，要與每年的時節相
> 　互配合。在夏季的第三個月末，君主居明堂中央，彷彿他就是一年
> 　的中樞。〔註61〕

準此，可以知道天子所活動的明堂建成方形地面（＝地），圓形屋頂（＝天），係一仿造天、地模型而設計的天圓地方之建築〔註62〕，並且結文化、政治、宗教、權力於一體，成為理想性的政教總機構與至高無上的地位〔註63〕，君

〔註58〕　《三輔黃圖》：「明堂也者，明諸侯之尊卑也。制禮作樂，頒度量而天下服。」引自楊家駱編：《三輔黃圖》（台北：世界書局，1953年），頁40。

〔註59〕　《三輔黃圖》：「朝諸侯於明堂之位。」引自楊家駱編：《三輔黃圖》（台北：世界書局，1953年），頁40。

〔註60〕　《三輔黃圖》：「又《孝經》曰：『宗祀文王於明堂，以配上帝。』」引自楊家駱編：《三輔黃圖》（台北：世界書局，1953年），頁40。

〔註61〕　詳見耶律亞德：《宗教思想史》（上海：社會學院出版社，2004年），第十六章〈中國古代宗教〉，頁470。

〔註62〕　《大戴禮記》曰：「明堂者，……上圓下方。」詳見高明註譯：《大戴禮記今註今譯》（台北：商務印書館，1984年），頁308。

〔註63〕　參考徐復觀：《兩漢思想史》（台北：學生書局，1976年6月），頁29-30。徐氏並以為「明堂」可分為「歷史上的明堂」、「理想性的明堂」兩種，前者因

主即在此配合著不同的季節時日進行各種儀式性的活動,是以「明堂」成了天子活動的遷移空間,自然也躋身爲洛陽之中心所在,成爲天子位居天下之中的建築空間,誠如王貴祥所云:

> 歷代爭訟不已的上古明堂,其實就是位於天子宮廷建築群之中央位置的,古時之路寢,或後世之正衙的,兼有宗教、政治與日常生活起居等多重意義的至尊的建築,其性質與功能與原始聚落中央的「大房子」是十分接近的。而其最核心的意義,是爲帝王提供一個天人交通的至聖空間。正是由於天子是可以與上天交往的大祭司,這提供來爲天子起居、祭祀、布政的,位居天下之中的建築空間,正可以體現天子的至尊與威嚴,以及「君權神授」的天經地義。〔註64〕

也因此,鎔鑄文化、政治、宗教、祭祀、權力等功能於一體的「明堂」,自然成了君主「祭政合一」〔註65〕的神聖域所,與權力之所從。

然而,「明堂」身爲洛陽都城之中心,相較長安以殿居山(龍首山)上的未央宮爲政權「中心」,「明堂」是否亦藉名山聖水的象徵來表達自己所從具的神聖意義呢?

在閱讀〈東都賦〉、〈東京賦〉等作品,筆者便發現環繞於明堂一周,浩浩湯湯的「辟雍」水道,正是明堂用以顯示其神聖中心的特殊象徵。底下即從「辟雍」進行探討,觀察明堂如何依憑「辟雍」,成就其爲整個洛陽都城之中心位域。

關於「辟雍」的形制,張一兵認爲:

> 辟雍形制有二,一爲明堂的一部份,環形,圍繞在明堂外圍;二爲獨立的辟雍,是國立大學的中心和象徵物。

又云:

〔註64〕年代久湮而不易把握,後者則變成理想性的東西,直至蔡邕《明堂論》方將兩者結合成爲一大系統。
詳見氏著:《文化‧空間圖式與東西方建築空間》(台北:田園城市文化,1998年),第六章〈中國天子起居、祀拜與布政的空間〉,頁218。

〔註65〕王柏中先生:「君主在主宰國家行政權力的同時,也擁有最廣泛的神靈祭祀權。這種「祭政合一」的傳統,成爲中國古代君主政治的一個特色。……所以統治者敢於宣稱,國家祭祀是「爲民立祀」。但是,在君主權力強化的特定歷史時期,統治者也能夠把個人的信仰內容納入國家祀典,使國家祀典直接體現皇帝的個人意志。」詳見氏著:《神靈世界:秩序的構建與儀式的象徵》(北京:民族出版社,2005年),頁269。

　　　　辟雍除作爲獨立的與明堂並列的建築物外，尚有另一語義，即爲明
　　　　堂的構成部分之一。明堂的外圍一周稱爲辟雍。《大戴禮記·盛德》
　　　　曰：「明堂外水曰辟雍。」〔註66〕

故此，「辟雍」大致上可分成兩種形制與功能：其一，獨立於明堂的建築；其
二，環繞明堂一周。以前者而言，正是班固《白虎通》卷二《辟雍》所述：「天
子立辟雍何？所以行禮樂宣德化也」的官府之儒學教化中心，如〈東京賦〉
中「春日載陽，合射辟雍」即是以「辟雍」爲施行禮教之場所；以後者而言，
辟雍便是環繞明堂一周的水道。〔註67〕（美）康達維即認爲：

　　　　辟雍因它由水環繞，象古玉璧而得名。……與辟雍相聯的是太學，
　　　　這是官府的儒學教化中心，……養老禮，大射禮兩種儀式在此舉
　　　　行。〔註68〕

可見「辟雍」正具有「外環水道」與「儒學教化中心」的兩種形制與意義。
此外，李尤〈辟雍賦〉也點出了「辟雍」的這兩層意義，其云：

　　　　太學既崇，三宮既章。靈臺司天，羣耀彌光。太室宗祀，布政國陽。
　　　　辟雍嵒嵒，規圓矩方。階序牖闥，雙觀四張。流水湯湯，造舟爲梁。
　　　　神聖班德，由斯以匡。〔註69〕

首先，明堂的「上圓下方」與「辟雍」的「規圓矩方」，正有相同的建制，兩
者的緊密關係，不言而喻；更重要的是，李尤此處聲稱了「辟雍」不但是「太
學既崇，三宮既章」、「神聖班德，由斯以匡」的「儒學教化中心」，更具有「流
水湯湯，造舟爲梁」的「水道」意涵。

　　故此，「辟雍」的形制既代表了圈繞明堂一周的外環水道，檢閱相關的文
獻，是否亦有類似記載？我們發現，《大戴禮記》第六十七即曰：

　　　　明堂者，古有之也。……以茅蓋屋，上圓下方。
　　　　明堂者，所以明諸候尊卑。外水曰辟雍……〔註70〕

〔註66〕張一兵：《明堂制度研究》（北京：中華書局，2005年8月），頁69、83。

〔註67〕張一兵云：「從已經經過考古發現的漢代、北魏和唐代明堂的形制來看，明堂
　　　　外周一般都有一圈象徵生命流轉不息的水道。」詳見《明堂制度研究》（北京：
　　　　中華書局，2005年8月），頁100。

〔註68〕詳見氏著：〈漢頌──論班固《東都賦》和同時代的京都賦〉，《文史哲》1990
　　　　年第五期，頁11-12。

〔註69〕引自費振剛、胡雙寶、宗明華輯校：《全漢賦》（北京：北京大學出版社，1997
　　　　年），頁380。

〔註70〕詳見高明註譯：《大戴禮記今著今譯》（台北：商務印書館，1984年），頁308-309。

《三輔黃圖》：

> 明堂者，明天道之堂也。所以順四時，行月令，宗祀先王，祀五帝，
> 故謂之明堂。辟雍，員如璧，雍以水，異名同事，其實一也。〔註71〕

《三輔黃圖》：

> 辟雍，……水四周於外，象四海也。〔註72〕

就「其外有水，名曰辟雍」、「辟雍，員如璧，雍以水」、「水四周於外，象四海也」等條例觀之，辟雍的形制便代表了圈繞明堂一周的外環水道，葉舒憲即認為：

> 明堂的側視形狀為上圓下方，是一種高台建築，東西南北皆有門，
> 外圍有水環繞的設計。〔註73〕

故此，明堂所外圍之水，即為「辟雍」，繞明堂一周，班固〈東都賦〉後〈辟雍詩〉即曰：「辟雍湯湯」，便是形容辟雍水勢波濤之浩蕩；職此，可知「辟雍」除作為官府「行禮樂宣德化也」之儒學教化中心外，亦具備外環明堂一周，如玉璧形制的水道意義存在。

準此，回顧上述明堂，俟天合地，「上圓下方」的模型，再加上外環水道（辟雍）的設計，便具有神話宇宙的立體圖像之特徵，那就是：天圓、地方、大地環水。

如此一來，明堂「上圓下方」的地景明顯仿造天、地宇宙，而環繞明堂的「水道」（辟雍）也同於分布大地四周的水域，是以「上圓下方且環於水的明堂，作為神話宇宙模式的縮影，真可謂維妙維肖了。」〔註74〕綜合上述，我們可以得出：明堂結構顯然就是神話宇宙模式的縮影。〔註75〕

職上所述，結合文化、政治、宗教、權力於一爐的「明堂」，成了制禮作

〔註71〕引自楊家駱編：《三輔黃圖》（台北：世界書局，1953年），頁61。

〔註72〕引自楊家駱編：《三輔黃圖》（台北：世界書局，1953年），頁62。

〔註73〕葉舒憲：《中國神話哲學》（西安：陝西人民出版社，2005年5月），頁160。

〔註74〕引號內文字見葉舒憲：《中國神話哲學》（西安：陝西人民出版社，2005年5月），頁163。此外，據葉舒憲的研究指出，神話宇宙的立體圖像，用極概括的語言來描述這個立體宇宙圖像整體的基本特徵，那就是：天圓、地方，大地環水。參考葉書，頁41。

〔註75〕王貴祥亦云：「在帝王宮室的建造上，或摹仿，或象徵，也往往是以比照想像中的天界紫宮為則的。如作為帝王祀拜、起居及布政之宮的『明堂』，是一座象徵天地宇宙的建築。」詳見氏著：《文化・空間圖式與東西方建築空間》（台北：田園城市文化，1998年），頁413。

樂、天子覲見來臣、祭祀宗祖、發號施令之所在與整個洛陽都城的中心。若
進一步細究「明堂」的特殊結構，更可發現，「明堂」上圓法天，下方法地的
特殊建築形式，明顯規仿天地宇宙，此正與長安城內以天上「紫宮」為藍本
的人間宮殿——未央宮——有異曲同工之妙，亦即兩者同樣都以天象律度作
為人間地景的模本；此外，更值得注意的是：「未央宮」因殿居「龍首山」而
有耶律亞德所謂的中心象徵，明堂則以外環浩蕩湯湯之「辟雍」（水道）成了
神話宇宙的縮影，於此，一山一水，恰可說明長安、洛陽兩都城如何巧妙運
用山水書寫，圖寫出各自不同——未央宮、明堂——的政權中心。

（三）以「四方山水」打造大地中心之地景／帝景

　　首先，自上討論已可得知，洛陽主張人文化成的文化思考是此時的論
述焦點，洛陽勝出長安之處，即在於前者的禮樂教化、典章制度完全改易
了後者的奢靡無度，亦即相較西漢長安以宮殿、苑囿結合大量山水書寫，
寓涵權力意義之論述，〈東都賦〉、〈東京賦〉主要係以人文思考，道德教化
為出發：

> 秦嶺九峻，涇渭之川，曷若四瀆五嶽，帶河泝洛，圖書之淵？建章
> 甘泉，館御列仙，孰與靈臺明堂，統和天人？太液昆明，鳥獸之囿，
> 曷若辟雍海流，道德之富？（〈東都賦〉，頁 25）

不過這並不代表洛陽不以外環山水為重，換言之，從明堂所代表的中心出發，
我們發現，東漢洛陽，也同樣憑藉外環山水，型塑其位於大地中心之地景／
帝景。賦文中即俯拾可見山水地景與國祚厚薄互為依倚的關係，如：

> 遂超大河，跨北嶽。立號高邑，建都河洛。（〈東都賦〉，頁 18）

> 審曲面勢，泝洛背河，左伊右瀍。西阻九阿，東門于旋。盟津達其
> 後，太谷通其前。（〈東京賦〉，頁 59-60）

橫渡大河，跨越北嶽，建都河格，審察地勢高低曲直、左右面背之位置，可
以看出洛陽面向洛水、背臨黃河；伊水在左、瀍水在右；西有九曲長坂之險、
東有旋門關隘；後與孟津相接、前與大谷相通；於此，說明了洛陽以外環山
水作為都城的考量點，左右、東西、前後的構設不但羅列出洛陽位居空間方
位的優越性，且藉由四方山水框設出「居中」的優越空間，事實上，〈東都賦〉
的東都主人與〈東京賦〉中的安處先生，即以洛陽位居「大地中心」的優勢
勝過僻遠狹隘的長安：

> 且夫僻界西戎，險阻四塞，脩其防禦。孰與處乎土中，平夷洞達，

萬方輻湊？（〈東都賦〉，頁 24-25）

彼偏據而規小，豈如宅中而圖大？（〈東京賦〉，頁 59）

長安地處西戎，險阻環塞，怎麼能與四方輻輳，天下之中的聚散中心──「土中」、「宅中」──洛陽相比呢？所謂「土中」、「宅中」即是大地中心，賦中談到洛陽的中心地景時，如是說道：

> 昔先王之經邑也，掩觀九隩，靡地不營。土圭測景，不縮不盈。總
> 風雨之所交，然後以建王城。（〈東京賦〉，頁 59）

從前周成王經營洛邑，遍觀九州，無一處不察看。並用土圭在此測量日影，竟不短也不長，而四時風雨又在此交會，於是馬上決定建都王城。《周禮》亦記載相關資料，曰：「土圭之法，測土深正日景，以求地中四時之所交，風雨之所會，陰陽之所和，乃建王國也。」〔註 76〕準此，「地中四時之所交」、「風雨之所會」、「陰陽之所和」明確表達出洛陽座落特殊位域之中心地景，李炳海即云：

> 由於洛陽在中國古代版圖的位置確實處於中心，因此，以洛陽為
> 天下之中的觀念也就容易得到普遍的認可。……居於天下中心的
> 地理優勢，是洛陽得以成為首都的重要條件，是它的得天獨厚之
> 處。〔註 77〕

因之，「區宇又寧，思和求中。」（〈東京賦〉，頁 61-62）。四海內外既然已經安寧太平，國君多方考量後，最後以「陰陽之和」、「天地之中」的居所──洛陽──「都茲洛宮」，作為大地中心之地景／帝景，成為萬方之輻輳。

三、建築同心圓的帝國版圖

兩漢盛世，威望遠播，版圖遼闊，見證這歷史風華的文學作品，當推有「呼風喚雨」〔註 78〕之稱的辭賦為代表。然而賦家身處文治武功都達熾盛的漢朝，如何藉由賦體表達繁盛的時代風華？筆者認為，漢代京都賦中的山水書寫，適巧能體現國家文化意涵的多元面向，從而映顯出強盛壯麗的帝國氣

〔註 76〕 詳見《文選》李善注，頁 59。

〔註 77〕 參考氏撰：〈帝都中心論的文化承載──古代京都賦意蘊管窺〉，《齊魯學刊》，2000 年第 2 期，頁 5。

〔註 78〕 簡宗梧先生曾云：「與其把賦比擬為笨拙的恐龍，不如把它看作是呼風喚雨的巨龍。」詳見《第三屆國際辭賦學學術研討會論文集弁言》（台北：政治大學文學院，1996 年 12 月）。

象。誠如〔美〕康達維（David R. Knechtges）所說：

> 它們展示一種巨大的、可觀的美，在前漢時期，特別是自從漢武帝
> 以來，這種「以大爲美」以不同的方式顯示它自身。帝國宮廷追求
> 這種以大爲美的例子之一，就是國家的京都。〔註79〕

準此，國家的「京都」，正是一個象徵權力空間的場域，筆者特針對兩漢
首都——長安、洛陽——爲切入點，以發抉兩漢在書寫帝國版圖時，如何以
都城結合山水書寫，各自作不同程度的發揮，其中發見：

西漢王朝，以殿居「龍首山」上的「未央宮」爲中心出發，結合近郊的
苑囿，都城之外，更環繞著崇山峻嶺與繚繞水域。搭配〈西都賦〉、〈西京賦〉
的描述，以長安爲例的同心圓構圖，可以繪製如下：

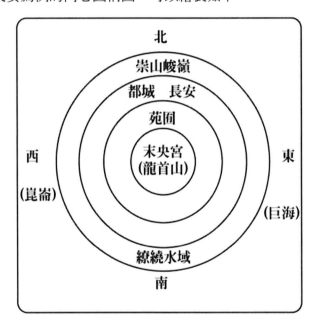

如圖所示，長安城內，殿居「龍首山」上的「未央宮」爲政權中心，並

〔註79〕原文如下：「They display of monumental beauty, colossal beauty, and the beauty
of the large manifests itself in various ways during the Former Han period,
especially from the time of Emperor Wu. One example of the imperial court's
pursuit of the beauty of the large is the imperial capital itself.」詳參〔美〕康達維
（David R. Knechtges）：〈"Have You Not Sssn the Beauty of the Large": An
Inquiry Imperial Chinese Aesthetics〉李豐楙主編：《文學、文化與世變——中
央研究院第三屆國際漢學會議論文集文學組》（台北：中研院中國文哲研究
所，2002 年），頁 46。

結合近郊的苑囿，往外便是都城繁華壯麗的市景：

> 內則街衢通達，閭閻且千。……封畿之內，厥土千里。……乃有靈宮起乎其中。（西都賦，頁 5-6）

再延伸，則體現了長安四周外圍之險要地勢，以及近郊的山水：

> 左據函谷二崤之阻，表以太華終南之山。……是故橫被六合，三成帝畿。（西都賦，頁 3-4）

> 若乃觀其四郊，……邑居相承。（西都賦，頁 5）

最後，更從極東、極西的方位來描述帝國疆域：

> 踰崑崙，越巨海。殊方異類，至於三萬里。（西都賦，頁 7）

至於東漢王朝，則藉由浩蕩湯湯之「辟雍」（水道）讓「明堂」成了神話宇宙的縮影，為君主權力之中心，其中最顯著的差異便是，書寫洛陽已然褪卻西漢苑囿、宮殿中結合山水書寫的巨麗豪奢，而係改以「明堂」為中心，將洛陽塑造成仁義禮治、道德教化為主的場域，並依倚四方界域之山水地勢，讓洛陽都城處在一個位居大地中心的地景／帝景，若再搭配〈東都賦〉、〈東京賦〉的記載，以洛陽為例的同心圓構圖，可以繪製如下：

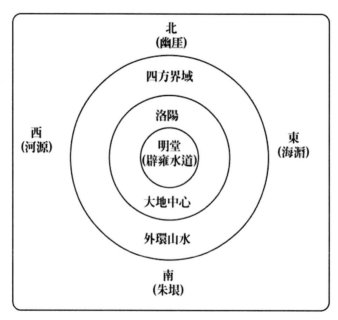

如圖所示，洛陽城內，天子在外環「辟雍」（水道）的「明堂」，坐擁權力中心，進而尊天、受夷：

> 天子受四海之圖籍。（東都賦，頁 22）

爾後，洛陽即包圍在大河、北嶽等外環山水、四方界域的範圍內，形成位居
大地中心的洛陽地景：

> 遂超大河，跨北嶽。立號高邑，建都河洛。（東都賦，頁 18）

最後，突出東、西、南、北的極境絕域，來描述無遠弗屆的帝國版圖：

> 西盪河源，東澹海漘。北動幽崖，南燿朱垠。殊方別區，界絕而不
> 臨。（東都賦，頁 22）

綰合上述，本文全面梳理漢代京都賦中的山水書寫，從（西漢）未央宮、（東
漢）明堂，所分別代表的權力中心出發，進而擴展到京都（長安、洛陽）的
政權象徵，乃至外環山水的圈繞、四方界域的分野、國土疆界的宣示，終而
清楚的呈現：漢代帝國的版圖疆界，正是一層次井然，由中心向外環，漸次
延伸的同心圓構圖。〔註80〕

　　總體而言，京都賦中的山水書寫，有其多樣貌的文化蘊涵，不容輕覷；
而漢代帝國，雄風威儀，版圖遼闊，彪炳萬世，經由〈京都賦〉中的山水書
寫，吾人或能想見其盛世光景與時代風華。

第三節　魏至西晉：從「詠歎山水」到「歷史隱喻」的「山水書寫」

壹、山水書寫，抒寫山水

　　接下來，從魏至西晉，我們發現，「山水與空間」的結合，又有另番景況；
首先，以「山水空間」所具有的「權力象徵與國勢象喻」，總論魏與西晉辭賦
山水書寫之共通模式；爾後，分析魏代辭賦將「山水空間」視為一情感載體，
係賦家情感之歸趨，反映了己身的生命情境、仕宦經驗，自然山水遂成了賦
家寄寓情感之所在；再次，觀察西晉辭賦中，空間與時間的對話、交錯，亦

〔註80〕當然，辭賦作品難免因文學需要而有所渲染，故此處所謂的「同心圓構圖」並
　　非精密丈量後所得致的結論，而是按照京都賦中的實際描述，繪製而成，取其
　　象徵意義而非實際的地理方位。況且，京都賦中的內容，具有與史實相符的記
　　載，何沛雄先生即以班固〈西都賦〉為例說明：「我們細讀〈西都賦〉，便知其
　　中描寫敘述，簡直是《漢書》有關的內容。同出一人之手，《漢書》為正史，〈西
　　都賦〉之歷史價值又如何？」又：「〈西都賦〉具有真實性的史實內容，不是普
　　通辭賦可比；它又是第一篇較全面性的描述漢代長安的文章，其價值是珍貴
　　的。」詳見氏著：《漢魏六朝賦論集》（台北：聯經出版社，1990 年），頁 37-38。

即,「空間結構」如何與「歷史隱喻」縮結?其意涵又為何?

貳、權力象徵與國勢象喻——魏至西晉辭賦「水山書寫」之共同模式

「山水」本身即具有王朝興衰的隱喻,成了特殊的符碼,如〔法〕漢學家格拉耐所云:

> 山岳與河川是國家執行政治統制力的中介者。山川被賦予這樣的威力並非由山川的本質,山川不過是統制力的一項委託。只要這種統制力還具有權威,山川也就保持其威力。從這個意義上說,山川具有支持從屬國的地方政治權力的作用和德行。因此,他們作為政治型態的原理而存在。〔註81〕

於是,名山大川成了歷來帝王祭祀封禪的場域,如《史記・封禪書》即有相關記載,可以說:「自然山水常常被納入表述王朝疆域話語。中國的名山大川,幾乎等於王朝的代名,坐江山,就是治中國,江山作為政治符號。」〔註82〕藉由這樣的觀點,筆者將從山水空間所涵藏的「權力象徵與國勢象喻」出發,觀察魏至西晉,如何以山水書寫作為穩定政權的象徵與版圖疆界的分野〔註83〕,從而形成了兩者之間共同的書寫面向。

一、三分天下(魏、蜀、吳)——以「山水書寫」誇炫各偏一隅之政權

自漢末以來,各地州牧、豪強擁兵割據,相互爭奪,戰火連綿,造成民生凋敝,浩劫不斷,及至官渡之戰後,曹操統一中原,獨霸北方,後經赤壁之戰,南方吳、蜀聯合擊敗北方的曹魏,此時中國形成天下三分的局面。揆諸此時期的辭賦作品,可以見出賦家們都以山水書寫誇炫從屬政權的強盛與神聖,首先試看曹丕〈浮淮賦〉:

〔註81〕 詳見〔法〕格拉耐著、張銘遠譯:《中國古代的祭禮與歌謠》(上海:上海文藝出版社,1989年),頁182。

〔註82〕 括號內文字引自唐曉峰:《人文地理隨筆》(北京:三聯書店,2005年五月),頁268-270。

〔註83〕 當然,漢賦中即有以「山水」作為帝國疆界的權力展示之例,如王國瓔認為:「漢賦中對天子遊獵的林苑山水景物的誇飾,以及對京城都會山水地勢的描述,就充分表現一分對天子擁有無比權勢和財富的讚嘆,和對帝國統一與繁榮境況的自豪。」詳見氏著:《中國山水詩研究》(台北:聯經,1986年),頁48。

　　沂淮水而南邁兮，泛洪濤之湟波，仰巖岡之崇阻兮，經東山之曲阿，

　　浮飛舟之萬艘兮，建干將之鋙戈，揚雲旗之繽紛兮，聆榜人之謹譁，

　　乃撞金鐘，爰伐雷鼓，白旄沖天，黃鉞扈扈，武將奮發，驍騎赫怒，

　　于是驚風泛，涌波駭，眾帆張，群櫂起，爭先遂進，莫適相待。〔註84〕

浮淮，即淮水，《水經》曰：淮水出南陽平氏縣昭稽山，東北過桐柏山。《山
海經》曰：淮水出餘山，山在朝陽義鄉西，入海。曹丕以淮水爲始，先鋪寫
出淮水流經「巖岡崇阻，東山曲阿」的顯要地勢，接著描述水上戰爭的慘烈
景況，兵士奮勇慷慨的氣度，從而看出軍隊的盛壯，國家的強大，如賦序即
言：「觀師徒，觀旌帆，赫哉盛矣，雖孝武盛唐之狩，舳艫千里，殆不過也。」
曹丕在此即以浮淮爲書寫對象，結合威猛的軍儀，表現出曹魏鼎足北方的雄
霸氣勢；此外，〈濟川賦〉則進一步將山水結合都城，共同顯現繁華盛麗的景
象：

　　臨濟川之層淮，覽洪波之容裔，潯騰揚以相薄，激長風而亟逝。漫
　　浩汗而難測，眇不覩其垠際。于是龜龍神嬉，鴻鸞群翔，鱗介霍驛，
　　載止載行，俯唼菁藻，仰餐若芳，永號長吟，延首相望，美玉照晰
　　以曜煇，明珠灼灼而流光。〔註85〕

濟川即是濟水，在流經大海的途中匯合了眾多水流〔註86〕，首句「臨濟川之
層淮」即道出了濟川涵納百川之態勢，曹丕以親身經歷狀寫出濟水波濤洶湧，
浩瀚無垠的氣勢，接著以龜龍、鴻鸞、鱗介等千奇百怪的生物展現濟川豐富
多元的生態，其中最值得注意的是在遊覽饜足之後，歸返魏都（洛陽）所構
設出的遊歡賞樂圖像：

　　于是遊覽既厭，日亦西傾，朱旗電耀，擊鼓雷鳴，長驅風屬，悠爾北

　　征，思魏都以偃息，託華屋而遨遊，酌玄清於金罍，騰羽觴以獻酬。

日幕低垂，在遊賞濟川之後，帶著愉悅充足的心情回到都城休憩，末尾則從
遊筵的歡樂圖繪出觥籌交錯，賓主盡歡的場面；於是，作爲曹魏版圖界域的

〔註84〕原文引自（清）陳元龍輯：《御定歷代賦彙》（北京：北京圖書館出版社，1999
　　　　年11月第一版），頁65。

〔註85〕原文引自（清）陳元龍輯：《御定歷代賦彙》（北京：北京圖書館出版社，1999
　　　　年11月第一版），頁75。

〔註86〕濟水源自河南，根據《水經注》所記載就有奉溝水、索水、荷水、馬頰水、
　　　　狼水、湄溝、中川水、玉水、芹溝水、百脈水等支流匯聚。詳見酈道元《水
　　　　經注》卷八〈濟水〉，（中華書局，未注出版年月），頁435-488。

濟川，曹丕在此以山水（濟川）結合都城（洛陽），顯示政權的穩定，此正可
與〈浮淮賦〉互爲參照。然而，除了直接描寫山水作爲政權表徵外，賦家亦
藉由詠名勝、古蹟、亭台樓閣等結合山水書寫，顯現王朝的命脈，與天齊高，
如曹植〈登臺賦〉：

> 從明后而嬉游兮，登層臺以娛情。見太府之廣開兮，觀聖德之所營。
> 建高門之嵯峨兮，浮雙闕乎太清。立中天之華觀兮，連飛閣乎西城。
> 漳水之長流兮，望園果之滋榮。仰春風之和穆兮，聽百鳥之悲鳴。

〔註87〕

建安十七年春，曹操築成銅雀臺，高十丈，殿宇百餘間。臺成，曹操率其子
登台作賦〔註88〕，時年二十一歲的曹植援筆而成〈登臺賦〉，成爲最早描寫銅
雀臺的佳作。此賦先以自然景觀：「建高門之嵯峨兮，浮雙闕乎太清。立中天
之華觀兮，連飛閣乎西城。」描寫了銅雀台的雄偉壯麗，接著再從漳水、園
果、春風、百鳥等豐饒富庶的景色，構顯出一幅繁華壯盛的氣象；於是，曹
植將銅雀台的興築完竣，全歸功於曹操，底下便極力的讚頌其父王的偉大功
業：

> 天雲垣其既立兮，家願得而獲逞。揚化于宇內兮，盡肅恭于上京。
> 惟桓文之爲盛兮，豈足方乎聖明。休矣美矣！惠澤遠揚，翼佐我皇
> 家兮，寧彼四方，同天地之規量兮，齊日月之暉光。永貴尊而無極
> 兮，等年壽于東王。

在曹操統一的北方，暫時結束了戰爭的紛亂，此時政通人和，國泰民安，曹
植在此頌美曹操以德政、仁義教化人民的功績，將之比附春秋時代的齊桓公、
晉文公，末尾更以天地之德、日月光輝形容其無量的功德，而賦家以亭台樓
閣結合山水書寫，也營構出政權的穩定，國勢的壯盛；至於吳國的楊泉〈五
湖賦〉則顯示出南方吳國擁有天命降臨的神聖性，其辭曰：

> 潏矣大戰，於此五湖，乃天地之玄源，陰陽之所徂，上值箕斗之精，
> 與雲漢乎同模，受三方之灌溉，爲百川之巨都，居揚州之大澤，苞
> 吳越之具區，底功定績，蓋寓令圖。……西合乎濛汜，東苞乎扶桑，

〔註87〕見〔清〕嚴可均校輯：《全上古三代秦漢三國六朝文》（中文出版社，未注出
版年月），卷十三陳思王植，頁1126。

〔註88〕曹丕〈登臺賦〉序：「建安十七年春，□遊西園，登銅雀臺，命余兄弟竝作，
其詞曰：……」可知〈登臺賦〉爲同題共作之賦。見《全上古三代秦漢三國
六朝文》（中文出版社，未注出版年月）卷四魏文帝，頁1074。

> 日月於是出入，與天漢乎相望，頭首無錫，足蹄松江，負鳥程於背
> 上，懷大吳以當胸。

南方吳國的五湖空間，不但東至扶桑，西合濛汜，從日月甚且可以在此出入，
自是能夠想見此湖的廣袤浩瀚，尤其值得注意的是，此湖正位居「懷大吳以
當胸」的中心命脈，擁有此湖的南方吳國雖偏處一隅，卻能「底功定績，蓋
寓令圖」〔註89〕，享有天命授受的旨令，有朝一日必能一統中原，收復北方
河山。

　　從魏國曹丕〈浮淮賦〉、〈濟川賦〉、曹植〈登臺賦〉，乃至吳國的楊泉〈五
湖賦〉，誠可見出三分天下之際，魏、吳兩國均以「山水書寫」誇炫各偏一隅
之政權，即便蜀國並未有相應的山水篇章出現，然魏、吳兩國辭賦中的山水
書寫皆以之稱頌國家政權的穩定，表徵從屬政權的神聖性，確乎是值得注意
的現象，不容忽視。

二、三國歸（西）晉——以「山水書寫」打造太平盛世之藍圖

　　洎乎西晉，司馬氏篡魏改國號為晉，相繼收服南方的蜀、吳，統一了分
裂已久的亂局，面對和平局勢的到來，山水書寫在此也成了盛世藍圖的象徵，
成公綏〈大河賦〉就稱頌西晉王朝在地理位置上的優越環境，是拜「覽百川
之宏壯兮，莫尚美于黃河」所賜，底下即描述黃河所流經的區域：

> 踰洛汭而揚波，體委蛇于后土兮，配靈漢于穹蒼，貫中夏之畿甸兮，
> 經朔狄之遐荒，歷二周之北境兮，流三晉之南鄉，秦自西而啟壤兮，
> 齊據東而畫疆。〔註90〕

藉由歌詠黃河水域的廣大遼闊，同時也宣示了朝野當局位居得天獨厚的險
勢，於此亦可見出賦家讚頌政權的一面；此外，孫楚〈登樓賦〉，則以高柚之
人文景觀結合山水素材，構設出一幅盛朝藍圖：

> 有都城之百雉，加層屋之五尋，從明主以登極，聊暇日以娛心，涇
> 渭汨以阻邁，卉木鬱而成林，晞朝陽之素暉，羨綠竹之茂陰，望秦
> 墳於驪山，覘八陵於北岑。青石連崗，終南□峨。……營巷基峙，

〔註89〕謝脁〈和王著作融八公山〉詩：「平生仰令圖，吁嗟命不淑。」《左氏傳》：「令
　　　　圖，天贊也。」詳見曹融南：《謝宣城集校注》，（上海：上海古籍出版社，1991
　　　　年），頁350。
〔註90〕原文引自（清）陳元龍輯：《御定歷代賦彙》（北京：北京圖書館出版社，1999
　　　　年11月第一版），頁38。

列宅萬區，黎民布野，商旅充衢，□柳綢繆，芙蓉吐芳，俯依青川，
仰翳朱楊，體象濛氾，幽若扶桑。白日爲之晝昏，鳥禽爲之頡頏。
百僚雲集，促坐華台，嘉餚滿俎，旨酒盈杯。談三墳而詠五典，釋
聖哲之所哉。〔註91〕

　　西晉武帝時，扶風王司馬駿爲征西將軍，鎮守長安，起用孫楚爲參軍。
此賦爲孫楚登長安城樓而作，賦中的明主即指司馬駿而言。孫楚登樓眺望四
周遠景，以涇渭、卉木、綠竹、秦墳、八陵等顯要地勢，營造出樓台的巍峨
高聳，之後則以「列宅萬區，黎民布野，商旅充衢，□柳綢繆，芙蓉吐芳，
俯依青川」，生動的表達出關中地區繁華的人文景致，若再從晏飲之際，司馬
駿與官署間的酬樂互動，更可見出朝政的和樂與太平。如曹道衡先生就認爲：

孫楚的這篇賦著重寫秦川的富庶與景物之美，情調顯的很樂觀。因
爲西晉初年雖已潛浮著戰亂的危機，而表面上則國家剛剛統一，多
少有一種安樂的氣氛，……從這篇賦中看來，當時關中的物產是很
豐富的：『卉木鬱而成林』、『羨綠竹之茂陰』。人口眾多，商業繁榮，
顯出一片年豐人和的景象。這種描寫既是寫景，也是對司馬駿的政
跡的頌揚。〔註92〕

準此，誠可見出賦家以樓台結合山水書寫，用以呈顯政權的穩定及對當政者
的頌揚。

　　合上所述，三國鼎立，魏蜀吳三國各擁一方，壁壘分明，因之，對從屬
政權的大加讚揚，有助於歌功頌德；而甫統一天下的西晉王朝，即使政權傾
軋，內亂不已，然面對一統盛世的來到，賦家不免藉由恆常穩定的名山大川
或亭臺樓閣，結合山水書寫，編織出一幅太平盛世之藍圖，從而映照出北方
文化的優越與正統。

　　就此而言，無論是三分天下的三國鼎立，或是三分歸西晉的一統政權，
賦家藉由「山水書寫」勾勒出版圖界域與政權象徵，可謂是共有的書寫模式。
不過從魏至西晉，辭賦中的山水書寫究竟發生了怎樣的演變，兩者之間有如
何不同的詮釋景觀，其中的山水書寫是否因應時空場景的轉化而有了殊異的

〔註91〕原文引自（清）陳元龍輯：《御定歷代賦彙》（北京：北京圖書館出版社，1999
　　　　年11月第一版），頁215。
〔註92〕詳見章滄授主編：《歷代山水名勝賦鑑賞辭典》（北京：中國旅遊出版社，1998
　　　　年5月），頁128-129。

美學徵候，大凡此類問題，底下都將逐步展開解釋與分析。

參、詠歎山水與仕宦經驗──魏代辭賦中的「山水書寫」研究

　　本節將把焦點放在魏朝進行考察，以闡明「魏代辭賦中的山水書寫」，三
國鼎立期間，南方的蜀吳文人固不乏詩賦的創作，但是，「蜀吳統治者與他們
既沒有文學的聯繫，也沒有將他們收攏組成某種形式的文學集團」〔註93〕，
相較而言，北方的曹魏則積極收攏知名文士，學風熾盛，蔚爲風潮；此外，
除了吳國楊泉撰有〈五湖賦〉外，蜀、吳並無相關的山水賦作，故而筆者將
以曹魏爲討論重心，並將之細分成「魏初」與「魏晉之際」，觀察魏代賦家如
何將山水空間，視作一「情感載體」〔註94〕，在詠歎山水的同時，也投射了
自己的仕宦經驗與情感體認。

一、魏初

　　所謂「魏初」，本文的斷限將上溯至建安十九年（213），原因即：此年曹
操被封爲魏公，政權掌握在曹操手上，漢獻帝形同虛設的名位，因而建安雖
爲漢獻帝之年號，不過此時的政權早已旁落曹操，由三曹父子主導文壇盛況，
如《文心雕龍・時序》：

> 自獻帝播遷，文學蓬轉，建安之末，區宇方輯。魏武以相王之尊，
> 雅愛詩章；文帝以副君之重，妙善辭賦；陳思以公子之豪，下筆琳
> 瑯；並體貌英逸，故俊才雲蒸。

故「以曹氏父子及兄弟爲中心的鄴下文學之士，向來被目爲魏代文學之代表」
〔註95〕，加上建安文學裂變於漢末，又開啓魏晉文學之先河，從文學史的角

〔註93〕程章燦：《魏晉南北朝賦史》（南京：江蘇古籍出版社），2001 年，頁 108。
〔註94〕尤雅姿認爲：「宇宙境域就是我們一切經驗的基礎，在這基礎上所衍生的自然
　　　　空間、人爲環境、精神世界等現象，就策動了文學意象空間的創生。……因
　　　　此，當人爲造境的建築空間加上大化流行的自然環境後，寄寓其中的芸芸蒼
　　　　生、纏綿世間的滾滾紅塵，遂成爲包羅萬有的生命風景，這生命風景正是文
　　　　學所欲攝取的書寫對象，因爲，它總是我們視覺場域中不曾須史或離的地方
　　　　景致。」職此，面對「自然山水」，賦家不免以之作爲創作題材，用來反映己
　　　　身的生命情境、情感體驗，故筆者此處將「自然山水」視爲賦家寄寓情感之
　　　　所在。詳見氏著：〈文學世界中的空間創設〉，（台北：中央研究院中國文哲研
　　　　究所，2000 年），頁 157-158。
〔註95〕詳見林文月：〈關於文學史上的指稱與斷代──以六朝爲例〉，《中國文學的多
　　　　層面探討》，國立台灣大學中國文學系編印，1996 年，頁 1。

度來說，建安文學不屬於兩漢文學的範疇，而是魏晉文學的起點〔註96〕；若忽略建安文學不談，將會失去不少可觀之處，故本小節的「魏初」將上溯至以曹氏父子為首領，建安七子為代表的鄴下文學集團──建安文學──為討論起點，止於魏明帝（227-239）〔註97〕，探討魏初辭賦中的山水書寫狀況。

如前所述，魏初賦家，曹丕〈浮淮賦〉、〈濟川賦〉、曹植〈登臺賦〉等皆以山水書寫來稱美政權，其中亦不免透露出士人們所抱持的從政理想與躋身政治場域的期待，如曹植〈登臺賦〉即以「揚仁化於宇內兮，盡肅恭於上京」誇炫曹操的功德，從而也透露出自己欲效法父王建功立業的用世理念。換言之，魏初時期的山水賦篇，一方面固然用來頌美穩定的政局，同時也融入了賦家投身政治領域的想望，以及對從政一途的躍躍欲試，如劉楨〈黎陽山賦〉即表明此心志：

> 自魏都而南邁，迄洪川以揭休，想王旅之旌旗，望南路之遐修，御輕駕而西徂，過舊塢之高區。爾乃踰峻嶺，超連岡，一登九息，遂臻其陽，南蔭黃河，左覆金城，青壇承祀，高碑頌靈，珍木駢羅，奮華揚榮，雲興風起，蕭瑟清泠，延首南望，顧瞻舊鄉，桑梓增敬，慘切懷傷，河源汩其東遊，陽鳥飄而南翔，睹眾物之集華，退欣欣而樂康。〔註98〕

此賦寫於劉楨從洛陽南行，沿途所見所感，在鋪排一連串的山景之後，作者回望故鄉，感於軍旅跋涉的辛勞，遂引發了慘切懷傷的情緒，然河水順勢的往東流行，烏鳥群聚於南端，萬物各安所居，各得其所，此時依附曹魏政權的我，其實正恰逢大有可為的時機〔註99〕。

〔註96〕 詳見李寶均：《曹氏父子和建安文學》（台北：萬卷樓，1991年），頁2。
〔註97〕 本文的魏初止於魏明帝曹叡，主要考量點在於，第一：魏明帝之後的正始年間，曹爽與司馬懿輔政，政權逐漸旁落司馬氏手上，統治集團內部鬥爭異常殘酷，人人自危，相較魏明帝之前的政權穩定，宜有所區隔；第二：在曹魏政權逐漸移轉自司馬氏的過程中，即所謂的魏晉易代之際，據筆者初步觀察，除了阮籍有〈首陽山賦〉之外，繆襲、應璩、韋誕、杜摯、嵇康、鍾會等作家均無以山水為名的辭賦篇章，且〈首陽山賦〉以典故所興發的歷史感懷，亦與魏初以水山為名的辭賦，性質有所迥異，不應混淆。因而本小節名為「魏初辭賦中的山水書寫」，至於阮籍〈首陽山賦〉的討論，詳見下節。
〔註98〕 原文引自（清）陳元龍輯：《御定歷代賦彙》（北京：北京圖書館出版社，1999年11月第一版），頁437。
〔註99〕 王鵬廷云：「從開頭的『魏都』、『王旅』到最後的『睹眾物之集華，退欣欣而樂康』可看出劉楨此賦亦借遊山表現他歸曹後的欣慰之情及對自己事業前途

　　相較劉楨對從政的基待與喜悅，王粲〈游海賦〉則暗喻當朝要「禮賢下士」，開篇描寫王粲懷著精誠專一的態度，輕舉遠遊，縱覽四方，乘駕蘭舟，漂浮長江：

> 含精純之至道兮，將輕舉而高屬，游余心以廣觀兮，且仿佯乎四
> 裔，乘蘭桂之方舟，浮大江而遙逝，翼驚風以長驅，集會稽而一
> 慸。〔註 100〕

之後圖寫海域的廣博壯盛，無邊無垠，連章亥、盧敖等傳說中善走的人亦無法窮盡：

> 登陰隅以東望兮，覽滄海之體勢，吐星出日，天與水際，其深不測，
> 其廣無臬，尋之冥地，不見涯浅，章亥所不極，盧敖所不屆，洪洪
> 洋洋，誠不可度也。

然而王粲在此並不單描繪海域的浩瀚，甚且，王粲借用大海容納百川的謙讓特性，來說明施政者應禮賢下士，以成就其德侔天地之弘業：

> 處崛夷之正位兮，同色號于穹蒼。苞吐納之弘量，正宗廟之紀綱。
> 總眾流而臣下，為百谷之君王。洪濤奮蕩，大浪踊躍。山隆谷窳，
> 宛亶相搏。

大海總匯眾流，吸納百川的雅量正如宗廟的倫常綱紀，所謂「總眾流而臣下，為百谷之君王」化用老子而來〔註 101〕，王粲用江海善於謙遜而成百谷之王的比喻，來說明為政者當廣納諫言，禮遇賢能，讓人才適性發揮，始能成就冠蓋宇內的德政之治，從而也希冀自己蒙擢青睞的渴望。

　　同樣地，應瑒〈靈河賦〉也投射出士人對從政藍圖的企盼：

> 咨靈川之遐源兮，於崑崙之神丘，凌增城之陰隅兮，賴后土之潛流，
> 衝積石之重險兮，批山麓之溢浮，蹶龍門而南邁兮，紆鴻體而東流，
> 涉津洛之坂泉，播九道之中洲，紛項湧而騰驚兮，恆亹亹而徂征，
> 肇乘高而迅逝兮，陽侯沛而震驚。

的信心。」詳見氏著：《建安七子研究》（北京：北京大學出版社，2004 年 10
　　月），頁 159。

〔註 100〕原文引自（清）陳元龍輯：《御定歷代賦彙》（北京：北京圖書館出版社，1999
　　　　　年 11 月第一版），頁 769。

〔註 101〕《老子》六十六章：「江海之所以能為百谷王者，以其善下之，故能為百谷王。
　　　　　是以聖人欲上民，必以言下之；欲先民，必以身後之。」引自陳鼓應：《老子
　　　　　註譯及評介》（北京：中華書局，1992 年），頁 316。

有漢中葉兮，金隄潰而瓠子傾，興萬乘而親務兮，董羣后而來營，

下淇園之豐條兮，投璧玉而沉星。……〔註102〕

「靈河」即黃河，發源於眾神棲止的崑崙山因而得名，賦篇開頭即點明靈河的濫觴在「崑崙之神丘」，接著描寫黃河流經積石、龍門、津洛等中原境內的概況以及洶湧奔騰的態勢，到了後半段，應瑒以金隄、瓠子等地，堤防崩毀頹塌的史實，據《史記‧河渠書》：「天子乃使汲仁、郭昌發卒數萬人塞瓠子決。於是天子已用事萬里沙，則還自臨決河，沉白馬玉璧於河。」〔註103〕於此，來盛讚漢武帝親駕現場，率領群臣治水，沉白馬玉璧，指揮全局的英姿雄風，一方面可以窺知作者敬仰靈河的磅礡氣勢，一方面也藉由漢武帝的雄霸氣度，映射出應瑒心目中所欲投效的君主原型，當具有如此果敢智識的魄力。

除了以專詠「山水」賦作表現出內心躋身政治場域的期待，大多數魏初辭賦家均有戎馬征戰的經驗，因而也在行旅的跋涉過程中，表達積極立功以求身名不朽的訴求，如王粲〈初征賦〉：「野蕭條而騁望，路周達而平夷」、阮瑀〈紀征賦〉：「距疆澤以潛流，經崑崙之高岡」都先描述行經外在景觀的地理山水，爾後進一步闡明「賴皇華之茂功，清四海之疆宇」、「希篤聖之崇綱兮，惟弘哲而爲紀」的建功渴望；此外，徐幹〈西征賦〉：「庶區宇之今定，入告成乎后皇。登明堂而飲至，銘功烈乎帝裳。」應瑒〈撰征賦〉：「嘉想前哲，遺風聲兮」，也都希望能向前哲先賢看齊、效法，銘刻永垂後世的功業，彪炳顯赫的事蹟，至於曹丕、曹植也都藉由山水書寫透露出立功之志，如寫於曹丕早年的〈浮淮賦〉：

建安十四年，王師自譙東征，大興水運，泛舟萬艘，時余從行，始

入淮口，行泊東山，觀師徒，觀旌帆，赫哉盛矣，雖孝武盛唐之狩，

舳艫千里，殆不過也，乃作斯賦云。

「雖孝武盛唐之狩，舳艫千里，殆不過也」，不但頌揚鼎足於北方的曹魏具有一統天下之勢，也隱約透露出曹丕建功立業的壯志雄心，〈述征賦〉則描寫到南方的荊楚不肯俯首稱臣，曹丕「願奮武乎南鄴」收復「江漢之移民」（《全三國文》卷四，頁1072），其亟欲創建豐功偉業之心志，躍然紙上；至於王粲

〔註102〕原文引自（清）陳元龍輯：《御定歷代賦彙》（北京：北京圖書館出版社，1999年11月第一版），頁37。

〔註103〕詳見《新校史記三家注》（台北：世界書局，1993年），頁1412-1413。

〈浮淮賦〉與曹丕同題共作〔註 104〕，開頭仍是以稱頌魏軍水師之壯盛，末尾亦不免投射出樹立功績的企求：「運茲威以赫怒，清海隅之蒂介。濟元勳於一舉，垂休績於來裔。」（頁 96）至於曹植〈登臺賦〉則先從山水景觀：「立中天之華觀兮，連飛閣乎西城。漳水之長流兮，望園果之滋榮。」描寫了銅雀台的雄偉壯麗，接著再從漳水、園果、春風、百鳥等豐饒富庶的景色，構顯出一幅繁華壯盛的氣象，文末隱微透露建功之願：

> 揚化于宇內兮，盡肅恭于上京。惟桓文之爲盛兮，豈足方乎聖明。
> 休矣美矣！惠澤遠揚，翼佐我皇家兮，寗彼四方，同天地之規量兮，
> 齊日月之暉光。永貴尊而無極兮，等年壽于東王。

以天地之德、日月之光比喻曹操無量的功德，最後以尊貴無極、等壽東王來表達對父王的美好祝願。本賦作於曹植前期，對曹操功業的無限稱美，那種如同父王般的建功立業之志，也依稀可見〔註 105〕；而〈東征賦〉寫於建安十九年，曹魏軍師「東征吳寇」（全三國文，頁 1126），雖是曹植「想見振旅之盛」，非親自征戰的作品，不過其中也生動描述了「橫大江而莫御，循戈櫓於清流」的浩蕩江流，進而表達：「嗟我愁其何爲兮，心遙思而懸旌」（全三國文，頁 1126），於此，可以見出曹植對東征吳國的懸念與牽掛，以及無法隨著軍旅征戰討伐，建功立業的哀嗟愁嘆。

綜合上述，從曹氏父子、建安諸子的賦篇創作來看，可以看出魏初時期的士人，都以立功不朽爲終身職志，故劉楨〈黎陽山賦〉欣逢大有可爲的政權，而欲施展抱負；王粲〈游海賦〉說明爲政者當廣納諫言，禮遇賢能，讓人才適性發揮，始能成就冠蓋宇內的德政之治，從而也表徵了自己希冀蒙擢青睞的渴望；應瑒〈靈河賦〉則投射了心目中所欲投效的君主原型，當具有果敢的魄力；曹丕〈浮淮賦〉的雄心壯志；以及曹植〈東征賦〉因無法隨著軍旅征戰討伐，而產生「嗟我愁其何爲兮，心遙思而懸旌」，無能建功立業的喟嘆。此外，行旅賦結合山水書寫顯露立功建業的心志，比比皆是：如王粲〈初征賦〉：「賴皇華之茂功，清四海之疆宇」、阮瑀〈紀征賦〉：「希篤聖之崇綱兮，惟弘哲而爲紀」、徐幹〈西征賦〉：「庶區宇之今定，入告成乎后皇。登

〔註 104〕據曹丕〈浮淮賦序〉所言：「命王粲同作。」引自俞紹初輯校：《建安七子集》台北：文史哲出版社，1990 年，頁 96。

〔註 105〕參見章滄授主編：《歷代山水名勝賦鑑賞辭典》（北京：中國旅遊出版社，1998年 5 月），頁 105。

明堂而飲至，銘功烈乎帝裳。」應瑒〈撰征賦〉：「嘉想前哲，遺風聲兮」。

　　準此以觀，魏初辭賦家在面對大化自然，往往投諸己身見用的期望，於是自然山水總是掩藏不住士人們內心澎湃激揚的高亢語調，因而在「世積亂離，風衰俗怨」的時代背景下，他們的詩文總是表現出慷慨激昂的風格與豪邁雄放的特色，此從上述所舉的山水賦篇，可見一斑，所以如此，原因正在於魏初時期的文人大凡具有「立功不朽」的祈望，針對此一現象，王玫《六朝山水詩史》有頗為精要的說解：

> 建安詩歌充滿慷慨悲涼的時代色彩，生命的原創力在這時期詩歌中橫溢淋漓。自我意識趨向覺醒的建安詩人，在蒿目時艱、遍地廢墟和白骨的社會現實面前，不能不興嘆生命之短暫。同時，人生有限又激發他們試圖以某種方法超越形軀的界限而獲得永恆，這就是建功立業，或立言，或立名。……建功立業已成為鄴下文人所追求的最高人生目標。〔註106〕

是以，魏初賦家們渴望「建永世之業，留金石之功」，面對狹促短暫的生命，他們「慷慨以任氣，磊落以使才」，在有限的生命流程，急切找尋自我的定位，或為激昂抑揚，積極進取，奮發有為，悲感無常，因而文章總是「志深而筆長」，顯示時代意義，所以劉勰論及此時期的文學現象，如此說道：

> 觀其時文，雅好慷慨，良由世積亂離，風衰俗怨，並志深而筆長，故梗概而多氣也。（〈時序〉）

所謂「慷慨」，乃是直抒胸臆，群情激昂，意氣駿爽之意。不論是感念風衰俗亂，抒發豪情壯志，還是哀憐生死離別，嗟歎人世無常，凡感情鮮明動人，都可以「慷慨」視之，所以「雅好慷慨」就是主張表現自己強烈的情感和深長的思緒。〔註107〕

　　誠然，歷來談論建安文風的學者們都已注意到建安詩歌「雅好慷慨」的特色，不過劉勰既指出「觀其時文」，自然涵蓋了當時詩歌之外的文、賦等文體在內，故此，設若忽略建安、魏初時期的賦作，而欲了解建安文風，自然無法遍照全局，難以窺其全豹，自前文所述，賦家們一方面「詠歎山水」，也在其中表達「躋身仕宦」之心志，所以如此，正在於文人希冀立功以求不朽，

〔註106〕詳見氏著（北京：天津人民出版社，1996年），〈建安詩歌中的自然山水〉一章，頁57、頁59。

〔註107〕參考梁承德：〈建安賦論〉，《中國古典文學研究》，1999年，頁13。

於是世積離亂的時代背景，造就出志深筆長，積極立功的價值取向，賦家們
表現出或為：「顧瞻舊鄉，桑梓增敬，慘切懷傷」的離鄉愁緒、「退欣欣而樂
康」的真率快意、「登明堂而飲至，銘功烈乎帝裳」的充足自信，同時也在戎
馬生涯的征戰過程，展演將目王侯的颯爽英姿，豪放俊逸，「無論議論時事、
抒寫情志，都力求充分表現自我，氣盛詞壯」〔註108〕，此正與建安詩歌表現
的慷慨激昂，磊落使才，大丈夫之志，同出一轍。換言之，將建安、魏初時
期的山水賦作統攝並讀，其中煥發的磊落之姿，慷慨氣度，不但是觀察建安
文風的重要依據，從而也以另一面向佐證了建安文風的整體特色，如此方能
真正完備的體現劉勰所謂「觀其時文，雅好慷慨」的全面意義。

二、魏晉之際

　　上文以曹氏父子為首領，建安七子為代表的鄴下文學集團——建安文學
——為討論起點，止於魏明帝（227-239），考察「魏初」辭賦中的山水書寫，
由於魏明帝之前的曹魏政權洵屬穩定〔註109〕，在此態勢之下，魏初賦家以自
然山水表述王朝疆域話語，潤色鴻業，歌功頌德，對從屬政權大加讚揚，山
水書寫遂成了創作大宗；不過，明帝之後，筆者檢閱《御定歷代賦彙》直接
題以山水的賦篇，僅有阮籍〈首陽山賦〉，再爬梳與山水書寫融涉最為密切的
行旅、覽古、都城、地理、仙釋等賦作，並未見相關篇章；復披索《全上古
三代秦漢三國六朝文》文人諸作，謬襲、應璩、韋誕、杜摯、嵇康、鍾會等
作家亦無與山水相關的辭賦，可以說，魏晉之際的山水書寫呈現近乎空白的
狀態〔註110〕。

　　基此，魏晉之際阮籍的〈首陽山賦〉遂有了獨特的時代色彩與文本魅力，
據賦序所言〔註111〕：

〔註108〕引號內文字見郭預衡主編《中國古代文學史長編·秦漢魏晉南北朝卷》（北京：
　　　　首都師範大學出版社，2000年），頁268。

〔註109〕如何晏〈景福殿賦〉作於魏明帝時，開頭即以：「大哉惟魏，世有哲聖，武創
　　　　元基，文集天命。皆體天作制，順時立政。至於帝皇，遂重熙而累盛。」盛
　　　　讚曹操、曹丕、曹叡所開創的豐功偉業與穩定政權。引自蕭統編：《昭明文選》
　　　　（台北：五南出版社，1991年），頁285。

〔註110〕魏明帝之後至司馬氏代魏，約西元240～265年，二十餘年間，賦家以山水作
　　　　為創作題材如上所述並不多見，然是否因此產生新的賦風？箇中原因又何
　　　　在？頗值得考述，然限於篇幅，此處無法細究。

〔註111〕阮籍〈首陽山賦〉引自（清）陳元龍輯：《御定歷代賦彙》（北京：北京圖書
　　　　館出版社，1999年11月第一版），頁436-437。

正元元年秋，余尚爲中郎在大將軍府，獨往南牆下，北首陽山，賦
曰：

可知賦篇作於嘉平六年（254）九月，司馬師廢魏帝曹芳，阮籍被封爲關
內侯、徙官散騎常侍。首段點出入秋的時節與作者悲悽的基調：

在茲年之末處分，端旬首而重陰。風飄回以曲至分，雨旋轉而纖
襟。……時將暮而無儔分，慮悽愴而感心。摼沙衣而出門分，纓絕
而靡尋。步徙以遙思分，喟歎息而微吟。

隨後，「聊仰首以廣頻分，瞻首陽之崗岑。樹叢茂以傾倚分，紛蕭爽而揚音。
下崎嶇而無薄分，上洞徹而無依。鳳翔過而不集分，鳴梟翬而並棲。」形容
了遠望的山景，接著，阮籍援引伯夷、叔齊的典故：

颺遙逝而遠去分，二老窮而來歸。實囚軋而處斯分，焉暇豫而敢誹。

嘉粟屏而不存分，故甘死而採薇。彼背殷而從昌分，投危敗而弗遲。

此進而不合分，又何稱乎仁義？肆壽夭而弗豫分，竟毀譽以爲度。

《史記・伯夷叔齊列傳》曾記載夷、齊讓國位，後投效西伯昌，及西伯卒，
武王欲伐紂，伯夷、叔齊扣馬而諫，後奔赴首陽山，不食周粟而死；不過阮
籍賦中，所謂「實囚軋而處斯分，焉暇豫而敢誹」，卻將伯夷、叔齊自願於
首陽山從容就義的行爲，說是囚犯被迫「囚軋」於此的無奈心態，根本沒有
餘暇對朝政進行誹謗；論者以爲，「實囚軋而處斯分，焉暇豫而敢誹」二句，
表達阮籍不得已做了司馬氏的官，囚處於司馬氏手中，自顧不暇，哪還「敢
誹」司馬氏篡魏的今事今情。阮賦是爲了隱晦而準確地表達慚愧、自責的今
事今情，而採用了特別大膽的改變夷、齊古典的特殊藝術手法。阮籍說自己
不得已出仕於司馬氏，名節已汙，他以此曲折隱微地抒發了自己的憤懣和痛
苦。〔註112〕誠然，阮籍以「遙深」〔註113〕的手法表達了心中迂迴繚繞的深
層情感，然此賦最特殊、重要的表現形式，仍有幾點值得細論：

首先，與魏初辭賦家相比，建安、魏初時期的山水賦作中煥發的磊落之
姿，慷慨氣度，與躋身仕宦的渴望，在此反倒成爲苦痛自責的情調，可見，
同樣「詠歎山水」，卻有不一樣的仕宦經驗與人生感悟。

〔註112〕詳細討論，請參見張建偉：〈易代之際的悲憤與自責——阮籍《首陽山賦》發
微〉，《山西大學學報》2006 年 1 月，第 29 卷第 1 期，頁 99-103。

〔註113〕《文心雕龍・明詩》：「阮旨遙深」，周振甫：《文心雕龍譯註》（台北：五南出
版社，1993 年），頁 80。

再則，阮籍化用夷、齊之典，前此，杜篤〈首陽山賦〉同樣以此典入賦，
開頭先以自己與夷、齊的對話，後「二老答曰」，賦篇典故未經裁減，與史實
完全相同〔註114〕，在藝術手法未見特殊之處，及至阮籍〈首陽山賦〉謂自願
赴首陽山的夷齊二人，是被迫「囚軋」，不但反轉了典故的史實，其實也涵藏
了自己屈從司馬政權的無奈悲痛，與如履薄冰，戰戰兢兢的憂慮，就此而言，
阮籍賦中歷史典故的運用，不但不因襲杜篤〈首陽山賦〉，甚且在自然山水的
詠歎感懷之際，加入了個人境遇與歷史維度，藉此深化自己的難言之隱，從
而表達內心對當代政權的諷刺與反抗，在「山水空間」與「歷史隱喻」兩相
結合上，做了極精采的示範，這不但異於杜篤〈首陽山賦〉，甚至影響了西晉
辭賦中的山水書寫之創作。

總上所述，魏代辭賦中的山水書寫，將山水空間視為一情感載體，係賦
家情感之歸趨，反映了己身的生命情境、仕宦經驗，「自然山水」遂成了賦家
寄寓情感之所在，整體說來，均表現了「詠歎山水與仕宦經驗」的特色。其
中又可分成「魏初」與「魏晉之際」兩段時域。前者，賦家詠歎山水，躋身
仕宦，所煥發的磊落之姿，慷慨氣度，是觀察建安文風的重要依據；後者，
阮籍〈首陽山賦〉是當時唯一的山水創作，迥異於魏初山水作品的特色，歷
史隱喻與個人感懷方為書寫重點，其中以山水空間結合歷史維度，不但新變
同題的杜篤之作，更與西晉辭賦的山水書寫，有一脈相續的承傳意味。

肆、空間結構與歷史隱喻——西晉辭賦中的「山水書寫」研究

魏晉易代，司馬篡魏，洎乎西晉，一統天下，政權相對穩定，賦家們復
以「山水書寫」描繪出太平盛世之藍圖（可見本文第一部分所論），於此，山
水書寫再度復甦，蔚為風潮，不過西晉辭賦中的「山水書寫」與魏代辭賦中
的「山水書寫」，有何不同？呈顯了怎樣的美學特徵、風格特色？與時代背景
是否有扣合之處？諸如此類問題，均在本節有所析論。

首先，山水作為自然造化的真實存在，正是一種可以目睹身臨的真實空
間，亦即，「就所有人而言，空間是一切經驗的基礎，我們對世界的認識都根
植於這個生於斯、長於斯、死於斯的真實空間。……在這偉大的自然空間中，
構造出各種不同的人為實體結構空間，如屋室、橋樑、道路、亭臺、廟宇等

〔註114〕杜篤〈首陽山賦〉原文，詳見（清）陳元龍輯：《御定歷代賦彙》（北京：北
京圖書館出版社，1999 年 11 月第一版），頁 435-436。

建築體，於是，現實的空間就形成了萬千景致的複雜體系。」〔註115〕以此觀之，山水正是一種自然眞實的「空間結構」，而「空間」與「時間」往往並稱，成爲人類思考存在意義的重要向度，兩者如何相互縮結，進行對話，遂成了一極佳的切入視角。

　　筆者在閱讀西晉辭賦中的「山水書寫」，發覺賦家慣以山水書寫，涵藏了時間之流動與歷史典事之隱喻，用以興發個己生命之短暫而欲求不朽之理境；換言之，山水之「空間結構」結合「歷史隱喻」成爲獨特的書寫模式，故底下將先論述「以空間表示時間」的手法，繼而從「空間經驗的時間化」，闡釋其義涵。用以說明賦家們如何感悟興衰無常的歷史循環，努力臻至永恆奧義的不懈精神。

一、以空間表示時間

　　如前所述，西晉辭賦中的山水書寫，率以「空間結構」爲基底，多了一層歷史隱喻，於是空間、時間彼此融織，成了文本中極爲特殊的儀型，成公綏的〈大河賦〉，即表現了此一特徵：

> 覽百川之宏壯兮，莫尚美于黃河。潛崑崙之峻極兮，出積石之嵯峨，
> 登龍門而南游兮，拂華陰與曲阿，淩砥柱而激湍兮，踰洛汭而揚波，
> 體委蛇于后土兮，配靈漢于穹蒼，貫中夏之畿甸兮，經朔狄之遐荒，
> 歷二周之北境兮，流三晉之南鄉，秦自西而啓壤兮，齊據東而畫疆。
>
> 〔註116〕

成公綏以稱頌黃河化育萬民的功勞爲始，進而描述黃河流域所行經的地理位置：「歷二周之北境兮，流三晉之南鄉，秦自西而啓壤兮，齊據東而畫疆」，接續化用春秋戰國的史實鋪排出黃河在歷史上具有防禦功能的地理位域：

> 殷徒涉而求固，衛遷濟而遂強，趙決流而卻魏，嬴引溝而滅梁。思
> 先詰之攸歎，何水德之難量。

殷商一再遷都，是由於黃河具有顯要地勢之故；春秋時衛國經過狄人進犯，在衛文公遷都後曾一度富強；趙國曾依憑黃河拒魏；秦人決河以滅大梁；成公綏在吟詠黃河的地理空間之後，一連串的使用歷史典故，使得賦篇同時交

〔註115〕詳見尤雅姿：《魏晉士人之思想與文化研究》（台北：文史哲出版社，1997年），頁35。

〔註116〕原文引自（清）陳元龍輯：《御定歷代賦彙》（北京：北京圖書館出版社，1999年11月第一版），頁38。

織著地理空間／歷史典故的特殊結構，而這旨在說明前朝雖有極為優越的地
理環境，但若只單憑藉著黃河的險要，而欲國祚長久，自是不易；因之，作
者在此即是以書寫自然空間（黃河）中的歷史隱喻（殷商、衛國、趙國、秦
國），暗指出西晉王朝在先天的地域既已擁有「莫尚美於黃河」的優越環境，
更應該在政治上廣布「水德之難量」的德治精神，方為國祚綿長久遠之計。

　　至於張協〈登北芒賦〉則從歷史之興衰變遷，諷刺兵連禍結的傾軋政權
所給予人民的戕害，從而也揭示作者以古諷今的深意：

> 陟巒丘之□□，升迢遞之脩岅。迴余車于峻嶺，聊送目于四遠，靈
> 嶽鬱以造天，連岡巖以寒崖，伊洛混而東流，帝居赫以崇顯，山川
> 汨其常弓，萬物化而代轉，何天地之難窮，悼人生之危淺，歎白日
> 之西頹兮，哀世路之多寒。〔註117〕

賦首描寫登山遠望巍峨的山勢引觸了心中的感慨：「山川汨其常弓，萬物化而
代轉，何天地之難窮，悼人生之危淺」，自然山川亙久不移，萬化遷轉，與時
俱進，面對浩瀚流轉的大千世界，終非短促人生所能窮盡，接著張協想起自
己困厄多寒的生平，於是環顧四周的南山、虎牢、熊耳，不由得升起歷史興
衰的感懷：

> 于是徘徊絕嶺，踟躕步趾，前瞻南山，卻閱大坯，東鼎虎牢，西睨
> 熊耳……爾乃地勢宏隆，丘墟陂□，墳隴□疊，棋布星羅，松林慘
> 映以攢列，玄木搜寥而振柯。壯漢氏之所營，望五陵之嵬峨，喪亂
> 起而啓壤，僮豎登而作歌。

人事興衰，流轉不居，面對崩頹的丘墟、荒廢的墳隴，張協目睹昔日兩漢帝
國高聳峙立的陵園，如今已成童僕踐踏呼嘯的黃土，由歷史興衰的感懷回看
自己蹇困的遭遇，假使進一步觀測此賦寫於晉室內亂，時值張協隱居草澤的
背景〔註118〕，自能見出張協藉由攀登北芒山，獲致深刻的思考：時間推移，
歷史上的任何朝代都會興盛衰滅，最終覆亡，縱使連威霸四方的兩漢帝國亦
成了不復返的記憶，因而西晉當朝為了謀奪政權所引發的傾軋鬥爭，造成烽
火連綿，兵隳動亂，民生疲弊的景況，有朝一日亦將成為過往雲煙，惟後人

〔註117〕見清嚴可均校輯：《全上古三代秦漢三國六朝文》（中文出版社，未注出版年
　　　　月），卷八十五，頁 1951-1952。

〔註118〕《晉書‧張協列傳》：「於時天下已亂，所在寇盜，協遂棄絕人事，屏居草澤，
　　　　守道不競，以屬詠自娛。」引自《晉書》卷五十五，（藝文印書館，未注出版
　　　　年月），頁 1031。

視之，必當痛斥朝政的貪瀆險惡，腐敗無能。準此，可見張協旨在諷喻主政者，應消弭戰爭所帶來的動亂，記取歷史興衰的教訓，以鞏固社稷，造福黎民。因之，張協〈登北芒賦〉正從自然空間（北芒山）的吟詠，感懷歷史之興衰變遷，並在文本加入了歷史隱喻（壯漢氏之所營），從而完成自然空間中的歷史隱喻之架構，以及反思過後的深刻觀照。

相對於自然空間（黃河、北芒山）中所涵蘊的歷史隱喻，亦有從人文空間（亭台樓閣）結合山水書寫，同樣映射出歷史感懷者，如陸雲〈登臺賦〉，賦予云：「永寧中，參大府之佐于鄴都，以時事巡行鄴宮三臺，登高有感，因以言崇替，迺作賦云。」可知是陸雲歸效西晉政權時所作。賦首開端即以「承后皇之嘉惠兮，翼聖宰之威靈」讚揚當政者的豐功偉業乃由皇天后土所庇護，接著描寫登臺後環繞四周的情形並且誇炫樓臺所能眺望之遠景：

> ……仰淩眄于天庭兮，俛旁觀乎萬類，北溟浩以揚波兮，青林煥其興蔚，扶桑細于毫末兮，崑崙卑乎覆簣，于是忽焉俛仰，天地既闊，宇宙同區，萬物爲一。〔註119〕

登樓遠望，仰觀可以高達天庭、俯視可以坐擁萬類，甚而連溟浩、青林、扶桑、崑崙等神話景點都能盡收眼簾，陸雲在此以四方的山水襯托出樓臺之巍峨高聳，從而表徵西晉政權的壯盛與威儀，頗有浮誇的意味，然而賦篇後半，陸雲感於時移事往，於是發出興衰無常的喟嘆：

> 感舊物之咸存兮，悲昔人之云亡，憑虛檻而遠想兮，審歷命于斯堂，于是精疲遊倦，白日藏輝，鄙春登之有情兮，惡荊臺之忘歸，聊弭節而駕言兮，悵將逝而徘徊。感崇替之靡常兮，悟廢興而永懷，隆期啓而雲升，逝運靡其如頹，長發惟祥，天鑒在晉，肅有命而龍飛兮，踊重斯而肇建，嘉有魏之欲若兮，鑒靈符而告禪，清文昌之離宮兮，虛紫微而爲獻，委普天之光宅兮，質率土之黎彥，欽哉皇之承天，集北顧于乃眷，誕洪祚之遠期兮，則斯年於有萬。

憑檻遙想，舊物不存，物換星移，人事已非，陸雲從「感崇替之靡常兮，悟廢興而永懷」得到啟示，進一步勸諫得天眷顧之西晉王朝，要在輪替靡常，盛衰興廢的歷史演變中，了悟興衰無常，遷變流化的道理，進而獲取永恆存在的意義，享有「斯年於有萬」之太平盛世。

〔註119〕原文引自（清）陳元龍輯：《御定歷代賦彙》（北京：北京圖書館出版社，1999年11月第一版），頁109。

　　成公綏〈大河賦〉、張協〈北芒山賦〉、陸雲〈登臺賦〉都在自然／人文空間的山水構圖上，涵蘊著時間序列的歷史隱喻，賦家們在觀臨山水之際，不免投諸個己感懷，於是原本以山水書寫爲主的篇章，自然山水卻退居客體，線性流動的時間流域，與傷感嘆逝的情懷，反而成了賦家的討論重心，若仔細閱讀文本，更可以看出「以空間示時間」的特殊模式，如：

　　成公綏〈大河賦〉中：「歷二周之北境兮，流三晉之南鄉，秦自西而啓壤兮，齊據東而畫疆。」用迂迴繚繞的黃河水域空間（北境、南鄉、啓壤、畫疆），帶出二周、三晉、秦、齊等歷史朝代的時序更迭；

　　張協〈北芒山賦〉：「山川汨其常弓，萬物化而代轉。」則從「山川」（空間）顯示流轉變遷的時間；

　　陸雲〈登臺賦〉：「天地既閟，宇宙同區，萬物爲一。」所謂天地、宇宙、萬物均爲空間狀態，皆用來表達：「感舊物之咸存兮，悲惜人之云亡。」的感時興懷（時間）。亦即，賦家們總以外在的山水空間，表達了紛然流逝的時間，錢鍾書先生曾提出「以空間示時間」的觀點，認爲：

　　　　時間體驗，難落言詮，故著語每假空間以示之。……若來年、前朝、
　　　　後夕、遠世、近代之類，莫非以空間概念用於時間關係。〔註120〕
其中的來、前、後、遠、近即爲空間方位，年、朝、系、世、代即爲時間刻度，用具體的來、前、後、遠、近等空間狀態，顯示出抽象的年、朝、系、世、代等時間之流動，即「以空間示時間」。

　　職此，西晉辭賦中的山水書寫，以黃河水域、山川、天地、宇宙、萬物等具體的空間變遷，示現抽象隱微的流動時間（歷史更迭的朝代、流轉變遷的時間、感時興懷的喟嘆），成了極爲鮮明的特點；由此，時間在文本中的流動，成了可堪注意的現象，亦即，山水空間中的線性時間，究竟有何意義？何以賦家不斷在文本中鑲嵌「時間隱喻」？故而，底下筆者進一步從「空間經驗的時間化」切入，觀察賦篇所涵藏的時間意蘊。

二、空間經驗的時間化

　　所謂「空間經驗的時間化」，王建元以山水詩爲例，如此說明：

　　　　當詩人登山遠眺，面對擴張延伸的浩瀚空間時，他在其詩作中所
　　　　表現出的，往往是詠嘆大自然的「雄偉」美感之餘，企望自這磅

〔註120〕同註1，頁264-265。

礴的宇宙與本身生存的關係中獲取最深、最完整的理解。……這
種將重心從空間轉移到時間，在詩作中大致有兩種現象：其一是
具體時間意象的呈現，其二是時間意象退隱爲詩中一種內在的時
間性。〔註121〕

上段所述，旨在說明中國詩人在描寫山水詩時，均先注意到眼前實然存在
的山水美景，爾後，廣袤無垠的空間，隨即被綿延不絕之時間所取代，於
是詩中往往呈現了一種內在的時間性，亦即，山水詩中的外在景物（空間）
隱遁於時間，此時悠悠不盡的時間反倒成了詩中的重心，故詩人面對時間
的淹然流逝與不再復返，不免感歎人生之瞬息而山水之無窮，總希冀從中
獲取在世存有的意義，與永恆不朽的價值，這種山水詩的結構，可分爲三
個部份：

（一）人與自然景物開始時建立給予接受關係；（二）這接觸引發起
詩人對自然界的不朽而提出含有沉思的問題；（三）最後詩人成功地
建另一個新的關係，於其中詩人心遊太古，臻致超拔溢揚之心境。
〔註122〕

換言之，詩人面對亙古遼闊的山水景物（空間），回顧人事之恆常轉變，綿亙
不盡的歷史洪流對比出短暫消殞的生命（時間），於是興發了個己對「存在」
的意義與「不朽」的詰問，最後「臻致超拔溢揚之心境」，這即是中國山水詩
「空間經驗時間化」的美感特徵。

準此，再回過頭看西晉辭賦中的山水書寫，恰與中國山水詩「空間經驗
時間化」的特性，彼相契合，試看成公綏的〈大河賦〉：「覽百川之宏壯兮」、
張協〈登北芒賦〉：「徘徊絕嶺，踟躕步趾，前瞻南山，卻閱大岯，東眺虎牢，
西睨熊耳」、陸雲〈登臺賦〉：「北溟浩以揚波兮，青林煥其興蔚」，均先描繪
了外在的自然景觀，不過黃河、北芒山、樓臺等山水空間，隨即隱沒在「思
先喆之攸歎」、「悼人生之危淺」、「感崇替之靡常兮」的時間序列，時間的歷
史感懷旋即取代了外在的山水景觀，成了文本的重心，是以面對紛然流逝的
時間，賦家們不免興起「何天地之難窮，悼人生之危淺」、「感崇替之靡常兮，
悟廢興而永懷」的傷感喟嘆與人事無常，同時也在這深刻的體悟過後，意圖

〔註121〕詳見氏著：《現象詮釋學與中西雄渾觀》（台北：東大出版社，1988 年），頁
135-138。
〔註122〕同上註，頁 143。

尋求存在的價值，與永恆的意義。

因之，成公綏的〈大河賦〉提出政治上廣布「水德之難量」的德治精神，方為國祚賡續綿延之計；張協〈登北芒賦〉則藉由自然空間（北芒山）的吟詠，加入了歷史隱喻（壯漢氏之所營），旨在諷喻主政者，記取歷史興衰的教訓，以鞏固社稷，造福黎民，方能流芳百世；至於陸雲〈登臺賦〉則在輪替靡常，盛衰興廢的歷史演變中，體悟遷變流化的道理，冀求皇朝能享有「斯年於有萬」之太平盛世。以此觀之，誠可見出賦家經過深刻思考過後，「臻致超拔溢揚之心境」。

總合上述，可做如下結論：首先，西晉辭賦中的山水書寫，以具體的空間遷變，示現隱微流動的抽象時間，即「以空間示時間」；其次，賦篇文本中總是涵藏了時間的流動，此即說明了，賦家們在面對大化山水，自然美景，往往興起對時間流逝的傷感興焦慮，故以「空間經驗時間化」的方式，表達山水空間沒入時間洪流後，時間於焉成了文本重心，綿亙不盡的時間一方面對比出賦家狹促窘困的短暫生命，同時也引發賦家們在與時俱化的流動中，反思存有的價值與意義，試圖尋覓永恆的真理，臻至不朽的奧義，彰顯存在的理境。

伍、結語：賦家（作者）與君主（閱讀者）間的權力運作

本小節以「魏至西晉」為斷代，考察此間辭賦中的「山水書寫」現象，藉由「山水與空間」的幾個角度，觀察在東晉成熟的「山水賦」興盛前，辭賦中的山水書寫究竟有何演變與發展？

首先，「權力象徵與國勢象喻」總論魏與西晉辭賦山水書寫之共通模式；爾後，分析魏代辭賦將山水空間視為一情感載體，係賦家情感之歸趨，反映了己身的生命情境、仕宦經驗，「自然山水」遂成了賦家寄寓情感之所在；再次，觀察西晉辭賦中，「以空間示時間」、「空間經驗的時間化」之特殊形式，如何讓「空間結構」縮結「歷史隱喻」，從而表達對生命意義的領悟與證成。最後，由本文的分析，可以綜理出一條，魏至西晉，從「詠歎山水」到「歷史隱喻」的山水書寫之演變軌轍。

總上所述，誠可見出魏至西晉，辭賦中的山水書寫之演變，縱然魏代或西晉賦家，以「山水書寫」表達出不同旨意與關懷，不過在文本中毋寧都透示出君主的權力滲透，亦即，建安諸子、魏初賦家在詠歎山水，圖謀大展所

長之際,對君王的潤色鴻業,頌揚讚嘆〔註123〕,已然預設君主(閱讀者)的
觀看,是以山水賦篇儼然成了臣下對君上的奏章;至於西晉賦家從規箴諷諫
的角度加入了禍福興衰、歷史隱喻,則是希望文本背後的閱讀者——君主—
—能夠記取殷鑒不遠的教訓,俾使國祚綿延,流芳百世,功垂不朽,由此,
正可見賦家的苦心孤詣,從而也揭示文本背後,賦家站在政治立場發聲,為
閱讀者——君主——服務的深意,從這個角度而言,魏代或西晉辭賦中的山
水書寫,或有各自不同的重心,然而在吟詠山水空間時,兩者卻止掩不住文
本背後,那隱微不彰卻無所不在的,君主權力。

第四節　東晉:王朝與水域的相互定義

　　從漢代「京都賦」,到魏至西晉辭賦中的「山水書寫」,我們分別觀察了
兩者與「空間」書寫,相互結合而產生的文化現象與意蘊;接下來,我們著
重在東晉時期的「江海賦」,以釐清其「空間」(權力)內涵。

　　本小節主以郭璞〈江賦〉為主軸,參較相關的「江海賦」為討論文本,
試圖觀察流寓江左的東晉王朝如何藉由南方水域,完成「中興之志」;分作幾
個面向進行討論;首先,概述東晉初期的「江海賦」之數量,勝過「山賦」
創作的文學史現象;繼而,討論「江海賦」兼具「郊祀賦」的神聖與「都邑
賦」的政權之特色,以明其「權力象徵與國勢象喻」;最後,鎖定「神聖空間
的建構」之三部曲,分析「江海水域」所具有的「區別華夷之界」、「中心—
—居中——四方」的空間圖象、以及讓東晉王朝,晉身為一穩定的、超凡的、
永恆的「神聖空間」之所在。

　　整體說來,「王朝」與「水域」憂戚與共,兩者緊密聯契,相互定義,成
了生命共同體。東晉的「江海賦」洵為深具時代特徵(東晉)、反映地理疆域
(南方水域)的書寫文體,值得吾人加以細究,不容輕覷。

壹、引言:東晉初期的「江海賦」與中晚期的「山賦」

　　東晉國祚,從公元 317 年至公元 419 年,歷時約一世紀。由於流寓江左
的特殊背景,使得文人可以大規模的接觸到江南的境內名山、域外的江海川

〔註123〕曹明綱認為賦在政治方面所起的作用中,最引人注意的就是對帝王功德的頌
　　　　揚,因此,作為一種宣傳形式,賦的頌揚聖德不能不為歷代帝王所大力提倡。
　　　　詳見氏著:《賦學概論》,頁 278。

流，於是，「山水賦」在東晉以後，遂相繼而生，成了賦家專以描寫山水、從而體驗山水的自然美為主體的作品〔註124〕。揆諸這時期直接以山水為名稱的「山水賦」，以「山賦」而言，諸如：郭璞〈巫咸山賦〉、孫綽〈遊天台山賦〉；以「江海賦」而言，諸如：郭璞〈江賦〉、庾闡〈海賦〉、〈涉江賦〉。

　　大抵說來，扣除郭璞〈巫咸山賦〉是東晉早期作品外，我們發現，「山賦」的創作主要集中在東晉中後期，例如上述孫綽的〈遊天台山賦〉，作於永和十二年，公元 356 年；此外，在東晉中後期，其他文類也接著出現與山嶽相關的作品，如湛方生〈廬山神仙詩序〉〔註125〕、劉程之〈廬山精舍誓文〉〔註126〕，可以說，偏安江南的士族此時已逐漸走向南方山水，開發新的名山勝景，探訪自然景觀，及至〔宋〕支曇諦〈廬山賦〉、〔宋〕謝靈運〈羅浮山賦〉，也進一步賡續著對「山賦」的書寫與關注。

　　不過，將時間回溯，我們卻發現，東晉初期的「江海」賦之數量卻遠勝於「山賦」，換言之，初期賦家在山水賦的創作，比較集中在「水」的書寫層面，例如上述的郭璞〈江賦〉，寫於司馬睿太興元年，公元318 年，正好是東晉流寓江左的次年，而庾闡〈海賦〉、〈涉江賦〉雖未能從典籍中找出明確的寫作時間，但庾闡卒於公元 347 年〔註127〕，因此這兩篇賦也應該成於之前，故仍為東晉初期的作品。

　　那麼，很清楚的可以看見：過江初期，賦家主要的焦點是放在「水」類的江海賦之創作；到了中後期，政治趨穩，文人遍遊江南勝景，「境內名山」打開了賦家的眼界、吸引了遊覽者的吟詠，「山賦」的質量便自然而然的增加了許多。

　　值得注意的是，初期的「江海賦」為何在此時因運而生？「江海賦」的寫作反映了怎樣的時代背景與書寫底蘊？江左王朝與南方水域究竟有何種緊密的關聯？若有，賦家怎麼表達與詮釋？諸如此類問題，我們將一一展開論述。

〔註124〕關於「山水賦」在東晉的興起與背景，詳見程章燦：《魏晉南北朝賦史》（南京：江蘇古籍出版社，2001 年），頁 137-143。

〔註125〕原文見〔清〕嚴可均校輯：《全上古三代秦漢三國六朝文》（中文出版社，未注出版年月），頁 2270。

〔註126〕原文見〔清〕嚴可均校輯：《全上古三代秦漢三國六朝文》（中文出版社，未注出版年月），頁 2279。

〔註127〕詳見張可禮：《東晉文藝系年》（山東：山東教育出版社，1992 年），頁 283。

貳、江海水域：權力象徵與國勢象喻

首先，讓我們注意到李善注郭璞〈江賦〉之題旨，引《晉中興書》所說的一段話：

> 璞以中興，三宅江外，乃著江賦，述川瀆之美。〔註128〕

歷來針對郭璞的討論，不外乎探討其遊仙詩之「正變說」〔註129〕，有關〈江賦〉的研究，也僅針對賦中的神話運用作分析〔註130〕，其實，李善所謂的「中興」之說，深刻的解釋了〈江賦〉的存在背景與理由，讓我們注意到郭璞寫作〈江賦〉的動機，正是在「述川瀆之美」外，更爲了要「中興」王朝。

也因此，郭璞〈江賦〉與東晉初期政治的內在因緣，成了可堪注意的現象；再者，〈江賦〉與郭璞的〈南郊賦〉寫於同年，《御覽》卷二三四引《中興書》：「郭璞太興元年奏〈南郊賦〉，中宗見賦嘉其才，以爲著作佐郎。」〔註131〕由此看來，歷來與政權息息相關的郊祀類賦作——〈南郊賦〉——主要是用來稱頌帝王取得政權的合理性與神聖性，那麼，爲了「中興」而寫的〈江賦〉，以及確認「政權」的合理所作的〈南郊賦〉，兩者在同一年創作、書寫，是否說明了東晉初期的「江海賦」與「郊祀賦」其實均具有稱頌政權，鞏固勢力，穩定人心的書寫動機？因之，賦家才將兩種不同的題材同時運用，接連創作？

其實，我們還可以再看到庾闡的〈海賦〉與〈涉江賦〉，這兩篇賦作，都寫於東晉初期，而在過江第九年，庾闡也寫了〈揚都賦〉揄揚京都建康〔註132〕，換言之，「江海賦」與政權緊密聯繫的「都邑賦」，也相連出現、創作，不啻證明了「江海賦」的書寫，在東晉初期，已可以和代表國勢權力的「都邑賦」，畫上等號。

〔註128〕〔梁〕蕭統編、〔唐〕李善注：《文選》（台北：五南出版社，1994年），頁306。本文所徵引的郭璞〈江賦〉之原文，出處同此，若非特別說明，將只註明頁數，恕不溢注。

〔註129〕如李豐楙：《憂與遊：六朝隋唐遊仙詩》（台北：學生書局，1996年），頁93-129；陳國香：〈郭璞遊仙詩中之神仙世界析論〉，《輔大中研所學刊》第10期，2000年，頁91-127。

〔註130〕如陳玉玲：〈郭璞江賦中之神話世界研究〉，《問學集》第二期，1991年，頁10-23。

〔註131〕詳見張可禮：《東晉文藝系年》（山東：山東教育出版社，1992年），頁50。

〔註132〕〈揚都賦〉成於司馬紹太寧三年，公元326年，詳見張可禮：《東晉文藝系年》（山東：山東教育出版社，1992年），頁128。

　　那麼，書寫「江海賦」的同時，賦家也創作了「郊祀賦」、「都邑賦」，這三者的交會與出現，可以提示我們，賦家心中的「江海」不僅限於天然的地理景觀，更涵藏著渡江初年，文人對國家政權的想像與投射。是故，東晉初期的賦家不但有「郊祀賦」、「都邑賦」等傳統題材〔註133〕，更有與南方水域緊密合契的「江海賦」之創寫，「江海賦」在此時的出現，其功能於是兼括了「郊祀賦」的神聖與「都邑賦」的政權，成了深具時代特徵（東晉）、反映地理疆域（南方水域）的書寫文體。

　　以此觀之，我們發現，東晉初期的「江海賦」之數量所以遠勝於「山賦」，其原因乃在於：流寓江左的王朝，初面對南方的長江、大海，「江海」所具有的險要地勢，適巧提供了王朝一幅固若金湯的城池，不但可以用來區分華夷、穩定政局、凝聚向心力，更代表著「權力象徵」與「國勢象喻」。「江海水域」與「東晉王朝」在此憂戚與共，兩者緊密聯契，相互定義，成了生命共同體。

　　職是，本文擬以郭璞〈江賦〉為論述主軸，參較此時期相關的江海賦，試圖釐清幾個問題：

　　首先，李善所謂的「中興」之志，如何在〈江賦〉兌現、可能？初期的江海賦與東晉王朝，兩者之間是否具有內在關聯？若有，要如何呈現？南方的江海水域，最後又如何幫助東晉王朝，成為一永恆的「神聖空間」？

參、「神聖空間」的建構之三部曲

　　底下，我們將進一步追索：東晉王朝如何借用「江海水域」，宣示國土江山、區別華夷之界、構設「中心——居中——四方」的空間圖象等相關問題，最後再分析江海水域如何讓東晉王朝，晉身為一穩定的、超凡的、永恆的「神聖空間」。

　　其建構途徑，茲分成三點，按次深論：

一，賦家以長江為地理疆界，表徵北／南、夷／華、邊陲／正統的彼我區分。

二，賦家以長江的流域範圍，形塑王朝「中心——居中——四方」的空間圖象。

〔註133〕《文選》的編排方式以「京都賦」為首，接著就是「郊祀賦」，這可以充分說明「京都賦」、「郊祀賦」兩類賦作，因具有家國政權、宣示資產、法制運作的功能與意義，故為蕭統所重視。

三，賦家以江海的循環往復，擬諸東晉王朝生生不息，永恆不已的神聖
特質。

一、長江：北／南、夷／華、邊陲／正統的彼我區分

郭璞〈江賦〉首段，描述長江流域的分衍流佈：

> 惟岷山之導江，初發源乎濫觴。聿經始於洛沬，攏萬川乎巴梁。……
> 總括漢泗，兼包淮湘。並吞沅澧，汲引沮漳。……綱絡群流，商搉
> 涓會。表神委於江都，混流宗而東會。（頁306）

根據這條敘述，我們可以勾勒出長江的濫觴、流程、起迄與分布範圍，首先
導源：「惟岷山之導江，初發源乎濫觴。」援引《荀子・子道》：「昔者江出於
岷山，其始出也，其源可以濫觴。」提出長江之源頭，起始於岷山；

↓

爾後，「聿經始於洛沬，攏萬川乎巴梁。」流經洛水、沬水，在巴梁一帶收攏
會合了無數條河流；

↓

沿途更匯聚了眾多水流支脈：「總括漢泗，兼包淮湘。並吞沅澧，汲引沮漳。」

↓

最後，「綱絡群流，商搉涓會。表神委於江都，混流宗而東會。」

眾多的流域，紛繁的河渠，全都先簇擁於長江下游——揚州——東晉王
朝的所在地，之後再奔赴入海。

「表神委於江都」，「江都」，古縣名，即今之揚州；長江在江都聚擁無數
支流，展現神奇深廣的風姿，隨後即往東注入大海。這段話的語義，透顯了
極為重要的意義：

東晉王朝的地理位置，絕非僅是偏安江南，其座落於長江下游，又是長
江入海的關鍵位置，勢必聚集長江自岷山西來的眾河群流，於是「混流宗而
東會」，適切的說明了東晉王朝的所在地，一方面是長江眾多支流的結穴處（揚
州），具有長江匯聚川流，奔往入海的樞紐地位；同時也表示了南方的東晉王
朝，藉由水域的漫衍廣佈，形塑了優越險要的地理空間。於是，郭璞〈江賦〉
以婉蜒繚繞的長江水域，從導源、支流、流布、匯聚、入海的動態路線圖，
說明了王朝如何坐擁江南，面江背海，憑藉著江海地勢，享有極佳的天然位

域，相關討論，也同樣見諸其他賦家賦作，如庾闡〈涉江賦〉：

> 發中州之曲法，背石頭之巖岨，遡晨風而遙邁，乘濤波而容與。

〔註134〕

庾闡從彎曲繚繞的中州出發，離開石頭城（南京），往長江上游溯流而上，沿途行經「爾乃雲霧勃起，風流潝淯，排巖拒瀨，觸石興濤，澎湃洗渾，鬱怒咆哮，迴連波以岳墜，鑿后土而川窅。」的奇譎景色後，庾闡在賦末，讚嘆了長江流域的險阻地勢：

> 若乃越三江之下口，眇濡須以逕渡。遡天險之遐勢，歷習坎之重固。
>
> 川瀆汐澄以含景，山水淳而鱗布。

庾闡以親身經歷走訪長江，故能準確的表達出所見所感，「遡天險之遐勢，歷習坎之重固」，正說明了王朝仰賴天然險要的志景，而能有層層牢固的防衛機制，於此，長江所具備的軍事戰爭意義，可見一斑。

接著，郭璞〈江賦〉則進一步賦予長江更深廣的意義：

> 所以作限於華裔，壯天地之嶮介。（頁307）

此「華裔」即「華夷」。《文選》李善注引《吳錄》曰：「魏文帝臨江嘆曰：天所以隔南北也！」魏文帝身臨浩蕩無盡的長江，綿延不絕的水流，廣袤無垠的海景，在在讓曹丕臨江興歎：「天所以隔南北也！」當時南方的東吳，正因有著長江水域的分界，阻絕了北方曹魏的侵擾，李善注云：「言江波之潺，既作限於華夷，天地嶮介，因之益壯也。」〔註135〕

由上，可見郭璞「中興王朝」的首要步驟，便是高舉長江此一天然屏障，作為穩定人心，復國大業的利器，更重要的是，長江以其嶮介險阻的雄渾地勢，「作限於華裔」，在東晉王朝與北方夷狄之間，畫出一條深遠弘大的地理鴻溝，界線森嚴，難以跨越，北／南、夷／華、邊陲／正統的彼我差異，遂於焉表露無遺。

二、「中心——居中——四方」的空間圖象

如果說，郭璞、庾闡以長江天然險要的地景為地理疆界，宣示了北／南、夷／華、邊陲／正統的彼我區分，那麼，進一步的，賦家以長江的流域範圍，形塑東晉王朝「中心——四方」的空間圖象，換言之，藉由四方山水之環繞，

〔註134〕〈涉江賦〉原文引自〔清〕嚴可均校輯：《全上古三代秦漢三國六朝文》（中文出版社，未注出版年月），頁1678。

〔註135〕《文選》，頁307。

將王朝的地理位置擺放在一個「居中」的空間，而這居中的疆域，又有一個更核心的所在——首都建康。

於是，從首都建康（中心）——王朝版圖（居中）——長江流域（四方山水），正是一幅「中心——居中——四方」的空間圖式。底下，筆者先析論此空間結構的形成，再討論圖象背後的深層意義。

首先，建康如何成為王朝的中心，我們可以從庾闡的〈揚都賦〉談起，首句：「子未聞揚都之巨偉也。左滄海，右岷山。」〔註136〕揚都的巨麗雄偉，倚賴著左、右的山海地勢，於是，庾闡分從「水勢」、「山勢」揄揚誇炫「揚都」：

> 于是乎源澤浩瀁，林皋隱薈。彭蠡吞江，莿牙吐瀨。赴三峽之隘，
> 洞九川之會。判五嶺而分流，鼓沱潛而碎沛。逢渤灂瀓，潢漾擁涌。
> 驚波霆激，駭浪川動。東注尾閭，呼瀹洞庭，茫若雲漢，窈若青城。
> 〔水勢〕

> 其山則重岡峩屼，峻嶺螳崿，陽鱗萃，龍濤綺錯。旁嵓磊砢，嵬岧
> 嶓薄。旁帶千溪，下同萬壑。蒼梧之嶺，峻極丹霄。潛稽禹穴，絕
> 岸陵喬。〔山勢〕

庾闡以鋪排羅列的方式狀寫都城的險要地勢，很自然的讓我們聯想到京都賦中的山水書寫之運用，不過庾闡此賦的特別之處，是接下來的這段話：

> 天包龍軫，地奄衡霍。玄聖所游，陟方所託。我皇晉之中興，而駿
> 命是廓。

庾闡在這段話中，點出了揚都（即建康，今南京中心）何以能作為東晉首都的重要考量點，其中「龍」、「軫」分別是天上的星宿，「衡霍」即為五岳之一的「南岳」；《三輔黃圖》稱：「蒼龍、白虎、朱雀、玄武，天之四靈，以正四方。」亦即，東方的青龍、西方的白虎、南方的朱雀和北方的玄武，是天之四靈，表現了先民對宇宙方位的認知與想像，庾闡〈揚都賦〉中的「龍」、「軫」，其實就是標誌天空東方的「蒼龍」與南方的「朱雀」之星宿〔註137〕，天空東方的「龍」、南方的「軫」，恰與位居東南方的東晉王朝〔註138〕，相互重疊映

〔註136〕〈揚都賦〉原文見〔清〕嚴可均校輯：《全上古三代秦漢三國六朝文》（中文出版社，未注出版年月），頁1678。

〔註137〕南方的星宿計有：井、鬼、柳、星、張、翼、軫等七宿，其形如鶉鳥，曰前朱雀。其中，庾闡所指涉的「軫」，正是南方朱雀星圖中的末宿。

〔註138〕東晉及其首都建康，約莫等於現今長江中下游的江蘇省一帶地區，在整個中國版圖來說，相較於西、北，則處於東、南方。

照，換言之，「建康」的所在地，對應於「天包龍輈」的星象圖景，這種以人間帝都相映天上星宿的觀念，即承載了賦家對首都的衷心禮讚，李炳海以劉歆〈甘泉賦〉曾有如是說明：

　　甘泉宮是帝都的一部份，它上與北斗星相對，實際上是說帝都正值北斗之下。在古人觀念中，北斗是天帝所居之處，是天界權力中心之所在。

又云：

　　　　元、明兩代建都北京，從當時的中國版圖來看，北京並不處於全國
　　　　的中心地帶。元、明兩代的京都賦在表現帝京的中心地位時，也和
　　　　劉歆的《甘泉賦》一樣，從星象上為自己尋找根據，把京都和北斗
　　　　星加以溝通。〔註139〕

換言之，從劉歆〈甘泉賦〉到元、明兩代的京都賦，都將帝都（長安、北京）對應於天上中心的北斗星，以此映顯出人間的帝都，正是權力之所由；故此，庾闡〈揚都賦〉巧妙的將偏居東南一隅的「建康」都城，連結天上「龍」、「輈」的星星宿圖象，正是希望江左的地理環境，有了宇宙圖象作為後盾，可以增加建康作為首都的神聖與合理；事實上，早在三國鼎立期間，吳國賦家楊泉的〈五湖賦〉就涵藏了相同的思維模式：

　　　　濬矣大哉，於此五湖，乃天地之玄源，陰陽之所徂，上值箕斗之精，
　　　　與雲漢乎同模。〔註140〕

「箕斗」，星宿名。「箕」為東方蒼龍七宿，「斗」為南方星宿。兩者同樣都用來對應位居東南方的「建康」，如此說來，從楊泉到庾闡，分別借用了「箕」、「斗」「龍」、「輈」等與東南方相關的宇宙星宿，來指涉東南方位的人間都城，「建康」既有了宇宙圖象的背書，遂成了王朝的中心地景。

　　接著，從都城建康為中心，往外出發，我們將看到整個「東晉王朝」的地理版圖，更藉由江流水域所行經的範圍界域，形構成一「居中」的空間圖式。

　　試看郭璞〈江賦〉所述：

　　　　舟子於是搦棹，涉人於是擢榜。漂飛雲，運艅艎。軸轤相屬，萬里
　　　　連檣。溯洄沿流，或漁或商。（《文選》，頁314）

〔註139〕詳見氏著：〈帝都中心論的文化承載──古代京都賦意蘊管窺〉，《齊魯學刊》，
　　　　2000 年第 2 期，頁 7。
〔註140〕〈五湖賦〉原文見〔清〕嚴可均校輯：《全上古三代秦漢三國六朝文》（中文
　　　　出版社，未注出版年月），頁 1453。

此處先描述優遊自得，隨方飄蕩的舟子漁船，「溯洄沿流，或漁或商」，一片
和樂繁榮的圖像，充分的說明了南方物資的豐厚與民生的富庶；緊接著這段
話，郭璞更有意從舟舫所行經的水域江流，帶出王朝的四方邊界：

赴交益，投幽浪。竭南極，窮東荒。（《文選》，頁 315）

大抵說來，交、益二州，約莫於現今的廣西、四川，處中國版圖的「西南方」；
幽、浪，為幽州與樂浪郡，係今之河北、遼寧一帶，為中國版圖的「北方」；
至於「南極」、「東荒」則分別使用了神話人物與史料，前者見於《淮南子》：
「章亥自北極步至南極」，後者則引用《山海經‧東荒經》，蓋一言極「南」，
一言極「東」，皆用來勾勒東晉所鄰近的邊界；由此，若再注意到前述的長江
之濫觴：「岷山之導江」——西方的岷山——正可以巧妙的圖繪出東晉王朝的
四方界域：

　　東：窮東荒

　　南：赴交益、竭南極

　　西：惟岷山之導江，初發源乎濫觴。

　　北：投幽浪

換言之，郭璞以漁人舟船的活動範圍，帶出王朝東、南、西、北所鄰近的邊
界，分別是東荒、南極、岷山與幽浪等地。以「東荒」來說，應是指今之黃
海，取其居東之意；「南極」化用神話，取其居南之意；「岷山」，係今四川北
部，取其居西之意；「幽浪」則是今之河北、遼寧，取其居北之意。

　　何以郭璞在此處特地點出東晉王朝的鄰近邊界？筆者認為，當時的建康
及東晉王朝之所在，由於位在中國版圖的東南方，相對於西則東，相對於北
則南，在地理位置上並不具有優越的「居中」空間〔註 141〕，郭璞顯然顧及此
點，因此藉由迂迴繚繞的江海水域，特地營造出東晉的地理方位之優越與神
聖，從東荒、南極、岷山、幽浪等四方的地理空間，將東晉王朝環繞成一中
心所在。

　　大體說來，郭璞以行經的江水河流，勾勒鄰近東晉的四方邊界，就今日
的地理知識來看，不但有其慧眼洞見，更重要者，乃在於江水河流所引領出

〔註 141〕歷來討論國都的地理位置之選擇，很重要的考量點之一，便在於是否「居中」，
　　　　例如〈東都賦〉與〈東京賦〉即談到洛陽處於「大地中心」的概念：「且夫僻
　　　　界西戎，險阻四塞，脩其防禦。孰與處乎土中，平夷洞達，萬方輻湊？」（〈東
　　　　都賦〉，頁 24-25）「彼偏據而規小，豈宅中而圖大？」（〈東京賦〉，頁 59）。

的地理路線，將東晉王朝，擺設在一個「居中」的特殊空間，亦即，東荒、
南極、岷山、幽浪等東、南、西、北四個方位並置呈現，就是爲了讓「東晉
王朝」置身在一個「居中」的核心位域。

　　那麼，如果再加上前已述及的東晉政權——建康——之所在地，其「中
心——居中——四方」的空間圖象，就可以繪製如下：

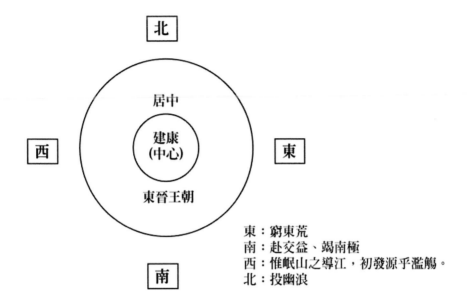

東：窮東荒
南：赴交益、竭南極
西：惟岷山之導江，初發源乎濫觴。
北：投幽浪

如圖，以建康都城爲整體之中心，往外推移，是「居中」的東晉王朝，至於
環繞外部的，則是〈江賦〉中所描述的四方邊界，由此而形成一「中心——
居中——四方」的空間圖式。

　　然而，還可以再深化論述的是：此圖像背後蘊含著什麼意義，可供解讀？
換言之，由「中心——居中——四方」所形成的圓環構圖，有何特別意義？

　　筆者認爲，「建康」作爲都城之中心，權力之所由，任何價值與意義，皆
由此而生發，以此核心所擴展的圓環，正代表著東晉王朝的政權版圖與地理
疆界，在此範圍界域之內，不佰社稷穩固，政通人和，樂業安居，更宣示了
圓環之外，即是他者空間，非我族類。

　　前已分析〈江賦〉中的「長江」作爲北／南、夷／華、邊陲／正統的地
理界線，不容越界侵犯，此處的「圓環構圖」，無疑是更強化、更深入了這樣
的觀點，此可從郭璞的另一篇作品——與〈江賦〉寫於同年——〈南郊賦〉，
看出端倪：

于是時惟青陽，日在方旭。我后方將受命于靈壇，乃改步而鳴玉。……
于是司烜戒燧，火烈具炳。宗皇祖而郊祀，增孝思之惟永。郊寰之
內，區域之外，雕題弁服，被髮左帶。〔註142〕

〈南郊賦〉寫於東晉流寓江左的次年，賦中言及「受命于靈壇」、「宗皇祖而
郊祀」以求神祈的庇護、對祖靈的追思，祝禱王朝的用意，不言而喻；更令
人注意的是：「郊寰之內，區域之外，雕題弁服，被髮左帶。」使用了錯綜的
方式，對比出兩組差異：「郊寰之內」在東晉王朝與「區域之外」的邊緣地帶；
「雕題弁服」的典章制度與「被髮左帶」的蠻夷風俗；顯然的，東晉王朝即
代表著典章制度、禮儀教化的「郊寰之內」，至於「區域之外」便是民風剽悍、
未經開發的「胡虜」之邦。

準此，將「中心──居中──四方」的圓形構圖，加上長江具有區隔北
／南、夷／華、邊陲／正統的功能，兩者並比合觀，其對稱結構如下：

南方──華──正統──王朝郊寰──雕題弁服
北方──夷──邊陲──區域之外──被髮左帶

很充分的顯示出「文化正統」的東晉王朝，絕不與北方「被髮左帶」的族裔，
彼相混淆，而這一幅「中心──居中──四方」的環狀圖象，不但讓「環內」
的東晉人民與環外的、北方的夷狄之邦，做出區分與隔離，更讓環內的王朝
子民享有保障與安全感，在這環內，不會令人感到疑慮憂懼，陌生可佈，生
活在「環內」，依賴「中心」和「界誌」的保障而獲致安寧、鎭靜，誠如「人
文主義地理學」的看法：

人依其價值體系擴展其「自我中心」的空間範圍，在其擴
充展布的範圍之內，人恆覺得熟悉、親切、溫馨、安全，此即其得以「停留」
及「生活」之處，即其「所在」，而其生命和生存的意義和價值，也
只有在此「自我中心」所建構而成的「所在」中，方獲得生發展衍。
超過其界域，則爲四周均屬未知、危疑的世界，此種外界常使人覺
得陌生、冷漠，常令不安甚至恐懼。〔註143〕

〔註142〕〔清〕嚴可均校輯：《全上古三代秦漢三國六朝文》（中文出版社，未注出版
年月），頁2149。
〔註143〕潘朝陽根據人文主義地理學，提出「存在空間」的看法，認爲人的「空間性」
是「自我中心」的。整個世界，透過人的「自我中心」的作用，自古以來就已
被「中心化」。「自我中心」取向的「所在」可被體驗出或直覺出具有「向心」
凝聚的內部。相對於此，則有外面的世界，而成爲「外部」，因而，「所在」的

也因此，從都城建康為「中心」出發，以此核心為基點，往外拓展是「居中」的東晉王朝，再往外是「四方」山水所延伸出來的地理疆界，故此，「中心——居中——四方」的圓環圖象，於焉誕生；同時，「環形結構」的空間圖象，便是東晉王朝的權力象徵與版圖界域，「環內」、「環外」的差異，不但用來深化南、北的種族區別與文化差異，更說明了在此「中心——居中——四方」的圓環圖象之內，正是一處具有重層防護、不受威脅，可以樂業安居、政通人和，便於「居中統御」的地理空間。

三、生生不已，永恆循環的神聖空間

從上面的討論，我們發現，長江水域具有橫亙漢／夷疆界的地理功能，再從其水域範圍所牽引而出的「中心——居中——四方」之空間圖式，使得東晉王朝成為一環形的空間構圖，兩者均涵藏賦家有意將文化正統的東晉王朝，與邊陲蠻夷的北方地帶，作一區辨隔離的月批；由此，南方的王朝在長江水域、川流河渠的繚繞之下，遂成了一特殊存在的空間，不容侵犯。然而，江海水域是否不純然提供了地理防衛、疆界劃分的功能，而尚有其他可供深抉的意義？

筆者以為，「水」之周流不息，循環往復，本身即具有穩定、永恆不變的意涵，東晉王朝座落南方水域，面江環海，水域與王朝憂戚與共，相互定義，因之，賦家如何以「水」的循環特質，來表達對南渡王朝之衷心禮讚與祝禱？又如何以「水」的恆常貞定，比喻永久不衰、生生不已的國祚年壽，從而使「東晉王朝」在「南方水域」的沐浴洗禮之下，達到一形上的、永恆的、生生不已的神聖空間？凡此，皆是底下所欲揭示討論的。

首先，請試看〈江賦〉中論及水流樣貌的多元展示：

川流之所歸湊，雲霧之所蒸液。（頁 316）

前已述及，長江自岷山發源，沿途匯聚眾多支流，最後在揚州一帶奔赴入海的流程，而「川流之所歸湊，雲霧之所蒸液」，則是形容「水」，展演多元樣貌的繁複變化，亦即，長江如何從點滴之「水」，積累成涓涓細流，匯聚成長江大海，最終蒸發，變成雲霧水氣的循環進程，換言之：

水→河流→長江→雲霧→降雨→水

基型就是「圓形」，它擁有一個中心以及一個「環」。詳見潘朝陽：《心靈・空間・環境——人文主義的地理思想》（台北：五南出版，2005 年），頁 75、頁 76。

正表陳了「水」的樣貌，即便有液體、氣體等不同景象，然最終還是復返「水」的原初本質，值得注意的是，此循環鏈條更象徵著生生不已，永恆不止的生命狀態；準此，筆者認為，賦家們有意的使用水的微妙變化與豐厚哲理，來讚揚江左王朝在南方水域的洗禮下，重獲新生，臻至永恆，兩者之間，實存有互生共榮的緊契關係，可細分成兩點進行論述：

1、以水的型態、樣貌之更換，比喻王朝雖偏江南，卻具有文化正統的本質；

2、以水的循環、重覆與穩定，象徵東晉王朝正是永恆的、神聖的空間場域。

（一）以水的型態、樣貌之更換，比喻王朝雖偏江南，卻具有文化正統的本質

從第一點來看，「川流之所歸湊，雲霧之所蒸液」，長江匯聚眾流，復經蒸發而成雲、霧等靈液，從而形成：水→河流→長江→雲霧→降雨→水，如此物質狀態迥異，卻又生生不已的循環系統，早在《呂氏春秋・圜道篇》即已揭示「水」循環之觀念：

> 水泉東流，日夜不休，上不竭，下不滿，小為大，重為輕，圜道也。

由此，賦家便從水的變異狀態（河流、長江、水域、濃雲、霧氣），比擬流寓江左的東晉，即使空間置換（從北方到南方），國號改易（從西晉到東晉），不過已身仍是延續漢族的「文化正統」，正如同「水」即使有河、江、雲、霧等不同形貌的展現，最終還是復返「水」之本質，是故，新地域（江南）、新國號（東晉），只是外在形貌的異化，南方的王朝仍是傳承正統文化的唯一宗嗣。這樣的比附模式，如下所示：

水→河流、長江、雲霧、降雨→水

文化正統→新地域、新國號→文化正統

所謂的「文化正統」，涵括了語言、禮儀、風俗、宗法、學術等文化共相，東晉承西晉而來，前朝的文風、學術與思想，以及身為宗族血脈的臍帶，自是無法任地域的遷徙、國號的改易，而輕易斬絕，例如西晉以降的「清談」流風，即可作為證明：

> 王右軍與謝太傅共登冶城謝悠然遠想，有高世之志。王謂謝曰：「夏禹勤王，手足胼胝；文王旰食，日不暇給，今四郊多壘，宜人人自效・而虛談廢務，浮文妨要，恐非當今所宜。」謝答曰：「秦任商鞅，

二世而亡，豈清言致患邪？」〔註144〕

王羲之與謝安同登冶城，王羲之諷刺謝安神情逍遙，講玄空談，終有一日會使朝政敗亡，而謝安卻以秦時任用商鞅所作的積極改革爲例，表示秦朝如此積極變革卻不到二世旋即滅亡，難道是清談致使？從中即可看出東晉沿襲清談的文化，引發士人懼怕重蹈西晉覆轍的例子，浮華虛誕的「清談」是否即爲西晉傾覆的主要原因，論者以爲：

> 西晉的滅亡使人們的思想受到了很大的震動，人們普遍認爲虛誕和清談，是導致晉室傾覆的主要原因。這種觀點反映了當時人認識上的侷限性，因爲西晉上層社會流行清談虛誕之風，有它更深層的社會和政治的原因。晉室傾覆絕非清談虛誕這一表面性的現象所可解釋的。〔註145〕

誠然，西晉的覆滅，無法單以「清談」全然概括，然而，東晉時人「普遍認爲虛誕和清談，是導致晉室傾覆的主要原因」，不正說明了「清談」與晉室文化的密切相關，才會引發眾人的諸多討論，那麼，過江之後的東晉士人，仍舊賡續「玄言清談」的文化風尚，不啻是一種文風的延續，更是一種「身分認同」的標誌，也因此，鄭毓瑜認爲：

> 時人的好尚清談、嚮慕玄遠，在這裡與家國時務有了關係，名士風流所構成的社會現象可以重新結構建康所代表的東晉政體。……在諸多載記清談宴集的資料裡，就透露出由正始或竹林玄風得以重返中原文化流脈的欣喜不已，……<u>正始清談其實可以作爲貫穿西晉至於東晉的連綿不已的（中原）文化的表徵</u>。〔註146〕（畫線部分爲筆者所加）

那麼，清談玄風，名士風流，不但定義了東晉的政體，更顯示了「名士清言是一種可以不分地域（河南或江南），也超越朝代（魏、晉或東、西晉）更迭而持續進行的文化事件。」〔註147〕

〔註144〕余嘉錫：《世說新語箋疏》，（台北：華正書局，2002年），頁129。

〔註145〕詳見錢志熙：《魏晉詩歌藝術原論》（北京：北京大學出版社，1993年），〈東晉詩歌與士族文化〉，頁334。

〔註146〕詳見氏著：《文本風景——自我與空間的相互定義》（台北：麥田，2005年），〈名士與都城——東晉「建康」論述〉，頁48、50。

〔註147〕同上註，頁50。大抵來說，筆者完全同意鄭氏的分析，不過鄭氏認爲：「都城爲中心的疆域並不是界定家國的唯一要素」，頁49-50。從本文以庾闡〈揚

　　因之，新地域（江南）、新國號（東晉），只是外在形貌的異化，延續前
朝的「清談玄風」之文化，就是「家國宗族」的嫡傳、「文化正統」的標記，
正如同「水」即便有河、江、雲、霧等不同形貌的展現，最終還是復返「水」
之本質，是故，空間置換（從北方到南方）、國號改易（從西晉到東晉），不
過已身仍是延續漢族的「文化正統」，南方的王朝仍是傳承正統文化的唯一宗
嗣，這樣的觀點，屢屢見諸過江初年的作品，如〈南郊賦〉、〈揚都賦〉〔註148〕：

> 翹懷聖猷，思我王度。事崇其簡，服尚其素。化無不融，萬物自鼓。
> 振西北之絕維，隆東南之橈柱。〈南郊賦〉

> 玄聖所遊，陟方所記。我皇晉之中興，而駿命是廓。靈運啟於中宗，
> 天綱振其絕絡。〈揚都賦〉

「振西北之絕維，隆東南之橈柱」，生動且鮮明的指出（東南方）東晉王朝，
承傳自（西北方）西晉的祖風餘蔭；「天綱振其絕絡」亦宣稱中宗（晉元帝）
受天命旨意，中興王朝，「振其絕絡」，說明了東晉重振晉室宗族，延續正統
命脈，係興隆王室的直系嫡傳。

　　從上述所選取的「清談」玄風作例證，可以說，東晉士人在新地域（江
南）、新國號（東晉）上，延續前朝遺風，傳承文化正統（如清談），正猶如
「水」之變動異化般，縱然有河流、長江、雲霧、降雨等迥異狀態，最終仍
會復返「水」之本質。

（二）以水的循環、重覆與穩定，象徵東晉王朝正是永恆的、神聖的空間場域

　　賦家除了以水的型態、樣貌之更換，來比喻王朝雖偏江南，卻具有文化
正統的本質；尚有另一層涵義，那就是從「水」的循環往替，所反映的「生
生不息」的道理，來象徵東晉王朝正係一超凡入聖，永恆不已的神聖空間。

　　然而，水域究竟有何神聖功能，何以賦家不斷吟詠，此一課題，宗教學
者伊利亞德（Mircea Eliade）云：

> 在水中的洗禮，象徵回歸到形成之前（preformal），和存在之前的未
> 分化狀態結合。自水中浮出，乃重複宇宙形式上的創生顯現的行為；

〈都賦〉論及「中心——居中——四方」的空間圖象來看，「都城」是否位居「中
心」，仍是渡江初年東晉士人的關懷焦點。

〔註148〕原文見〔清〕嚴可均校輯：《全上古三代秦漢三國六朝文》（中文出版社，未
注出版年月），頁2149、1678。

　　洗禮，便相當於一種形式的瓦解。這也就是爲什麼水域的象徵同時
　　指向死亡，也指向再生。與水有關聯的，總會引致一種重生的記號，
　　一方面是因爲死亡乃伴隨新生而來，另一方面是因爲洗禮充實、並
　　孕育了生命的潛能。〔註149〕

交會著生、死的江海世界，在此特殊境域，不但包孕著生命，同時也涵括了
死亡，「洗禮」即是從死亡轉向重生的中介過程，故此，南方水域提供了東晉
王朝再生的溫床，高莉芬即認爲：

　　賦家心靈在江海水域空間中洗禮重生，以江海空間爲洗滌凡俗、超
　　凡入聖的轉化聖域空間。舊有的、塵俗的、被詛咒的生命形式在此
　　瓦解；新生的、神聖的、被頌讚的生命形式（或是個人或是國家）
　　在此重生。〔註150〕

由此觀之，經由水的洗禮與轉化，象徵著：

西晉覆滅→偏安江南→東晉王朝的重生過程

而再生後的國祚年壽，更如同水之循環不已般，有生生不止的永恆意義，故
而〈江賦〉以「川流之所歸湊，雲霧之所蒸液」，歌頌江水之迴環往復，永不
歇止，來擬況東晉王朝，非但重獲新生，更能保有永恆不朽的年壽，相關條
例，也見諸其他江海賦，如〔註151〕：

　　淙大壑與沃焦。〈江賦〉

　　磴之以瀄㵿，渫之以尾閭。〈江賦〉

　　水源深博，灌注百川，控清引濁，始乎濫觴，委輸大壑。庾闡〈海
　　賦〉

　　考萬川以周覽，亮天地之綜緯。彌綸八荒，亘帶九地。昏明注之而
　　不溢，尾閭洩之而不匱。孫綽〈望海賦〉

在這幾篇江海賦中，最爲特殊的是，它們都使用了江水東流入海——尾閭—
—的神話。所謂「尾閭」，根據王孝廉的研究指出：

〔註149〕詳見伊利亞德（Mircea Eliade）著、楊素娥譯：《聖與俗——宗教的本質》（台
　　　　北：桂冠，2001年），頁173。

〔註150〕引自高莉芬：〈水的聖域——兩晉江海賦的原型與象徵〉，《政大中文學報》第
　　　　一期，2004年6月，頁141。

〔註151〕原文分別見：《文選》頁307、313；〔清〕嚴可均校輯：《全上古三代秦漢三
　　　　國六朝文》（中文出版社，未注出版年月），頁1678、1806。

古代的人見百川入海，而海水並不漲溢出來，發出這樣的疑問也是很自然的，爲了解釋這種疑問，而有歸墟的信仰傳承，他們相信在東方的大海之中有一個無府之谷，這個無府之谷是眾水所歸之處，就是「歸墟」，歸墟也即是《莊子・秋水》中北海若對黃河之神河伯所說的：「天下之水，莫大於海，萬川歸之，不知何時止而不盈，尾閭泄之，不知何時已而不虛」的尾閭，是泄海水之所，在碧海之東。
〔註152〕

「大壑」〔註153〕、「沃焦」〔註154〕、「尾閭」均是長江入海之後的歸宿處〔註155〕，與蓬萊神話的信仰，密切相關；我們知道，長江匯聚萬川眾流，最後往東注入大海，然大海卻「止而不盈，已而不虛」，不曾漲滿未曾匱缺，何以如此？正緣於「大壑」、「沃焦」、「尾閭」的不斷流洩，使其能恆常保持不盈不虛的穩定狀態〔註156〕。

因之，郭璞、庾闡、孫綽等人，鑒於大海的穩定狀態，遂歌詠其恆常如一的貞定特性，將之比附成東晉王朝所擁有的永恆不朽之國祚，換言之，「自然往復，或夕或朝」（〈江賦〉，頁307）、「保不虧而永固」（〈江賦〉，頁317）的江海，其恆定不變的特徵，正用來象徵東晉王朝，享有生生不已，永恆不朽的國祚命脈。

換言之，也就是用「水」的循環、重覆、穩定，以及「往復不已」〔註157〕，

〔註152〕 詳見氏著：《神話與小說》（台北：時報文化，1986年），王氏並據此，認爲「歸墟」信仰即是仙山傳說發生的母胎，詳見氏著，頁59-67。

〔註153〕 《列子・湯問》：「渤海之東，不知幾億萬里，有大壑，無底之谷，其下無底，名歸墟。」《文選》，頁307。

〔註154〕 《玄中記》：「天下之大者，東海之沃焦焉，水灌之而不已。沃焦，山名也，在東海南方三萬里。」《文選》，頁307。

〔註155〕 郭璞《爾雅注・釋水》：「山川瀆綺錯，渙瀾流帶。……殊出同歸，混之東會。」〔清〕嚴可均校輯：《全上古三代秦漢三國六朝文》（中文出版社，未注出版年月），頁2155。

〔註156〕 高莉芬云：「『大壑』爲原初之水（海）所歸之地（谷），不論是在神話思維或哲學論述，或文學想像中，皆以其具有容維百川，源源不絕；又泄去眾水，滔滔不息之功能。此一異質化的空間不但是『水潦塵埃歸焉』的死亡歸所，『地戶』的象徵；它也是「不盈」、『不虛』再生的基礎，原初生命的符號，具有強大的神聖空間能量。」詳見氏著：〈蓬萊神話的的海洋思維及其宇宙觀〉，《政大中文學報》第6期，2006年12月，頁113。

〔註157〕 〔加〕弗萊論及「水」的永恆特質論道：「水的象徵同樣有其循環性，由雨水到泉水，由泉水、溪水再到江河之水，由江河之水到海水或冬雪。如此往復

來象徵東晉王朝正是一處「永恆」的空間域域，經從「水」的滌淨轉化，汰
舊換新，蛻變後的東晉王朝，沐浴重生，成為一處形上的、神聖的、永恆的
空間場域。

肆、空間記憶，集體意識

《晉書·羊祜傳》：

> 祜樂山水，每風景，必造峴山，置酒言詠，終日不倦。嘗慨然歎息，
> 顧謂從事中郎鄒湛等曰：「自有宇宙，便有此山。由來賢達勝士，登
> 此遠望，如我與卿者多矣！皆湮滅無聞，使人悲傷。如百歲後有知，
> 魂魄猶應登此也。」湛曰：「公德冠四海，道嗣前哲，令聞令望，必
> 與此山俱傳。至若湛輩，乃當如公言耳。」……襄陽百姓於峴山祜
> 平生游憩之所建碑立廟，歲時饗祭焉。望其碑者莫不流涕，杜預因
> 名為墮淚碑。

羊祜陟嶺涉山，造訪峴山，面對大化遷轉，使他想起歷來登臨此山的賢達勝士，
皆已湮滅沉寂，成了人們忘卻的身影，遂興起慨然感傷的嘆息，在其死後，襄
陽百姓為了紀念羊祜德潤黎民的遺風，於峴山建立石碑以紀其人。史帝芬·歐
文曾以羊祜的墮淚碑為例，說明空間場景沉澱著前人相關的回憶[註158]，亦即
人們看到墮淚碑便會反射性的想起羊祜其人其事，史帝芬·歐文又以孟浩然〈與
諸子登峴山〉一詩，點出空間涵藏記憶，凝結往事的功能：

> 山上和山下四周的風景都使人聯想起一些名字，給人帶來若干具體
> 的回憶：「魚梁」使人想起漢末居住在峴山之南的隱士龐德公，「夢
> 澤」讓我們想起詩人屈原——放眼望去，觸目都是勝跡。由於這些
> 往事在我們記憶中留下的痕跡，我們欣賞風物景致時就有了成見，
> 處處要以眼中的框子來取景；我們站在峴山，舉目四顧，展現在我
> 們眼前的不可能再是抱樸存真的自然景色，歷史已經在它身上打上
> 了烙印。[註159]

文化地理學者認為，地理景觀是一種「歷史重寫本」，不能把地理景觀僅僅看

不已。」詳見葉舒惠編：《神話——原型——批評》（西元陝西師範大學出版
　　社，1987年），頁212。
〔註158〕〔美〕宇文所安著，鄭學勤譯：《追憶——中國古典文學中往事再見》（北京：
　　　　三聯書店，2004年），頁28。
〔註159〕同上註，頁31。

作物質地貌,而應該把它當作可解讀的文本〔註160〕,亦即,空間景觀,其實涵藏了時間的足跡,任何地理空間,都看得到其中殘留的歷史餘影,故而:

> 一個地區的文化表明該地區的景觀是所有隨時間消逝增長、變異及重複的文化的總和或集中體現。〔註161〕

換言之,任何地區的文化其實體現著過往歷史的遺跡,憑藉著特定的古物、象徵、遺跡,便能追索遺留在此地的人文風情與歷史典故,從這個角度來看,賦家們面對浩瀚廣袤的江海,江南山水所具有的空間場域,是一種地理景觀,因而也是一種「歷史重寫本」,自然含有此地往昔的事蹟典故、人文情景,引人遐思,供人吟詠〔註162〕;因此,在〈江賦〉中所出現的歷史典故,就不能只視為單純的吟詠史實,而須將其置放在整個地域文化的背景中去探討,才能發顯文本中大量使用典故的深層意涵,請試看〈江賦〉末段:

> 駭黃龍之負舟,識伯禹之仰嗟。壯荊飛之擒蛟,終成氣乎太阿。悍要離之圖慶,在中流而推戈。悲靈均之任石,嘆漁父之櫂歌。想周穆之濟師,驅八駿於鼋鼉。《文選》,頁316-317

在這段落密集出現的典故、史實與人物,筆者認為可以劃分成:冠蓋四方的君主、驍勇善戰的勇士、忠誠的愛國詩人,三大類,如圖所示:

典故類型	冠蓋四方的君主	驍勇善戰的勇士	忠誠的愛國詩人
歷史人物	伯禹、周穆	荊飛、要離	靈均
空間地域	南方	南方	南方

〔註160〕〔英〕Mike Crang 著,楊淑華、宋慧敏翻譯:《文化地理學》(南京:南京大學出版社,2005年),文化地理學,頁37。

〔註161〕〔英〕Mike Crang 著,楊淑華、宋慧敏敏譯:《文化地理學》(南京大學出版社,2005),文化地理學,頁20。

〔註162〕石守謙曾以古蹟為例,說明古蹟文物與歷史記憶、文化事件的關聯,云:「古跡雖屬於「無形」,但因為其中蘊含著過去歷史文化的回憶,特別易於觸發人們對世事變遷的感慨。古蹟所具之歷史記憶,並不局限於彼歷史事件所發生之特定時空而已。當後世人開始回憶該古蹟所曾發生過的歷史事件,而發出感嘆,它本身也變成為後代人回憶之部分。換句話說,古蹟所喚起的歷史記載並非固定不變,而是隨著時間推移產生一波波新的添加,記憶因之在此過程之中出現一種曠延性。以姑蘇台的例子來說,它的歷史記憶並不止停於夫差西施之時;在李白寫過〈蘇台覽古〉之後,李白及其詩亦進入此記憶之中,成為後人對姑蘇台歷史記憶的一部分。」詳參氏著:〈古蹟‧史料‧記憶‧危機〉,《當代》第九十二期,頁 10-19。由此,地理景觀正是一種「歷史重點本」,不斷地添加了前朝無數的歷史回憶。

首先，冠蓋四方的君主，郭璞以大禹治水：「駭黃龍之負舟，識伯禹之仰嗟」，
讚頌了大禹的壯志威風，根據《呂氏春秋》曰：「禹南省，方濟乎江，黃龍負
舟，舟中之人，五色無主，禹仰視天而嘆曰：吾受命於天，竭力以養民。生，
性也，死，命也，余何憂於龍焉！龍俛耳曳尾而逃。」此外，「想周穆之濟師，
驅八駿於黿鼉。」則以周穆王遠游出巡的鋪排場面，壯大了帝王聲勢，《列子》
云：「周穆王遠遊，命駕八駿之乘：驊騮、綠耳、赤驥、白儀、渠黃、踰輪、
盜驪、山子。」

接下來，又稱頌驍勇善戰的勇士與刺客，前者如：「壯荊飛之擒蛟，終成
氣乎太阿。」荊飛，楚國勇士，拿太阿寶劍，奮勇殺蛟龍。〔註163〕後者如：「悍
要離之圖慶，在中流而推戈。」要離，係吳國刺客。〔註164〕最後，則是「悲
靈均之任石，嘆漁父之櫂歌」的愛國詩人屈原。

總上所述，大禹、周穆王為威震四方的國君；荊飛、要離是驍勇善戰的
勇士與刺客；至於屈原則屬忠誠愛國的詩人。賢君、勇士、忠臣等三大類歷
史人物，從文本之中一一來到，郭璞特地選取這幾組人物的用意何在？程章
燦認為：

> 作者有意通過歷史故事來增加人們對東晉王室及江南政權的認同。
> 屈原代表臣子的耿耿忠心，周穆王代表的是得道多助的王運，「駭黃
> 龍之負舟」、「壯荊飛之擒蛟」，則同樣宣示了一種敢於斬蛟龍成大業
> 的自信和勇氣。〔註165〕

此處更值得注意的一點乃在於，郭璞所吟詠的大禹、周穆王、荊飛、要離、
屈原等歷史人物，全都與「南方水域」息息相關：南省的大禹、東至於九江
的周穆王〔註166〕、楚國勇士荊飛、吳國刺客要離、楚國忠臣屈原，無一不是

〔註163〕《呂氏春秋》記載：「荊有佽飛者，得寶劍於干遂，反涉江至于中流，有兩蛟
夾繞其舟，佽飛拔寶劍曰：此江中腐肉朽骨也。赴江刺蛟，殺之。荊王聞之，
仕以執珪。」《文選》李善注，頁316。

〔註164〕《呂氏春秋》曰：「要離走往見王子慶忌於衛，慶忌喜，要離曰：請與王子往
奪之國。王子慶忌與要離俱涉於江，拔劍以刺王子慶忌，捽而投之於江，浮
出，又取而投之於江，如此者三。其卒曰：汝天下之國士也，幸汝以成名。
要離不死，歸吳矣。」「文選」李善注：頁317。

〔註165〕詳見氏著：《賦學論業》（北京：中華書局，2005年），〈地理發現與政治定義
——論郭璞〈江賦〉，頁202。

〔註166〕李善注引《紀年》曰：「周穆王三十七年征伐，大起九師，東至於九江，叱黿
鼉以為梁。」《文選》，頁317。

與江南地域密切相關的歷史事典。

可以說，〈江賦〉即是運用南方特有的君主、刺客、忠臣等著名的歷史事蹟，來突顯地靈人傑的江南具有復興王室的實力，這即充分說明了，流寓江左的東晉，雖僅擁有半壁江山，但卻擁有賢君的領導、勇士的效命、忠臣的輔佐，從而替王朝的中興，作出最堅強有力的背書；換言之，南方特有的事典之運用，一方面突顯出地靈人傑的江南具有復興王室的實力，從而也替王朝的中興，作出最堅強有力的背書；更重要的是，凝聚人民對中興政權的意識與信心，將之扎根社群大眾，積澱集體意識，攏聚群體向心力，持守信念，最終必能光復河山，北返中原。

於是，再搭配前已分析的「神聖空間」之建構，東晉王朝經從「水」的滌淨轉化，汰舊換新，沐浴重生，成爲一處形上的、神聖的、永恆的空間場域。「江海水域」不但讓「東晉王朝」蛻變重生，更具體反映了渡江初年賦家的「中興之志」，就這點來說，東晉的「江海賦」洵爲深具時代特徵（東晉）、反映地理疆域（南方水域）的書寫文體，值得吾人加以細究，不容輕覷。

第三章　神話與永恆——漢晉辭賦中的「山水書寫」研究面向之二

　　討論完漢晉辭賦中的「山水書寫」與「空間文化」的演義之後；在本章中，擬把視角轉移至「神話」世界，藉以照察漢晉辭賦中的「山水書寫」與「神話仙境」的疊合互動，從而深刻的理解：漢晉辭賦中的「山水書寫」之另一面向。

　　本章計分四節：第一節對「神話」思維及議題，作一介紹與分析，在此基礎上，提出兩個與「山水」密切融織的神話概念——仙境遞嬗與永恆想望——並以之作爲綿亙本章的主旋律；第二節從漢代的相關辭賦，梳理出「人間仙境化」與「遊仙世界」兩個境域；第三節分析魏至西晉的山水賦作，屢屢以神話中的兩大仙鄉——崑崙、蓬萊——作爲原型的書寫範式；第四節，則著重在東晉中晚期的「山賦」及其延伸出來的宗教義理與文化現象。

第一節　山水與神話——仙境嬗變與永恆想望

　　「神話」作爲一專業的顯學，學界已有豐厚的學術成果，我們在此不擬贅述前人已有的精湛研究，以免論點失焦，僅根據「神話」的主要定義與特徵，作爲本論文相關討論的起點。

　　首先，釐清「神話的定義」以及「神話」與仙話、傳說、歷史之交集與差異，進而確定本文所謂的「神話」義界與範圍，乃包含「仙話」而論，始能完整論述「漢晉辭賦中的山水書寫」與「神話」、「仙話」之間的對話與呼應；第二，分析「神話」所蘊含的思維特徵，主要從兩方面切入：「不死觀念」

與「樂園象徵」，從這兩點的分析與歸納，可以得到「神話」具有「永恆」的象徵意味。

整體言之，藉由「神話」與「仙話」的共同討論，即是本文所謂的「仙境嬗變」；至於「神話」的「不死觀念」、「樂園象徵」所代表的「永恆想望」，如何在辭賦文本中呈示，則是本文另一討論重點。

本章便是扣合「漢晉辭賦中的山水書寫」與「神話」之間的關係，作為探勘視角，掘發兩者的緊密關聯；換言之，也就是把重點放在「山」、「水」與「神話」的疊合相映，一方面藉由「仙境嬗變」的角度來察覺「仙境」的演變轉化，二方面則是透過「永恆想望」來見證漢晉賦家在文本中所興發的深刻體悟。

壹、神話的定義與思維特徵

首先，我們將討論「神話的定義」與其「思維特徵」。經由前者，點出「神話」與「仙話」的融合交集，以之作為本論文「仙境嬗變」的義界；經由後者，則是拈出「神話」所蘊含的「不死觀念」與「樂園象徵」，以之作為本論文的「永恆想望」之導引。

一、何謂「神話」

「神話」是「文學的母親」〔註 1〕，「最初的文學」〔註 2〕，係整個民族的基柢根源，王孝廉先生即認為：

> 神話是民族文學，因為神話不是出於個人的創作而是整個民族的觀念，因此也可以說神話不是個人藝術而是民族藝術。神話也是最早的口誦文學，口誦性原是神話的本質之一，神話原是在文字以前就已經有了的東西，因此我們所看到的文獻性的神話祇是使活的原始神話固定化過程中的結果。在古代，神話往往藉著巫人之口而相傳，巫所使用的媒體通常是一種具有韻律性和形式性的語言而不是文字，因此經過巫人所傳的口誦神話通常是不折不扣的「神的話」，也就是「神語」。

又：

〔註 1〕引自「中國文學中的神話」座談會紀錄，王孝廉：《神話與小說》（台北：時報文化，1986 年），頁 304-332。

〔註 2〕葉舒憲：《探索非理性的世界》（四川：人民出版社，1988），頁 95。

作為中國文學兩大主流的詩經和楚辭，都有古代神話的痕跡，尤其
是楚辭，保存了大量的古代神話；也有人把楚辭稱為「巫系文學」
的，所以楚辭比其他的中國古典似乎更接近古代原始神話的本來面
貌。……另外把中國古代零星而片斷存在的神話由口誦而成文記載
的是山海經，山海經是保留中國神話最多的一部書，很可能是根據
古代的神話圖像而記載的。〔註3〕

根據王孝廉先生闡釋「神話」的定義，我們尚可進一步提出：「神話是原始人
民集體創作的。他植根在現實的土壤上，以幻想的形式，反映人與自然和社
會生活的關係。」〔註4〕也因此，經過迭代流傳的「神話」，不但成為整個民
族的潛意識，更隨著「文學化」的傾向之後，又和後來的宗教、歷史和地方
風物、民情風俗等相結合，而成為「廣義神話」的考察範圍〔註5〕，從而成為
一種開放性的、沒有絕對的「永久性定本」〔註6〕。

　　可以說，「神話」是自然的衍變，本身會隨著文化環境而流動變化，不能像
化石般保持固不變的型態。〔註7〕也因此，「神話」的義界，隨著歷史變遷，而
與文學、宗教、文化不斷交融與會通，而蔚為一個龐大的體系，其所涵括的幾
個比較重要的面向，至少應包含「神話與仙話」〔註8〕、「神話與傳說」〔註9〕、

〔註3〕詳見氏著：《神話與小說》（台北：時報文化，1986年）〈文學的母親·神話與
　　　文學〉一節，頁331、332。
〔註4〕詳見陳天水：《中國古代神話》（台北：三民書局股份有限公司，1990年），頁1。
〔註5〕請參閱袁珂：《中國神話通論》（四川：巴蜀書社出版），頁32。
〔註6〕鍾宗憲云：「神話原本屬於『民間文學』的一支，具有民間文學的性質。所謂
　　　民間文學的性質，即：自發性、集體性、匿名性、模式性、口頭性、傳承性、
　　　開放性與變異性。而且，如同民間文學一樣，神話只有被紀錄、採集的『暫
　　　時性定本』（時代性定本），並沒有絕對的「永久性定本」。」詳見氏著：《中
　　　國神話的基礎研究》（台北：洪葉文化，2006年），頁41。
〔註7〕引自李豐楙在「中國文學中的神話」座談會紀錄之言論，詳見王孝廉：《神話
　　　與小說》（台北：時報文化，1986年），頁321。
〔註8〕鍾宗憲曾以圖表整理神話與仙話的基本差異，可資參看，如下：

仙　話	神　話
1、能夠法術變化。	1、神性、神力已然存在，是自然或社會現象的構成力量。
2、追求不死。	2、會死，死後會變形。如：夸父、精衛鳥。
3、具備飛昇能力（如：從人境到仙境）	3、特殊的空間，可能異於人世，也可能與人世結合。

「神話與歷史」〔註10〕。

只不過，觀察「漢晉辭賦中的山水書寫」，我們卻發現，賦中對「山水」景觀之援用，除了「崑崙山」原本即是「神話」中的「聖山」之外，其餘場景或是素材的採擷，主要都是聚集在「仙話」的使用上。

例如，班彪〈覽海賦〉：「指日月以為表，索方瀛與壺梁。」班固〈終南山賦〉：「彭祖宅以蟬蛻，安期饗以延年。」「方瀛」與「壺梁」是東方的三山仙鄉，而「安期」則是出沒在東方海域的仙人，據《史記‧封禪書》：

> 李少君言上曰：「……臣嘗遊海上，見安期生。安期生食巨棗大如瓜。安期生僊者，通蓬萊中。合則見人，不合則隱。於是天子……遣方士入海求蓬萊安期生之屬。……求蓬萊安期生莫能得，而海上燕齊怪迂之士，多更來言神事矣。」

安期生與傳說的「三仙山」，有密切關係，後來更成了道教中極為重要的一位仙真〔註11〕，如此說來，「漢晉辭賦中的山水書寫」（〈覽海賦〉、〈終南山賦〉）不但與「仙話」（三山仙鄉、仙人），有著密切的交集，更成了文本中極為重要的現象，勢必不容忽略。

| 4、現世性、功力性的滿足 | 4、對於諸現象的形象性解釋。 |

　　詳見氏著：《中國神話的基礎研究》（台北：洪葉文化，2006年，頁49。

〔註9〕「神話」與「傳說」的差異，根據傅錫壬先生的研究指出，神話與傳說分別的基本要件，在於：第一，神話的人物是超時空存在的「神」；而傳說的人物是歷史上曾經存在的「人」。所以神話是鋪演「神」的故事，傳說是鋪演「人」的故事。第二，神話發生的地點不一定存在，而傳說發生在特定且存在的地點。第三，神話的情節與內容，不必與特定事件的一部分有關，而傳說的情節或內容，則必須與特定事件的一部份有關。第四，傳說中的情節或內容，必須有部分是合乎神話成立三要件之一的。否則他是一則純粹的傳說，所謂純粹的傳說，是指真實人物的故事，故中的任何情節，都不具神話的色彩，自然它就不該歸屬到「類神話」的領域。傅先生又把類似神話的概念或形式，稱作「類神話」，包括傳說、民間故事、鬼話、夢話、仙話、動物故事、寓言、童話。詳見氏著：《中國神話與類神話研究》（台北：文津出版社，2005年），〈神話與類神話〉一章，見該書，頁28。

〔註10〕「神話與歷史」之間的互動現象，傅錫壬認為兩者的對換性：大致分成以下三種（一）史料中引用神話（二）神話的歷史化（三）歷史的神話化。神話與歷史的並行性：也說明了神話與歷史，原本就可以同時並存、相生不悖的。詳見傅錫壬先生：《中國神話與類神話研究》，〈神話與歷史〉一章，頁181-196。

〔註11〕有關安期生的相關記載，可以參考邱福海：《道教發展史——道教的形成階段》，頁249-250。

　　那麼，我們有必要先討論「神話」能否含納「仙話」，以及兩者之間有何近似性？方能確立本論文對「神話」的定義與範圍。

　　根據袁珂的說法，其認為：「中國神話的一個最大特徵，就是神話流傳演變到後代，仙話侵入神話的範圍」〔註 12〕，「廣義神話」是包含「仙話」的〔註 13〕。並進一提出理由如下：〔註 14〕

　　　第一，神話人物的仙話化，使仙話與神話相通。

　　　第二，長生不死的思想是仙話與神話共有的。一切仙話，固然以長
　　　　　　生不死為其中心思想，莫不圍繞著此一思想而展開其故事情
　　　　　　節，但是，此種思想，在中國和外國的神話中，其實也並不
　　　　　　缺乏。

　　　第三，神話和仙話的法術變化彼此相通。如果說長生不死思想是仙
　　　　　　話的骨骼，其中一部份和神話相通，那麼構成仙話情節的許
　　　　　　多法術變化就是它的肌肉，它和神話所表現的種種幻想虛構
　　　　　　的東西幾乎就是完全相通的了。

　　　第四，神話中有積極意義或至少是無害的部分與神話相通。

由於「神話」的義界與範圍，「是自然的衍變，神話本身會隨著文化環境而流動變化，不能像化石般保持固定不變的型態。」（前引李豐楙先生之說），是以我們將採取「廣義神話」的視野，也就是「神話」與「仙話」並進的角度來擇取文本，換言之，「漢晉辭賦中的山水書寫」，運用到「神話」（例如：「崑崙山」）或是「仙話」（例如：蓬萊仙島）之素材者，即為此章節之討論文本。

　　整體言之，本文所謂的「神話」義界，必須包含「仙話」而論，始能完整論述「漢晉辭賦中的山水書寫」與「神話」、「仙話」之間的對話與呼應，同時，藉由「神話」與「仙話」的相互討論，將「聖域」與「仙境」放諸文學發展與歷史演變的脈絡下，更能看出其中的演變進程，而這也即是本文所

〔註 12〕袁珂：《袁珂神話論集》（四川：四川大學出版社，1996 年），〈從狹義的神話
　　　　到廣義的神話〉，頁 69。
〔註 13〕袁珂認為「廣義神話」應該包含九個部分：神話、傳說、歷史、仙話、怪異、
　　　　帶有童話意味的民間傳說、來自佛經的神話人物和神話故事、關於節日、法
　　　　術、寶物、風習和地方風物等神傳說、少數民族的神話傳說。詳見〈從狹義
　　　　的神話到廣義的神話〉，同上注，頁 68-71。
〔註 14〕請參閱袁珂：《中國神話通論》（四川：巴蜀書社出版），頁 16-21。

謂的「仙境嬗變」。

至於「神話」的「不死觀念」、「樂園象徵」所代表的「永恆想望」，則是本文另一討論之重點，詳見下述。

二、「神話」的思維特徵

（一）不死觀念：變化與再生

保存早期中國神話較爲完整的《山海經》，在其有關神話的記載中，有一種類型即是：「變形復活」，顯示了早期先民的「不死」觀念，茲略舉如下：

> 又西北四百二十里，曰鍾山，其子曰鼓，其狀如人面而龍身，是與欽䲹殺葆江于昆侖之陽，帝乃戮之鍾山之東曰嶢崖，欽䲹化爲大鶚，其狀如雕而黑文白首，赤喙而虎爪，其音如晨鵠，見則有大兵；鼓亦化爲鵕鳥，其狀如鴟，赤足而直喙，黃文而白首，其音如鵠，見則其邑大旱。（〈西山經〉）

> 又北二百里，曰發鳩之山，其上多柘木。有鳥焉，其狀如烏，文首、白喙、赤足，名曰精衛，其鳴自詨。是炎帝之少女名曰女娃，女娃游于東海，溺而不返，故爲精衛，常銜西山之木石，以堙于東海。（〈北山經〉）

> 又東二百里，曰姑媱之山。帝女死焉，其名曰女尸，化爲䔄草，其葉胥成，其華黃，其實如菟丘，服之媚于人。（〈中山經〉）

> 有魚偏枯，名曰魚婦。顓頊死即復蘇。風道北來，天乃大水泉，蛇乃化爲魚，是爲魚婦，顓頊死即復蘇。（〈大荒西經〉）

這些神話中的人物或化身成爲動物、或植物，來延續生命，如：鼓、欽䲹、女娃死後化爲鳥類、女尸死後化爲植物、顓頊化爲魚婦，由此正可看出神話思維中，經由「死亡」、「變形」又「重生」的過程〔註15〕。康韻梅曾分析這類「變形神話」，認爲「變形神話」，具有兩層意涵：

> 一是原有的神話人物的再生，一是另一種物類的創生，如採取卡西勒的觀點，認爲神話形式創造的過程，是一個思維的過程，我們可

〔註15〕邱宜文即認爲《山海經》裡的變化神話，整體依循一個共通的規律：主角→死亡→變形。並云：「死亡並不代表生命的結束，反倒比較像是生命另一階段之開始。」詳見氏著：《山海經的神話思維》（台北：文津出版社，2002年），頁196、198。

以說所有觀涉死亡的變形神話，呈現的就是一種破壞——創生的思
維，這些神話中的死亡充滿了積極的創生意義，個體生命並不因死
亡而絕斷，反得以藉由另一生命形式繼續存在，而這死即生、生即
死的思維方式亦爲日後人們思索死亡所參照遵循。〔註16〕

可以說，「死生相繼」，變化再生的循環觀念，讓「生死是於現實世界的存在
形式的變化，生與死在本質上並無差異」〔註17〕，而這正是「神話」思維的
一大特點，故而，《山海經》當中還有「不死山」〔註18〕、「不死國」〔註19〕、
「崑崙之水」〔註20〕的記載，皆能顯示先民對於「不死」的渴望與追求。

（二）樂園象徵

《山海經》中的神話，除了有變化、再生的「不死思想」，更是一種樂園
象徵，不但有豐美的物資，也反映了先民對永恆境域的追索與嚮往，以前者
來說：

> 此諸天之野，鸞鳥自歌，鳳鳥自舞；鳳皇卵，民食之；甘露，民飲
> 之，所欲自從也。百獸相與群居。在四蛇北。其人兩手操卵食之，
> 兩鳥居前導之。（〈海外西經〉）

> 西有王母之山、壑山、海山。有沃之國，沃民是處。沃之野，鳳鳥
> 之卵是食，甘露是飲。凡其所欲，其味盡存。爰有甘華、甘柤、白
> 柳、視肉、三騅、璇瑰、瑤碧、白木、琅玕、白丹、丹青，多銀鐵。
> 鸞鳳自歌，鳳鳥自舞，爰有百獸，相群是處，是謂沃之野。（〈大荒
> 西經〉）

〔註16〕詳見康韻梅對《山海經》神話故事的研究，見氏著：《中國古代死亡觀之探究》
　　　　（台北：台灣大學文史叢刊，1994 年），第二章〈死生相繼的思維〉，頁 13。
〔註17〕引號內文字見康韻梅：《中國古代死亡觀之探究》（台北：台灣大學文史叢刊，
　　　　1994 年），第二章〈死生相繼的思維〉，頁 34。康氏並討論《莊子》書中的「物
　　　　化生死觀」係一種與「變形神話」相近的概念。
〔註18〕《山海經‧海內經》：「流沙之東，黑水之間，有山名不死之山。」
〔註19〕《山海經‧大荒南經》：「有不死之國，阿姓，甘木是食。」
〔註20〕陳忠信認爲崑崙宇宙山的「水」有長生不死的力量，其云：「在崑崙之水的神
　　　　聖力量上，赤水、黑水、弱水、青水與洋水源自於崑崙山，神聖樂園崑崙山
　　　　中之『九井』、『甘水』及『表池』亦具有長生不死神秘力量的象徵。此外，
　　　　在崑崙樂園外圍則有『鴻毛不起、莫測其深』的弱水環之，非承龍則不能至。
　　　　綜合上述，可知崑崙樂園之水不僅有其神聖的力量，更是維繫天人溝通之崑
　　　　崙宇宙山重要屏障。」詳見氏著：〈試論《山海經》之水思維——神話與宗教
　　　　兩種視野的綜合分析〉，《成大宗教與文化學報》第三期，2004 年 6 月，頁 264。

有戴民之國。帝舜生無淫，降戴處，是謂巫戴民。巫戴民朌姓，食
穀，不績不經，服也；不稼不穡，食也。爰有歌舞之鳥，鸞鳥自歌，
鳳鳥自舞。爰有百歌，相群爰處。百穀所聚。(〈大荒南經〉)

西南黑水之閒，有都廣之野，后稷葬焉。爰有膏菽、膏稻、膏黍、
膏稷，百穀自生，冬夏播琴。鸞鳥自歌，鳳鳥自儛，靈壽實華，草
木所聚。爰有百獸，相群爰處。此草也，冬夏不死。(〈海內經〉)

「諸夭之野」、「有沃之國」、「戴民之國」、「都廣之野」，呈現了「沃土」的境
象，皆隱含著與「土地——自然」緊密聯繫的樂園意識，不僅折射出凡人質
樸而直接的現實的想望——「凡其所欲，其味盡存」、「不積不經，服也；不
稼不○，食也」、「百穀自生」，渴慕坐享其成、安逸優渥的樂園式待遇〔註21〕。

此外，《山海經》中先民對永恆境域的追索與嚮往，可從〈海內西經〉中
對崑崙山「聖域」的記載，略窺一二：

海內昆侖之虛，在西北，帝之下都。昆侖之虛，方八百里，高萬仞。
上有木禾，長五尋，大五圍。面有九井，以玉為檻。面有九門，門
有開明獸守之，百神之所在，在八隅之巖，赤水之際；非仁羿莫能
上岡之巖。

開明西有鳳皇、鸞鳥，皆戴蛇踐蛇，膺有赤蛇。

開明北有視肉、珠樹、文玉樹、玗琪樹、不死樹。鳳皇、鸞鳥皆戴
甈。又有離朱、木禾、柏樹、甘水、聖水曼兌，一曰挺木牙交。

崑崙，為天帝在凡間的都城，不但有開明獸守護，環繞四周更有象徵祥瑞的
鳳皇、鸞鳥，以及珠樹、文玉樹、玗琪樹、不死樹等珍奇物事，在「絕地天
通」的神話事件之前〔註22〕，凡人可以上天下地，但「絕地天通」後，人民
無法升天，天神亦不能下地，自此，「崑崙山」遂成了一處溝通神聖與凡俗的
境域，誠如駱水玉所說：

〔註21〕 參考駱水玉：〈聖域與沃土——《山海經》中的樂土神話〉，《漢學研究》第 17
卷第 1 期，1999 年，頁 160-161。

〔註22〕 「絕地天通」的事件，《尚書》、《國語》均有相關載錄。《尚書・呂刑》：「皇
帝哀矜庶戮之不辜，報虐以威，遏絕苗民，無世在下。乃命重、黎，絕地天
通，罔有降格。」《國語・楚語下》：「昭王問於觀射父，曰，周書周書所謂重、
黎實使天地不通者，何也……顓頊受之，乃命南正重司天以屬神，命火正黎
司地以屬民，使復舊常無相侵瀆，是謂絕地天通。」由此，我們至少可以推
知在「絕地天通」之前，人神是和平共處，天地相通的。

崑崙的「神聖化」是人被「去神聖化」的神話命運所造就出來的，
並基於凡俗對聖靈「魅惑與戰慄的神秘組合」之心靈體驗下，而投
射出這一永恆不朽、溝通聖凡、超自然匯聚的神聖禁地，進一步轉
成人間樂土的神聖源頭。〔註23〕

康韻梅也有相同看法：

崑崙之所以充滿樂園的長生意象的根由，即在於其為天地相通的象
徵，這是中國古代文化中的一個重要母題。……《山海經》中所見
之崑崙為原始文化中，天人相通的樂園時代的象徵，代表著宇宙創
始之初的永恆生命力，所以它充滿了樂園的長生意象，古代不死的
神話傳說皆與其密切相關。〔註24〕

也因此，「基於對原初『地天通』時代的永恆回歸的鄉愁，人不能不溯源而上，
崑崙乃成為神聖的生命之源的人間象徵。」〔註25〕換言之，「崑崙」聖域在此
成了先民回歸原初「地天通」的理想樂園與永恆藍圖之投射。

貳、本論文的觀察角度

根據「神話與仙話」、「神話的思維特徵」（追求不死、樂園象徵）兩個大
方向，筆者得到啟發，將在本論文中，藉由這兩個切面，以前者觀察「仙境」
的轉變；後者則著重討論「永恆」的義界。

一、「仙境嬗變」

「山岳」與「神話」有相當的緊密聯繫，據《山海經》的記載，「山岳」
均有神靈祈護：

凡䧿山之首，自招搖之山，以至箕尾之山，凡十山，二千九百五十
里。其神狀皆鳥身而龍首，其祠之禮；毛用一璋玉瘞，糈用稌米，
一璧，稻米、白菅為席。《山海經·南山經》

凡西次三經之首，崇吳之山至于翼望之山，凡二十三山，六千七百
四十四里。其神狀皆羊身人面。《山海經·西山經》

凡北山經之首，自單狐之山至于隄山，凡二十五山，五千四百九十

〔註23〕詳見駱水玉前揭文，頁173。
〔註24〕詳參氏著：〈《山海經》崑崙樂園的長生亦向及其原始象徵意義〉，《王叔岷先
生八十壽慶論文集》（台北：大安出版社，1993年），頁18-20。
〔註25〕詳見駱水玉前揭文，頁171。

里，其神皆人面蛇身。《山海經‧北山經》

凡東山經之首，自樕𧌴之山以至于竹山，凡十二山，三千六百里。

其神狀皆人身龍首。《山海經‧東山經》

也因此，「山岳」與「神話」的聯繫，成了顯而易見的事實；換言之，如果說「山岳」是一處「境」之所在，那麼，漢晉辭賦中的「山水書寫」之「仙境」的探測、「神仙」的位階、「遊仙」的活動，也就成了值得釐清的重點。

更何況，「崑崙聖域」與「蓬萊仙鄉」，俱爲中國神話仙鄉的兩大傳統〔註26〕。兩者的融匯滲透，不但讓中國文學與文化的神話仙境，有了更奇譎瑰麗的姿貌，進而爲本土宗教所吸收轉化，成了教義內容〔註27〕。此處，我們即是以漢晉辭賦中的「山水書寫」與「神話」、「仙話」之間的對話，作爲探討重點，首先面對的課題便在於：「神話」、「仙境」的所在及其遞嬗演變之過程。〔註28〕

首先，以漢代京都賦來看，此時的「仙境」主要收攬在帝王的苑囿、宮殿之中，諸如建章宮與太液池（水）、甘泉宮與縣圃（山），一方面而言，當然成了帝版圖之「縮影」，二方面來說，賦家們藉由瀛洲、蓬萊、方丈（方壺）等海中仙山的傳說，將太液池內塑造成「濫瀛洲與方壺，蓬萊起乎中央」、「列瀛洲與方丈，夾蓬萊而駢羅」的神話場景，於是，瀛洲、蓬萊、方丈（方壺）等仙境，再加上海若、松喬、羨門等仙人的同歡共樂，建章宮的太液池正逐步構顯出「人間仙境化」的圖式。然而到了東漢，班彪「覽海賦」、「冀州賦」到班固

〔註26〕「崑崙聖域」與「蓬萊仙鄉」的深入分析，詳見本章第四節所述。

〔註27〕相關討論可以綜合參考李豐楙先生：《探求不死》（台北：久大文化股份有限公司，1987年）、《六朝隋唐仙道類小說研究》（台北：學生書局，1986年）、《誤入與謫降：六朝隋唐道教文學論集》（台北：學生書局，1996年）等書，談及崑崙、蓬萊神話與道教的關係和影響。

〔註28〕此處所謂的「境」意識，茲徵引李豐楙先生的看法，作爲討論起始，其云：「傳統的三品仙說中，無論是地位或尸解仙多以中國輿圖上的名山洞府爲其標集處，形成一種較近與人間的他界。由於崑崙、蓬瀛終究是較爲飄緲而遙遠，只有西王母或是青童君在此棲集，其他多數的洞天福地都是距離人境的不遠處，就像西王母或是青童君在此棲集，其他多數的洞天福地都是距離人境的不遠處，就像陶淵明詩所寫的，「結廬在人境」卻可悠然見到的南山一樣，這些名山即是人境外的仙境。按照道教的時空觀，這些仙境正是仙人活動的他界，爲凡人所嚮往的異質化時空，爲了突顯出這一異質時空，日本學界習慣使用「仙鄉」一詞，頗具有文學的親切情趣；不過從「境」意識言，「仙境」是一種與「人境」一樣的複詞，「境」字本身即兼含有區隔意、場所意及情境意。」詳見氏著：《誤入與謫降：六朝隋唐道教文學論集》（台北：學生書局，1996年），頁12。

「終南山賦」，域外大海、境內名山直接促成了「遊仙世界」之建構，此時的「仙境」不再侷限於帝王的苑囿、宮殿，而是人們可以直接親所聞見的具體場域。

到了魏至西晉這段時域，賦家題寫的山水賦作，屢屢以神話中的兩大仙鄉──崑崙、蓬萊──作爲原型。此時的崑崙聖山、蓬萊仙島，分別代表著西方、東方，各自從屬的地理位置與神話系統，不再只是爲了型塑仙境聖域，而將兩大仙鄉粗略草，含糊籠統的放在文本中，那麼，突顯（東）蓬萊、（西）崑崙各自有別的山水書寫，意義究竟何在？筆者以爲，賦家本身對「地理方位的認知與徵實」之理性思維與觀察，是此時期兩大仙鄉各自獨立、出現的主要原因。然而，到了木華的〈海賦〉，賦中又同時收攏了崑崙聖山、蓬萊仙島，讓兩大神話仙鄉一應俱全的顯現在此長篇鉅作中，充分的展示與立體的顯現了兩大仙鄉所特有的地理位置、空間象徵乃至均衡對稱的神話系統，從而在〈海賦〉中形成一「均衡對稱的神話系統」。

最後，則是針對東晉境內名山，作一深細的探討，以孫綽〈遊天台山賦〉爲主軸，分梳幾個議題：「天台山」作爲境內名山，如何呈顯出其神聖特質？又如何能與五嶽相提並論？而重視「名山」的觀念又反映了怎樣的思維？再次，〈天台山〉係一座擁有道、佛宗教滲透融會的文化地景，將如何看待其中涵藏的思想義理？最後，並參照相關山賦以及同時期的「山嶽」詩文，共同呈示出「宗山名山」的文化圖景與衍繹軌跡。

宏觀來看，「由於仙境爲一種相對於人境的異質化空間，從類似西洋宗教學 Eliade 所描述的「聖與俗」理論，可視爲一種神聖的時間、空間，也就是異於凡俗世界的異次元存在。」〔註29〕此處，我們即是以漢晉辭賦中的「山水書寫」與「神話」、「仙話」之間的對話，作爲探討重點，繼而深邃縝密的梳理出「神話」、「仙境」的所在及其歷時演變之過程。

二、「永恆想望」

接下來的重點則是，神話世界中追求不死、樂園象徵，均爲一種「永恆」的企慕與想望，特別是，追求「不死」或「樂園」的永恆象徵，都與神話中的「崑崙山」有關，也就是，「崑崙山」本身即具有「永恆」的神聖意味。

藉由這個觀點，揆諸漢晉辭賦中的「山水書寫」，我們發現無論是「京都

〔註29〕詳見李豐楙：《誤入與謫降：六朝隋唐道教文學論集》（台北：學生書局，1996年），頁13。

賦」中帝王的苑囿、宮殿，或者是域外大海、境內名山等「遊仙世界」，乃至「宗教名山」的建構，都以「崑崙山」作爲原型範本〔註30〕，那麼，其中所涵藏的「永恆」意旨，是否隨著迭代轉換，而賦有新意？此一課題頗值得觀注，亦爲本章重點所在。

第二節　漢代：「人間仙境」與「遊仙世界」兩種模式的山水書寫

　　「文學」，無論是書寫的、或口傳的，是神話表現形式的一環；而「神話」則是文學內容的一部分〔註31〕。「神話」更是文學作品中，不斷出現的素材、意識基礎與幻想世界，具有深層的意義〔註32〕。

　　揆諸漢代辭賦中的「山水書寫」與神話素材兩相結合，其中「仙境」的塑造適有兩種模式：「人間仙境化」與「遊仙世界」。前者主要分布在京都賦、宮殿賦、畋獵賦中的山水書，用山水書寫將人間宮殿打造成富麗堂皇的仙境場域，從而具有「人間仙境化」〔註33〕的巨麗氣象；後者則運用境內名山、

〔註30〕「崑崙山」隨著歷史演變，在中國神話之歷史文化中，有其不斷累積的龐大意涵與內容。何新認爲，就典籍中記載看，中國歷史上的崑崙山至少有三處：1、《山海經》所記先秦人心目中的崑崙山，其地望在天地正中。2、西漢人心目中的崑崙山，地在甘肅臨檜西北酒泉縣南，其山今稱祁連山。祁連山界於甘、青兩省之間，由漢代匈奴人所命名。3、唐代以後的崑崙山，亦即後人認爲是黃河源所出地的崑崙山，地點在新疆、西藏的交界處。詳見氏著：《諸神的起源——中國遠古神話與歷史》（台北：木鐸出版社，1987年），頁110。由此，可見出「崑崙山」在典籍中的不同意義與變遷概況。至於「崑崙山」造象在「漢晉辭賦中的山水書寫」之衍化改易，詳本章後文所述。

〔註31〕「神話」與「文學」之間的相關問題，請參考鍾宗憲：〈神話中的文學與文學中的神話——論神話在中國文學史中的地位〉，《先秦兩漢文化的側面研究》（台北：知書房，2005年），頁273。

〔註32〕龔鵬程歸納文學作品中神話運用的方式有三：1、神話成爲詩人創作的素材2、神話成爲詩中的意識基礎，即原始類型。3、詩人假借或幻構出一套新的神話幻想世界，傳達他們對宇宙人生的看法。詳見氏著：〈中國文學裡神話與幻想的世界——人文創設與自然秩序〉，龔鵬程、張火慶主編：《中國小說史論叢》（台北：學生書局，1984年）。

〔註33〕「人間仙境化」的概念，來自張嘉純：《漢魏六朝辭賦中的遊仙題材研究》（台北：國立政治大學碩士論文，2001年）。其云：「人間仙境化，是仙界與現實界的融合，主要表現在宮殿、苑囿中所出現的蓬萊等仙山。」頁113（筆者按：張氏主要是分析「遊仙」的活動，故重點放在遊仙問題的處理；筆者則認爲，

域外大海，開啟「遊仙世界」的想像。

　　整體言之，兩者以山水書寫所營造的仙境迥然有別，在長生、永恆的終極關懷上，亦有著相異的訴求。

壹、人間仙境化──建章宮、甘泉宮

一、建章宮與太液池（水）。

　　在〈空間與權力〉一章，曾就「苑囿」結合山水書寫來解析漢代帝國版圖的縮影形式，其中，天子所在的上林苑，即有眾多宮殿群的環繞與建造，這一方面反映了帝國盛世的權力無邊；另方面也藉由宮殿結合山水書寫，將人間宮殿營造成天界仙境，其中所呈顯的仙人、仙境、神話，實有諸多值得探討的內蘊。本章此處即想從這個問題，進行較為深入的探討。

　　底下，筆者將鎖定漢代京都賦、郊祀賦、畋獵賦等幾類賦作中的山水書寫，觀察賦家如何以山水書寫構設出「人間仙境化」的地理景觀，進而發現：漢代宮殿是「人間仙境化」的最佳例子，不但揭示了漢代宮廷與天界宇宙彼此相通的思維，也是賦家衷心禮讚國勢、進行道德勸說、表達永恆不朽的理想場域。

　　首先，試看上林苑中的建章宮，如何結合山水書寫（太液池）〔註34〕，築構出「人間仙境化」：

　　　前唐中而後太液，覽滄海之湯湯。揚波濤於碣石，激神岳之將將。濫瀛洲與方壺，蓬萊起乎中央。（〈西都賦〉，《文選》，頁12）

　　　前開唐中，彌望廣潒。顧臨太液，滄池漭沆。漸臺立於中央，赫昈昈以弘敞。（〈西京賦〉，《文選》，頁38）

《關輔記》云：「建章宮北有池，以象北海，刻石為鯨魚，長三丈。」《漢書》曰：「建章宮北治大池，名曰太液池，中起三山，以象瀛洲、蓬萊、方丈，刻

　　　京都、宮殿賦中的「人間仙境化」之呈現，並不單單只是仙境的展示而已，尚有因複製蓬萊、崑崙等神話而涵藏的權力滲透、個己欲求等命題；且促成「人間仙境化」的動力，更必須注意到「山水書寫」在其中所扮演的重要關鍵。

〔註34〕建章宮是上林苑中的一座重要宮殿，也是漢武帝所建。苑之北有太液池，是當時著名風景區。太液池周圍的建築十分奢華。池中種植菱藕，並有多種水禽，富有天然之趣。初秋時池中紅荷紫菱，碧波白羽，美不勝收，又有各式小舟穿行其間，景色如畫，帝王將相，時游其間。詳見沈福煦：《中國古代建築文化史》（上海：上海古籍出版社，2001年），頁64。

金石爲魚龍、奇禽、異獸之屬。」從《關輔記》與《漢書》的記載來看，我們可以推知：

第一，建章宮北邊的大池，名爲「太液池」。

第二，「太液池」的設計，摹仿自瀛洲、蓬萊、方丈的神話。

因之，〈西都賦〉、〈西京賦〉描寫上林苑內的建章宮時，先以建章宮北沼的太液池襯托出上林苑之廣大，所謂「前唐中而後太液，覽滄海之湯湯」、「前開唐中，彌望廣潒」，太液池無邊無盡，能與滄海相匹敵，帝王的苑囿之幅員遼闊，自是可以想見；再次，太液池中仿效瀛洲、蓬萊、方丈等仙山所建造的人爲景觀，更表露宮殿（建章宮）的山水書寫（太液池）與神話仙境滲透交融：

> 揚波濤於碣石，激神岳之嶈嶈。濫瀛洲與方壺，蓬萊起乎中央。〈西都賦〉，文選，頁 12

> 清淵洋洋，神山峨峨。列瀛洲與方丈，夾蓬萊而騈羅。上林岑以壘嶵，下嶄巖以嵒嵒。……海若游於玄渚，鯨魚失流而蹉。（〈西京賦〉，《文選》頁 38）

> 美往昔之松喬，要羨門乎天路。（〈西京賦〉，《文選》頁 39）

賦家們藉由瀛洲、蓬萊、方丈（方壺）等海中仙山的傳說，將太液池內塑造成「濫瀛洲與方壺，蓬萊起乎中央」、「列瀛洲與方丈，夾蓬萊而騈羅」的神話場景，於是，瀛洲、蓬萊、方丈（方壺）等仙境，再加上海若〔註35〕、松喬、羨門等仙人的同歡共樂，建章宮的太液池正逐步構顯出「人間仙境化」的模式，換言之，太液池的神話、仙境之描繪，表露了人間地景與域外仙境，相互雜揉滲透，無有間隙隔閡的訊息，人間即是仙境，而這樣一幅「人間仙境化」的圖式，其實涵藏了帝王的權力欲望，太液池中的造景，即露出端倪：

> 立脩莖之仙掌，承雲表之清露。屑瓊蕊以朝飡，必性命之可度。……

> （〈西京賦〉，《文選》頁 38）

《漢書》曰：「孝武作柏梁、銅柱、承露仙人掌之屬。」《三輔故事》云：「武帝作銅露盤，承天露，和玉屑飲之，欲以求仙。」觀賦文所述，武帝以銅製的仙人掌承接露水，並摻入瓊蕊啜飲，養生延壽，是以太液池中出現的仙景，實暗喻著漢武帝對長生不老的企求，若再扣合上述太液池內瀛洲、蓬萊、方

〔註35〕李善注引《楚辭》曰：「令海若舞馮夷。」可知海若爲海神。

丈（方壺）等神話場景的營構，更可以看出帝王對神仙世界的想像與投射，
於是宮殿的太液池遂大量充斥著人造的仙境景觀，此時「人間仙境化」的建
築模型，誠可看出兩個重要面向：

　　第一，擺落早期對神仙世界的猶疑與驚懼，若再注意到漢武帝「招來神
僊之屬」〔註 36〕的舉措，此時的仙人、仙景、仙境一應俱全地收攏在天子的
苑囿（建章宮的太液池在上林苑），人神共歡同樂，淋漓盡致的反映了帝國的
強大威武。〔註 37〕

　　第二，人間仙境化，映照出漢武帝對神仙世界的想望，於是「美往昔之
松喬，要羨門乎天路」，毫不掩飾的稱美松喬，希冀羨門等仙人能指引天庭之
路，直接透露了漢武帝熱衷求仙，追求長生不死的殷切盼望。

　　追求長生不死，避免個體生命之消殞毀滅，是歷來帝王所夢寐以求的目
標，早在漢武帝之前，秦始皇即聽聞海中有三神山，名曰蓬萊、方丈、瀛洲，
僊人居之。於是派遣方士發童男女數千人，入海求僊人的記載。〔註 38〕到了
漢代，國勢強大，武功極盛，統攬政權的帝王，在面對得來不易的江山與變
遷流逝的生命之對比下，興發死亡的恐懼與長生不朽的渴求，自是人之常情，
《史記、封禪書》便記載了漢武帝時，曾多次命令方士入海求蓬萊仙山，渴
望尋得長生不死之藥：

> 少君言上曰：「祀灶能致物，玫物而丹砂可化爲黃金，黃金成以爲飲
> 食器則益壽，益壽而海中蓬萊僊者乃可見，見之以封禪則不死，皇
> 帝是也。臣嘗游海上，見安期生，安期生食巨棗，大如瓜。安期生
> 僊者，通蓬萊中，合則見人，不合則隱。」於是天子始親祀灶，遣
> 方士入海求蓬萊安期生之屬，而事化丹砂諸藥齊爲黃金矣。居久之，

〔註 36〕《史記・孝武本紀》：「於是上令長安則作蜚廉、桂觀，甘泉則作益壽觀，使
　　　　卿持節設具，而神人。乃作通天臺，置祠具其下，將招來神僊之屬。」
〔註 37〕許東海先生曾以屈原〈離騷〉、宋玉〈高唐賦〉、司馬相如〈大人賦〉中的神女
　　　　形象之轉變，說明這一現象：「至於屈〈騷〉，與宋玉〈高唐〉等賦中迷離變換，
　　　　卻苦於求索的神仙世界，更在〈大人賦〉中遽變爲一一被人間征服與掌控的仙
　　　　界，於是仙界不再神聖，神女輕易可得，就連仙界女神之首的西王母，也成『大
　　　　人』所譏諷的對象；因而屈、宋辭賦中原有的神仙建構及其精神，完全遭到摧
　　　　陷、解構，代之而起的是帝王及其帝國威權下，『無堅不摧，無功不克』的囊
　　　　中之物，就連原本高高在上的神仙世界，也不例外。」詳見氏著：《女性・帝
　　　　王・神仙——先秦兩漢辭賦及其文化身影》（台北：里仁書局，2003 年），〈論
　　　　宋玉情賦承先啓後的另一面向〉，頁 39。筆者此處的觀點，即受該說之啓發。
〔註 38〕詳見《史記・秦始皇本紀》。

李少君病死。天子以爲化去不死，而使黃錘史寬舒受其方。求蓬萊
安期生莫能得，而海上燕齊怪迁之方士多更來言神事矣。

（欒）大言曰：「臣常往來海中，見安期、羨門之屬。顧以臣爲賤，
不信臣。又以爲康王諸侯耳，不足與方。臣數言康王，康王又不用
臣。臣之師曰：『黃金可成，而河絕可塞，不死之藥可得，僊人可致
也。』然臣恐效文成，則方士皆奄口，惡敢言方哉！」……大見數
月，佩六印，貴振天下，而海上燕齊之門，暎不搤腕而自言有禁方，
能神僊矣。

漢武帝的求仙活動，正反映了帝王追求長生永恆的個己欲望，說明了早期求
仙活動的操作者，其實是帝王特權的展現，孫昌武先生認爲：

帝王在享盡人世間榮華富貴之後，幻想把生命延續到永久，夢想去
體驗超越人世享受的更富麗繁華的生活。而且深入到汪洋大海裡去
求仙，也只有帝王們才有這樣的能力。這也就決定了早期的神仙術
必然是帝王的神仙術。〔註39〕

故而，我們從〈兩都賦〉、〈兩京賦〉中，觀察到建章宮北沼的太液池，交雜
了神話與仙境，所促使的「人間仙境化」，不正是漢武帝未能尋獲東方神山、
長生不死之藥，而打造出來的想像中的產物，藉以撫慰內心不斷落空的長生
美夢，如此說來，人間宮殿、園池的三山造景，儼然就是東方海上瀛洲、蓬
萊、方丈（方壺）神話的複製與翻版，此時人神同歡共樂，人間即是仙境，
沒有分別，消弭差異，這一方面固然表徵了盛世帝國的強大主導權，讓原本
離塵絕俗的神仙世界變成帝國版圖的一部分：設若從太液池中「立脩莖之仙
掌，承雲表之清露。屑瓊蕊以朝飧，必性命之可度」的特殊造景來看，更吐
露了漢武帝追求長生不死、永恆不朽的個己欲望與有心於求道的帝王形象。
〔註40〕

〔註39〕詳見氏著：《詩苑仙蹤——詩歌與神仙信仰》（天津：南開大學出版社，2005
年），〈神仙幻想、神仙信仰、神仙術〉，頁8。

〔註40〕《漢武內傳》一書即有記載漢武帝求仙成道的故事，李豐楙先生在分析書中
漢武帝的形象，總是醜化與誇張的原因，曾有如是看法：「在神仙思想的發展
過程中，漢武是與秦始皇齊名的求仙帝王，以地王之尊率先引導求仙的活動，
對於道教創教伊始，應是激勵求仙風尚的典型人物。漢武內傳中的漢武帝顯
然是被誇張、被醜化，造購者借用西王母，尤其是上元夫人之口嚴辭則斥；
部分則由漢武帝自身的陳辭表示出來。有關漢武帝跪而陳辭的一段文字，自
稱「小醜，賤生枯骨之餘」等，前述茅君內傳及當時道經，習用類此謙卑口

二、甘泉宮與縣圃（山）

〈甘泉賦〉主要描寫漢成帝為趙飛燕求子嗣，在甘泉宮設壇郊祀天神泰一，祈求神明福祐，舉行隆重而盛大的郊祀之禮，祇使漢家皇統能傳承延續，當時揚雄隨侍在側，遂寫就此賦；接下來，我們將先討論甘泉宮如何以山水書寫，表達出「人間仙境化」的模式，繼而分析其中所傳達的「永恆」涵義。

首先試看楊雄〈甘泉賦〉：

> 洪臺崛其獨出兮，□北極之嶟嶟。列宿迺施於上榮兮，日月纏經於
> 柍桭。雷鬱律於巖窔兮，電儵忽於牆藩。鬼魅不能自逮兮，半長途
> 而下顛。歷倒景而絕飛梁兮，浮蠛蠓而撇天。
>
> 左欃槍而右玄冥兮，前熛闕而後應門。陰西海與幽都兮，涌醴汨
> 以生川。蛟龍連蜷於東兮，白虎敦圉乎昆崙。覽樛流於高光兮，
> 溶方皇於西清。炕浮柱之飛榱兮，神莫莫而扶傾。閌閬閬其寥廓
> 兮，似紫宮之崢嶸。駢交錯而曼衍兮，隗乎其相嬰。乘雲閣而上
> 下兮，紛蒙籠以椶成。曳紅采之流離兮，颺翠氣之宛延。（《文選》，
> 頁 178-179）

「洪臺」即高大之臺；「嶟嶟」，高步瀛《李注義疏》引朱祁曰：「山貌。」可知揚雄係以「嶟嶟」言高臺特出，其狀竦峭如高聳山勢，乃至北極。復以「列宿」、「日月」等星辰景象的環繞延伸，將宮殿打造成人間仙境；至於「陰西海與幽都兮，涌醴汨以生川」，更極盡誇飾宮殿樓宇的廣袤竟可以遠蔽西極之海，阻絕幽都之嶙（山），醴泉亦從中湧現，匯聚成流（水）；於此，可見甘泉宮以「嶟嶟」的山貌顯示其高聳峭拔直達天庭的特立景觀，復又以山水來襯托出宮殿的雄偉壯麗，因而宮殿的設置非但有巍峨的山勢，廣闊的水域作為襯底，甚至極力鋪述其高聳的位域，可以直接上達天聽：

> 凌高衍之嵱嵷兮，超紆譎之清澄。登椽欒而狃天門兮，馳閶闔而入

氣求授道訣，在武帝本身則只能算有心求道的帝王形象而已。不只是王母、上元夫人的苛責，才造成醜化的漢武帝形象：其訓辭表面是提醒他：嗜慾過深，則不合修道授經；但細味其多達六、七處長短不一的訓斥之辭，則讓人產生別有所諷之感。」而這些諷刺的語調與筆法，李先生認為是在影射東晉孝武帝等人，其云：「類此訓辭，雖可解釋為縱使貴為人主，要學道求經也需要嚴守禁律，藉以提醒奉道受經之人。但這種借用小說筆法，或託諸降真文字，一在嚴辭苛責「汝性」如何的語氣，頗疑乃是有所託諷，就是影射帝王，東晉孝武帝等一類帝王。」請參考李豐楙：《六朝隋唐仙道類小說研究》（台北：學生書局，1986 年），〈漢武內傳研究〉，頁 76-78。

凌兢。(《文選》，頁 177)

翻過崇山峻嶺，繞過迂迴水流，攀登甘泉南方的山岳（橡欒）〔註41〕之後，竟能到達仙境的天門（閶闔），此中已約略透露出甘泉宮的地理位置與仙境的等同齊高，是以揚雄進一步將人間的宮殿比擬為天上的仙境

> 是時未軨夫甘泉也，迺望通天之繹繹。下陰潛以慘廩兮，上洪紛而相錯。直嶢嶢以造天兮，厥高慶而不可乎彌度。平原唐其壇曼兮，列新雉於林薄。攢并閭與茇葀兮，紛被麗其亡鄂。崇丘陵之馬皮兮，深溝嶔巖而為谷。離宮般以相火屬兮，封巒石關施靡乎延屬。
>
> 於是大廈雲譎波詭，摧唯而成觀。正瀏濫以弘惝兮，指東西之漫漫。徒徊徊以徨徨兮，魂眇眇而昏亂。據軨軒而周流兮，忽块圠而亡垠。翠玉樹之青蔥兮，璧馬犀之瞵王扁。金人仡仡其承鍾虡兮，嵌巖巖其龍鱗。揚光曜之燎火屬兮，垂景炎之炘炘。配帝君之縣圃兮，象泰壹之威神。(《文選》，頁 177-178)

「未軨夫甘泉也，迺望通天之繹繹」，《三輔黃圖》引《漢舊儀》：「通天者，言此臺高通於天也。」未到達甘泉宮時即可望見通天之台，可見宮殿之雄偉壯麗，從中也反映了漢代這些高大的高臺建築，往往具有溝通神人交會的功能〔註42〕，而高聳的宮殿竟能穿透蒼穹，無以測知其深遠的高度：「直嶢嶢以造天兮，厥高慶而不可乎彌度。」接著殿內蒼翠的玉樹、雕飾的壁畫、配戴鎧甲的金人，景觀繽紛絢爛，將甘泉宮的奢華侈靡，淋漓盡致的展現出來，末尾更將天子所居的甘泉宮比附成崑崙山上，天帝所在的「縣圃」〔註43〕，掌有人間資產的君主，正與天界威儀的「泰壹」〔註44〕尊神若相髣髴，從而

〔註41〕 橡欒：山名，李善引服虔曰：「橡欒，甘泉南山也。」《文選》，頁177。

〔註42〕 相關論述可以參考王貴祥：《文化・空間圖式與東西方建築空間》（台北：田園城市文化，1998 年），第六章〈中國天子起居、祀拜與布政的空間〉，頁219-228。

〔註43〕 服虔曰：「曾城、縣圃、閬風，崑崙之山三重也，天帝神在其上。」《文選》，頁178。《淮南子》亦云：「崑崙之丘，或上倍之，是謂涼風之山，登之而不死；或上倍之，是謂懸圃，登之乃靈，能使風雨；或上倍之，乃維上天，登之乃神，是謂太帝之居。」可知「縣圃」為一仙境，在崑崙山上。

〔註44〕 「泰壹」亦作「太一」，為天上的「北極星」，也是「上帝」，鍾宗憲認為：「北極星定位中央，為四方所取正，斗為帝車，斗動則天象俱動，所以是明天象的主要基準星。中宮之星，制如皇室，『其一明者，太一常居也』，太一即為『帝』，即北極星。……根據古代的占星術，整個天空皆與地上的情景相互對應。所以，保持不動的北極星自然被人們想像為天庭的最尊貴者了。既然在

讓「甘泉宮」成為祭祀「太一」天神的神聖場域，誠如論者所云：

> 太一被尊為漢代大一統宗教的至尊神，相當於西周祀典中的昊天上
> 帝，而五帝則降格為「太一佐」。秦代的宗教怪地是雍五畤，漢初諸
> 帝因之。至此宗教怪地移向了甘泉，武帝有於此「作甘泉宮，中為
> 台室，畫天地，太一諸鬼神，而置祭具以致天神」。據《三輔黃圖》：
> 「甘泉宮一曰云陽宮，秦所造，在今池陽縣，面故甘泉山，宮以山
> 為名，漢武帝建元中增廣之，周十九里，去長安三百哩，望見長安
> 城，黃帝以來圜丘祭天處。」〔註45〕

也因此，「甘泉宮」成了郊祀的重要位域，加上〈甘泉賦〉本就融入大量的神
話典故，益加增顯其神聖特徵，茲舉列如下〔註46〕：「蚩尤之倫帶干將而秉玉
戚兮，飛蒙茸而走陸梁」、「左欑槍右玄冥兮，前熛闕後應門」、「蔭西海與幽
都兮，涌醴泅以生川」、「吸清雲之流瑕兮，飲若木之露英」、「梁弱水之瀸灂
兮，躡不周之逶蛇」、「想西王母欣然而上壽兮，屏玉女而卻慮妃」；神話、仙
人、仙說充斥其中，讓人恍若登臨仙境，然最重要的是，甘泉宮一方面結合
山水書寫，展現壯麗巍峨之建築，故攀登甘泉南方的山岳（橡欒）之後，竟
能到達仙境的天門（閶闔），此中已約略透露出甘泉宮的地理位置與仙境的等
同齊高，繼而，「嶟嶟」的山貌顯示其高聳峭拔的特殊景觀，復以環繞宮殿周
圍巍峨絕𡾋的山勢，浩瀚廣闊的水域，襯托出宮殿的雄偉壯麗，接著誇炫其
高聳的位域，可貫通天界，於是君王的甘泉宮殿，正與崑崙山上的「縣圃」
彼相呼應，於此，誠可窺見甘泉宮縮合山水書寫，顯示人間宮殿與天界仙境，
相互貫通比擬的思維模式，此外，賦中：「閌閬閬其寥廓兮，似紫宮之崢嶸。」
（《文選》，頁 179）又將甘泉宮比喻為天帝所居的紫宮〔註47〕，於是，人間的
甘泉宮就如同崑崙山上的「縣圃」仙境、天上的「紫宮」星宿一般，彼此相
通，沒有隔閡，進而造就了「人間仙境化」的特殊景觀。合上所述，從〈兩

人間是帝王駕馭萬民，那麼天上的群星也應該是受了北極星的指揮，所以北
極星在戰國時代就被推上了天帝的寶座。」詳見氏著：《先秦兩漢文化的側面
研究》（台北：知書房，2005 年），〈略論《史記‧封禪書》的價值及其相關問
題〉，頁 116、118。

〔註45〕詳參謝謙：〈大一統宗教與漢家封禪〉，《四川師範大學學報》，第 22 卷第 2 期，
1995 年 4 月，頁 8。
〔註46〕分見《文選》，頁 176、179、179、181、181、181。
〔註47〕李善注〈西都賦〉「做太紫之圓方」句，引《春秋合誠圖》曰：「紫宮，大帝
室也。」可見「紫宮」為天帝之居所。《文選》，頁 8。

都賦〉、〈兩京賦〉到揚雄〈甘泉賦〉，所描述的宮殿結合山水書寫，前者是建章宮結合「太液池」，後者則是甘泉宮縮連「縣圃」，一為水，一為山，共同體現了「人間仙境化」的仙境模式。

三、「麗萬世」的永恆界義

不過，如果說前者所呈顯的漢武帝的長生之思，偏向個己欲望的展現，那麼，揚雄〈甘泉賦〉便是將「長生不死」的個人需求，轉向家國層面的思考，亦即，君德之芳馨遠播，國祚之綿長連亙，帝國之永世不朽，才是揚雄的終極關懷，賦末即如此說道：

> 於是欽地宗祈，燎薰皇天，皐搖泰壹。舉洪頤，樹靈旗。樵蒸昆上，配藜四施。……炎感黃龍兮，熛訛碩麟。選巫咸兮叫帝閽，開天庭兮延羣神。

> 於是事畢功弘，迴車而歸，度三巒兮偈棠黎。天閬決兮地垠開，八荒協兮萬國諧。……雲飛揚兮雨滂沛，于胥德兮麗萬世。(《文選》，頁 181-182）

祭祀完成，在懸掛柴薪的架上，高舉洪頤之旗，樹起神靈之幟，讓煙燻之氣緩緩升天，虔敬的向太壹神禮敬崇拜，燃燒的火焰感動黃龍，熾熱觸動巨麟，「選巫咸兮叫帝閽，開天庭兮羣延神」，讓神巫打開天地之門，敞開天庭，延請眾神之來到，既表達了祭祀的虔誠，也再一次鋪述了「人間仙境化」的場景；不過，話鋒一轉，泯除原先對甘泉宮的華麗豪奢之描寫，賦家在祭祀禮畢後，盛讚君主之德澤，致使「天閬決兮地垠開，八荒協兮萬國諧」，天下一統，舉世安泰，更重要的是：「雲飛揚兮雨滂沛，于胥德兮麗萬世」，由於「君臣皆有聖德，故華麗至于萬世也。」〔註48〕揚雄在此所關注者，毋寧是希望君主憑藉其德政，讓皇室永世流傳，帝業長存，所謂「麗萬世」，正是渴求國祚之永恆不朽，這樣的收尾，明顯具有諷諫意味，期勉國君警惕自身言行，當以仁義禮智，人文教化為施政理念，由此可知，揚雄作〈甘泉賦〉實有諷諫意涵，賦中尚有相關條例如下：

> 襲琁室與傾宮兮，若登高眇遠，亡國肅乎臨淵。(《文選》，頁 179）

> 想西王母欣然而上壽兮，屏玉女而欲處妃。(《文選》，頁 181）

〔註48〕李善註解「雲飛揚兮雨滂沛，于胥德兮麗萬世」曰：「言恩澤之多，若雲行雨施，君臣皆有聖德，故華麗至于萬世也。」引自《文選》，頁 182。

從一開始摹寫甘泉宮殿的巨麗侈靡，再到夏桀、商紂的「琁室與傾宮」之傾覆，提醒了國君登高望遠，當以夏桀、商紂之亡國爲戒諫；而爲趙昭儀求子嗣的祭祀，揚雄也不忘在賦中勸諫君主理應屏除玉女與虙妃，領悟好色將遭致敗德的後果；可以說，賦中充斥著諷諫美刺的深層話語，〈甘泉賦〉的旨意也正在於此；誠如《漢書・揚雄傳》：「欲諫則非時，欲默則不能已，故遂推而隆之乃上比於帝室紫宮，若曰此非人力之所爲，黨鬼神可也。又是時趙昭儀方大幸，每上甘泉，常法從，在屬車間豹尾中。故雄聊盛言車騎之眾，參驪之駕，非所以感天動地，逆釐三神。又言『屏玉女，卻虙妃』以微戒齊肅之事。賦成奏之，天子異焉。」祝堯《古賦辨體・兩漢體》亦云：「《上林》、《甘泉》，極其鋪張，終歸於諷諫，而風之義未泯。」

　　事實上，揚雄一系列作品中，不止〈甘泉賦〉作出諷諫勸說的努力，〈河東賦〉、〈羽獵賦〉、〈長楊賦〉也有相應的終極關懷：

　　參天地而獨立兮，廓盪盪其無雙。（〈河東賦〉，《揚雄集校注》〔註49〕頁 67

　　創道德之囿，弘仁惠之虞。……加勞三皇，晭勤五帝，不亦至乎！乃祈莊雍穆之徒，立君臣之節，崇賢聖之業。未遑苑囿之麗，游獵之靡也。（〈羽獵賦〉，《文選》頁 217）

　　聽廟中之雍雍，受神人之福祜。……延光於將來，比榮乎往號。（〈長楊賦〉，《文選》頁 225）

「參天地而獨立」，說明了王者與天地合德；「創道德之囿，弘仁惠之虞」則是國君的道德恩惠之佈施，於是尊奉君臣之節、聖賢懿行，自能比肩聖賢，享有神祈的福祉，致使國朝能歷久不衰。

　　總上所述，從〈甘泉賦〉到〈河東賦〉、〈羽獵賦〉、〈長楊賦〉，可知其中所隱涵的諷諫意味，揚雄所關乎者，無非是希望國朝盛世能永恆不朽，因之以賦進諫，熱切激昂〔註50〕，希冀君主能以仁德愛物，如〈甘泉賦〉賦末所

〔註49〕林貞愛：《揚雄集校注》（成都：四川大學出版社，2001 年）。

〔註50〕林貞愛認爲：「揚雄先後向成帝奏〈甘泉〉、〈河東〉、〈羽獵〉、〈長楊〉四賦，成爲皇帝身邊的文學侍從之臣。這四篇大賦，都是諷諫成帝而作。揚雄以賦進諫，情懷激切，在一片頌揚聲之後，希望成帝保持清醒的頭腦，不要沉迷於聲色犬馬之樂的游獵活動。因爲成帝時代，西漢鼎盛時期已經成爲過去，國事日非，江河目下，王朝正處在衰敗之中。感到時代危機的揚雄，在自己的作品中加以諷諫，表現他對漢王朝前途命運的關注。」詳見氏著：《揚雄集

說：「雲飛揚兮雨滂沛，于胥德兮麗萬世」，那麼德澤便能廣被大地，造福黎民，社稷富庶，天下太平，達「麗萬世」，故此，再回過頭看〈甘泉賦〉亂曰：

　　光輝眩耀，降厥福兮。子子孫孫，長無極兮。（《文選》，頁 183）

國君若能與「天地合德」、「創道德之圍」、「弘仁惠之虞」、「立君臣之節，崇賢聖之業」，那麼，自然能「受神人之福祐」、「降厥福兮」，子子孫孫，傳承不朽；可以說，揚雄〈甘泉賦〉以「甘泉宮」結合縣圃（山）所打造的「人間仙境化」，並不耽溺於浮華奢靡的巨麗書寫，或是虛無縹緲的永恆仙境，反倒是更具有勸諫諷刺的意味，而其箇中意涵，便是誠心祝禱漢室血統能夠瓜瓞綿綿，賡續靡絕，不但能「麗萬世」更可以「長無極」，其對永恆的定義與企望，於焉昭然若揭。

綜合本小節所論：從〈西都賦〉、〈西京賦〉到揚雄〈甘泉賦〉，所描述的宮殿結合山水書寫，前者是建章宮結合「太液池」（東方蓬萊神話），後者則是甘泉宮縮連「縣圃」（西方崑崙仙境），前者為水，後者為山，共同體現了「人間仙境化」的仙境模式；不過，對於「永恆」的觀感與定義，兩者卻截然不同，如果說前者所呈顯的漢武帝的長生之思，偏向個己欲望的展露，那麼，揚雄〈甘泉賦〉便是將「長生不死」的個人需求，轉向家國層面的思考，亦即，君德之芳馨遠播，國祚之綿長連亙，帝國之永世不朽，才是揚雄的深層關懷。

同時也可以說，〈西都賦〉、〈西京賦〉中帝王的長生欲望、不死渴求，所透顯出的個人欲求之滿足，係屬帝王專享；揚雄的言說勸諫，苦心孤詣，毋寧就是希冀國朝太平，永世不衰，而這種「麗萬世」更「長無極」的永恆想望，則是大我層面的考量。

貳、遊仙世界的開啓——〈覽海賦〉、〈終南山賦〉

相較西漢的「人間仙境化」，東漢仙境則是開啓了對遊仙世界的想像，因而，對於仙境的描寫，不再侷限於君王宮殿的狹隘視野，此時的域外大海與境內名山，打開了賦家對天地宇宙的神思想象，成了賦家遊仙的場景，其中並且投射了賦家對「永恆」的觀感與思考。

一、遊仙與大海：班彪的〈覽海賦〉

代表作品正是班氏父子的〈覽海賦〉、〈終南山賦〉，不過這兩篇作品，在

校注》（成都：四川大學出版社，2001 年），頁 2。

賦史上並不見特別的分析與深究，學者甚至認爲班彪〈覽海賦〉是對後世影響不大的作品〔註51〕，是否果眞如此？底下，我們將把焦點放在「遊仙世界的開啓」與賦家心中「永恆」的意旨等兩方面的討論上，試圖證明這兩篇賦作，誠有積極深遠的豐富意涵，值得重視。

班彪〈覽海賦〉：

> 余有事於淮浦，覽滄海之茫茫。悟仲尼之乘桴，聊從容而遂行。馳鴻瀨以漂騖，翼飛風而迴翔。顧百川之分流，煥爛熳以成章。風波薄其裔裔，邈浩浩以湯湯。〔註52〕

〈覽海賦〉寫於建武十三年（公元37），班彪三十五歲〔註53〕。開頭敘述了因有事到淮河一帶，觀賞到滄海的遼闊蒼茫，進而感悟了孔子「道不行，乘桴浮於海」的獨善其身；爾後，浩浩湯湯的海景引發了作者的遊仙想像：

> 指日月以爲表，索方瀛與壺梁。曜金繆以爲闕，次玉石以爲堂。蓂芝列於階路，涌澧漸於中唐。朱紫彩爛，明珠夜光。松喬坐於東序，王母處於西廂。命韓眾與岐伯，講神篇而校靈章。（《全漢賦》，頁253）

「方瀛」與「壺梁」，化用了東方三山仙島的典故，金玉、蓂芝、涌澧、明珠等殊方異類的珍奇神物，連類堆疊，令人目不暇給，赤松、王喬、西王母、韓眾、岐伯等神仙也都一一出現；因之，班彪興起了與眾神祇、諸仙人遨遊的想望：

> 願結旅而自託，因離世而高遊。騁飛龍之驂駕，歷八極而迴周。遂竦節而響應，忽輕舉以神浮。遵霓霧之掩蕩，登雲塗以凌屬。乘虛風而體景，超太清以增逝。（《全漢賦》，頁252）

所謂「願結旅而自託」，明確的表示希望自己能結束「有事於淮浦」的旅程，遠離塵世，遨遊太虛幻境，終而「超太清以增逝」，離體遠遊，往天空蒼穹的深層境域飛逝，不再顧戀人間。

　　然而，賦末的表述，卻大有隱微的絃外之音，可供解讀：

> 麾天閶以啓路，闢閶闔而望余。通王謁於紫宮，拜太一而受符。（《全

〔註51〕馬積高：「〈覽海〉是我國文學史上第一篇描寫海的作品，但直接寫海景的文字不多，而以寫海上神仙傳說爲主，故實爲游仙之作，對後世影響不大。」詳見氏著：《賦史》（上海：上海古籍出版社，1998年），頁102。

〔註52〕《全漢賦》，頁252-253。

〔註53〕詳見陸侃如：《中古文學繫年》（北京：人民文學出版社，1985年），頁62。

漢武》，頁 252）

《楚辭‧離騷》：「吾令帝天闔開關兮。」可知「天闔」為守天門者，而「閶闔」為天門，亦即，班彪想像自己遊歷仙境，於是登門入室，探訪紫宮中的太一天神，承受了其所傳授的符籙。「紫宮」正是天帝的居所，本文前已述及，漢代宮殿與天界仙境，屢屢有相互貫通比擬的思維模式，如〈甘泉賦〉中：「閌閬閬其寥廓兮，似紫宮之崢嶸。」（《文選》，頁 179）便將甘泉宮的高聳比喻為天帝的紫宮；此外，〈遂初賦〉：「蹈三台而上征兮，入北辰之紫宮。」〔註54〕〈西京賦〉中：「天有紫微宮，王者象之。」〔註55〕、「紫極，星名，王者為宮以象之。」〔註56〕在在都說明了人間的宮殿係以天帝所居的「紫宮」作為建造的基底模型。

因之，就這個角度而言，班彪所探訪的天上「紫宮」，何嘗不就是人間宮殿的隱喻？換言之，謁拜太一天神，正是覲見人間的君主。曲德來即有類似看法：

> 這篇賦體制短小，其內容敘寫擬想中的仙人生活，從所寫看，班彪
>
> 心目中的仙人生活，不過是世俗生活的翻版而已。〔註57〕

姑不論其內容是否僅「擬想中的仙人生活」之敘述，班彪賦中的「仙境」的確就是「人間」世界的翻版，也因此，從一開始「覽滄海之茫茫」所開啟的遊仙世界，到中間所經歷的「騁飛龍之驂駕，歷八極而迴周」、「遵霓霧之掩蕩，登雲塗以凌厲」等輕舉歷程，乃至「通王謁於紫宮」的回歸，其實也就是以遊仙的想像，經歷了一趟「離體遠遊」、「出發——歷程——回顧」〔註58〕

〔註54〕引自費振剛、胡雙寶、宗明華輯校：《全漢武》（北京：北京大學出版社，1997年），頁 231。

〔註55〕李善注《西京賦》「正紫宮於未央」條下語，《文選》，頁 32。

〔註56〕李善注〈西征賦〉「厭紫極之閫敞」條下語，《文學》，頁 248。

〔註57〕參見曲德來等人主編：《歷代賦廣選‧新注‧集評》（瀋陽：遼寧人民出版社，2001年），頁 429。

〔註58〕李豐楙先生認為：「詩歌中最能表現對於神仙世界的嚮往的，以遊仙詩為其典型。它源於原始巫俗文學，像〈楚辭〉中的『離騷』、『遠遊』等，以原始宗教昇天禮儀的儀式與神話為背景，表達人類希冀超脫時間、空間的限制，超昇向一絕對自由、逍遙的神仙世界。」而遊仙詩的基本結構，大概可簡化為：1、遊仙的動機（空間的追阨、時間的短暫）2、遊仙的歷程（出發、輿駕、仙境的呈現）3、遊仙的願望（變化成仙、與仙人偕遊）4、遊仙的疑慮（回歸人間、或懷疑其可能），這一結構為「出發——歷程——回歸」，所有遊仙詩大抵遵循這種母題（motif），而各有變化。詳見氏著：《探求不死》（台北：

的旅程；而這最後「回歸」的地點，從「通王謁於紫宮，拜太一而受符」來
看，表面上似乎是天界仙境，其實是人間宮殿的隱喻，換言之，此處的「紫
宮」實爲人間宮殿，「太一天神」則比附當代的君主──漢光武帝。

如上所述，班彪所開啓的「遊仙世界」，其最終目的，是「通王謁於紫宮，
拜太一而受符」，顯然不同於一般遊仙詩離塵絕俗，超脫苦痛，寄寓求仙的旨
意，那麼，這其中又有何意涵？是否反映了班彪的思想與理念？

筆者認爲，連同班彪的另一篇賦作──〈冀州賦〉──進行並讀，始能
提供我們這些問題的解答。

二、〈覽海賦〉與〈冀州賦〉的並讀

〈冀州賦〉原文如下〔註59〕：

> 夫何事於冀州，聊託公以遊居。歷九土而觀風，亦慚人之所虞。
> 遂發軫於京洛，臨孟津而北屬。想尚甫之威虞，號蒼兕而明誓。
> 既中流而嘆息，美周武之知性。謀人神以動作，享鳥魚之瑞命。
> 瞻淇澳之園林，善綠竹之猗猗。望常山之峨峨，登北嶽而高遊。
> 嘉孝武之乾乾，親飾躬於伯姬。建封禪於岱宗，玄玉於此丘。遍
> 五嶽與四瀆，觀滄海以周流。鄙臣恨不及事，陪後乘之下僚。今
> 匹馬之獨征，豈斯樂之足娛。且休精於敝邑，聊卒歲以須臾。(《全
> 漢賦》，頁 253)

〈冀州賦〉寫於建武二十九年（公元 53），時班彪已 51 歲，距離〈覽海賦〉
寫作時間，已睽隔十六年之久〔註60〕。文中略微描繪了行經的自然山水，但
著墨並不甚深，反倒是「因地及史」的書寫方式，從「地理空間」遙想歷史
上的明君聖主，引人注目〔註61〕：

> 遂發軫於京洛，臨孟津而北屬。……既中流而嘆息，美周武之知性。
> 謀人神以動作，享鳥魚之瑞命。
> 瞻淇澳之園林，善綠竹之猗猗。

　　　　久大文化股份有限公司，1987 年），頁 105。

〔註59〕 〈冀州賦〉，《御定歷代賦彙》歸類爲「行旅類」，題爲〈遊居賦〉。見（清）
　　　　陳元龍輯：《御定歷代賦彙》（北京：北京圖書館出版社，1999 年 11 月第一版），
　　　　頁 497-498。

〔註60〕 〈冀州賦〉編年，詳見陸侃如：《中古文學繫年》（北京：人民文學出版社，
　　　　1985 年），頁 77。

〔註61〕 〈冀州賦〉原文見《全漢賦》，頁 253-255。

嘉孝武之乾乾，親飾躬於伯姬。建封禪於岱宗……

「美周武之知性」的事典，盛讚了周武王「知天命」的智識〔註62〕；「瞻淇澳之園林，善綠竹之猗猗。」則是讚美衛武公勤於國政的美德〔註63〕；「建封禪於岱宗」，便是誇揚漢武帝的偉大勳績。

從班彪所使用的歷史人物：周武王、衛武公、漢武帝，我們可以發覺這三位君王的名號，都有一個「武」字；曲德來先生即提出相關看法，並認爲〈冀州賦〉的寫作用意，涵藏著對同樣有「武」封號的漢光武帝之抱怨與不滿，其云：

> 值得注意的是他所緬懷的、讚美的主要是三位古代君主，既行至孟津而追思周武王與孟津會師準備討伐的勇武精神；望淇澳之園林而追思衛武公勤於國政的高尚品德；登北岳而追思漢武帝那種經天緯地自強不息的奮發鬥志，這裡值得深思的有兩點：
>
> 第一點是他所仰慕讚美的三位古代君王即周武王、衛武公、孝武帝的廟號或諡號中都有「武」字，這不由使我們聯想到作者的後半生與東漢開國皇帝光武帝劉秀的執政時間相始終。……光武帝也有「武」字，年號爲建武，這恐怕不是巧合。
>
> 第二點是班彪對以上「三武」的讚美皆取其銳意進取，努力政事的一面而略去其他，這恐怕也是有意爲之的。……劉秀執政晚期亦有怠於政事的表現，故東漢始終未能出現西漢中期的興盛局面。班彪在賦中歌頌三位帶武字的古代賢君並皆取其勤懇國事的一面，恐怕就是對光武帝不能銳意圖新，恢復文景武昭時的興盛局面表示不滿，不敢明言直說，而借古來諷今！〔註64〕

曲先生之分析，洵爲的論；筆者認爲，〈冀州賦〉至爲明顯的表達出對周武王、衛武公、孝武帝的禮讚，此正用來對比劉秀的無所作爲，因之，「鄙臣恨不及事，陪後乘之下僚。」已屆晚年的班彪，感嘆自己未能躬逢周武王、衛武公、

〔註62〕《史記·齊太公世家》：「武王渡河，中流，白魚躍入王舟中，武王俯取以祭。既渡，有火自上復於下，至於王屋，流爲烏，其色赤，其聲魄云。是時，諸侯不期而會盟津者八百諸侯。諸侯皆曰：「紂可伐也。」武王曰：「女未知天命，未可也。」乃還師歸。

〔註63〕出自《詩經·衛風·淇澳》：「瞻彼淇奧，綠竹猗猗。」

〔註64〕詳見曲德來等人主編：《歷代賦廣選新注集評》（瀋陽：遼寧人民出版社，2001年），頁432。

孝武帝的盛世，輔佐賢君，爲其效力。

就此而言，晚年所作的〈冀州賦〉儼然就是班彪對政途生涯的回顧與反省，而筆者認爲，〈冀州賦〉的政治理念，其實可導源於早年的〈覽海賦〉，換言之，早在十六年前，建武十三年，班彪效忠漢光武帝時，即已生發對政途的規劃與理想，細讀兩篇作品的動機、語句、意旨，正有極鮮明的雷同之處，可相互參較：

	創作時間	寫作動機	賦文描述	情緒狀態
〈覽海賦〉	建武十三年（公元 37），班彪 35 歲	余有事於淮浦，覽滄海之茫茫。	（仙人） 命韓眾與岐伯，講神篇而校靈章。	（愉悅飛揚） 願結旅而自託，因離世而高遊。……通王謁於紫宮，拜太一而受符。
			（遊歷） 風波薄其裔裔，邈浩浩以湯湯。	
〈冀州賦〉	建武二九年（公元 53），班彪 51 歲	夫何事於冀州，聊託公以遊居。	（神諭） 諮人神以動作，享烏魚之瑞命。	（感慨嘆息） 鄙臣恨不及事，陪後乘之下僚。今匹馬之獨征，豈斯樂之足娛。
			（遊歷） 望常山之峨峨，登北嶽而高遊。	

相隔十六年，兩篇賦作卻在寫作動機、賦文描述、遊歷狀態的鋪述上，若合一契，具有相互對應的連貫性，可視爲一有機整體；其中，最值得注意的是：早期〈覽海賦〉中的情緒姿態，是比較愉悅飛揚的，試觀其「願結旅而自託，因離世而高遊。」滿載歡欣的與仙人共同遨遊，其中「拜太一而受符」，更是充滿神采的謁見君主，接受符命；但晚期的〈冀州賦〉卻以「鄙臣恨不及事」的深沉嘆息，感慨自己生不逢時，無能輔佐賢君，「豈斯樂之足娛」一句，足見心情之鬱悶與煩憂。

觀班彪一生，與漢光武帝劉秀有密切的關係，如曲德來先生所說：「班彪的後半生與東漢開國皇帝光武帝劉秀的執政時間相始終。」因之，從建武十三年，中年〈覽海賦〉的奔放恣肆，到建武二十九年，晚年〈冀州賦〉的深沉惋惜，其實都反映了班彪效忠劉秀的從政生涯之漸進歷程；前者充滿憧憬，「通王謁於紫宮，拜太一而受符」，意欲施展政治理念的喜悅，盈溢篇章；後者，無疑是對劉秀的暗諷，與自己已屆晚年，無能爲之的深深嘆息；整體說

來，從〈覽海賦〉到〈冀州賦〉，正可以將班彪從中年到晚年的政治憧憬與理想抱負之轉變軌跡，完整的呈現出來。

於是，我們再回過頭看〈覽海賦〉，也才能解答何以班彪所開啓的「遊仙世界」，不同於一般遊仙詩離塵絕俗，超脫苦痛，寄寓求仙的旨意，反倒是以「拜太一而受符」，熱切喜悅的基調，收束全文，這便是因為：

〈覽海賦〉寫於極有抱負熱忱的中年，此時的班彪對東漢初期的政治深具信心，也對劉秀寄予改革圖新，再造顛峰盛世的期望，是以「余有事於淮浦，覽滄海之茫茫」，經過淮河一帶，觀賞到滄海的遼闊蒼茫，進而開啓想像中的「遊仙世界」，並在最後以「通王謁於紫宮，拜太一而受符」作結，將「紫宮」當成人間宮殿，把「太一」尊神比擬漢光武帝，儼然功成受爵，觀見君主，授受帝王的符命，一幅愉悅飛揚、意氣風發的遊仙姿態，遂於焉展現。準此，所顯現的，自然不同於一般遊仙詩慣常所見的「死亡恐懼」、「塵世迫隘」、「社會束縛」等意象〔註65〕。

如此看來，〈覽海賦〉的創作，不但構設了想像的遊仙場景，更標示著班彪個人從政生涯的一個重要關鍵，似乎不能抹煞其價值；當然，〈覽海賦〉也必須再搭配晚年的絕命之作——〈冀州賦〉〔註66〕，方能更清楚的看見其中的演變脈絡。

總上所述，班彪兩篇賦作，無論是中年的〈覽海賦〉或是晚年的〈冀州賦〉，所關乎者，一方面是個人從政生涯之映現；另方面，當然就是班彪對國朝運命的憂慮，因之，〈覽海賦〉中的理想期待、〈冀州賦〉中的深沉感慨，無不是因掛心國祚之盛衰，所興起的複雜思緒；那麼，班彪雖未在賦中明確的祝禱東漢王朝能盛世太平，永恆不朽，然從賦中對自己的期許、政事的隱憂、君主的諷諫，卻隱微的表現了他對大我層面，家國社稷的深層關懷。

接著，同樣以「遊仙世界」的建構，來頌讚國朝能夠永恆不衰，盛世不朽的賦作，便是班固——班彪之子——的〈終南山賦〉。

〔註65〕朱立新認爲狹義的遊仙詩之緣起動機，主要有三類，第一：擺脫遊時間侷限而產生的生命悲劇——死亡恐懼；第二：爲了擺脫由空間侷限而產生的生命悲劇——塵世迫隘；第三，爲了擺脫由人世侷限所產生的生命悲劇——社會束縛。詳見氏著：〈漢魏六朝遊仙詩的類型與結構〉，《上海師範大學學報》，2004年10月，頁77。

〔註66〕班彪在寫完〈冀州賦〉後一年，即建武三十年（公元54），卒於望都。

三、隱逸／神仙／符讖的融合：班固的〈終南山賦〉

〈終南山賦〉原文如下：

> 依彼終南，歸欟嶙囷，蠙青宮，觸紫辰。嶔崟鬱律，萃于霞霧，曖
> 日對日奄藹，若鬼若神。傍吐飛瀨，上挺修竹，玄泉落落，密陰沉
> 沉。榮期綺季，此焉恬心。
>
> 三春之季，孟夏之初，天氣肅清，周覽八隅。黃鸞鷺，驚乃前趨。
> 爾其珍怪，碧玉挺其阿，蜜房溜其巔。翔鳳哀鳴集其上，清水泌流
> 注其前。彭祖宅以蟬蛻，安期饗以延年。
>
> 唯至德之爲美，我皇應福以來臻。埽神壇以告誡，薦珍馨以祈仙。
>
> 嗟茲介福，永鍾億年。《全漢賦》，頁 353。

此賦實際上可以劃分成三個結構層次：「隱逸──神仙──符讖」〔註67〕，首
先，從「隱逸」方面來看，終南山的地景，不但挺拔嶙峋，高聳直入雲端，
甚至與天帝所居的「青宮」、「紫辰」之高度，若相彷彿，此與〈甘泉賦〉中
描述甘泉宮的高度，竟能到達仙境的天門（閶闔）具有一樣的描述手法，只
不過前者爲終南山，後者是甘泉宮；接續，山林泉水，綠蔭修竹的山林景貌，
栩栩布列，「榮期」、「綺季」等高風亮節的隱士，更在終南山中，恬淡淨性，
一幅隱逸的畫面，浮顯而出；而第二部分「神仙」，班固化用了眾所皆知的長
壽仙人彭祖、方士安期生；至於第三部份，所使用的「符讖」，固然是用來鞏
固東漢王朝的建立之神聖性；不過，筆者以爲末段對王朝的祝禱，並不是只
有「雍容揄揚」、「宣上德而盡忠孝」的精神體現〔註68〕，細究賦文，誠具有
多重的意義：

第一，觀賦中所云，班固〈終南山賦〉的內容，並無君主在旁的記載，
意即不同於一般賦家，如揚雄〈甘泉賦〉隨伺君王祭祀而作；如此一來，班
固所抒發的「嗟茲介福，永鍾億年」，就不能簡略的視其爲「雍容揄揚」的歌
功頌德之作。

第二，〈終南山賦〉，正是在班彪卒後不久的同一年寫成，亦即建武三十

〔註67〕詳見許東海先生：〈賦家與仙境：論漢賦與神仙結合的主要類型及其意涵〉，《女
　　　性‧帝王‧神仙──先秦兩漢辭賦及其文化身影》（台北：里仁書局，2003
　　　年，頁171。

〔註68〕詳見許東海先生：〈賦家與仙境：論漢賦與神仙結合的主要類型及其意涵〉，《女
　　　性‧帝王‧神仙──先秦兩漢辭賦及其文化身體》（台北：里仁書局，2003
　　　年），頁174。

年。陸侃如云：

> 班固返安陵，作〈幽通賦〉、〈終南山賦〉，續父所作史。……《班固
> 傳上》：『父彪卒，歸鄉里。固以彪所續前史未詳，乃潛精研思，欲
> 就其業。』他大約去年隨父赴望都，本年奉母返安陵，作賦續史均
> 在居擾中。〔註69〕

換言之，建武三十年，班固返安陵，有三篇著作，陸續在今年著手進行，分
別是〈幽通賦〉、〈終南山賦〉、《漢書》。那麼，如果說《漢書》是在父親班彪
「所續前史未詳」的基礎上進行撰作；〈終南山賦〉的創作理念與意旨，應當
就可溯源於父卒前一年所寫的〈冀州賦〉。

因為，建武二十九年，班彪往望都途中，所寫的〈冀州賦〉，此時班固正
隨侍父親身旁，賦中所表露的心情、理念、旨意，班固應該最為清楚，如此
看來，隔年（建武三十年）父卒，班固即創作了〈終南山賦〉，兩篇作品之間
是否含有內在聯繫，值得細細推敲。〔註70〕

四、〈覽海賦、〈冀州賦〉與〈終南山賦〉的內在淵源之蠡測

因此，我們或可大膽推測：建武二十九年，班彪所寫的〈冀州賦〉，其動
機、理念、旨意，可能影響到了隔一年班固所創作的〈終南山賦〉。深入論述
賦作，可以發現兩者皆以「漢武帝」為東漢君主的楷模，或可作為兩者之間
的呼應與傳承：

如〈冀州賦〉以周武王、衛武公、孝武帝，用來頌揚盛世明君，而三位
君主中，班彪以描寫漢武帝的篇幅最鉅；至於班固則來到距離長安城咫尺之
遙的終南山，「我皇應福以來臻」一句，學者大多解「我皇」為東漢皇帝，不
過如前所述，〈終南山賦〉的內容，並無君主在旁的記載，意即不同於一般賦
家，如揚雄〈甘泉賦〉隨伺君王祭而作，加上「作賦續史均在居憂中」，顯然
班固不會與國君共同前往祭祀、祈福，故「我皇」應不指涉東漢君主；再次，
班固此時「奉母返安陵」，「安陵」為班固的故鄉，在今陝西咸陽，而恰巧「終

〔註69〕 頁77-78。
〔註70〕 事實上，班固甚至有與班彪同題的〈覽海賦〉，惜班固〈覽海賦〉為殘篇，據
　　　　《文選》潘岳〈西征賦〉李善注，僅存「運之脩短，不豫期也。」兩句。詳
　　　　見費振剛等輯校：《全漢賦》（北京：北京大學出版社，1997年），頁355。雖
　　　　然班固〈覽海賦〉無法提供更多的證據，來直接證明班固的創作多與父親有
　　　　共同的關懷與旨意，但也提示了我們應該去思索兩人的存留作品之間，可能
　　　　的內在關聯。

南山」距長安城僅咫尺之距離，可以說，安陵、終南山皆與長安較近，與洛陽則有一段距離，這種種資料都顯示班固賦中的「我皇」不會是東漢的帝王，反倒是與長安的西漢國君，有較密切的關聯，筆者推測，賦中的「我皇」，應是「漢武帝」，因為漢武帝在位期間，統領王朝，國勢強盛，罕能匹敵，自然成為後世的表率與楷模，加上「漢武帝曾於終南山的說經台，建造老子祠」〔註71〕，終南山與漢武帝之間有著一段因緣，如此說來，「我皇」指的就不是東漢君主，而是具有相同宗族血脈的西漢「孝武帝」劉徹。

綜合上述，〈終南山賦〉的撰寫與班彪卒前所作的〈冀州賦〉，具有一脈相傳的意旨，一方面來說，〈終南山賦〉以漢武帝到終南山祭祀的史實，恰與班彪〈冀州賦〉中「嘉孝武之乾乾」之大力讚揚，異曲而同工，換言之，兩人均以「漢武帝」作為東漢君主的表率與楷模；二方面來說，班固稱頌吾皇的「至德之為美」，從而使天神能夠降臨福祉，造福社稷，「永鍾億年」的祝禱，同樣也是其父〈冀州賦〉的深層意蘊，就這兩方面來看，兩篇文本的內在聯繫，就有了鮮明的印證。

五、班氏父子的「永恆」命題：理性觀點與人文思考

然而，班彪〈冀州賦〉中，因掛心國祚之盛衰所興起的深沉感慨，班固則進一步顯題化：

> 唯至德之為美，我皇應福以來臻。埽神壇以告誠，薦珍馨以祈仙。
>
> 嗟茲介福，永鍾億年。《全漢賦》，頁353

唯有至德的君主，方能承受上天的福祉，長存庇祐，國祚綿延。如果說，班彪早期的〈覽海賦〉、晚期的〈冀州賦〉都未能明確提出能讓東漢盛世太平，永垂不朽的具體方法，洎乎〈終南山賦〉：「唯至德之為美」的表述，已見班固明確的提出了一條通往盛世太平的表露。

同時，也可以說，從班彪的〈覽海賦〉、〈冀州賦〉到班固的〈終南山賦〉，實是班氏父子對東漢國祚命運的見證與祝禱，並不是只有「雍容揄揚」、「宣上德而盡忠孝」的精神體現，甚或是毫無價值可言；班固〈終南山賦〉所透露者，一方面是以境內「名山」開啟「遊仙世界」，從而與班彪狀寫「海域」的〈覽海賦〉彼相呼應；另方面則是暗扣了班彪〈覽海賦〉、〈冀州賦〉的創

〔註71〕詳見鄭石平編著：《道教名山大觀》（上海：上海文化出版社，1994年），頁156。

作理念與背後動機，表達了班氏父子對東漢朝政的衷心祝禱與祈願，也由此
衍繹出父子兩人對「永恆」的觀注，並非賦中所云：「王母處於西廂」、「安期
饗以延年」等長生不死的議題。試看其賦中所引用的「神話」、「仙話」素材，

> 松喬坐於東序，王母處於西廂。命韓眾與岐伯，講神篇而校靈章。(〈覽
> 海賦〉，《全漢賦》，頁 355)

> 彭祖宅以蟬蛻，安期饗以延年。(〈終南山賦〉，《全漢賦》，頁 353)

「王母處於西廂」、「安期饗以延年」，「西王母」是神話中的神職角色，安期
生則是遊走東方海域的長生仙眞，兩者都具有「長生不死」的永恆象徵，只
不過，我們可以明確看到，從班彪的〈覽海賦〉、〈冀州賦〉到班固的〈終南
山賦〉，均不耽溺於片面的「長生不死」之虛幻假象，或是僅止於個人的長生
不死，而是讓神話中的「永恆」之意義，挹注了賦家的理性觀點與人文思考，
也因此，〈覽海賦〉：「王母處於西廂」、班固〈終南山賦〉：「安期饗以延年」，
西王母與安期生等代表長生不死的神話仙境之人物，在此並不是「永恆」的
核心意義，從班氏父子的一系列賦作來看，「唯至德之爲美」的理想藍圖，方
爲賦家定義下的「永恆」。

職是之故，從班彪「覽海賦」、「冀州賦」到班固「終南山賦」，「域外大
海」與「境內名山」的「遊仙世界」之建構，讓「仙境」不再侷限於帝王的
苑囿、宮殿；透過賦作的細膩解讀，更在其中發見，班氏父子對東漢一朝如
何能「永恆」不朽的關切與投入。

第三節　魏至西晉：突顯（東）蓬萊、（西）崑崙兩大仙鄉的山水書寫

如上所述，班彪「覽海賦」、班固「終南山賦」，促成了域外大海，境內
名山的「遊仙世界」之建構，爲兩篇賦作的特點之一；更值得注意的是，藉
由這兩篇賦作，我們更可以看到，「兩大仙鄉」的融合，在漢代的「山水賦」
中已然出現。而這種書寫模式，恰爲西晉的「水山賦」（木華的〈海賦〉）所
吸收與汲取。

壹、從蓬萊、崑崙的融合與互動談起

根據王孝廉先生的研究，中國古代的仙鄉，可以歸納爲兩個系統：

　　一個是由仙人、方士、蓬萊（海上仙人）、歸墟所組成的東方仙鄉：

　　一個是由神、巫、崑崙（帝之下都）、黃河之源組成的西方仙鄉。

這東西兩個仙鄉的信仰與神話傳說，到了戰國時代，由於秦國向西開拓以及
楚國向西南發展而互相結合，於是而形成了「山海經」、「楚辭」、「莊子」等
書所見的一個新的神話世界。〔註72〕

　　李炳海亦云：

　　　　崑崙神話和蓬萊神話是中國古代神話的兩個主要系統。崑崙神話生
　　　　成於西北，蓬萊神話出現在東部沿海，分別帶有西方和東方的地域
　　　　文化特徵。〔註73〕

可以說西方內陸的「崑崙聖域」〔註74〕與東方沿海的「蓬萊仙鄉」〔註75〕，

〔註72〕　詳見王孝廉：〈試論中國仙鄉傳說的一些問題〉，《神話與小說》（台北：時報
　　　　　文化，1986年），頁58-59。

〔註73〕　詳參氏著：〈以蓬萊之仙境，化崑崙之仙鄉──中國古代兩大神話系統的早
　　　　　期融合〉，《東岳論叢》，2004年7月第25卷第4期，139-143。顧詰剛先生
　　　　　也早提出相關意見：「崑崙的神話發源於西部高原地區，它那神奇瑰麗的故
　　　　　事，流傳到東方以後，又跟蒼莽窈冥的大海這一自然條件結合起來，在燕、
　　　　　吳、齊、越沿海地區形成了蓬萊神話系統。」詳參氏著：《莊子與楚辭中崑
　　　　　崙與蓬萊兩個神話系統的融合》，《中華文史論業》，1979年。此外，尚可參
　　　　　考先巴：《崑崙文化與道教神仙信仰略論》，《青海民族學院學報》，2006年9
　　　　　月，頁44-47。

〔註74〕　有關「崑崙山」的探討，學界已有諸多討論，康韻梅於分析「崑崙山的原始
　　　　　象徵與意義」時，曾綜理各家說法並深入分析，茲徵引其說，並稍加整理如
　　　　　下：第一，認為「崑崙山」是「宇宙山」者，如楊儒賓先生認為崑崙山最重
　　　　　要的神話意義是它代表「天地之中」的宇宙山。詳見氏著：《中國古代天人鬼
　　　　　神交通之四種類型及意義》（台北：台大中研所博士論文，1987年），葉舒憲
　　　　　亦以宇宙山的觀點，闡釋崑崙為宇宙樞紐的意蘊，具有死亡與永生分水嶺的
　　　　　象徵。見其：《英雄與太陽──中國上古史詩的原型崇構》，頁121-126。第二，
　　　　　認為「崑崙山」為通天之柱者，如伊利亞德，根據其研究指出，天柱為天地
　　　　　之中的意象之一：天地之中是位於世界之中的神聖之地。詳見氏著：《The Saced
　　　　　and the profane》（New York: Harcourt, Brace & World），頁36-47。張光直先生
　　　　　邑引用了伊利亞德通天地之柱的觀點，來解釋《山海經》中登天之山的性質。
　　　　　見氏著：《考古學專題六講》（台北：稻鄉出版社，1988年）；第三，認為「崑
　　　　　崙山」是「天地中央」者，如御水洗勝認為崑崙的性質是天地連結的天柱，
　　　　　是為天地交通，神人合一的象徵。詳見氏著：〈崑崙傳承と永劫回歸──中國
　　　　　古代思想民族學的考察〉《日本中國學會報》第14集，1962年。王孝廉先生
　　　　　亦持相同看法：「崑崙是天上諸神在地上的『下都』，是連接天上和人間的天
　　　　　柱。」見其〈試論中國仙鄉傳說的一些問題〉，《神話與小說》（台北：時報文
　　　　　化，1986年），頁68。此外，學界亦有從「薩滿教」的角度將崑崙山視作「宇

正是中國古代神話仙鄉的兩大場景，而不斷出現在古典文學中，例如〈西都賦〉：「濫瀛洲與方壺，蓬萊起乎中央。」蓬萊、瀛洲、方壺即東方海域的三山仙島；不過，蓬萊、瀛洲、方壺等東方仙島，卻未與西方的「崑崙聖山」，同時在文本當中並置，是以藉由這樣的角度，我們將看到「覽海賦」、「終南山賦」的重要特徵，那就是讓神話世界的兩大仙鄉——「崑崙聖山」與「蓬萊仙島」——顯示在同一篇文本之中。

先從班固〈終南山賦〉：「彭祖宅以蟬蛻，安期饗以延年」一句來看，「安期生」是游走東方海域的仙人，《史記・封禪書》云：

> 李少君言上曰：「……臣嘗遊海上，見安期生。安期生食巨棗大如瓜。安期生僊者，通蓬萊中。合則見人，不合則隱。於是天子……遣方士入海求蓬萊安期生之屬。……求蓬萊安期生莫能得，而海上燕齊怪迂之士，多更來言神事矣。」

安期生與傳說的蓬萊、瀛洲、方壺等海上仙山，有密切關係，後來更成了道教中極為重要的一位仙眞〔註76〕，《列仙傳》亦有記載：「寥寥安期，虛質高清。承光適性，保氣延生。聊悟秦始，遺寶阜亭。將遊蓬萊，絕影清冷。」只不過，必須注意到的是，班固〈終南山賦〉的「終南山」是座落在長安附近的名山，

宙山」，詳見湯惠生〈神話中之崑崙山考述——崑崙山神話與薩滿宇宙觀〉，《中國社會科學》，1996 年第 5 期，頁 171-185。

〔註75〕「蓬萊仙鄉」的興盛，起於秦始皇、漢武帝等人派遣方士前往渤海、東海一帶尋長生不死之藥，《史記・封禪書》即有漢武帝求仙的記載：「少君言上曰：『祀灶能致物，致物而丹砂可化爲黃金，黃金成以爲飲食器則益壽，益壽而海中蓬萊僊者乃可見，見之以封禪則不死，皇帝是也。臣嘗游海上，見安期生，安期生食巨棗，大如瓜。安期生僊者，通蓬萊中，合則見人，不合則隱。』於是天子始親祀灶，遣方士入海求蓬萊安期生之屬，而事化丹砂諸藥齊爲黃金矣。居久之，李少君病死。天子以爲化去不死，而使黃錘史寬舒受其方。求蓬萊安期生莫能得，而海上燕齊怪迂之方士多更來言神事矣。」李炳海認爲：「蓬萊神話屬於仙話，是神話的一個分支，它以長生不死爲寄託，追尋能夠實現個體生命永恆存在的彼岸世界。」並提出「崑崙山」之所以能成爲天地中心、道教聖地，正是受到「蓬萊神話」對「崑崙神話」的同化。詳見氏著：〈以蓬萊之仙境，化崑崙之仙鄉——中國古代兩大神話系統的早期融合〉，《東岳論叢》，2004 年 7 月第 25 卷第 4 期，139-143。此外，高莉芬綜理典籍，對「蓬萊神話」有進一步的延伸討論，可以參考氏著：〈蓬萊神話的海洋思維及其宇宙觀〉，《政大中文學報》第 6 期，2006 年 12 月，頁 103-123。

〔註76〕有關安期生的相關記載，可以參考邱福海：《道教發展史——道教的形成階段》，頁 249-250。

甚至有學者指出「終南山」在古代原為「崑崙山」〔註77〕，由此觀之，西方的
名山，卻出現東方海域的仙人，兩大仙鄉的融合交會，可見一斑。

　　再如班彪〈覽海賦〉中「松喬坐於東序，王母處於西廂。」「西王母」之
造象，是西方崑崙山的神話人物，卻出現在以東方海域為題的作品裡，可見
西方崑崙、東方蓬萊的神話仙鄉，已呈現融合密切的關係，中國神話的兩大
仙鄉，此時已混合無跡，界線不再森然分別。

貳、地理方位的認知與徵實

　　有了「兩大仙鄉融合」的概念，底下，我們將看到魏至西晉這段時域，
賦家題寫的山水賦作，屢屢以神話中的兩大仙鄉──崑崙、蓬萊──作為原
型，如上所述，東漢班彪、班固父子的〈覽海賦〉、〈終南山賦〉已清楚可見
兩大仙鄉在賦作中的交織融合；不過，魏至西晉辭賦中的山水書寫，卻讓兩
大仙鄉涇渭分明，彼此獨立，換言之，此時的崑崙聖山、蓬萊仙島，又分別
代表著西方、東方，各自從屬的地理位置與神話系統，不再只是為了型塑仙
境聖域，而將兩大仙鄉粗略草率，含糊籠統的放在文本中，那麼，突顯（東）
蓬萊、（西）崑崙各自有別的山水書寫，意義究竟何在？筆者以為，賦家本身
對「地理方位的認知與徵實」之理性思維與觀察，是此時期兩大仙鄉各自獨
立、出現的主要原因。

　　然而，到了木華的〈海賦〉，賦中又同時收攏了崑崙聖山、蓬萊仙島，讓
兩大神話仙鄉一應俱全的顯現在此長篇鉅作中，不過細究賦文，卻避免了漢
代〈覽海賦〉、〈終南山賦〉為了營造仙境聖域的縹緲氛圍而直截地將兩大仙
鄉嵌入文本的粗略草率，反倒是學習了此時對「地理方位的認知與徵實」之
特點，讓兩大仙鄉所特有的地理位置、空間象徵乃至均衡對稱的神話系統，
不被化約消泯，能充分的展示與立體的顯現，從而在〈海賦〉中形成一「均
衡對稱的神話系統」；可以說，木華的〈海賦〉綜合了漢代班氏父子的〈覽海
賦〉、〈終南山賦〉，以及魏至西晉的〈滄海賦〉、〈靈河賦〉、〈大河賦〉等賦作，
呈顯了「均衡對稱的神話系統」之特殊意義；再則，若注意到〈海賦〉末尾

〔註77〕　杜而未：「淮南子椒真訓以終南山就是終隆山，終隆和崑崙音近，當即崑崙。
　　　　　終隆就是南山，崑崙也即南山，南山在古代特別重要，因為它原來是崑崙山。」
　　　　　詳見氏著：《崑崙文化與不死觀念》（台北：學生書局，1985年），第一編〈神
　　　　　話崑崙與實際崑崙〉，頁41。

揭櫫的水之德治與形上思維，恰可爲此時期的「永恆」思索，作一註腳與收束。

一、地理方位的認知

魏至西晉，直接題寫「海」名稱的賦作，有一個很特殊的現象，那就是：賦中出現的神話典故，必以東方蓬萊、扶桑神話爲主；直接題寫「河」的賦作，必以西方崑崙神話爲主；從賦文的描述來看，兩者書寫題材有別，所攝取的神話內容迥異，各自形成獨立的神話系統，不相混淆，之所以如此，筆者認爲，賦家對「地理方位的認知與徵實」，是背後的主要成因所在。

首先，試看曹丕〈滄海賦〉：

> 美百川之獨宗，壯滄海之威神。經扶桑而遐逝，跨天崖而託身。驚濤暴駭，騰踊澎湃。鏗訇隱鄰，涌沸淩邁。于是黿鼉漸離，泛濫淫遊，鴻鸞孔鵠，哀鳴相求，揚鱗濯翼，載沈載浮，仰噆芳芝，俛漱清流，巨魚橫奔，厥勢吞舟。

大海的遼闊蒼茫，杳然浩瀚，似無盡頭，也因此，「美百川之獨宗，壯滄海之威神。」「滄海」正是人們心中匯集境內川流的神秘水域，引發賦家對域外仙境的飄邈想像與奔放情思，於是海底的物產，黿鼉漸離、鴻鸞孔鵠、揚鱗濯翼、巨魚橫奔，栩栩布列；其中，可堪注意的是，滄海之無遠弗屆，以「經扶桑而遐逝」來形容，不但誇炫了滄海的漫無邊際，遼敻廣袤，「扶桑」一詞，更是代表東方日出的神話，《山海經・海外東經》：「湯谷上有扶桑，十日所浴，在黑齒北，居水中。有大木，九日居下枝，一日居上枝。」古代神話中，在東方極遠的地方，有棵高達幾千丈的扶桑樹，生長在湯谷中，相傳當時有十個太陽，一個太陽住在上枝，其餘九個住在下枝，十個太陽就是從扶桑樹輪流出入，交替循環，一躍而上，形成日出，也就是《淮南子》所云：「日出於暘谷，浴於咸池，拂於扶桑，是謂晨明。」蕭兵則認爲「扶桑樹」是神話學上所稱的宇宙樹[註78]。總上，可知日出神話與扶桑樹之間的緊密關連，同時，也能看出賦家對東方大海與日出神話的疊合應用，亦即，滄海與扶桑，

[註78] 蕭兵認爲由於古人「日出而作，日入而息」的生活型態，使得他們往往運用高山、大樹等爲座標，測量太陽的相對位置以計時，所以《山海經》、《楚辭》、《淮南子》裡都記載著很多日出之山、日沒之山和太陽神樹，而扶桑及其枝極若木就是從測量相對位置的標杆生長起來的太陽神樹，也是神話學上所稱的宇宙樹。參蕭兵：《楚辭的文化破譯》，頁 137-138。

前者是東方的海域，後者是代表東方的神話，地域與神話兩相結合，突出了
海域所特有的東方神話，再細讀賦篇全文，更發現文中沒有任何有關西方崑
崙仙鄉的神話存在。如此書寫方式，也同樣呈現在潘岳〈滄海賦〉：

> 徒觀其狀也，則湯湯蕩蕩，瀾漫形沈，流沫千里，懸水萬丈，測之
> 莫量其深，望之不見其廣，無遠不集，靡幽不通。……其魚則有吞
> 舟鯨鯢，魚鳥魚或龍鬐，蜂目豺口，狸斑雉軀，怪體異名，不可勝
> 圖，其蟲獸則素蛟丹虯，蚖元龜靈鼉，修鼉巨鱉，紫貝騰蛇，玄螭
> 蚴蚪，赤龍焚薀，遷舊納新，舉扶搖以抗翼，泛陽候以濯鱗，其禽
> 鳥則鷗鴻鸕霜鳥，駕鵝鴻鵲，朱背煒燁，縹翠葱青。

與曹丕〈滄海賦〉同題，潘岳在此亦從大海的浩浩湯湯，瀾漫流衍，莫量其
深，不見其廣的範圍談起，接下來也羅列了琳瑯滿目的海底物產；不過，較
諸曹丕，潘岳〈滄海賦〉則將滄海與蓬萊神山結合，代替了先前的「扶桑」
神話：

> 群溪俱息，萬流來同，含三河而納四瀆，朝五湖而夕九江，陰霖則
> 興雲降雨，陽霽則吐霞曜日。煮水而鹽成，剖蚌而珠出，其中有蓬
> 萊名嶽，青丘奇山，阜陵別島，隈環其閒，其山則山累崔嵬山卒，
> 嵯峨降屈，披滄流以特起，擢崇基而秀出。

遠望無際的滄海，蓬萊名嶽，青丘奇山，緩丘峻嶺，均環繞其中，潘岳顯然
化用了東方蓬萊三山的神話，同樣地，整篇賦作亦與東方海域的神話息息相
關而未出現西方的崑崙神話，再注意到「群溪俱息，萬流來同，含三河而納
四瀆，朝五湖而夕九江。」狀寫三河、四瀆、五湖、九江等境內的水域，最
終流向東邊的大海〔註79〕，超越了曹丕〈滄海賦〉：「美百川之獨宗，壯滄海
之威神。」純以川流入海的起、迄，始、終之平面敘述，完整而詳備的舉列
出匯聚滄海的眾多河、瀆、湖、江之學名，反映了賦家對所處環境的細膩觀
察與厚實的地理識見。

　　至於題寫「河」賦的作品，其神話運用，則迥異於「海」賦，如應瑒〈靈
河賦〉：

〔註79〕「三河」，指黃河、賜支河、湟河。「四瀆」：指長江、黃河、淮河、濟水的
　　　　合稱。「五湖」，指具區、洮、澎蠡、青草、洞庭。「九江」，一般説來，指沅、
　　　　浙、元、辰、敘、酉、澧、資、湘皆合於洞庭，稱九江。參見章滄授主編：
　　　　《歷代山水名勝賦鑑賞辭典》（北京：中國旅遊出版社，1998 年 5 月），頁
　　　　134。

> 咨靈川之遐源兮，於崑崙之神丘。凌增城之陰隅兮，賴后土之潛流。
> 衝積石之重險兮，批山麓之溢浮。蹶龍門而南邁兮，紆鴻體而東流。
> 涉津洛之坂泉，播九道之中洲，紛項湧而騰騖兮，恆□□而俎征，
> 肇乘高而迅逝兮，陽侯沛而震驚，有漢中葉兮，金隄潰而瓠子傾。
> 興萬乘而親務兮，董羣后而來營，下淇園之豐條兮，投璧玉而沈星。
> 若夫長杉峻檟，茂木舌芬櫚，扶疏灌列，映水陰防，隆條動而暢清
> 風，白日顯而曜殊光。

應瑒〈靈河賦〉是現存最早描寫黃河的作品，「靈河」、「靈川」也就是黃河，賦篇開頭說明了在當時的地理觀念，靈河的濫觴即「崑崙之神丘」，接著描寫黃河流經積石、龍門、津洛等中原境內的概況以及洶湧奔騰的態勢；細究賦文後半部，則援引了漢武帝的史實，映射出應瑒心目中所欲投效的君主原型與仕宦憧憬〔註80〕。饒有興味的是，〈靈河賦〉未有東方扶桑、蓬萊海上神話的使用，這種現象，同樣也見諸西晉成公綏的〈大河賦〉：

> 覽百川之宏壯兮，莫尚美于黃河。潛崑崙之峻極兮，出積石之山差
> 峨。登龍門而南游兮，拂華陰與曲阿。凌砥柱而激湍兮，踰洛汭而
> 揚波。體委蛇于后土兮，配靈漢于穹蒼，貫中夏之畿甸兮，經朔狄
> 之遐荒，歷二周之北境兮，流三晉之南鄉，秦自西而啓壤兮，齊據
> 東而畫疆，殷徒涉而求固，遷濟而遂強，趙決流而卻魏，嬴引溝而
> 滅梁，思先喆之攸歎，何水德之難量。

「潛崑崙之峻極兮」，亦即黃河發源於崑崙，爾後則描述黃河流域所行經的地理位置：「歷二周之北境兮，流三晉之南鄉，秦自西而啓壤兮，齊據東而畫疆」，接續化用春秋戰國的史實鋪排出黃河在歷史上具有防禦功能的地理位域，最後提出唯有在政治上廣布「水德之難量」的德治精神，方爲西晉國祚得以綿長久遠之計〔註81〕。這其中也僅出現西方崑崙聖山，明顯未及與東方海上三山仙島相關的神話。

二、地理方位的徵實

更值得注意的是，從〈靈河賦〉到〈大河賦〉，都分別談到黃河途經「積石」的流程：「衝積石之重險兮」、「出積石之山差峨」，所謂「積石」，根據《史

〔註80〕 請參考本論文〈空間與權力〉一章。
〔註81〕 請參考本論文〈空間與權力〉一章。

記‧大宛列傳》：

> 太史公曰：禹本紀言「河出崑崙，崑崙其高二千五百餘里，日月所
> 相避隱爲光明也。其上有醴泉、瑤池」。今自張騫使大夏之後也，窮
> 河源，惡睹本紀所謂崑崙者乎？故言九州山川，尚書近之矣。至禹
> 本紀、山海經所有怪物，余不敢言之也。

司馬遷認爲禹本紀、山海經中對崑崙山的神異描述，頗多怪異，因此贊成《尚
書》九州山川的說法；不過，集解鄧展曰：

> 漢以窮河源，於何見崑崙乎？尚書曰『導河積石』，是爲河源出於積
> 石，積石在金城河關，不言出於崑崙也。……言張騫窮河源，至大
> 夏、于寘，於何而見崑崙爲河所出？謂禹本紀及山海經爲虛妄也。
> 然案《山海經》「河出崑崙東北隅」。《西域傳》云：「南出積石山爲
> 中國河」。積石本非河之發源，猶尚書「導洛自熊耳」，然其實出於
> 蔥嶺山，乃東經熊耳。今推此義，河亦然矣。則河源本崑崙而潛流
> 至于寘，又東流至積石始入中國，則山海經及禹貢各互舉耳。

整理司馬遷、鄧展之說，可以得知：司馬遷贊成《尚書》所說的「導河積石」，
「積石」是黃河之源頭；鄧展則以《西域傳》云：「南出積石山爲中國河。」
認爲「積石」，不是黃河之本源，只是黃河衝擊、途經的高山，整條黃河流域
的流程，應當綜合《山海經》、《尚書》的說法，那就是：「則河源本崑崙而潛
流至于寘，又東流至積石始入中國」，本於崑崙，伏流至于寘，流經積石山，
才到中國境內。

　　準此，再回過頭看〈靈河賦〉與〈大河賦〉，兩者都以「於崑崙之神丘」、
「潛崑崙之峻極兮」，將「崑崙」視作黃河源頭，復以「衝積石之重險兮」、
「出積石之山差峨」的「積石山」，當作黃河流經的高山；如此說來，賦家
的描述，正與史家的史實記載大體相符，並無二致；當然，古代的「崑崙」
其地理位置是不斷變化的〔註82〕，其演變成具體的地理名稱，至少要等到漢

────────

〔註82〕王孝廉云：「現在中國地理上的崑崙是從新疆塔里木盆地向南延伸到西藏的山
　　　　脈，在以前，地理上的崑崙的位置經常因時代而不固定，在漢代以前，人們
　　　　認爲地理上的崑崙是黃河之源，其上有醴泉華池，這就是黃河的本源，「史記」
　　　　大宛傳說漢武帝命人探黃河之源，結果到了于寘，那裡產很好的玉，使者採
　　　　玉而歸，於是武帝案古代地理書而命此山名爲崑崙，晉代的崑崙的一萬一千
　　　　里平方而且是神物所集，並且有五色之雲和五色之水的地方。」詳見氏著：《神
　　　　話與小說》（台北：時報文化，1986年），〈試論中國仙鄉傳說的一些問題〉，

代以後〔註83〕。

只不過，賦中談到的黃河發源於崑崙，流經積石之說，和我們今天對黃河流域的理解相符〔註84〕。誠如何新先生所云：

> 崑崙山不僅是天地中心之山，而且是黃河河源所出之山。崑崙山的西北遷移，是與古代人追索黃河之源的認識和實踐的發展過程相一致的。〔註85〕

平心而論，於年代久遠，儀器設備並不發達的千百年前，賦家將黃河源流遠溯自西方崑崙山的說法，恰與史書的記載大致契合，這在某種程度上，仍有客觀、準確的論定，誠具「地理方位的徵實」之特點，不純然出於一己的想像與渲染，吾人閱讀這些賦作，要盡可能的還原其時其地的時空背景，並參酌相關史料，方能得出當時人所認定的崑崙的位置、黃河的起始與流程，從而避免用現今的思維，斷然否定了這些見證歷史的珍貴材料。

經由上述之討論，我們發現，魏至西晉，直接題寫「海」名稱的賦作，在賦中出現的神話典故，必以東方蓬萊、扶桑神話為主；直接題寫「河」的賦作，必以西方崑崙神話為主；兩者書寫題材或為「海」，或為「河」；所攝取的神話內容或為東方扶桑蓬萊，或為西方崑崙，各自形成獨立的神話系統，不相混淆；之所以如此，筆者認為，賦家對「地理方位的認知與徵實」，是背後的主要成因所在。

首先，以「海」賦而言，蒼茫無邊的大海，正位於大陸版塊之東，賦家遊覽海域，自是體認到身處東方的大海，因之，在書寫創作時，當以海上相關的神話作為主要題材；相反地，以「河」賦而言，境內迂迴繚繞的川流，畢竟與東方大海隔著一段距離，賦家遂將關注焦點擺在境內川瀆流經的地域、歷史變遷的興衰，乃至黃河源頭的所在地，也因此，賦中僅出現西方崑

頁 67-68。

〔註83〕湯惠生認為，「崑崙山」的名稱有兩種意涵，第一個是宗教概念，第二個是具體的地理山脈的名稱。前者一個宗教神話的宇宙概念，即「宇宙山」，可以是薩滿教地區的任何山峰；後者則是一個具體的地名。詳見湯惠生〈神話中之崑崙山考述──崑崙山神話與薩滿宇宙觀〉，《中國社會科學》，1996 年第 5 期，頁 171-185。

〔註84〕引自曹道衡對成公綏〈大河賦〉之評析，章滄授主編：《歷代山水名勝賦鑑賞辭典》（北京：中國旅遊出版社，1998 年 5 月），頁 126。

〔註85〕詳見氏著：《諸神的起源──中國遠古神話與歷史》（台北：木鐸出版社，1987 年），頁 110。

崙神話，而未及東方海域的相關神話。就此而言，賦家分辨東蓬萊、西崑崙神話的彼此殊異，將之適用於特定的題材，而不是含糊籠統，直接將兩大仙鄉放在同一文本，以致忽視了兩者之間的差異，所以如此，正是得力於賦家對空間方位的敏銳感受，換言之，「地理方位的認知」，使題材（海、河）、地域（東、西）、神話（蓬萊、崑崙），森然分明，界線明確，不再粗略草率的揉雜於文本之中。

再則，賦家對「地理方位的徵實」之學識，也是促成兩大神話系統分立的主要原因。如潘岳〈滄海賦〉，嵌入三河、四瀆、五湖、九江等境內的水域，於是，黃河、賜支河、湟河、長江、黃河、淮河、濟水、具區、洮、澎蠡、青草、洞庭、沅江、浙江、元江、辰江、敘江、酉江、澧江、資江、湘江，眾多流入滄海的川流，一一俱現，充分展示了賦家徵實的地理涵養；至於應瑒的〈靈河賦〉：「於崑崙之神丘」、成公綏的〈大河賦〉：「潛崑崙之峻極兮」，將「崑崙」視作黃河源頭，復以「衝積石之重險兮」、「出積石之山差峨」的「積石山」，為黃河流經的高山，正與史家綜合《山海經》、《尚書》，提出黃河本於崑崙，潛流至于闐，流經積石山，才到中國境內的說法，大體一致。是以，「地理方位的徵實」，讓書寫河、海各異的題材，不會隨意融雜混合，由此，便自然而然的導致了兩大神話系統之分立頡頏。

整體而言，觀察魏至西晉，題寫海賦、河賦的作品，其中的神話運用，蓬萊仙島、崑崙聖山，分別代表著東方、西方，各自從屬的地理位置與神話系統，不再只是為了型塑仙境聖域而將兩大仙鄉含糊籠統的放在文本中，忽略了兩者的界線與差異，之所以突顯（東）蓬萊、（西）崑崙各自有別的山水書寫，便緣於賦家本身具有「地理方位的認知」之理性思維與觀察，不讓東、西方位雜錯混淆；再從賦中實際描繪的地理景觀，更可發現賦家對於「地理方位的徵實」之審慎度量；綜合這兩點來看，可以說，「地理方位的認知與徵實」，是此時期的特點之一。

參、〈海賦〉：均衡對稱／立體呈示／空間維度的神話系統

以上，論述了魏至西晉，題寫海、河賦所具有的創作特點——「地理方位的認知與徵實」，而這促使了兩大仙鄉，不再融涉交織於同一文本之中；洎乎西晉，我們發現，木華的〈海賦〉，讓原本分屬東、西神話系統的蓬萊、崑崙兩大仙鄉又聚合在此一長篇鉅作中。

　　那麼，可以進一步追問的是：這樣的書寫方式有何意義存在？與〈滄海賦〉、〈靈河賦〉、〈大河賦〉等賦作有何不同？若與漢代班氏父子的〈覽海賦〉、〈終南山賦〉相較，又存有怎樣的對應關係？換言之，後起的木華〈海賦〉是否對前人賦作，作了一次通盤的省思與檢選，從而吸收其優點、揚棄其缺失，終而造就了「文甚儁麗，足繼前良」〔註86〕的文壇地位？底下，我們將逐次回答這些問題。

　　首先，〈海賦〉既是描述大海之作，當然不乏與大海息息相關的蓬萊神話，賦中的相關條例，俯拾即是：

　　　　爾其為大量也，則南溢朱崖，北灑天墟。東演枝木，西薄青徐。經
　　　　途潒溟，萬萬有餘。……隱鯤鱗，潛靈居。《文選》，頁 303

漫漫無邊，絕遠杳冥的海域範圍，用南、北、東、西的四方空間來形容，是承襲漢代大賦以來的書寫套式〔註87〕；其中，「鯤鱗」，即是「昆山，方壺之屬也。」〔註88〕換言之，「鯤鱗」也就是隱匿於東方海域的漂流仙島，為仙人之居處。

　　另如：

　　　　爾其水府之內，極深之庭。則有崇島巨鼇，山至山兒孤亭。擘洪波，
　　　　指太清。（頁 303）

此處所謂的水府之內、極深之庭，即「歸墟」〔註89〕，是大海所以能夠「止而不盈，已而不虛」，不會漲滿肆溢，或者匱乏短缺，保持穩定水量的原因所在，而大海之中，更有巨鼇背負蓬萊仙山等「崇島」〔註90〕的神話，凡此，從「鯤鱗」、「歸墟」到「巨鼇」，都與東方蓬萊神話仙鄉有著密切的關連。

　　不過，仔細觀察〈海賦〉，可以發現木華並不止於蓬萊神話的運用，西方的崑崙境域也在同一段落中，多次的並時出現，共同呈現出兩大仙鄉，如：

　　　　於廓靈海，長為委輸。（頁 300）

〔註86〕傅亮《文章志》曰：「廣川木玄虛為海賦，文甚儁麗，足繼前良。」見《文選》，頁 299。

〔註87〕特別是漢代京都賦，以東西南北之四方，來狀摹「殊方別區」的帝國版圖。

〔註88〕李善注：「隱鯤鱗，潛靈居。」曰：「鯤鱗，或為昆山。昆山，方壺之屬也。靈居，眾仙所處也。」詳見《文選》，頁 303。

〔註89〕《列子‧湯問》：「渤海之東，不知幾億萬里，有大壑焉，實惟無底之谷，其下無底，名曰歸墟。」

〔註90〕《列仙傳》：「巨鼇負蓬萊山而抃滄海之中。」《列子》曰：「渤海之東，名曰歸墟，其中有五山，帝命禺強使巨鼇十五，舉首載五山，峙而不動。」

賦家在談到「廓靈海」時，認爲東方大海之所以能擁有豐沛的水源，從不止歇，正是由於「崑崙之輸也」，《淮南子》曰：「河水九折於海，而流不絕者，崑崙之輸也。」亦即，有了西方崑崙山的源流支脈，不斷供應補足，大海自能享有固定豐厚的水量，永不耗減。

接著，爲了形容大海的廣袤無垠，木華以日出、月升的神話，來狀寫海域之廣大：

> 波如連山，乍合乍散。噓嗡噏百川，洗滌淮漢。⋯⋯若乃大明鑯彎
> 於金樞之穴，翔陽逸駭於扶桑之津。（頁300）

詭譎多變的大海，浩大的聲勢，起伏的海浪，正如同連綿不絕的山岳之陡峭高聳；接著，「若乃大明彎於金樞之穴」，所謂「大明」，即月亮，意指月亮攬彎於西方的洞窟〔註91〕；而「翔陽逸駭於扶桑之津」，則是化用日出東方的扶桑神話，也因此，在同一文本之段落，「翔陽」與「大明」之日、月相對，「扶桑之津」與「金樞之穴」之東、西方位的均衡對稱，已是至爲明顯的呈現。

又如：

> 覿安期於蓬萊，見喬山之帝像。（頁304-305）

《列仙傳》：「安期先生謂始皇曰：『後千歲求我蓬萊山下。』」「安期生」，屬於東方蓬萊神話的仙人；而「喬山之黃帝」，《史記》曰：

> 武帝祭黃帝冢橋山。上曰：「吾聞黃帝不死，今有冢，何也？」對曰：
> 黃帝已仙上天，群臣葬其冠也。

可見黃帝葬於「喬山」（橋山），然根據《山海經・西山經》的記載：「崑崙之丘，是實惟帝之下都。」黃帝亦與崑崙山密切相關，這裡所說的帝，天帝、上帝，都是指黃帝，他是崑崙至高的天神〔註92〕，換言之，崑崙山即爲黃帝在人間的帝都，那麼，「安期於蓬萊」、「見喬山之帝像」，不啻爲東方蓬萊與西方崑崙的代表，「蓬萊山」、「喬山」也明顯對照相映，由此觀之，〈海賦〉中兩大神話系統的分立，東、西方位的均衡對稱，便深刻的、立體的展示在同一文本之中了。

可以說，「均衡對稱的神話系統」，正是木華〈海賦〉之重要意義所在，

〔註91〕 李善注：「金，西方也。」又引《河圖帝覽嬉》：「月者金之精，月有窟，故言穴。」見「文選」，頁300。

〔註92〕 詳見王孝廉：《神話與小說》（台北：時報文化、1986年），〈試論中國仙鄉傳說的一些問題〉，頁72。

值得我們注意，其所以如此，筆者認為，正是承繼了漢代班氏父子的〈覽海賦〉、〈終南山賦〉，與魏至西晉〈滄海賦〉、〈靈河賦〉、〈大河賦〉等賦作的優點，始能成為「文甚偉麗，足繼前良」，傳承不絕的互古作品。其建構方式如下：

首先，在漢代班氏父子的賦作中——〈覽海賦〉、〈終南山賦〉——已有兩大仙鄉同時出現在文本的先例，如〈覽海賦〉：「索方瀛與壺梁」、「王母處於西廂」，聚合了方瀛、壺梁的東方神話與西王母的西方神話；〈終南山賦〉：「安期饗以延年。」也讓蓬萊神話中的安期生，在位居西方的終南山出現，凡此都可見兩大仙鄉在同一文本的融合俱現。

不過，兩篇賦作雖展現了兩大仙鄉交織融合的密切關連，但主要是用來型塑縹緲的仙境與賦家遨遊的情思狀態，如〈覽海賦〉：「願結旅而自託，因離世而高遊。」對於兩大仙鄉的殊異差別與是否均衡對稱，並不在意；整體說來，兩大仙鄉的融合思想，固然存在賦家的思維中，但賦家主要是用來營造縹緲的仙境、超凡的境域，對東方蓬萊、西方崑崙所特有的地理方位、空間象徵乃至均衡對稱的神話系統，並不關注與著重，以致多所忽略。

到了〈海賦〉，木華讓兩大仙鄉、東西神話，復同時具現於文本之中，且層次井然，均衡相稱，彼此對應：

（東方蓬萊）「於廓靈海」——「扶桑之津」——「安期於蓬萊」

（西方崑崙）「長為委輸」——「金樞之穴」——「見喬山帝像」

〈海賦〉中「於廓靈海」——「扶桑之津」——「安期於蓬萊」，「長為委輸」——「金樞之穴」——「見喬山帝像」，讓原屬不同的東西方位、神話系統、地域文化，在同一文本當中充分展現，相互對稱，彼此呼應，既分立又融合，箇中原委，便在於：

木華的〈海賦〉一方面承襲漢代〈覽海賦〉、〈終南山賦〉中兩大仙鄉已然融合的特點，讓（東）蓬萊、（西）崑崙同時再現於文本，卻避免了其過於簡單的化約兩者之間的差異，所造成的扁平化之缺憾；於是，〈海賦〉進一步的取徑魏至西晉，賦家對「地理方位的認知與徵實」之優點，前已述及，〈滄海賦〉、〈靈河賦〉、〈大河賦〉等賦作，對空間方位的感知與敏銳，讓東、西神話各屬分立，不相混淆，木華即是學習了〈滄海賦〉、〈靈河賦〉、〈大河賦〉等賦作「地理方位的認知與徵實」之特點，讓東、西神話能各自有別，彼此對照，兩相對應的出現在同一篇文本當中。

　　由是言之，兩大仙鄉所特有的地理位置、空間象徵、神話系統，在〈海賦〉遂能整體的展示與充分的顯現，從而建構成一均衡的、對稱的、立體的、具有空間維度的神話系統。

肆、〈海賦〉中的永恆定義

　　自漢代以來，帝王執迷「長生不死」的迷思、抑或兩漢賦家對國朝盛世的祝禱，轉而注入理性思維，提出「唯至德之爲美」始能臻至盛世太平，國祚永恆；可以說，隨著仙境的轉換，對「永恆」的思索，也不斷賦予新的意義，到了魏至西晉，筆者發現，直接以「海」題名的賦作，慣常將「水」寓含著「道」的哲學思考，讓「永恆」的意義躍升至形上層面的論述，進而豐富了「永恆」的義界。

　　準此，本小節將以魏至西晉的海賦爲主要論述對象，如王粲〈游海賦〉、潘岳〈滄海賦〉，最後則分析木華〈海賦〉如何成爲此時期在「永恆」意義的集大成者。

　　首先，請看王粲〈游海賦〉所記載：

　　　處崵夷之正位兮，同色號于穹蒼。苞吐納之弘量，正宗廟之紀綱。

　　　總眾流而臣下，爲百谷之君王。

《老子》六十六章：「江海之所以能爲百谷王者，以其善下之，故能爲百谷王。是以『聖人』欲上民，必以言下之；欲先民，必以身後之。」〔註93〕此處「總眾流而臣下，爲百谷之君王。」即是學習「水」之謙卑低下，「吐納弘量」，擬諸君主當禮賢下士始能成就「宗廟紀綱」的美德；潘岳〈滄海賦〉則著力於「水德」：

　　　詳察浪波之來往，遍聽奔激之音響。力勢之所迴薄，潤澤之所彌廣。

　　　普天之極大，橫率土而莫兩。

大海廣納川流，虛懷若谷，其激盪奔騰的波浪，所造成的潤澤，更能廣被大地，無有遺失掛漏，潘岳在此即關注「水」能造福萬物的崇高德行，事實上，水在《老子》，恰與形上的「道」，有著彼此擬況的象徵意味，如：

　　　譬道之在天下，猶川谷之於江海。〔註94〕

〔註93〕陳鼓應註譯：《老子今註今譯》（台北：商務印書館，1995 年），頁 210。
〔註94〕詳見《老子》三十二章，陳鼓應註譯：《老子今註今譯》（台北：商務印書館，1995 年），頁 134。

以「江海」比喻形上的「道」，江海匯聚眾流，正如同「道」係天下所依歸；
而「水」更是沒有何東西所能代替的〔註95〕，凡此，誠可見「水」在老子哲
學中的重要思維。誠如葉舒憲所說：

> 除了「道」以外，老子在千姿百態的自然變化現象中惟獨鍾情於水，
> 在書中一而再、再而三地用水比喻，看來絕不是偶然的修辭學偏好。
> 〔註96〕

葉氏並以《老子》三十二章：「天地相合，以降甘露，人莫之令而自均。始制
有名，名亦既有，天將知止。知止不殆。譬道在天下，猶川谷與江海。」第
六十六章：「江海所以能爲百谷王，以其善下之，故能爲百谷王。」說明「道」
與「水」的互喻：

> 老子從泉水東注，百川匯海這一現象著眼，從水的循環運動中類比
> 出政治方面的道理，認爲百川所歸向的江海是水的統治者——百谷
> 王，其所以能爲王就在於「善下之」。這樣，善爲下者，無形之中反
> 而成了在上之王。「水」的這種「下爲上」的啓示對於老子來說具有
> 至關重要的意義。……不論是「水幾於道」，還是「譬道在天下」，
> 這兩種措辭本身都說明水與道是可以相互爲喻的。〔註97〕

由此，再對照王粲〈游海賦〉、潘岳〈滄海賦〉或從水之謙遜、或從水之德行，
都與《老子》書中的「水」論述，有著共鳴之處。

到了木華〈海賦〉，則進一步發揮〈游海賦〉、〈滄海賦〉中「水」的哲學
思維，並在「均衡對稱的神話系統」基礎上，扣問了「永恆」的深層意旨。
試看這段論述：

> 羣仙縹眇，餐玉清涯。履阜鄉之留舄，被羽翮之參纚。翔天沼，戲
> 窮溟。甄有形於無欲，永悠悠以長生。《文選》，頁305

來去縹緲，餐飲水玉的仙人，或上至天池，或嬉戲溟海，其中，「甄有形於無
欲，永悠悠以長生」，即指出了神仙與凡俗的最大差異，在於：神仙雖然有形
體卻能不受情欲之累，故能悠悠長生，長生久視；相反地，凡人正因外物牽
累，滿懷欲望，以致無法長生。乍看之下，木華此處「無欲」、「悠悠以長生」

〔註95〕《老子》七十八章：「天下莫柔弱於水，而攻堅者莫之能勝，以其無以易之。」
　　　　陳鼓應註譯：《老子今註今譯》（台北：商務印書館，1995年），頁231。
〔註96〕詳參氏著：《老子與神話》（西安：陝西人民出版社，2005年），頁89-91。
〔註97〕同上註，頁90-91。

的思維，似乎提供了一條長生不死的「永恆」路徑，然若遽以爲這就是木華
的本意，那就忽視了〈海賦〉在文末的提醒：

　　且其爲器也，包乾之奧，括坤之區。惟神是宅，亦祇是廬。何奇不
　　有？何怪不儲？芒芒積流，含形内虛。曠哉坎德，卑以自居。弘往
　　納來，以宗以都。品物類生，何有何無。

這一段原文，是整篇〈海賦〉的收尾與結束，此外，更緊扣著上文「甄有形
於無欲，永悠悠以長生」的段落，也就是說，木華在言及神仙與凡俗的殊異
之後，馬上討論水之爲器，包羅萬物的特性，以之作爲論述重點與文末警語，
對於上述凡人是否眞能藉由「無欲」而「悠悠長生」，並不關注，所謂「且其
爲器也」，語氣的轉折與文意的轉換，可見一斑。換言之，〈海賦〉並不著意
於人如何能長生、如何能不死的議題，反倒是從「水」的形上思考、哲學思
維，說明其眞正的「永恆」旨意。

　　於是，含形内虛，謙卑虛懷的大海，廣納了「何奇不有、何怪不儲」的
萬物；「水」，更是「羣物以生，品物以正」的依據、「有形之類，莫尊於水」
〔註98〕的至高典範；前已述及，《老子》云：「譬道之在天下，猶川谷之於江
海。」以「江海」比喻形上的「道」，「水」與「道」互爲依存，「水」實具有
形上的「道」的意義，故《老子》第八章即云：「上善若水。水善利萬物而不
爭，處眾人之所惡，故幾於『道』。」〔註99〕論者以爲：

　　水在此被定義爲上善，被說成近似於道。像水一樣的道，無所作
　　爲而任其自然，像象水流成的小溪那樣永無盡頭，無論是被一條
　　通道所引導的河道還是所有水道莫不如是，這一原則孕含了極大
　　的生命活力。總之，在先秦思想家那裡，他們往往是從水中體察
　　到某種思想觀念，水成了他們獲取智慧的一個源泉，而不是相反，
　　把已形成了的思想觀念賦予水，把水作爲表達其哲學概念的象徵
　　符號。〔註100〕

也因此，〈海賦〉中所反映的「水德」、「坎德」〔註101〕，乃含納眾品，恆常貞

〔註98〕詳見李善注引《韓詩外傳》、《淮南子》、《文選》，頁305。
〔註99〕陳鼓應註譯：《老子今註今譯》（台北：商務印書館，1995年），頁66。
〔註100〕參見〔美〕艾蘭著、楊民譯：《早期中國歷史、思想與文化》（瀋陽：遼寧教
　　　　育出版社，1999年），〈中國早期哲學思想中的水〉，頁316。
〔註101〕〈海賦〉：「曠哉坎德，卑以自居。」《文選》，頁305。《周易》：「坎爲水。」
　　　　又《易·說卦傳》：「坎卦，萬物之所歸也。」

定的「水德」，更是「道」的最佳體現，如此一來，其所謂的「永恆」並不指涉「悠悠長生」的個人年壽之長短，反而是側重「水」即「道」的化身，至此已昭然可揭；是故，〈海賦〉對於「永恆」的思考，便是將「水德」與哲學概念的「道」作一連結，提示了我們必須學習含形內虛、謙卑虛懷之「水德」，始能臻至無法捉摸、難以探究的形上之「道」，而這樣的見解，遂進一步的深化了自漢代以來，賦家對於「永恆」議題的論述。

第四節　東晉：境內名山與神聖輿圖

如果說，魏至西晉的「河」、「海」賦，可以見出當時特有的神話思維；那麼，東晉時期，辭賦中的「神話」境界，就必須從「山」賦，進行研探。

故此，在本節中，我們將把焦點放在東晉的「山賦」觀察賦家在遊觀境內名山所引發的種種文化意涵，諸如：南方山嶽如何提供賦家神思馳騁的場域？其中游觀姿態的種類與態勢怎樣呈現？境內名山的大量出現是否前有所本，若有，其複製的原型又為何？而東晉道教的流傳與境內山嶽的興起是否有所關聯？地理空間、宗教神話、神聖輿圖、道釋思想，在東晉山賦反映了何許的對話關係與文化涵義？思索這種種問題的同時，我們發現，孫綽〈天台山賦〉適足以提供我們解答的契機，精讀文本，或能具體而微的回應上述的提問。

首先，據〈天台山賦‧序〉〔註102〕所言，可以提供我們幾個思考的角度：

> 天台山者，蓋山嶽之神秀者也。涉海則有方丈蓬萊，登陸則有四明天台。皆玄聖之所遊化，靈仙之所窟宅。夫其峻極之狀，嘉祥之美，窮山海之瑰富，盡人神之壯麗矣。所以不列於五嶽，闕載於常典者，豈不以所立冥奧，其路幽迥。或倒景於重溟，或匿峰於千嶺。始經魑魅之塗，卒踐無人之境。舉世罕能登陟，王者莫由禋祀。故事絕於常篇，名標於奇紀。然圖像之興，豈虛也哉！非夫遺世翫道，絕粒茹芝者，烏能輕舉而宅之？非夫遠寄冥搜，篤信通神者，何肯遙想而存之？余所以馳神運思，晝詠宵興，俛仰之間，若已再升者也。
> 方解纓絡，永託茲嶺。不任吟想之至，聊奮藻以散懷。

第一，天台山的地理位置，具有面海環山的地勢：「涉海則有方丈蓬萊，

登陸則有四明天台。」

　　第二，天台山是「山嶽之神秀者也」，理應備受青睞與觀注，然卻「不列
於五嶽，闕載於常典者」，較諸泰山、華山、衡山、常山、嵩山等五嶽，天台
山並不廁列常典經傳之中，更因其「所立冥奧，其路幽迴」，罕有人煙到達，
為世人所遺忘，即便是統治江山，神授君權的君王，也莫能在此詔告天下，
禋祀神祇先祖。

　　第三，那麼，具備怎樣的條件才能觀覽、遊歷、飛升天台山呢？從「非
夫遺世翫道，絕粒茹芝者，烏能輕舉而宅之？」「非夫遠寄冥搜，篤信通神者，
何肯遙想而存之？」這兩段話來看，孫綽顯然認為：遺世獨立，超脫凡俗的
體道仙人，始能輕舉遠遊，久駐天台山，也說明了唯有通神感化，篤信善道
的人，才願意寄情遐遠，心存山壑。

　　第四，孫綽撰寫〈天台山賦〉雖是有感於「圖像之興」，方始神思奔放，
捯筆為文，不過，根據賦予所言：「余所以馳神運思，晝詠宵興，俛仰之間，
若已再升者也。」〔註103〕從「再升」一句，可以知道孫綽早先曾有實際遊覽
天台山的經驗，也因此，在觀賞「圖像之興」後，深受圖象藝術的魅力之感
召啟發，再度以「神遊」的方式，「馳神運思」，揮翰墨以奮藻，完成此賦。

　　綜合以上四點來看，我們可以提舉出幾個比較重要的議題：首先，「天台
山」作為境內名山，如何呈顯出其神聖特質？又如何能與五嶽相提並論？而
重視名山的觀念又反映了怎樣的思維？再次，〈天台山〉係一座擁有道、佛宗
教滲透融會的文化地景，將如何看待其中涵藏的思想義理？最後，將〈遊天
台山賦〉放諸歷史軌跡下，探究其出現的文化意義與其中透示出來的「永恆」
圖景。

　　故而，底下將以〈天台山賦〉為討論中心，輔之以其他山賦進行解析，
並扣緊本論文的宗旨──神話與永恆──為主脈，既著重「境」的討論，也
觀察賦家在東晉時期對「永恆」的定義，擬從「江南勝景與山嶽崇拜」、「境
內名山與神聖輿圖」、「宗教文化與永恒思想」，三個論點進行梳理。

壹、江南勝景與山嶽崇拜

　　東晉國祚，從公元 317 年至公元 419 年，歷時約一世紀。由於流寓江左
的特殊背景，使得文人可以大規模的接觸到江南的境內名山，特別是在東晉

〔註103〕《文選》，頁 270。

中後期，大量出現與山嶽相關的作品，如孫綽〈遊天台山賦〉、湛方生〈廬山神仙詩序〉、劉程之〈廬山精舍誓文〉、支曇諦〈廬山賦〉、謝靈運〈羅浮山賦〉，可以說，偏安江南的士族此時已逐漸走向南方山水，開發新的名山勝京，探訪自然景觀。〔註104〕

在這樣的文化背景之下，人們寓目泉林，到自然界的佳山秀水中頤養情性，滌淨心靈，特別是，當時酷遊山水的文人雅士，大都有與名僧交相往遊的經歷，以孫綽來說，孫綽與當時方外之士支遁互有往來，孫綽在〈道賢論〉即將支遁比擬為向秀〔註105〕，此外，如于道邃、支道林、釋道安、竺法朗、釋慧遠等，或「性好山泉，多處巖壑」、「性好山澤」，文人與佛徒的交往共遊也蔚然成風。〔註106〕

一方面來說，佛徒、名僧、文人的相會，是一種特殊的文化現象，在〈天台山賦〉中深刻的反映了當時宗教交融的現象（詳見下文）：二方面來說，「江南勝景」，特別是縹緲塵，雋秀壯麗之山嶽，尤其引人欣然神往，肆意遨遊，也因此，「江南勝景」促進了文人登臨名山的活動。在這樣的文化背景之下，孫綽撰寫〈遊天台山賦〉之緣由，便其來有自。

然而，文人撰寫「山賦」的風氣，除了「江南勝景」之外，有沒有更根源性的深層解釋？換言之，〈天台山賦〉的創作還具有怎樣的意義存在？我們認為，植基於先民的「山嶽崇拜」之意識，也是〈天台山賦〉所以存在的理由，這可從〈賦序〉進行解讀：

> 天台山者，蓋山嶽之神秀者也。涉海則有方丈蓬萊，登陸則有四明
> 天台。皆玄聖之所遊化，靈仙之所窟宅。夫其峻極之狀，嘉祥之美，
> 窮山海之壤富，盡人神之壯麗矣。所以不列於五嶽，闕載於常典者，
> 豈不以所立冥奧，其路幽迥。

孫綽在賦序，先是介紹了天台山的地理位置，具有面海環山的地勢：「涉海則有方丈蓬萊，登陸則有四明天台。」其領域更廣及餘姚、堇、句章、剡、始寧五個縣區，如〔美〕康達維（David R. Knechtges）所分析：

〔註104〕有關東晉時期「山賦」與「江海賦」題材轉換的文學史意義之分析，可以參照本論文〈空間與權力〉章。

〔註105〕《世說新語・文學》注：「道賢論以七沙門比竹林七賢，遁比向秀，雅尚莊老，二子異時，風尚玄同矣。」詳見徐震堮：《世說新語校箋》（北京：中華書局出版，2001年），頁121。

〔註106〕此段參考梅新林、俞樟華主編：《中國遊記文學史》，頁34-35。

由孫綽所寫的這首史詩，敘述了神遊浙東的天台山。這座山的範圍
廣及餘姚、董句、章、剡、始寧五個縣區，已經變成一個重要而秀
麗的地區而引起了注意，同時也是佛道教徒的中心。孫綽的賦是最
早描寫這些山岳而為人所知的。〔註107〕

然而，天台山既是「山嶽之神秀者也」，卻「不列於五嶽，闕載於常典者」，
較諸泰山、華山、衡山、恆山、嵩山等五嶽，天台山並不廁列常典經傳之中，
更因其「所立冥奧，其路幽迥」，罕有人煙到達。儘管如此，我們卻可以由賦
予發覺，在孫綽心中，「天台山」是和「五嶽」相提並論的，換言之，天台山
作為境內山嶽，即便尚未成為真正的「名山勝景」，供人吟詠，卻能透過孫綽
的描繪與重視，益加顯發其獨特之處〔註108〕。更重要的是，從孫綽所列舉五
嶽、天台山等境內名山來看，不免透露出其「山嶽崇拜」之意識，關於「山
嶽崇拜」之傳統文化，學者曾以典籍記載為例，說明中國古代「山嶽崇拜」
的現象：

《山海經‧海內經》內有九丘，九丘的意義同於「九州」，或曰「九
山」。《史記‧五帝本紀》、《墨子》中有「古之民未知為宮室，時就陵
阜而居」的記載，《孟子》也有「是在故得乎丘民而為天子」的話。
全可以說明中國古代有一個時期是居山的了。《尚書‧盤庚》中的「古
我先王適於山」；《淮南子、齊俗》的「禹令民聚土積薪，擇丘陵而處
之」等記載，都說明中國古代文化與山岳丘陵有著極為密切的關係。
正因為如此，崇山自然成為中國古代文化的一個重要特點。〔註109〕

論者又指出：

〔註107〕原文如下：「THIS RHAPOSDY by Sun Chuo (zi Xinggong) portrays a mystical
journey to the Celestial Terrace Mountains (Tiantai 天台) of eastern Zhejiang. The
mountain range extended through five prefectures of Guiji commandery: Yuyao 餘
姚,Yin 董, Juzhang 句章, Shan, and Shining 始寧. The area had just become an
important secnic attraction as well as a Buddhist and Taoist center. Sun Chuo's fu
is the earliest known tribute to these mountains.」詳見 XIAO TONG:《Wen xuan》
Translated, with Annotations and Introduction by DAVID R. KENCHTGES,
(Princeton Library of Asian Translations: Princeton University Press, 1987 年),
pp243。
〔註108〕事實上，「天台山」在《山海經‧大荒南經》中即有相關記載：「大荒之中，
有山名天台。」可見「天台山」有其歷史脈絡可循。
〔註109〕先巴：《崑崙文化與道教神仙信仰略論》，《青海民族學院學報》，2006 年 9 月，
頁 45-46。

由於「山岳」是神靈的住所、天地的支維，因此中國自古以來，就
有天子巡狩、封禪或者祭祀境內名山的國家祭典。……從某一個角
度而言，「天子」秉天命而起，其地位正處於「群神」與「百姓」之
間，「封禪」或「祭山」等重大的祭典，或者可以視爲是「人」與「神」
的溝通，而天人溝通的舞台，即在「山岳」之上。〔註110〕

「山岳」祭祀正是國家政權的合法宣示，也由此，而積澱了先民「視山岳爲
崇高神聖之地的傳統觀念」，而這也就可謂之爲「山嶽崇拜」的觀念，基於這
樣的思維，孫綽在〈天台山賦〉中即把境內的「天台山」，當作「宇宙中心軸」
來看待，益加提升了天台山的地位：

> 惠風佇芳於陽林，醴泉涌溜於陰渠。建木滅景於千尋，琪樹璀璨而
> 垂珠。(《文選》，頁273)

《史記》曰：「崑崙山上有醴泉。」《山海經》曰：「神人之丘，有建木，百仞無
枝。又曰：崑崙之墟，北有珠樹、文玉樹、玗琪樹。」根據賦中引述崑崙山的
「醴泉」、「琪樹」，我們發現，孫綽顯然將天台山與崑崙山並比合觀，另如：

> 把以玄玉之膏，嗽以華池之泉。(《文選》，頁274)

《山海經》曰：「密山是生玄玉，玉膏之所出。」《史記》曰：「崑崙其上有華
池。」再次把「崑崙山」與「天台山」疊合並置，也就是認爲浙江天台山正
是神話崑崙山的一種「複本」，這種現象，楊玉成曾分析論道：

> 當時人們（按：指東晉）似乎將許多名山大川都視爲崑崙山的顯影
> 複現，並且在其中發現與崑崙山相似的地理特徵。……實際上崑崙
> 山只存在於想像之中，本身是「空無」，而其「化跡」卻遍佈天下。……
> 「本」實際上就是無，一切現象存在都只是「跡」，都是某種複本，
> 或者反過來說，眞正的本源並不存在（空無），因此一切的複本都
> 是原本。……世界中心無限衍異，因此處處都是中心。所有的中國
> 山川因此是重重疊疊的影跡，但是每一處山水都是一個新的中心。
> 〔註111〕

〔註110〕詳參林佳蓉：〈從宗教名山的形成看佛道交融的契機──以唐代天台山佛道二
教的發展爲例〉，《成大宗教與文化學報》第2期，2002年12月，頁148-149。

〔註111〕詳見氏著：《陶淵明文學研究──語言與民間禮儀的綜合分析》(台北：國立
政治大學博士論文，1993年)，頁75。楊玉成先生主要是從陶詩與東晉詩文
作爲例證，說明崑崙山成爲東晉山水的原型模本，這給予本文所討論的〈遊
天台山賦〉很大的啓發。

如此說來，南方的天台山，表面看來是一種複本，但究其原委，也能夠作為
一種「原本」而存在，故此，再回過頭看〈天台山賦〉中所謂的：

建木滅景於千尋。《文選》，頁 273。

李善注引《淮南子》曰：「建木在廣都，眾帝所自上下。日中無景，呼而無響，
蓋天地之中也。」〔註112〕「建木」，為「天地之中」，即是「天、地、地下三
界交會處」〔註113〕，可以說，「建木」是一處位居天地之中的中心，孫綽便是
將「天台山」與位居中心的「建木」相提並論〔註114〕；加上前已述及的，孫
綽又將「天台山」與同樣是宇宙中心軸的「崑崙山」〔註115〕類比等同，如此
說來，「天台山」、「建木」、「崑崙山」因同樣具有「宇宙中心軸」的象徵，而
互為疊合映照，成為一種不斷出現的「複本」之影迹在文本中閃現，同時，
也可以視作一種特殊的「山岳崇拜」之文化意識。

綜合上述，「江南勝景」開啓了賦家對「山賦」的撰寫吟詠，而植基於「山
嶽崇拜」的思維，則讓天台山成了賦家心中，可堪與五嶽、崑崙山並列的名
山勝境和宇宙中心。

貳、境內名山與神聖輿圖

如上述所，天台山作為境內名山，是一種宇宙中心軸的象徵，其與先民

〔註112〕《文選》，頁 273。

〔註113〕引號內文字見耶律亞德（Mircea Eliade）著，楊儒賓譯：《宇宙與歷史──永
恆回歸的神話》（台北：聯經，2000 年），頁 11。耶律亞德並（Mircea Eliade）
認為「中心」的象徵有下列幾項：1、聖山──天地交會之處──位於世界中
心。2、所有的寺廟與宮殿──擴而充之，所有的聖殿與王居──皆是聖山，
因此也都是中心。3、聖城、寺廟等乃是宇宙之軸，為天、地、地下三界交會
之點。見該書，頁 9。

〔註114〕建木在崑崙山上，位於天地正中軸上。而崑崙山據張華說：「其山中應於天，
最居中。」所以建木、崑崙所在的黃都──即「都廣」，當然也是天地之正中。
詳見何新：《諸神的起源──中國遠古神話與歷史》（台北：木鐸出版社，1987
年），頁 108。

〔註115〕有關「崑崙山」成為宇宙中心軸的象徵，湯惠生認為係與「薩滿教」的原始
信仰有關，據其研究指出：「我國古代文獻如《山海經》、《淮南子》以及甲骨
文中的記載。《山海經》中宇宙樹的名稱繁多，諸如建木、扶桑、大木、尋木、
珠樹、扶木、青木、若木、等等。」又云：「在薩滿宇宙觀中，聯繫天地的『宇
宙中心』的最重要的意象是山。這在薩滿教中被稱為『宇宙山』或『世界山』。」
也因此，湯先生云：「崑崙山是中國最主要的薩滿教宇宙山，因而，應從薩滿
教的角度去理解崑崙山神話。」詳見湯惠生〈神話中之崑崙之考述──崑崙
山神話與薩滿宇宙觀〉，《中國社會科學》，1996 年第 5 期，頁 171-185。

「山嶽崇拜」的潛意識有直接的關聯，然東晉時期，道教義理的傳播與建構已有豐碩的成果，例如神仙三品說、洞天福地的理論，都是道教義理中極為重要的觀念，細讀〈天台山賦〉，我們發現，天台山成為一「境內名山」，除了反映「山嶽崇拜」的觀念，更受到當時興盛的道教理論所影響，從而創作出屬於時代風氣下的特殊產物，故此，底下分從道教理論系統中的「地仙」與「洞天福地」兩個角度進行討論，以前者來說明，天台山如何成為世俗空間轉化神聖空間的中介場域；以後者來探討，天台山如何從江南的地理景觀，成為道教洞天福地中的神聖輿圖。

一、天台山：世俗空間轉化神聖空間的中介場域

葛洪《抱朴子‧論仙》引《仙經》，根據成仙的方式而論仙人的等級，分為三等：「上士舉形昇虛，謂之天仙。中士游於名山，謂之地仙。下士先死後蛻，謂之尸解仙。」〔註116〕《抱朴子‧金丹》又云：「上士得道，昇為天官；中士得道，棲集崑崙；下士得道，長生世間。」〔註117〕

綜合說來，成仙的方式以及等第，可分成天仙、地仙、尸解仙三種；其中，「地仙」即與名山息息相關，所謂「游於名山」、「棲集崑崙」點出了地仙和境內名山、西方崑崙的緊密聯繫，根據李豐楙先生的研究，「地仙」的定義為：

> 地仙為學道成仙者的最大願望，因為天仙一旦羽化成仙後就只能翱翔於雲霧飄渺的雲天之中，地仙則仍可自由往來於人間，葛洪在〈抱朴子〉與〈神仙傳〉中再三強調，地仙是「羣仙不欲升天者」，不急於升天，卻可任意停留世間，遨遊名山，遊戲人間，等到需要升天時再往上飛升。〔註118〕

此外，針對「名山說與地仙」的關係，李豐楙先生指出：

> 中品仙所棲集嬉遊的名山，其原始型態應該是指崑崙山，西方系的崑崙神話較為原始，與現存有關崑崙神話較為豐富有關，而所表現出來的特質更具有仙山的因素：崑崙為北方大地的中央大山，上應於天的中央（北極）；崑崙又為天地未分、創造力豐富的象徵，因此

〔註116〕詳參陳飛龍：《抱朴子內篇今註今譯》（台北：商務印書館，2000年），頁61。
〔註117〕詳參陳飛龍：《抱朴子內篇今註今譯》（台北：商務印書館，2000年），頁142。
〔註118〕詳見氏著：《探求不死》（台北：久大文化股份有限公司，1987年），〈道教信仰的介紹與分析〉，頁74。

也較具有仙境的條件。

又云：

> 許謐所錄的清靈真人誥示，也說得道之人「有不樂上升仙而長在五
> 嶽名山者，乃亦不可稱數；或爲仙官，使掌名山者，亦復有數千。」
> 肥遯山林、長在名山的地仙最能得遊仙之樂，是將魏晉時期的隱逸
> 思想極端美化，並融入仙道思想中。因此造就了中國人心目中理想
> 的神仙生活：遊戲人間，逍遙自在，或棲名山、或升太清。〔註119〕

由此觀之，有幾個重點需先說明：其一，「崑崙山」是早期地仙思想的原始型
態〔註120〕，之後才逐漸移轉至境內名山；其二，地仙思想的出現與魏晉隱逸
思想、仙道思想有很大的內在聯繫。藉由這兩個觀察角度，我們可以看看〈天
台山賦〉有怎樣的呈現。首先先探討前者，亦即，「名山」與「地仙」的關聯。

（一）「名山」與「地仙」

早期的「地仙」升天之處，爲西方的崑崙山，在〈天台山賦〉中，可以
看到地仙的活動範圍正逐漸走向境內的名山勝景：

> 覿靈驗而遂徂，忽乎吾之將行。仍羽人於丹丘，尋不死之福庭。苟
> 台嶺之可攀，亦何羨於層城？釋域中之常戀，暢超然之高情。（頁
> 271）

《山海經》記載羽人之國有不死之民，賦中又以神話作爲敘述重點，更直言
若能攀爬天台山，何須遠求「層城」〔註121〕，羽人之國、不死之民與層城，
與西方崑崙山有著同源的神話色彩，賦中屢屢將天台山與崑崙山合觀，早已
不言而喻，如前節所述，天台山正是崑崙山的複本，此處更須注意的是，早
期「地仙」的活動範圍主要是在迢遠的崑崙山，到了東晉，焦點已放諸中國
境內，地理興圖上的名山勝境，可以說，境內名山的開發與想像，儼然成了
地仙「上下求索」，逍遙來去的活動範圍，換言之，見於地理興圖的名山勝景，
都有可能是「地仙」逍遙翱躚，來去自如的場景，揆諸〈天台山賦〉，毋寧就

〔註119〕詳見氏著：《誤入與謫降：六朝隋唐道教文學論集》（台北：學生書局，1996
年），〈神仙三品說的原始及其演變〉，頁67、75。
〔註120〕李豐楙先生：「地仙所要昇虛、棲集的名山，爲人間嚮往的仙境，……隨著不
同的時代環境、經濟生活，就會產生不同色彩的仙山、仙鄉。其原始爲崑崙
山，爲豐盈、完美而尚未被塵世污染的象徵。」詳見《探求不死》（台北：久
大文化股份有限公司，1987年），〈道教信仰的介紹與分析〉，頁74、75。
〔註121〕《淮南子》：「掘崑崙墟以下，地中有層城九重是也。」

是一個典型：

　　嗟台嶽之所奇特，寔神明之所扶持。（《文選》，頁270）

天台山嶽，之所以能夠挺拔高聳，具有奇特穎出的靈氣氛圍，寔是神靈仙人的護持鎮守，方能如此，這樣的思維其實反映了「地仙」為人間山嶽的掌管與統治者之說法〔註122〕，此外，葛洪《抱朴子・仙藥》：「山無大小，皆有鬼神。」〔註123〕可見每座山岳都有著神靈的護守，那麼，再根據賦序所言，更能看出天台山是「地仙」的活動域所：

　　非夫遺世翫道，絕粒茹芝者，烏能輕舉而宅之？（《文選》，頁270）

《列仙傳》：「赤松子好食松實，絕穀。」賦中顯然認為，只有如赤松子等遺世獨立，超脫凡俗的體道仙人，始能輕舉遠遊，久駐天台山，「宅之」一詞，生動而鮮明的點出了「地仙」逍遙人間，久佇「名山」。

　　如此說來，早期視「崑崙山」為地仙活動的原始型態，於此已逐漸移轉至中國境內的名山勝景，天台山成為「地仙」聚集棲息的升天門徑，經由〈天台山賦〉便可以具體而微的窺知其梗概了。

　　也因此，天台山成了道教教義中「地仙」修鍊、活動的神聖地景，同時也提供欲晉身仙班之列的凡人，一個具體方法：

　　被毛褐之森森，振金策之鈴鈴。披荒榛之蒙蘢，陟峭崿之崢嶸。濟
　　楢溪而直進，落五界而迅征。跨穹隆之懸蹬，臨萬丈之絕冥。踐莓
　　苔之滑石，搏壁立之翠屏。攬樛木之長蘿，援葛藟之飛莖。雖一冒
　　於垂堂，乃永存乎長生。（《文選》，頁271-272）

天台山係「地仙」棲息之處所，毛褐、荒榛、峭崿、穹隆、萬丈、莓苔、壁立、樛木、葛藟均用來形容山勢，然而此處值得注意的是，「乃永存乎長生」，直接點明了「名山」與「成仙」、「長生不死」之間的關聯，葛洪《仙經》記載「天台山」為一處適宜修道合丹的名山，換言之，凡人若能在境內名山「天台山」虔心修鍊，並且「絕粒茹芝」、「遺世翫道」，有朝一日便能「永存長生」。

　　事實上，「仙」字從人從山，即透示了「仙」與「山」淵源的密切，孫昌

〔註122〕李豐楙先生：「地仙說，則普遍化為中國人『有仙則靈』的觀念，將天下名山由一神秘的仙真來掌管。因此在山川靈秀的美景之外，這種神仙棲集及治洞天的說法，已賦予山川以一種宗教的神秘。」見李豐楙先生前揭書，〈神仙三品說的原始及其演變〉，頁66。

〔註123〕詳參陳飛龍：《抱朴子內篇今註今譯》（台北：商務印書館，2000年），頁436。

武云：

> 劉熙《釋名》：「老而不死曰仙。仙，遷也，遷入山也。故其制字，
> 人旁入山也。」這個從人從山的「仙」字，意味著仙人與山岳有關，
> 顯然和後來的所謂「地仙」觀念相關聯。〔註124〕

「僊」的本意原是遷入山中，爲何成仙要入山，這可能源於遠古人類對自然
山岳的崇拜觀念。山是一道天梯，與天最接近，要登天或與天溝通，山自是
必然的途徑，另外中國神人亦常居於山中修鍊〔註125〕。

　　也因此，東晉「名山」活躍，時人大多認爲「名山」與「神仙」、「成仙」
具有深刻的聯繫，除了天台山之外，湛方生的〈廬山神仙詩序〉亦云：

> 潯陽有廬山者，盤基彭蠡之西。其崇標峻極，辰光隔輝，幽澗澄深，
> 積清百仞。若乃絕阻重險，非人跡之所遊。窈窕沖深，常含霞而貯
> 氣，眞可謂神明之區域，列眞之苑囿矣。〔註126〕

潯陽廬山，山勢險峻，標拔百仞，林泉冷冽，不但是「神明之區域」，更有列
僊團簇叢集，由此，「名山」與「神仙」相互牽連的宗教文化，可見一斑；再
如晉宋謝靈運的《遊名山志》也有相同表述：

> 縉雲山孤石干雲，可高三百丈。黃帝煉丹於此。〔註127〕

可以說，「名山」與「成仙」的信仰是當時宗教文化中的重要環節，庾闡〈山
贊〉：

> 懸巖沓嶪，神明攸居。官府風雲，懷吐川渠。崑閬天竦，五岳雲停。
> 飛峰紫蔚，辰秀太清。〔註128〕

將高聳挺拔的山岳，等同於「太清」幻境，再度顯露了「名山」與「求仙」
的深刻關聯，也因此，入山修鍊，體道悟玄、待修成正果，凡人便能與「地

〔註124〕詳見氏著：《詩苑仙蹤──詩歌與神仙信仰》（天津：南開大學出版社，2005
　　　　年），〈神仙幻想、神仙信仰、神仙術〉，頁2。

〔註125〕參考鄭振偉：《意識・神話・詩學──文本批評的尋索》（北京：中國社會科
　　　　學出版社，2005年），頁124-125。

〔註126〕湛方生〈廬山神仙詩序〉，嚴可均校輯：《全上古三代秦漢三國六朝文》（中文
　　　　出版社，未注出版年月），頁2270。

〔註127〕顧紹柏引《處州・縉雲縣》云：「縉雲山，《名山記》云：『孤石干雲，可高三
　　　　百丈。黃帝煉丹於此。』」詳見氏著：《謝靈運集校注》（台北：里仁書局，2004
　　　　年），頁403-404。

〔註128〕見〔清〕嚴可均校輯：《全上古三代秦漢三國六朝文》（中文出版社，未注出
　　　　版年月），頁1682。

仙」一樣長生不死，並且「遊戲人間，逍遙自在，或棲名山、或升太清」，一條「長生久視」之道，便清晰的展布於前了。

準此，境內的天台山，不但是「地仙」逍遙輕舉，遊戲人間的山水地理，更是一處凡人可以經由修鍊護身，超脫塵俗，臻至「長生久視」、「永存長生」的特殊場域，自然不同於流俗的地理景觀，而具有神聖空間的意涵，賦文即云：

> 邈彼絕域，幽邃窈窕。近智以守見而不之，之者以路絕而莫曉。(《文選》，頁271)

「邈彼絕域，幽邃窈窕」，說明了天台山係一般小智的凡人難以企及的神聖空間，以賦序觀之：「豈不以所立冥奧，其路幽迴」、「卒踐無人之境」，亦不斷強調天台山絕非常人所能輕易到達，故「舉世罕能登陟」，事實上，名山的難以企及，也見諸其他山嶽，如湛方生的〈廬山神仙詩序〉：

> 潯陽有廬山者，盤基彭蠡之西。其崇標峻極，辰光隔輝，幽澗澄深，積清百仞。若乃絕阻重險，非人跡之所遊。[註129]

「絕阻重險，非人跡之所遊」的廬山，與「其路幽迴」、「卒踐無人之境」的天台山，都是「舉世罕能登陟」的山嶽；那麼，這是否和上述提及，凡人可憑藉著深入「名山」虔心修鍊，終能「成仙」、「長生不死」的說法，有所矛盾？筆者認為，這其實反映了人間與仙境既相近又隔離的特點，誠如論者所云：

> 仙境與人境既相隔又相通，這正是神仙世界營造者的苦心所在。相隔是為了增加仙境的神秘氣氛，相通則是為了吸引人們的熱切嚮往。……神仙世界正因為與世相隔，人跡難至，才激發起人們對它永不破滅的美好幻想；也正因為與世相通，人跡可達，人們才會從幻想中激起永不衰滅的追求熱情。[註130]

此說確然。「天台山」因其「邈彼絕域，幽邃窈窕」、「其路幽迴」、「舉世罕能登陟」，人跡難至，所以增添了幾分的神秘感；然又因座落人境，與人間相通無隔，人們可以在名山之內，養生修鍊，其實廁身仙班之願；就此而言，「天台山」一方面「邈彼絕域，幽邃窈窕」，保有神靈奧秘，令人難以企及，一方

[註129] 湛方生〈廬山神仙詩序〉，頁2270。
[註130] 詳見汪涌豪、俞灝敏：《中國遊仙文化》(上海：復旦大學，2005年)，頁74、75。

面又位居人間的名山，與人間相近，給予人們想像的空間，可以說，普世／
神秘、人間／仙境、凡俗／神聖等二元對立，讓天台山成了一座中介的場域，
換言之，凡人也唯有通過「天台山」這道關卡視閾，並在此「絕粒茹芝」、「遺
世齗道」，方能超凡入聖，達到「長生久視」、「永存長生」之道，最後成為「或
棲名山、或升太清」，名副其實的「地仙」。

　　由此觀之，座落境內的「天台山」，正係一世俗空間轉化神聖空間的中介
場域，為凡人開顯了一條如何憑資「名山」，走向「長生不死」的「成仙」之
路。

　　（二）隱逸思想與仙道思想

　　此外，「地仙思想」的出現與魏晉隱逸思想、仙道思想有很大的內在聯繫，
「地仙」理論的發展與魏晉隱逸思想實有著相互影響的痕跡，那麼，〈天台山
賦〉是否也含有這樣的對話關係呢？換言之，「隱逸思想」與「仙道思想」，
是否一體兩面的顯現在同一文本之中？請試看：

> 恣心目之寥朗，任緩步之從容。藉萋萋之纖草，蔭落落之長松。睹
> 翔鸞之裔裔，聽鳴鳳之嗈嗈。過靈溪而一濯，疏煩想於心胸。蕩遺
> 塵於旋流，發五蓋之遊蒙。（《文選》，頁272）

天台山的環境秀美，不但讓人神思嚮往，更能「恣心目之寥朗」、「疏煩想於
心胸」，一幅栩栩如生的山居隱逸之藍圖，鮮明活現，諸如此類的隱逸情調，
尚有：

> 於是遊覽既周，體靜心閑。害馬已去，世事都捐。投刃皆虛，目牛
> 無全。凝思幽巖，朗詠長川。（《文選》，頁273-274）

體靜心閑，委運任化，捐棄凡塵俗世，超脫世網羈絆，靜巖長川的山水美景，
和沖和平淡的隱逸思想，於此混融為一，再回過頭看賦序所言：「方解纓絡，永
託茲嶺。」明確的表示了欲棄絕紅塵，擺脫羅網，託身天台山嶺的隱逸思維。

　　於是，綜合上述，「崑崙山」是早期地仙思想的原始型態，而作為宇宙中
心的「天台山」，正是崑崙山的複本，因之，原先作為「地仙」上天下凡的主
要場景──崑崙山──在東晉便轉而為境內的名山──天台山──所取代，
也因此，「天台山」此時成了「地仙」或棲名山、或升太清的活動範圍；此外，
根據賦文所述，凡人若能在境內名山虔心修鍊，修成正果，最後也就能長生
不死，晉身仙班之列，成為名副其實的「地仙」，至此，「天台山」成了一處
普世／神秘、人間／仙境、凡俗／神聖等二元對立的游移地帶，也是一「世

俗空間」轉化成「神聖空間」的中介場域;再次,「地仙」的發展原與魏晉隱
逸思想關係密切,從〈天台山賦〉中「乃永存乎長生」的仙道思想與「方解
纓絡,永託茲嶺」的隱逸思維兩相結合來看,即可得證。

二、地理景觀到神聖輿圖

天台山作爲境內名山,「名山」與「地仙」的聯繫、「隱逸思想」與「仙
道思想」的結合,可見上節所討論,接下來,我們將分析〈天台山賦〉中如
何從「境內名山」的地理景觀,成爲道教洞天福地說的「神聖輿圖」。

賦中的這段描述,可以略窺端倪:

> 理無隱而不彰,啓二奇以示兆。赤城霞起而建標,瀑布飛流以界道。

(《文選》,頁 271)

如上節所述,天台山雖座落中國境內,然賦中卻屢屢言及其「邈彼絕域,幽
邃窈窕」的神秘氛圍,似乎有意隔絕凡俗、「近智」者的侵入,讓有意成仙者,
能保有對仙境的憧憬與夢想,因之,賦中便認爲,只有「遺世翫道,絕粒茹
芝」、「遠寄冥搜,篤信通神」等遺世獨立,超脫凡俗的體道仙人,始能輕舉
遠遊,久駐天台山;不過,天台山雖窈窕縹緲,卻並非「理隱」而「不彰」,
事實上,可以透過「二奇」來顯示天台山神秘的兆象,所謂「二奇」,也就是
「赤城霞起而建標,瀑布飛流以界道。」

李善注引〈天台山圖〉曰:「赤城山,天台之南門也。瀑布山,天台之西
南峯。⋯⋯建標立物,以爲之表識也。」〔註131〕換言之,「赤城山」、「瀑布山」
分別在天台山之南門與西南,這兩座山各以「狀似雲霞」、「飛流暴布」的景
象,導引人們如何辨識天台山的正確方位與神秘兆象,由此,天台山並非「隱
而不彰」,透過「赤城山」、「瀑布山」的導引與標識,即可以明確的被「示兆」
出來。

以此,凡人要從「世俗空間」進入「神聖空間」的天台山,必先通過「赤
城山」,支遁〈天台山銘序〉即說:「往天台,當由赤城山爲道經。」〔註132〕
事實上,「赤城山」不但是通往天台山的門徑,同時也是道教「洞天福地說」
〔註133〕的產物,鄭石平先生研究「赤城山」與「天台山」的關係論道:

〔註131〕詳見《文選》,頁 271。

〔註132〕引自〔清〕嚴可均校輯:《全上古三代秦漢三國六朝文》(中文出版社,未注
　　　　出版年月),頁 2371。

〔註133〕李豐楙先生:「『洞天』,自是形象化表現了『洞穴中別有天地』的概念,而『福

　　　　道教的第六大洞天赤城山，第十四福地靈墟，第六十福地司馬悔山，

　　　　均在天台山中。〔註134〕

　　又：

　　　　第六赤城山洞，號上清玉平之洞天，玄洲仙伯治之。〔註135〕

由此，可以得知：「天台山」不但是風景秀麗的地理景觀，經由第六大洞天的
「赤城山」，益加煥發了其神異奧秘的氣息，也因此而成就了天台山從純粹的
地理景觀，躍身成爲具有道教色彩的「洞天福地」與宗教涵義的「神聖輿圖」。

　　職此，如果再加上前面所述：「天台山」，是一處「世俗空間」轉化「神
聖空間」的中介場域，那麼，一條凡人的成仙之路，便攤展在前了：

　　　　世俗空間→赤城山（洞天）→天台山（轉換的中介）→神聖空間（成
　　　　仙）。

參、宗教文化與永恆思想

　　東晉時期，道教興盛，葛洪的道教理論系統也大致完備，孫綽的〈天台
山賦〉受到道教教義的影響誠如上述，殆無疑義；然孫綽與當時方外之士支
遁互有往來，孫綽在〈道賢論〉即將支遁比擬爲向秀〔註136〕，其時也正是佛
教義理與玄學思潮交鋒、詰辯、對話的時代，有所謂的「格義佛教」之稱，〈天
台山賦〉是否也受到佛教義理的影響呢？

　　揆諸賦文，即充斥著玄釋交融的段落，如：

　　　　皆玄聖之所遊化，靈仙之所窟宅。（《文選》，頁269）

地』則直接敘明是『幸福的他界地域』。」又：「道教洞天之說，乃是道教在
六朝初期既已結構完成的宗教性地理，屬於一種混合宗教神話與擬科學的古
地理說：其原始型態爲古中國人將宇宙神秘化、組織化、視宇宙爲一神秘有
機體，有如人體，故地中氣脈交通，爲一整體。……洞穴潛通當屬古中國人
素樸的地理知識，結合宇宙的有機整體觀念之後，就形成通中國輿圖上的名
山洞穴爲一體的說法。至遲在晉世，又加上神秘數字的組織化的思惟習慣，
因而成立三十六洞天之說。」以上分別參見氏著：《誤入與謫降：六朝隋唐道
教文學論集》（台北：學生書局，1996年），〈導論〉，頁15；《六朝隋唐仙道
類小說研究》（台北：學生書局，1986年），〈洞仙傳研究〉，頁192。

〔註134〕詳見鄭石平編著：《道教名山大觀》（上海：上海文化出版社，1994年），頁
222。

〔註135〕詳見汪涌豪、俞灝敏：《中國遊仙文化》（上海：復旦大學，2005年），頁205。

〔註136〕《世說新語·文學》注：「道賢論以七沙門比竹林七賢，遁比向秀，雅尚莊老，
二子異時，風尚玄同矣。」詳見徐震堮：《世說新語校箋》（北京：中華書局
出版，2001年），頁121。

蕩遺塵於旋流，發五蓋之遊蒙。追羲農之絕軌，躡二老之玄蹤。(《文選》，頁 272)

法鼓琅以振響，眾香馥以揚煙。肆覲天宗，爰集通仙。(《文選》，頁 274)

以第一句來看，「玄聖」為「道」，而天台山除了是道教的神祈「靈仙」棲息之地，也是定光寺諸佛所降臨的葛仙公山〔註137〕；第二句的「遺塵」，其實就是《中論》所云的「六塵」〔註138〕，至於伏羲、神農、二老（老子、老萊子）則為道教仙人；第三句的「法鼓琅」出自《法華經》〔註139〕，天宗、通仙當然就是道教的用語。

如此說來，〈天台山賦〉的內容，寔涵括了道教（家）思想與佛教義理，不過，如上所述，賦中雖可得見玄釋交融的語句、段落，但整體而言，扣除〈賦序〉不論，〈天台山賦〉的正文仍可看成「道教」（家）、「道釋交融」兩大部分：

從「太虛遼闊而無閡，運自然之妙有」開始，到「挹以玄玉之膏，嗽以華池之泉」，可以視作道教（家）文化。而這一大部分，即為〈天台山賦〉中的主要篇幅。

從「散以象外之說，暢以無生之篇」開始，到最後一句「渾萬象以冥觀，兀同體於自然」，可以視作「道釋交融」，換言之，也就是道教（家）文化與佛教文化相遇的軌跡。

由此觀之，「道教（家）」思想為〈天台山賦〉的主體，末段則以道佛交融作結。那麼，既然〈天台山賦〉以「道教（家）」為主要骨幹〔註140〕，那麼，其所架構的「永恆」世界，如何形成？是本小節將特別觀注，以道教（家）思想為核心的〈天台山賦〉，如何在身體實踐與理論背景下，彰顯出「永恆」不朽的景觀？故底下分成「長生不死之道」（道教）、「佛教的玄學」（道家）

〔註137〕李善注引《名山略記》云：「天台山，即是定光寺諸佛所降葛仙公山也。」詳見《文選》，頁 269。

〔註138〕《中論》曰：「六塵，色、聲、香、味、觸、法。」詳見《文選》李善注，頁 272。

〔註139〕《法華經》曰：「極大法鼓。」詳見《文選》李善注，頁 274。

〔註140〕陳萬成先生：「《遊天台山賦》雖亦提倡佛教，但全篇實以道家與道教思想為中心。」詳見氏著：〈孫綽《遊天台山賦》與道教〉，《新亞學術集刊》，1994年，頁 255。本文以「道教」（家）理論為〈天台山賦〉的主要核心，即受到此說之若干啟發。

來探測〈天台山賦〉的永恆界義。

最後得知：「長生不死之道」的「道教」法式為實際的養生修鍊，「佛教的玄學」則係抽象的哲學理論，前者為外，後者為內，兩者相互搭襯，表裡兼顧，在亂世之際，提供給飽受政爭紛擾、流離失所、病疫苦痛的普世大眾，一份救贖的渴望與永恆的圖象。

一、長生久視之道：服食養生

天台山與道教文化的關聯，在〈天台山賦〉中佔有極大的篇幅，上述即以「名山」與「地仙」的聯繫、「隱逸思想」與「仙道思想」的結合、「地理景觀」到「神聖輿圖」等幾個面向，探討了道教思想在其中的流動；接著，此處我們將分析，以「長生不死」為終極理念的道教，在〈天台山賦〉中有何映現，也藉以窺知賦中對於「永恆」的界義。

道教與游仙總是聯繫在一起，而道教中的神仙觀念即與早期方士之說、崑崙神話等有很大的內在淵源，無論是早期的神話或是後起的道教理論，都同樣在追求能夠像神仙般「長生不死」的願望，前者如：《山海經・海內西經》：「開明東有巫彭、巫抵、巫陽、巫履、巫凡、巫相，夾窫窳之尸，皆操不死之藥以距之。」明確記載著「不死之藥」；而後者的煉丹之說、養生等等理論，也都是為了達臻「長生不死」。細讀〈天台山賦〉即可發現，文中對「不死」的想望，俯拾即是：

> 覲靈驗而遂阻，忽乎吾之將行。仍羽人於丹丘，尋不死之福庭。苟
> 台嶺之可攀，亦何羨於層城？（《文選》，頁 271）

> 惠風佇芳於陽林，醴泉涌溜於陰渠。（《文選》，頁 273）

羽人之國、不死之民、醴泉，與《山海經》或崑崙山有關，透露了「不死」的樂園意涵，此處言若能登陟天台山，何須遠求「層城」，天台山即可當作「不死」之聖域；也因此，天台山正成了神仙群集、地仙升天之域所：「嗟台嶽之所奇特，寔神明之所扶持」（頁 270），其中自然流露了道教中的「地仙」觀念，而人們如何追步神仙之路，企及「長生不死」，首先，如前文「名山與地仙」一節所述，當然就是要進入名山，靜心修鍊，領悟奧義：

> 雖一冒於垂堂，乃永存乎長生。必契誠於幽昧，履重嶮而途平。（《文
> 選》，頁 272）

天台山地勢險要，人迹罕至，但也唯有冒險進入始能獲致「永存長生」的機

會，「必契誠於幽昧」，提示了入山者必須與「幽昧」相契，方能平順從容的步履重重山嶺，所謂「幽昧」即是「道」，孫綽在此儼然將「登山」與「修道」等同為一，提醒陟涉天台山者，須滌除玄覽，澄忙觀道，才能跨越重重險阻，趨逾平易，這毋寧顯示了道家的思想意涵；然而「永存乎長生」一句，似乎更偏向道教不死的實踐，那麼，是否意謂著，僅具備「滌除玄覽、澄懷觀道」，內在的體道功夫，是不夠的，還需外在的條件相互配合，才能真正「不死」？筆者認為，這外在條件，即是道教教義中的「服食養生」之條鍊方式，諸如賦文所云：

> 八桂森挺以凌霜，五芝含秀而晨敷。（《文選》，頁273）

> 肆覲天宗，爰集通仙。把以玄玉之膏，嗽以華池之泉。（《文選》，頁274）

天台山中的「五芝」，含秀待放、等人摘拾，李善注引《神農本草經》：「桂葉多夏常青步不枯。」又：「赤芝一名丹芝，黃芝一名金芝，白芝一名玉芝，黑芝一名玄芝，紫芝一名木芝。」〔註141〕此外，「芝草」也是道教中人認為能夠長生不死的山中草藥，僅次於丹砂、黃金、白銀等丹物〔註142〕，如葛洪《抱朴子・仙藥篇》：「五芝者，有石芝，有木芝，有草芝，有肉芝，有菌芝，各有百許種也。……玉脂芝，服一升，得一千歲也。……七明九光芝，盡一斤則得千歲。……石桂芝，擣服之一斤得千歲也。石腦芝，服一升得千歲矣。……木芝者，盡一枚，則三千歲也。」〔註143〕

如此說來，「五芝含秀而晨敷」，不但說明了天台山是一處修煉的最佳境域，境內所產的「五芝」更可以讓修道者經由外在的服食養生，達臻長生不死，換言之，若要成仙不死，必得服食芝草等仙藥，這也就是賦序所說的：

> 非夫遺世翫道，絕粒茹芝者，烏能輕舉而宅之？

所謂「絕粒茹芝」，也就是《列仙傳》讚曰：「吞水須，茹芝荊，斷食休糧，

〔註141〕 詳參《文選》，頁273。
〔註142〕 《抱朴子・論仙》將仙藥藥材分成三等：「上藥令人身安命延，昇為天仙，遨遊上下，使役萬靈，體生毛羽，行廚立至。……中藥養性，下藥除病，能令毒蟲不加，猛獸不犯，惡氣不行，眾妖併辟。」又：「仙藥之上者丹砂，次者黃金，次則白銀，次諸芝，次則五玉，次則雲母，次則明珠，次則雄黃，……」如此說來，「諸芝」為「中藥」，詳參陳飛龍：《抱朴子內篇今註今譯》（台北：商務印書館，2000年），頁404-407。
〔註143〕 詳參陳飛龍：《抱朴子內篇今註今譯》（台北：商務印書館，2000年），頁413、416、418、420、422。

以除穀氣。」不食人間煙火，捐棄塵俗，遺世獨立，餐風飲露，始能飛升遐遠，就此而言，〈遊天台山賦〉吸收了「道教」的服食養生之崖論，已然鮮明可見，陳萬成先生則更進一步指出，〈遊天台山賦〉與道教「精思詠誦」的關聯，其云：

> 在仙山之上，棄捐塵想，目牛無全；在幽巖長川之間，凝思朗詠，
> 後來「肆覲天宗」。正與《太霄琅書》講的「棄去雲外念，專一守黃
> 寧」、「精微思帝靈」、「批誦太霄章」、「玄降徘徊，虛遣飛霞」甚為
> 相似。道教的修仙術顯然就是孫綽賦的材料。〔註144〕

也因此，「道教」的成仙法術——「精思詠誦」——正與本文所討論的「服食養生」，彼相呼應，兩者共同出現在〈遊天台山賦〉中，呈示了一條通往「長生久視」的道路，從而也表達了其中的「永恆」思維。

二、佛教的玄學：同體自然

我們知道，東晉時期，玄學的特色即在於「玄釋交融」，此中，最具代表者洵為支遁，周大興曾以支遁為例，有如是見解：

> 在玄學尚未正式讓位於佛教之前，支遁的佛玄思想，乃是當時佛教
> 般若學與老莊玄學思想格義、連類（中印哲學思想的比較會通）的
> 最出色的代表。支遁的佛教玄學，在玄釋交融的光譜中，可以看出
> 「佛教的玄學」與「玄學的佛教」兩個側面，二者相互輝映，難分
> 軒輊。前者指其標揭佛教新詮，打入玄學核心領域，與向郭、莊學
> 分庭抗禮的逍遙新義；後者指其即色而遊玄的即色空義，在即色而
> 空的理解中又難掩玄學體用、有無的形上學思辨。〔註145〕

「佛教的玄學」與「玄學的佛教」足以說明當時佛道兩教相互滲透、發明教義的交流現象，然而，如前所述，孫綽與支遁為有所往來的好友，支遁的學說本身即具「玄釋交融」，那麼，孫綽創寫〈天台山賦〉，是否也涵融了「玄釋交融」的時代風氣？事實上，〈天台山賦〉中，道家思想與佛教思想的相互對話，正集中在末段：

> 散以象外之說，暢以無生之篇。悟遺有之不盡，覺涉無之有間；泯
> 色空以合跡，忽即有而得玄。釋二名之同出，消一無於三幡。恣語

〔註144〕詳見氏著：〈孫綽《遊天台山賦》與道教〉，《新亞學術集刊》，1994年，頁261。
〔註145〕詳見氏著：《自然・名教・因果——東晉玄學論集》（台北：中央研究院中國
　　　　文哲研究所，2004年），〈即色與遊玄：支遁佛教玄學的詮釋〉，頁218。

樂以終日，等寂默於不言。渾萬象以冥觀，兀同體於自然。

「象外之說」，係指道教學說〔註146〕；「無生之篇」，係指佛教的學說〔註147〕；道人向僧人傳衍「象外之說」，僧人則對道人暢談「無生之篇」，由此可看出其時道僧來往，玄釋交融的文化風氣；另如：「泯色空以合跡，忽即有而得玄。」可看出道人如何借用佛教的「色即是空」來掌握「有」、理解了「無」；「釋二名之同出，消一無於三幡。」則說明了佛徒從道人對「無名」、「有名」的論述，來詮解「三幡」的眞諦。於此，可以看出〈天台山賦〉中「玄釋交融」的風尚與「道佛交會」的軌跡。

不過，最後文末仍復返「自然」，回到了「道家」眞義：

> 渾萬象以冥觀，兀同體於自然。《文選》，頁 274。

《老子》曰：「人法地，地法天，天法道，道法自然。」事實上，人與自然的關係、體「玄」的境界，是孫綽素所關注的議題，如〔註148〕：

> 支道林者，識清體順，而不對於物，玄道沖濟，與神情同任。（〈喻道論〉）

> 有士冥遊，默往寄託。肅形枯林，映心幽漠。（〈太平山銘〉）

> 余與夫子，交非勢利。心猶澄水，同此玄味。（〈王長史誄〉）

> 雅好所托，常在塵垢之外，雖柔心應世，蠖屈其跡，而方寸湛然，故以玄對山水。（〈太尉庾亮碑〉）

> 公資清剛之正氣，挺純粹之茂質。深量體於自然，沖識足乎弱冠。（〈太傅褚碑〉）

此中，「玄道沖濟」、「同此玄味」、「以玄對山水」，可視作「體玄」；「識清體順」、「體於自然」，則是「人與自然的關係」；因之，再回過頭看〈天台山賦〉末句：「渾萬象以冥觀，兀同體於自然。」「自然山水」即爲「道」的化身，如開頭所云：

> 太虛遼闊而無閡，運自然之妙有，融而爲川瀆，結而爲山阜。（《文選》，頁 270）

〔註146〕象外，喻道也。見《文選》李善注，頁 274。

〔註147〕佛教認爲萬物的實體無生無滅，「無生」，謂釋典也。詳見《文選》李善注，頁 274。

〔註148〕底下引文分見〔清〕嚴可均校輯：《全上古三代秦漢三國六朝文》（中文出版社，未注出版年月），頁 1812、1813、1813、1814、1814。

　　川瀆山阜，萬千世界，都是自然妙有的「道」的存在，人們唯有滌除玄覽，
妙悟玄宗，不知己之是己，也不見物之為物，與萬象為一，方能「同體自然」、
「體於自然」，換言之：「人並不是站在自然的面前，而是處於自然之中；人
與自然並不對立，而是和諧的統一」〔註149〕，如此一來，人的精神便與道合
一，泯除大小、內外、有用、無用之分別，與「自然」真正的冥契「同體」，
達臻永恆的「道」的境域，也即是孫綽所謂的「體玄識遠」者，始能「出處
同歸」〔註150〕。

　　因之，假使從末段來看，固然體現了當時「玄釋交融」的風尚與「道佛
交會」的軌跡，但分析賦文最後一句：「渾萬象以冥觀，兀同體於自然」，則
可知孫綽是站在道家的立場上闡發玄思妙理，換言之，也就是藉由「佛教」
的相關智識，來衍義「道家」義理，那麼，結尾處所歸趨的「同體自然」，與
「自然」冥契「同體」，達臻永恆的「道」的境域，所代表的「道家」之思想
意涵，也才能與〈天台山賦〉的主幹──道教義理（境內名山、神聖輿圖、
洞天福地、地仙思想、隱逸思維）──在文本中構成一有機的、完整的、前
後呼應的論述。

　　同時也可以說，〈天台山賦〉由「道教」文化與「道家」思想共同組構而
成，前者著重在身體力行的實際修鍊，如「服食養生」、「精思吟誦」；後者則
提供了一套深具哲學系統的理論背景，如「同體自然」、「體玄識遠」；一為內，
一為外，相互搭襯，表裡兼顧，在亂世之際，提供給飽受政爭紛亂、流離失
所、病疫苦痛的普世大眾，一份救贖的渴望與永恆的圖象。

肆、修鍊的場域：「宗教名山」的相續發展與衍化軌跡

　　前已提及，東晉中晚期的文人雅士酷遊山水，嚮往寓目泉林，到自然界
的佳山秀水中頤養情性，滌淨心靈，特別是，當時的文人大都與名僧有交相
往遊的經歷，以孫綽來說，孫綽與當時方外之士支遁互有往來，孫綽在〈道

〔註149〕引文見〔南斯拉夫〕拉多薩夫：〈老子：嬰兒與水〉，陳鼓應主編：《道家文化
　　　　研究》（上海：上海古籍出版社，1994年），頁59。
〔註150〕《世說新語・文學》記載：「謝萬作八賢論，與孫興公往反，小有利鈍。」劉
　　　　孝標注引《中興書》曰：「萬集載其敘四隱四顯為八賢之論，謂漁父、屈原、
　　　　季主、賈誼、楚老、龔勝、孫登、嵇康也。其旨以處者為優，出者為劣。孫
　　　　綽難之，以謂體玄識遠者，出處同歸。」詳見徐震堮：《世說新語校箋》（北
　　　　京：中華書局出版，2001年），頁145。

賢論〉即將支遁比擬爲向秀，此外，如于道邃、支道林、釋道安、竺法朗、
釋慧遠等，或「性好山泉，多處岩壑」、「性好山澤」，文人與佛徒的交遊之氣
習，蔚然成風。

在這樣的歷史背景之下，我們著重考量了〈遊天台山賦〉中的「玄釋交
融」之風尚與「道佛交會」之軌跡，並以之作爲反映當代文化的鏡象，順著
這樣的脈絡，我們稍加延伸課題，從〈天台山賦〉出發，旁及湛方生〈廬山
神仙詩序〉、慧遠〈廬山記〉、劉程之〈廬山精舍誓文〉等相關的「山嶽」著
作，以期更整全的觀照出：東晉時期「宗教名山」的相續發展與演化歷程。

湛方生〈廬山神仙詩序〉：

> 潯陽有廬山者，盤基彭蠡之西。其崇標峻極，辰光隔輝，幽澗澄深，
> 積清百仞。若乃絕阻重險，非人跡之所遊。窈窕沖深，常含霞而貯
> 氣，眞可謂神明之區域，列眞之苑囿矣。〔註151〕

潯陽廬山，山勢險峻，標拔百仞，林泉冷冽，如前所述，「名山」與「地仙」
緊密扣合，爲了突顯宗教「名山」的難以企及，幽靜奧秘，增添其神秘感，
湛方生特別強調了「若乃絕阻重險，非人跡之所遊」的險要地勢；此外，「廬
山」更有僊眞來去自如，聚集於此，誠爲「神明之區域」；就此而言，〈廬山
神仙詩序〉的上半部，可以說是「道教」文化的反映，只不過，後半部的描
述，明顯轉向於對「佛教」文化的描繪：

> 太元十一年，有樵採其陽者。於時鮮霞褰林，傾輝映岫，見一沙門，
> 披法服獨在巖中，俄頃振裳揮錫，凌厓直上，排丹霄而輕舉，起九
> 折而一指，既白雲之可乘，何帝鄉之足遠哉。窮目蒼蒼，翳然滅跡。

所謂的「見一沙門」，確切的指出佛徒僧侶的身分，更重要的是，湛方生透過
「樵夫」的第三者角度，描述「沙門」如何凌厓直上，輕舉丹霄，乘白雲之
勢直至帝鄉。由此觀之，我們發現一個饒有興味的課題，那就是：「沙門」在
廬山「振裳揮錫」，「錫」即「錫杖」〔註152〕，係佛教器具，「振裳揮錫」的佛
徒，卻如道教的「地仙」般，「凌厓直上，排丹霄而輕舉」，上天下地。

如此說來，〈廬山神仙詩序〉中的「神仙」指的是佛徒僧侶，當無疑義，
只不過以「地仙」的特徵加以描繪之，不啻突顯出當時佛教初傳入中國，借

〔註151〕嚴可均校輯：《全上古三代秦漢三國六朝文》（中文出版社，未注出版年月），
頁 2270。

〔註152〕《大智度論》曰：「菩薩常應二時，頭陀常用錫杖、經傳、佛像。」

由「道家」思想作為中介的過渡階段，是以不免受到「道家」（道教）義理的影響，也因此，形成了〈廬山神仙詩序〉中「道教」、「佛教」相互並陳的結構。

接下來，我們再來看看劉程之〔註153〕〈廬山精舍誓文〉，首先，觀察其創作背景：

> 維歲在攝提格七月戊辰朔二十八日乙未。法師釋慧遠貞感幽奧，霜懷特發，乃延命同志息心貞信之士百有二十三人，集於廬山之陰般若雲臺精舍阿彌陀佛像前，率以香華敬薦而誓焉，推斯一會之眾。夫緣化之理既明，則三世之傳顯矣。遷感之數既符，則善惡之報必矣。推交臂之潛淪，悟無常之期切。審三報之相催，知險趣之難拔。此其同志諸賢，所以夕惕宵勤，仰思攸濟者也。蓋神者可以感涉，而不可以迹求。必感之有物，則幽路咫尺。苟求之無主，則渺茫何津。〔註154〕

根據上文所述，作者與虔誠貞誠的信徒，隨同慧遠法師，前往廬山阿彌陀佛像前，敬重審慎的立誓。一同前行的同志諸賢，有感於「善惡之報」的必然發生，「無常之期」的隨時到來，了解到「險趣之難拔」，難以超脫人間的種種考驗，是以夙夜匪懈，悚惕謹慎的鍊法修行，以求「感之有物」，「與神感涉」。從這一整段來看，劉程之所謂的與神感通，護持活法，大抵而言，是偏向「佛教」義理的，再從後半段來看，「佛法」更是盈益篇章：

> 是以慨焉胥命，整襟法堂，等施一心，亭懷幽極，誓茲同人，俱遊絕域，其有驚出絕倫，首登仙界，則無獨善于雲嶠，望兼全于幽谷。先進之與後升，勉思彙征之道。然妙觀大儀，啟心貞照。識以誤新，形由化革。籍扶容于中流，蔭瓊柯以永言。標雲衣於八極，汎香風

〔註153〕程之字仲思，彭城人。漢楚元王交之後，初為府參軍，歷宜昌柴桑令，去職，與周續之、陶潛皆不應徵命，號尋陽三隱。劉裕以其不屈，旌其號曰遺民。詳見嚴可均校輯：《全上古三代秦漢三國六朝文》（中文出版社，未注出版年月），頁2278。此外，《新算續藏經·第八十五冊》佛祖綱目卷第二，記載：「劉程之，字仲思，彭城人，少孤，事母，以孝聞。初為府參軍，即隱去，桓玄劉裕等交薦，不就。乃之廬山，依慧遠。」轉引自《佛祖綱目》CBETA電子佛典 Vl.35 普及版，網址：http://www.cbeta.org/result/normal/X85/1594 025.htm。

〔註154〕詳見嚴可均校輯：《全上古三代秦漢三國六朝文》（中文出版社，未注出版年月），頁2279。

以窮年。體忘安而彌穆，心超樂以自怡。臨三塗而緬謝，傲天官而長辭。紹眾靈以繼軌，指太息以爲期。究茲道也，豈不弘哉。（《全上古三代秦漢三國六朝文》，頁 2279）

在仙山之上，「整襟法堂」，棄捐塵想，在幽巖長川之間，凝思朗詠，「妙觀大儀，啓心貞照」一句，所闡發的諦觀流變，貞定無常之概念，明顯又係佛教理說之根底；劉苑如曾以劉程之〈廬山精舍誓文〉與〈念佛三昧詩集序〉兩篇寫於同年的文章，作爲對照，分析了「妙觀大儀，啓心貞照」的意義，其云：

「三昧」爲梵語 samadhi 之音譯，意譯則爲定、正定、定意或等持等，也即是修行時將心定於一處（或一境），保持安靜，不令散亂的一種安定狀態，此一狀態即稱爲三昧；而達三昧之狀態時，即可起正智慧而開悟眞理，念佛三昧爲禪觀十念之一，一種以念佛爲觀想內容的禪定法。〈誓文〉所提出的「妙觀大儀」，即是此文所説的專思，乃一志專念西方淨土的阿彌陀佛；而「心啓貞照」則可與後文的「想寂」對應，亦即透過虛氣、智照和朗神，以達「無幽不徹」的禪智。〔註155〕

如此說來，〈廬山精舍誓文〉的「佛理」大旨，係文本的主要內容，係當無疑議的；此外，根據佛藏載錄，劉程之在廬山與慧遠法師共學佛法，〈遺民居士劉程之示生淨土〉即有劉程之諭示神兆的記載〔註156〕：

以表專志，始涉半歲。即於定中，見佛光照地，皆作金色。居十五年，又見阿彌陀佛，玉毫光照，垂手慰接。程之懇曰：「安得如來爲我摩頂，覆我以衣。」俄而佛爲摩頂，引袈裟被之，翼日念佛。又見身入寶池，蓮花青白，其水湛然。一人頂有圓光，胸出卍字。指池水曰：「八功德水，汝可飲之。程之飲水，甘美。及寤猶覺，毛孔香發。乃告眾曰：「吾淨土之緣，至矣。對像焚香，再拜祝曰。」

也因此，超脫苦厄與煩惱，「體忘安而彌穆，心超樂以自怡」，無有煩惱種子，在這證悟體道的過程中，面對「茲道」的博深精細，參透領會，在心靈深處，逐開展出弘大深邃的高遠境界。

〔註155〕詳見劉苑如：〈廬山慧遠的兩個面向——從〈廬山略記〉、〈與遊石門詩序〉談起〉，《漢學研究》，24 卷第 1 期，2006 年，頁 94。

〔註156〕轉引自《佛祖綱目》CBETA 電子佛典 V1.35 普及版，同上注。

　　從劉程之〈廬山精舍誓文〉來看，劉程之是站在「佛教」的立足點，去照察理緒，宏觀來看，〈廬山精舍誓文〉的「佛教」義理已然在文本中，佔有極大的篇幅，甚至可以說，「佛教」思想，已然逐漸脫離「格義佛教」之階段，朝向蔚爲一宗的地位。爾後，廬山慧遠撰寫〈廬山記〉，進一步的弘法佈道，不但讓「廬山」成了宗教名山，更奠定了「佛教」在中國的厚實基礎。〔註157〕

　　至此，綜觀〈遊天台山賦〉、〈廬山神仙詩序〉、〈廬山精舍誓文〉、〈廬山記〉等「山嶽」文章，東晉中晚期的「宗教名山」之相續發展與演變進程，可以圖示如下：

身分印記 風雅名士	特殊身分	文本標目	文本屬性	宗教名山
孫綽	佛道並濟	〈游天台山賦〉	以「道教」（家）內容爲主	天台山
湛方生	《晉書》無傳，無法確考。	〈廬山神仙詩序〉	以「道教」、「佛教」並重	廬山
劉程之	佛教徒	〈廬山精舍誓文〉	以「佛教」內容爲主	廬山
慧遠	佛教徒	〈廬山記〉	以「佛教」內容爲主	廬山

　　如此看來，「宗教名山」即是一處修鍊証道，觀法自在的神聖場域，從「佛道雙棲」的〈遊天台山賦〉，「道教」、「佛教」並重的〈廬山神仙詩序〉，弘揚「佛理」的〈廬山精舍誓文〉，乃至慧遠的〈廬山記〉，不啻顯示了「宗教名山」與「文本創作」的歷史發展，同時也反映了當代佛道兩教，互通往來、交相影響、匯融滲透的文化現象，而順著這樣的理路，「宗教名山」的相續發展與衍化軌跡，已然清晰朗現。

〔註157〕〈廬山記〉的文本，見嚴可均校輯：《全上古三代秦漢三國六朝文》（中文出版社，未注出版年月），頁 2398。至於慧遠與廬山之間，互動往還之宗教意義，劉苑如有很深入的考釋，詳見：〈廬山慧遠的兩個面向——從〈廬山略記〉、〈與遊石門詩序〉談起〉一文，《漢學研究》，24 卷第 1 期，2006 年，頁 72-101。

第四章　行旅與審美——漢晉辭賦中的「山水書寫」研究面向之三

　　討論完「空間」、「神話」兩個向度，本論文的第三個主題，便是把焦點放在「行旅」與「山水」嵌合交集的區塊；本章計分四節：第一節考述「行旅賦」與「紀行賦」、「遊覽賦」的差異，統攝出「行旅賦」的四個面向：「抒情言志」、「歷史感懷」、「地理路線」、「審美意識」；並以王文進、楊玉成、許東海、鄭毓瑜四位先生對「行旅賦」的相關研究，作一整體的評述，進而確立「行旅賦」的完整定義；第二節，觀照漢代行旅賦的整體創作模式，歸納成四個特點；第三節，分析魏至西晉的行旅賦；第四節，將視角延伸到晉宋時期的謝靈運〈歸塗賦〉，以之作為「審美意識」的揚顯。宏觀漢晉行旅賦中的「山水書寫」之整體發展，筆者將之稱為「一個開始」、「三次發展」、「一個止泊」。

第一節　山水與行旅——地理路線與審美意識

　　大體說來，東晉的「山水賦」是賦家專以描寫山水、從而體驗山水的自然美為主體的作品〔註1〕，學界已對此作出諸多討論〔註2〕。只不過，如果「審

〔註1〕關於「山水賦」在東晉的興起與背景，詳見程章燦：《魏晉南北朝賦史》，頁137-143。

〔註2〕如論者云：「山水賦作為一種獨立的文學樣式，它所體現出的意境美是博大雄奇、宏闊壯麗的，是自然山水之美在「誇飾」、「虛構」等外在形式上藝術追求作用下的藝術美創造。」詳參劉衛英、王立：〈山水賦意境美初探〉，《大慶

美意識」是一種主客體之間的往還交流之活動〔註3〕，那麼，針對賦家「審美意識」之演變，是否僅能從「山水賦」來理解？換言之，有沒有另一種文類，同樣可以映顯這種主觀的審美意識之演進、流變與臻達成熟？本章之撰寫，即是欲由漢晉「行旅賦」作爲觀察文類，釐整上面的提問，並針對漢晉行旅賦，作出深入細緻的探討。

壹、「行旅賦」的定義與特徵及其相關問題之思考

一、行旅賦、紀行賦、遊覽賦的名實內涵與義界辨析

（一）行旅賦與紀行賦之辨析

張秋麗在討論「紀行賦」的定義，曾以「紀」的本意爲出發，定義其特徵如下：

> 「紀」之本意乃指絲縷之頭緒，後引申爲事物的條理有序，含有別的意思，即依事物的性質加以分門別類之後的次序井然。而宇宙間最具規律性者莫過於時間，故「紀」亦成爲紀時的單位，如歲、月、日、星辰、歷數統稱五紀，是以「紀」亦有時間的意味。史傳自《史記》以來即以「紀」作爲處理歷史的方法，諸如「本紀」、「紀傳」等體製，即是將紛亂雜陳的時間予以秩序化和規則化。而紀行賦之「紀」不單是紀錄行程的意思，其作品中善長以時間秩序統整行程的經過，故「紀」亦當有條理、次序、時間等意涵。《文選》以「紀行」爲名，且選擇展現程序性較爲完整的作品，應對「紀」之深層意涵有所顧及才是，故「紀行」之名，較「述行」、「行旅」皆更能涵蓋其行程的規律性變化。經由以上的分析，或許可爲紀行賦下如此的界定：

> 凡有條理地紀錄旅行行程變化之賦，即謂之紀行賦。〔註4〕

高等專科學報》，第 17 卷第 2 期，1997 年 5 月，頁 65。

〔註3〕論者云：「審美意識產生於主體與客體之間雙向互動、雙向交流、雙向滲透的審美感應，是主體與客體『合二爲一』的產物。……作爲審美意識專有的表現型態的各種藝術，都是在主客體交互感應的過程中產生的。」請詳參：郁沅：《心物感應與情景交融》（南昌：百花洲文藝出版社，2006 年），頁 142。

〔註4〕張秋麗：《漢魏六朝紀行賦研究》（台北：國立政治大學碩士論文，1996 年），頁 7-8。此外，張秋麗並深入分析「紀行賦」與「言志賦」、「懷思賦」、「山水賦」、「遊覽賦」與「遊仙賦」等文類的互滲，頗具參考價值，請參看頁 32-41。

整理其研究所述,「紀行賦」之大要,有幾個必須注意的層面:第一,「以時間秩序統整行程的經過,故」紀「亦當有條理、次序、時間等意涵。」換言之,「紀行賦」的特徵乃在於,依照時序,按次羅列行程的記敘方式;第二,張氏所選取的分析文本,著重在《文選》收錄的三篇「紀行賦」——〈北征賦〉、〈東征賦〉、〈西征賦〉——作佐證,並以此推論:「《文選》以「紀行」爲名,較諸「述行」、「行旅」皆更能涵蓋其行程的規律性變化。」

　　大體說來,本文並不反對張氏之說,不過卻有幾個疑慮在此提出,並藉著這樣的提問,筆者試圖釐清「行旅賦」與「紀行旅」的不同之處:

　　首先,從第一點來看,張氏所謂的:「以時間秩序統整行程的經過,故「紀」亦當有條理、次序、時間等意涵。」在〔清〕陳元龍編輯的《御定歷代賦彙》外集卷九、卷十中即收錄起於漢代迄於明代的「行旅賦」類賦作,計有 46 篇〔註 5〕,從本文意欲討論的漢晉行旅賦名篇,如班彪〈北征賦〉、班昭〈東征賦〉、蔡邕〈述行賦〉、謝靈運〈撰征賦〉來深入觀察,一方面來說,這些賦作同時均選錄在《御定歷代賦彙》,二方面來說,藉由文本的縝密梳理,我們也能證明這些「行旅賦」,都係有「以時間秩序統整行程的經過,故「紀」亦當有條理、次序、時間等意涵。」〔註 6〕換言之,也就是按照出發時辰、時序進程,延展出一條「按次羅列」的時間遞移表,就此而言,「紀行賦」的「有條理、次序、時間等意涵」之定義,與「行旅賦」並無太大的差異;再從第二點來看,張氏根據《文選》收錄的紀行賦名篇,逆推其對「紀行賦」的義界,只不過,這三篇賦作卻又剛好收錄在《御定歷代賦彙》之內,那麼,是否說明了《御定歷代賦彙》不但肯認蕭統對「紀行賦」的取抉標準,所以才收錄這三篇賦作,並且在認定的前提之下,改易其名稱,以「行旅賦」概括之?如果這個說法成立的話,進一步要論述的是,《御定歷代賦彙》變更《文選》的「紀行賦」之名稱,改爲「行旅賦」的標目,其中的選定標準,歸納取捨,如何判定?

　　筆者認爲,「紀行賦」與「行旅賦」的內容、題旨、言志、抒情,都有相互疊合之處,實際的判定與抉擇的立場,難免因立場不同而人云亦云。

　　只不過,從張氏定義「行旅賦」最大的特徵在於:「以時間秩序統整行程

〔註 5〕詳細篇目,請見〔清〕陳元龍編輯的《御定歷代彙彙》,頁 4-5。
〔註 6〕班彪〈北征賦〉、班昭〈東征賦〉、蔡邕〈述行賦〉、謝靈運〈撰征賦〉等行旅賦之分析,請詳參後文。

的經過，故「紀」亦當有條理、次序、時間等意涵。」這句話的基礎上，我們可以藉由實際的「行旅賦」文本來窺探兩者之間的最大差異與不同，大體說來，「行旅賦」不但兼有「按次羅列」時間遷變的歷程：

> 朝發軔于長都兮，夕宿瓠谷之玄宮。歷雲門而反顧，望通天之崇崇。
>
> （〈北征賦〉，《文選》，頁 231）
>
> 時孟春之吉日兮，撰良辰而將行。（〈東征賦〉，《文選》，頁 235）

「朝夕」、「孟春」與「良辰」，都點出了出發的時刻與季候，只不過，除「時間」之外，「行旅賦」的涵蓋面向尚不止於此，我們可以看到賦家在實際的羈旅路途，前往邦國的旅次，或是斥徙過程中，更發揮「歷敘於紀傳」的賦體功能，讓沿途行經的「地理路線」，可以一一展列，鋪排延伸，逼現出一幅行旅地景之動態圖象，因此，著重在「地理空間」的經營狀摹與「地理路線」的迢遞移動，不但是「行旅賦」最大的特點，也可以說是「行旅賦」與「紀行賦」最大的分野。

整體言之，我們當可以如是說：陳元龍編輯的《御定歷代賦彙》站在後來編纂者的立場，以「行旅賦」為標目，改易了《文選》的「紀行賦」之名稱，不但涵容了既有的「以時間秩序統整行程的經過」的「時間」敘事，並兼綜博採了「地理空間」的擘畫構設與「地理路線」的行進移動，從而拓寬了「紀行賦」原先的視野，讓「行旅賦」的義界，益加縱深且廣博。

（二）行旅賦與遊覽賦之辨析

至於「行旅賦」與「遊覽賦」的區辨之處，我們可以直接從《文選》所收錄的三篇賦作──〈登樓賦〉、〈遊天台山賦〉、〈蕪城賦〉──進行討論。

首先，綜觀其所吟詠的「情志」內涵，計有三個層面：或藉景感懷發抒「個人情思」，如〈登樓賦〉：「雖信美而非吾土兮」；或展觀圖畫，騁懷馳思，彷彿「再升」山巔，進而「闡釋哲理」，如〈遊天台山賦〉：「渾萬象以冥觀，兀同體而自然」；或發古幽思，緬懷此地曾銘刻印記的「人文歷」意蘊，如〈蕪城賦〉：「當昔全盛之時，車挂軹，人駕肩，廛閈撲地，歌吹沸天。孳貨鹽田，鏟利銅山。才力雄富。士馬精妍。故能參秦法，佚周令，劃崇墉，刳濬洫，圖修世以休命。」〔註7〕

整體言之，「遊覽賦」的遊觀過程，最後也都還是收攝在主體「情志」上，

換言之，無論是藉景發抒「遠望當歸」的「個人情思」之〈登樓賦〉，或是闡述玄佛釋道的哲理概念之〈遊天台山賦〉，乃至懷古幽思，憑弔「人文歷史」古蹟之〈蕪城賦〉；整體而言，《文選》所收錄的這三篇遊覽賦作之篇章旨意，大抵都係搖蕩性情，感目動心的，也就是，都以「主體情思」為文本血脈肌理，就此而言，似與「行旅賦」的基本關涉面向並無殊異，換言之，〈行旅賦〉的重要組織架構，例如：「歷史感懷」、「抒情言志」等，亦與「遊覽賦」大致疊合，那麼，「遊覽賦」與「行旅賦」的最大差異與區別，應該就在於〈行旅賦〉所標舉的「地理路線」。我們也應當從此點，再做深細的釐析與檢驗，以明「遊覽賦」與「行旅賦」在本質上的出入差異。

據《文選》所選錄的三篇「遊覽賦」來看，主要特徵是作者遊歷觀覽某一特定的地點，並以之作為輻輳中心，先對「定義」的週遭景觀、山色姿貌、自然風光，作一繽細的介紹，例如王粲〈登樓賦〉：

> 登茲樓以四望兮，聊暇日以銷憂。覽斯宇之所處兮，實顯敞而寡仇。
>
> 挾清漳之通浦兮，倚曲沮之長洲。背墳衍之廣陸兮，臨皋隰之沃流。
> 北彌陶牧，西接昭丘，華實蔽野，黍稷盈疇。（《文選》，頁 267）

而孫綽〈天台山賦〉：

> 天台山者，蓋山嶽之神秀者也。涉海則有方丈蓬萊，登陸則有四明
> 天台。皆玄聖之所遊化，靈仙之所窟宅。夫其峻極之狀，嘉祥之美，
> 窮山海之壞富，盡人神之壯麗矣。（《文選》，頁 269-270）

鮑照〈蕪城賦〉：

> 瀰迤平原，南馳蒼梧、漲海，北走紫塞、雁門。柂以漕渠，軸以崑
> 崗。重江複關之隩，四會五達之莊。（《文選》，頁 275）

大抵而言，這三篇賦作所遊歷登臨之處，都係確有所指，以王粲〈登樓賦〉來說，李善注引盛弘之《荊州記》曰：「當陽縣城樓，王仲宣登之而作賦。」[註8] 以孫綽〈天台山賦〉來說，孫綽撰寫〈天台山賦〉雖是有感於「圖像之興」，方始神思奔放，捋筆為文，不過，根據賦序所言：「余所以馳神運思，晝詠宵興，俛仰之間，若已再升者也。」[註9] 從「再升」一句，可以知道孫綽是曾有實際遊覽天台山的經驗，也因此，才稱之為「再升」。以鮑照〈蕪城賦〉來說，李善注引《鮑照集》云：「登廣陵故城。」又引《漢書》曰：「廣

[註8] 《文選》，頁 267。
[註9] 《文選》，頁 270。

陵國，高帝十一年屬吳，景帝更名江都，武帝更名廣陵。」〔註10〕

　　整理上述，「遊覽賦」的遊歷地點，並不是如「行旅賦」般直線性的記載沿途所經的地點與旅程，茲以班彪〈北征賦〉中的「地理路線」為例說明之：

	地理路線
出發地點（長安）	朝發軔于**長都**兮
行經地點（之一）：瓠谷	夕宿**瓠谷**之玄宮
行經地點（之二）：雲門	歷**雲門**而反顧
行經地點（之三）：郇邠	息**郇邠**之邑鄉
行經地點（之四）：赤須	登**赤須**之長坂
行經地點（之五）：義渠	入**義渠**之舊城
行經地點（之六）：泥陽	過**泥陽**而太息兮
行經地點（之七）：彭陽	釋余馬于**彭陽**兮
行經地點（之八）：安定	越**安定**以容與兮
行經地點（之九）：朝那	弔尉卬于**朝那**
抵達終點（高平）	隮**高平**而周覽

如此說來，「行旅賦」的「地理路線」之特色已然鮮明可見，再回過頭看「遊覽賦」，就可以更加確定《文選》所選錄的三篇「遊覽賦」，主要特徵是作者遊歷觀覽某一特定的地點，諸如：當陽縣城樓、天台山或廣陵故城，都是屬於特定場景的聚焦敘寫，並以之作為輻輳中心，先對「定點」的週遭景觀、山色姿貌、自然風光，作一縝細的介紹，繼而抒展「遠望當歸」的「個人情思」、闡述玄佛釋道的「哲理義理」、憑弔「人文歷史」等心靈感悟與體會。換言之，也就是著重在一個特定空間的描繪，以遊覽地點為聚合湊泊之核心，進而往外拓展視界，游目騁懷，即景抒情。可以說，遊覽之特定「地點」與行旅之動態「路線」是兩者之間最大的差異，同時也提供了我們準則，去分辨「遊覽賦」與「行旅賦」之間的分野界域。

二、「行旅賦」的定義與特徵

（一）「抒情言志」與「歷史感懷」

　　首先，我們必須釐清「行旅賦」的定義與特色，方能確立其與「遊覽賦」的區別與差異，在此，將以謝靈運〈歸途賦〉序、《文心雕龍・詮賦》、《文心

〔註10〕《文選》，頁275。

雕龍‧事類》、〈遂初賦〉序、〈述行賦〉序，所載錄有關「行旅賦」的資料作
爲討論範圍，如下：

1. **謝靈運〈歸途賦〉序：** 〔註11〕

昔文章之士，多作行旅賦，或欣在觀國，或怵在斥徙，或述職邦邑，或
羈役戎陣。事由於外，興不自己，雖高才可推，求懷未愜，今量分告退，反
身草澤，經塗履運，用感其心，賦曰：

首先，謝靈運的〈歸途賦〉提示了我們幾個觀察「行旅賦」的重點：第
一，文章之士，大多有行旅賦的創作；第二，「行旅賦」的文本內容，總計有
四個面向：「欣在觀國」、「怵在斥徙」、「述職邦邑」、「羈役戎陣」；第三，「行
旅賦」的創作動因，常緣於外在紛雜的物事（特別都是跟政治有關的紛紛擾
擾），非己力所能掌握控制的，是以謝靈運「雖高才可推」，卻也不免「求懷
未愜」，〈歸途賦〉即寫於作者對政治的心灰意冷，「量分告退」，心有感發而
寫成的。

由第一點來看，在謝靈運之前，漢晉的行旅賦作者，包括：劉歆、班彪、
班昭、蔡邕、建安文士、潘岳等，當時文人確實多有行旅賦之作；從第二點
來看，漢晉「行旅賦」所涵涉的四個面向，及其作者與文本，可以繪圖如下：

作者與文本 行旅賦的四種內容	作　　者	文　　本
欣在觀國	無	無
怵在斥徙	劉歆與班彪	〈遂初賦〉與〈北征賦〉
述職邦邑	班昭	〈東征賦〉
羈役戎陣	建安諸文士與謝靈運	魏代行旅賦與〈撰征賦〉

最後，從第三點來看，謝靈運自述〈歸途賦〉的寫作緣起，是「求懷未愜」，
不得所遇，故而「量分告退，反身草澤」，可以說，行旅賦的作者，經由行旅
的路途，抒發了自己的所思所感，當然這「用感其心」的個人情懷，因人而
異，如謝靈運寫作〈歸途賦〉寄寓了作者歸返山川林澤的心志；班彪〈北征
賦〉，則是在流離失所、遠行征伐的途中，關懷社稷蒼生與劉氏宗族；再如蔡
邕撰作〈述行賦〉，更直接在序言說明此賦是因「心憤此事，遂託所過述而成
賦。」換言之，〈述行賦〉寓託了作者在行旅過程的情感起伏，體驗思考與人

〔註11〕引自顧紹柏校注：《謝靈運集校注》（台北：里仁書局，2004 年），頁431。

生領悟。

　　總上來看，〈歸途賦〉、〈北征賦〉、〈述行賦〉，本身即寓涵作者的個人情志、吟詠感懷、體驗思索，換言之，「言志」的面向，在「行旅賦」中是頗具份量的質素，也因此，《御定歷代賦彙》就將劉歆的〈遂初賦〉歸在「言志類」〔註12〕，可見「言志」的內容，與「行旅賦」有著密切的交集。

　　2.《文心雕龍・詮賦》：「夫京殿苑獵，述行序志，並體國經野，義尚光大。」

　　劉勰則認為漢賦中的幾種類型，包含：京都、宮殿、苑囿、畋獵、述行、序志等，並認為這幾種創作題材，都可以用來「體國經野」，也就是可以考察國都體制、觀察田野規劃，其意義是「義尚光大」，隆重且盛大的。這裡值得注意的是，劉勰將「述行」類的賦作（也就是「行旅賦」，例如：蔡邕〈述行賦〉、北彪〈北征賦〉），和京都賦、宮殿賦、畋獵賦等，畫上等號，認為他們的意義都是「體國經野」，與國家朝政有關，其實劉勰此處的觀點也就是謝靈運所云：「或欣在觀國」、「或述職邦邑」，亦即，在行征的路途，或為觀國省察，或為赴職就任，廣義來說，其實都是一種光大邦國、宣示國家聲威的方式。

　　3.《文心雕龍・事類》：「劉歆《遂初賦》，歷敘於紀傳」

　　此外，劉勰在談論文章的創作論，提到了劉歆〈遂初賦〉的最大特點乃在於：「歷敘於紀傳」，也就是，〈遂初賦〉大量鎔鑄了「歷史事典」，按次敘述古往今來的史實，即景而發，借史抒懷，採摘故實，在文本中形成了縱橫古今，串連今昔的時序鏈條。

　　4. 劉歆〈遂初賦〉序：「之官，經歷故晉之域，感今思古，遂作斯賦。以歎征事而寄己意。」蔡邕〈述行賦〉序：「心憤此事，遂託所過述而成賦。」

　　最後，根據〈遂初賦〉與〈述行賦〉的序言，更可以發現，「行旅賦」主要是寄託了作者在行旅過程的所思所感，是以〈遂初賦〉云：「以歎征事而寄己意。」〈述行賦〉：「遂託所過述而成賦」，「行旅賦」正是賦家面對遷徙、流放、征途的際遇，所折射出來的一面鏡像與旅途景況之實錄；再則，劉歆〈遂

〔註12〕詳見（清）陳元龍輯：《御定歷代賦彙》第十冊（北京：北京圖書館出版社，1999 年 11 月第一版），頁 81-85。此外，如建安七子劉楨的〈遂志賦〉，賦中談到：「愴恨惻切，我獨西行。」顯然也是征旅的題材，實可見「言志」與「行旅」之間密切的關係。

初賦〉因「感今思古」而「歷敘於紀傳」的重要特色，更成了後來行旅賦的書寫程式之一。

於是，綜合謝靈運、劉勰、劉歆、蔡邕等人的說法，我們可在此為「行旅賦」的主要特徵，稍加整理如下：

1、行旅賦的創作，會因主體境遇之不同，而有迥異的內容旨意，大抵說來，賦家撰寫「行旅賦」，不外乎四個動因：「欣在觀國」、「怵在斥徙」、「述職邦邑」、「羈役戎陣」，透過文本，賦家並在其中反映了主體情感之「抒情言志」。

2、在征途旅次的過程中，賦家即景抒情，將沿途的所思所感，藉由創作體驗的紀錄，完整表達出來，特別是用「感古思今」、「以古諫今」，將歷史典事「歷敘於紀傳」般的一一羅列，以進行批判諷刺與反思體悟。

整體言之，謝靈運、劉勰、劉歆、蔡邕等人的說法，我們可以說，「抒情言志」與「歷史感懷」，毋寧是「行旅賦」的兩大面向。只不過，行旅賦中的最大特點雖在於：「抒情言志」與「歷史感懷」，但這並不代表行旅賦的內容，僅限於此；行旅賦的其他面向，以及本文意欲開展的詮釋角度，詳見下述「地理路線」與「審美意識」。

（二）「地理路線」與「審美意識」

如前所述，「因地及史」的歷史感懷與情感抒發，確實為行旅賦的創作特點與最大特色：可以說，〈行旅賦〉中總是先「懷想」，再進入歷史，例如劉歆〈遂初賦〉中的：「濟臨沃而遙思兮」、「心滌蕩以慕遠兮」，班昭〈東征賦〉中的：「入匡郭而追遠兮」，試看其：「遙思」、「慕遠」、「追遠」等用詞，生動且鮮明的直指出「行旅賦」如何隨著「地理空間」的前進行走，迂迴穿梭「歷史舞台」的書寫特點。

因此，值得注意的是，「行旅賦」中的「歷史」吟詠，是隨著「地理」路線的漸進前行，才有充分的展現與意蘊，換言之，藉由「地理路線」的前進、軌折、迂迴，始能牽引出層層堆疊的「歷史感懷」，就此而言，「地理路線」可謂是「行旅賦」中，不可或缺的基底架構，有其討論的必要，必須將之與「歷史感懷」並比合觀，才能深中「因地及史」的肯綮，更何況，如前所述，「地理路線」的展延與「地理空間」的狀摹擘畫，是區分「行旅賦」、「紀行賦」、「遊覽賦」的重要關鍵，值得探究，也因此，「地理路線」是觀察「行旅賦」的首要命題，此其一。

　　再則，隨著行旅征伐，沿途自有不斷改易的「自然風景」〔註13〕，我們
發現，賦家在觀看外在的「山水景物」與「自然風景」，因著「觀看」的距離、
角度、情境，遂有了不同的「審美意識」之顯現。

　　而六朝時期「風景」的意義，主要是：「由風和光（光和空氣）的意思，
轉而爲風所吹、光所照之處，再轉而指人所觀覽的物的全體。」以此觀之，
我們發現，漢代行旅賦中的「山水」，不但是自然「風景」的內容，更重要的
是，此處的「山水」是人所「觀覽的物的全體」。也因此，行旅賦中的「山水」
和文本中的雲霧積雪等天候變化、雁鳥鳴禽等野生動物全都成了外在的「風
景」，是一種整體的氛圍之展現。「山水」如何在文本中，爲賦家所觀看、對
話、召喚，進而將其獨特性質，從整體「風景」抽離出來，煥發其姿貌顯影，
也就；成了必須釐清的課題。

　　可以說，賦家對山水之「審美意識」，從漢代、魏至西晉，乃至東晉，正
彰顯了一條「山水」可以被獨立鑑賞的藝術之路，是以，「審美意識」也是觀
察「行旅賦」所必須釐清的重要課題，此其二。

三、諸家學者對「行旅賦」的討論

　　底下，先從學界對「行旅賦」中的「山水書寫」之相關研究，作爲討論
起點，茲舉王文進、許東海、楊玉成、鄭毓瑜四位先生爲例，針對其「行旅
詩」、「行旅賦」中的「山水書寫」之言論進行分析，並以之作爲本文的立論
基礎與延伸論述。

（一）王文進

首先，我們以王文進先生的相關說法作爲討論的開始，其曾以《文選》所收
錄的南朝「山水詩」作爲觀察場域，認爲「行旅詩」與「遊覽詩」的最大區
分，乃在於：

〔註13〕小川環樹先生分析「風景」一詞在六朝時期的主要意義，認爲「景」是放射
　　　　出來的光或輝耀的光芒而言。同時，亦可兼指光所照臨之空間範圍及光線擴
　　　　散所及之處。而「風景」一語，由風和光（光和空氣）的意思，轉而爲風所
　　　　吹、光所照之處，再轉而指人所觀覽的物的全體。詳參小川環樹著，譚汝謙、
　　　　陳志誠、梁國豪合譯：《論中國詩》（香港：中文大學出版社，1997 年），頁
　　　　12。以此觀之，我們將把漢晉「行旅賦」中的「山水」，當作一種「風景」，
　　　　一種觀覽的對象。更重要的是，藉由這個角度，我們更可以發現：漢晉行旅
　　　　賦中的「山水」，隨著歷史演進，逐漸的從「人所觀覽的物的全體」之氛圍，
　　　　獨立成一「審美客體」。

「行旅」之作的山水多了些仕宦生涯的奔動；而「遊覽」之作的「山
水」則多了份寧靜和玄遠。〔註14〕

王先生討論的文本，雖然是南朝「詩歌」，不過根據其分析，所得出：「行旅」
之作的山水多了些仕宦生涯的奔動；而「遊覽」之作的「山水」則多了份寧
靜和玄遠，這樣的結論，筆者大抵贊同且深受啟發。

（二）楊玉成

　　第二位探析「行旅詩」相關問題，並略微接觸到「行旅賦」的，則是楊
玉成先生。在其博士論文《陶淵明文學研究——語言與民間禮儀的綜合分析》
一書中，曾針對「行旅詩」的起源做了一簡要的追溯，並認為班彪〈北征賦〉、
班昭〈東征賦〉、潘岳〈西征賦〉這些文章的若干寫景片段，是後代「行詩詩」
的直接來源。〔註15〕審閱其說，敏銳的點出了「行旅賦」中的山水剪影之重
要性，只不過楊氏討論的要旨係放在陶淵明的「行旅詩」中的對話、沉思和
回憶〔註16〕，遂未能將視角直接放在「行旅賦」中的「山水」之命意，以觀
其演變與發展。

（三）許東海

　　如果說，王文進、楊玉成先生主要係針對「行旅詩」做不同面向的分析，
那麼，直接碰觸「行旅賦」的相關議題，並點出其中之「山水書寫」者，就
是許東海先生近來的一連串研究。其《另一種鄉愁——山水田園詩賦與士人
心靈圖景》〔註17〕，從先秦、漢魏六朝至初盛唐為論述範圍，涵括屈原、張
衡、陶潛、謝靈運、謝朓、庾信、李白、杜甫等知名詩人賦家的山水田園作
品，作為討論對象。以書中收錄的〈謝靈運與李白遊覽詩的內在意蘊及其與
辭賦之關係〉來看，一方面深入的討論了「行旅賦」、「遊覽賦」等代表性作
品，並認為這兩種類別具近似性與密切性〔註18〕，另一方面又從謝靈運、李

〔註14〕　詳見氏著：〈南朝「山水詩」中「遊覽」與「行旅」的區分〉，《東華人文學報》
　　　　　第一期，1997 年 7 月，頁 103-113。並可搭配其另一篇論文：〈謝靈運詩中『遊
　　　　　覽』與『行旅』之區分〉，《魏晉南北朝學術與思想學術研討會論文集》（台北：
　　　　　文史哲出版社，1993 年），頁 1-18。
〔註15〕　楊玉成：《陶淵明文學研究——語言與民間禮儀的綜合分析》（台北：國立政
　　　　　治大學博士論文，1993 年），頁 92。
〔註16〕　楊玉成，頁 94。
〔註17〕　許東海：《另一種鄉愁——山水田園詩賦與士人心靈圖景》，（台北：新文豐出
　　　　　版，2004 年）。
〔註18〕　許東海：《另一種鄉愁——山水田園詩賦與士人心靈圖景》，（台北：新文豐出

白兩位詩人，觀察其遊覽詩對漢代行旅賦、遊覽賦的汲取吸收；揆諸許先生的論述，將漢晉「遊覽賦」與「行旅賦」等名篇做了很縝密的解析，只不過，其焦點主要是放在兩位詩人的「遊覽詩」對漢代以降的「遊覽賦」、「行旅賦」的吸收與轉化，更重要的是，「行旅賦」中的「異域——不遇——夢土」的書寫主題，才是其論文的主旋律。

（四）鄭毓瑜

最後一位觀照「行旅賦」的學者，是台灣大學中文系的鄭毓瑜教授。在其專書《性別與家國——漢晉辭賦的楚騷論述》，曾就「美麗的周旋——神女論述與性別演義」、「歸反的回音——地理論述與家國想像」、「獨立的忠誠——直諫形式與知識份子」三個主題進行頗富啓發的探討。其中，「歸反的回音——地理論述與家國想像」一章，就是大規模的討論漢代劉歆〈遂初賦〉以降乃至謝靈運的〈撰征賦〉等行旅賦，其切入角度，雖是以「地理論述」這個切面，來考察漢晉行旅賦在「放逐——反放逐」文學上的模擬與創新，以及透過「離——返」楚騷的書寫行動，後代士人如何建構屬於一己安身立命、持志處心的地理圖誌〔註19〕。不過，就其討論潘岳〈西征賦〉所提出的「山水風物有了初次重見天日的機會」，以及謝靈運〈撰征賦〉、〈山居賦〉中的「真山實水」、「山水隱喻」〔註20〕，這幾個研探「山水」的視角來看，不但予筆者諸多啓發，同時也開啓了「行旅賦」中的「山水書寫」之閱讀視界。

總上所述，綜理王文進、許東海、楊玉成、鄭毓瑜四位先生的言論，有幾個足資比較、商榷、延伸的課題。首先，以王文進先生來說，其以《文選》中的「行旅詩」、「遊覽詩」作討論文本，而得出：「『行旅』之作的山水多了些仕宦生涯的奔動；而『遊覽』之作的山水則多了份寧靜和玄遠。」的結論。大抵而言，我們同意這樣的分析結果，只不過，假使將「行旅詩」置換成「行旅賦」，是否也有相同的論述結果呢？本文即受此說之啓發，試圖觀察漢晉行

版，2004 年），頁 174。筆者按：「行旅賦」、「遊覽賦」的界線與分判，確實有其模糊難辨的游移空間，然若從「地理路線」的行進、「地理空間」的摹寫，來進行探察，應能獲致較普遍且客觀的論證，可參上節所述。

〔註19〕 見鄭毓瑜：《性別與家國——漢晉辭賦的楚騷論述》，〈楚騷論述的文化意義〉，頁 5。

〔註20〕 引號內文字，請參考鄭毓瑜對〈西征賦〉、〈撰征賦〉、〈山居賦〉的分析，《性別與家國——漢晉辭賦的楚騷論述》，頁 104-125。

旅賦中的「山水書寫」，是否果真多了些「仕宦生涯」之寫照，而所謂的「多
了些」是否即代表也有「少部分」比較「寧靜和玄遠」之作？就此言之，漢
晉行旅賦中的「山水書寫」，如何隨著歷史演變，呈現出賦家或為「仕宦奔動」
或為「寧靜玄遠」的「主體心靈」？遂值得我們深入的探討。

　　第二，以楊玉成先生來說，其認為：班彪〈北征賦〉、班昭〈東征賦〉、
潘岳〈西征賦〉這些文章的若干寫景片段，是後代「行旅詩」的直接來源。
這個說法，敏銳的點出了「行旅賦」中的山水剪影之重要性，提供了一個
觀照的視窗；此外，楊先生認為陶淵明「行旅詩」中具有的對話、沉思和
回憶之特質，其實也可以和行旅賦的「歷史感懷」之特點，作一相互的映
照。

　　第三，以許東海先生來說，係直接碰觸「行旅賦」的相關議題並點出其
中之「山水書寫」者，其所分析的行旅賦名篇，雖聚焦於「行旅賦」中的「異
域——不遇——夢土」的書寫主題，然對謝靈運的〈歸塗賦〉、〈山居賦〉作
了較深入的分析與解釋，對本文的論述有直接的助益與深化之功。

　　第四，以鄭毓瑜先生來說，將漢晉行旅賦放諸「地理論述」的切面進行
研析，與筆者所謂的「地理路線」有彼此呼應之處，所不同者，乃在於：鄭
毓瑜先生扣緊賦家如何在「地理空間」展演「放逐」的命題，筆者所觀涉者，
卻是行旅路程的「地理路線」圖表，如何嵌鑲「歷史感懷」，讓「因地及史」
的書寫範式，能有一明確的呈示。再衡諸其論述，以研探「水山」的視角來
討論潘岳〈西征賦〉與謝靈運〈撰征賦〉、〈山居賦〉，不但予筆者諸多啓發，
同時也開啓了「行旅賦」中的「山水書寫」之閱讀視界。

貳、「行旅賦」的完整定義

　　綜合本小節來看，本文對「行旅賦」的定義與撰寫，即冀望從謝靈運、
劉勰、劉歆、蔡邕等人的說法，所整理出來的「抒情言志」與「歷史感懷」
兩大面向，再加上「地理路線」的角度進行研探。一方面來說，「地理路線」
是「行旅賦」、「紀行賦」、「遊覽賦」判別的關鍵，二方面來說，繪製出賦篇
的「地理路線」圖表，從而讓「地理空間」與「歷史感懷」能夠疊合並置，
益發能突顯「行旅賦」中「因地及史」的書寫特色；最後，再拈出賦家對山
水風景的「審美意識」之觀看與演變，奠基於王文進、許東海、楊玉成、鄭
毓瑜四位先生之基礎研究，進一步將重點放在：賦家觀看「山水」的「審美

意識」之演變歷程，論析漢晉行旅賦中的「山水書寫」，如何從文本的附庸蔚為獨立的審美客體，煥顯「山水」本然之姿貌。

　　整體言之，「行旅賦」的「歷史感懷」、「抒情言志」等既有面向，再加上本文所提出的「地理路線」與「審美意識」，即為本文細讀漢晉「行旅賦」的四條徑路。茲此，我們可為「行旅賦」的完整定義，廓清如下：

> 賦家因個人「欣在觀國」、「怆在斥徙」、「述職邦邑」、「羈役戎陣」
> 等不同境遇，而在旅次的「地理路線」過程中，即景抒情，觀照外
> 在的山水風景，從而流露出或隱或顯的「審美意識」，並將沿途的所
> 思所感、反思體悟、批判諷刺，藉由「感古思今」、「以古諫今」的
> 「歷史感懷」，完整表達其「抒情言志」之主體情感；換言之，「行
> 旅賦」既著重在征途旅次的「地理路線」，與觀照山水風景的「審美
> 意識」之顯露，同時也聚集於「因地及史」的「歷史感懷」，以及主
> 體情感之「抒情言志」，就這四大點來看，或可較完備的兼顧到「漢
> 晉行旅賦」的總體面向。

第二節　漢代：從劉歆〈遂初賦〉、班彪〈北征賦〉、班昭〈東征賦〉到蔡邕的〈述行賦〉

壹、行旅賦的發軔——劉歆的〈遂初賦〉

　　在這章的論述當中，我們首先要討論的是西漢末年劉歆的〈遂初賦〉，據序言所論，可以理解賦作的創作背景：

> 遂初賦者，劉歆所作也。歆少通詩書，能屬文。成帝召為黃門侍郎、
> 中壘校尉、侍中奉車都尉、光祿大夫。歆好《左氏春秋》，欲立於學
> 官，時諸儒不聽。歆乃移書太常博士，責讓深切，為朝廷大夫非疾，
> 求出補吏，為河內太守。又以宗室不宜典三河，徙五原太守。是時
> 朝政已多失矣，歆以議論見排擯，志意不得。之官，經歷故晉之域，
> 感今思古，遂作斯賦。以歆征事而寄己意。

〈遂初賦〉寫於劉歆欲立古文經，而與今文經學者彼此牴觸、詰抗，加上朝政多失，不得志意，最後徙移五原太守的行旅經過。面對宗室身分，卻不免淪落地方異域的際遇，賦篇開首，即對比了今昔／榮寵的殊異：

> 昔遂初之顯祿兮，遭閶闔之開通。躡三台而上征兮，入北辰之紫

　　宮。備列宿於鈎陳兮，擁大常之樞極。總六龍於駒房兮，奉華蓋
　　於帝側。惟太階之侈闊兮，機衡爲之難運。懼魁杓之前後兮，遂
　　隆集於河濱。遭陽侯之豐沛兮，乘素波以聊戾。得武玄之嘉兆兮，
　　守五原之烽燧。

昔時之顯祿，不但有「閶闔」爲之開啓天門，更可以接近天帝所在的紫宮〔註21〕，
曾經執掌「大常之樞極」的榮寵，卻終不免時運的變化與人事的難以預料，踏
上了「守五原之烽燧」，擔任五原太守的路途。接下來，從「心滌蕩以慕遠兮，
迥高都而北征」一句開始，〈遂初賦〉「歷敍於紀傳」的特徵，即因心旌「慕遠」
而深刻的展現出來：

　　劇彊秦之暴虐兮，弔趙栝於長平。好周文之嘉德兮，躬尊賢而下士。
　　駑駒馬而觀風兮，慶辛甲於長子。哀衰周之失權兮，數辱而莫扶。
　　執孫、前于屯留兮，救王師於途吾。過下虒而歎息兮，悲平公之作
　　臺。

暴虐的強秦、美德的周文王、諷諫君主的辛甲、貪斂的晉平公等歷史人物，
一一登場。

　　又：

　　憐後君之寄寓兮，喵靖公於銅鞮。越侯田而長驅兮，釋叔向之飛患。
　　悅善人之有救兮，勞祁奚於太原。何叔子之好直兮，爲羣邪之所惡。
　　賴祁子之一言兮，幾不免乎俎落。美不必爲偶兮，時有差而不相及。
　　雖韞寶而求賈兮，嗟千載其焉合。昔仲尼之淑聖兮，竟隘窮乎蔡陳。
　　彼屈原之貞專兮，卒放沈於湘淵。何方直之難容兮，柳下黜而三辱。
　　蘧瑗抑而再奔兮，豈材知之不足。……夫子之博觀兮，何此道之必
　　然。空下時而曠世兮，自命己之取患。悲積習之生常兮，固明智之
　　所別。叔群既在阜兮，六卿興而爲桀。荀寅肆而顓恣兮，吉射叛而
　　擅兵。憎人臣之若茲兮，責趙鞅於晉陽。軼中國之都邑兮，登句注
　　以陵屬。歷雁門而入雲中兮，超絕轍而遠逝。

根據賦文所述，茲將〈遂初賦〉中的「地理路線」搭配「歷史感懷」，呈示出
來：

〔註21〕當然此處的紫宮掌指人間君王之居所，有關漢代賦家以人間宮殿比附宇宙星
　　　　辰的思維模式，〈山水與神話〉一章，有詳盡討論，可資參看。

	地理路線	歷史感懷
出發地點：長安	昔遂初之顯祿兮，遭閶闔之開通。蹠三台而上征兮，入北辰之紫宮。（按：指長安的未央宮）	無
行經地點（之一）：長平	弔趙括於**長平**	劇彊秦之暴虐兮。
行經地點（之二）：長子	慶辛甲於**長子**	哀衰周之失權兮，數辱而莫扶。
行經地點（之三）：屯留	執孫、前于**屯留**兮	救王師於途吾。
行經地點（之四）：下虒	過**下虒**而歎息兮	悲平公之作臺。
行經地點（之五）：銅鞮	唁靖公於**銅鞮**	憐後君之寄寓兮
行經地點（之六）：晉陽	責趙鞅於**晉陽**	責趙鞅於晉陽
行經地點（之七）：句注	登**句注**以陵屬	無
行經地點（之八）：雁門、雲中	歷**雁門**而入**雲中**兮，超絕轍而遠逝。	無
抵達終點：五原	於是勒障塞而固守兮。	於是勒障塞而固守兮，奮武靈之精誠。攄趙奢之策慮兮，威謀完乎金城。

如上所述，〈遂初賦〉中明確寫出途經的地點，包含：長平、長子、屯留、下虒、銅鞮、晉陽、句注、雁門、雲中，亦即本文所謂的「地理路線」，伴隨著沿途地景所延伸出來的「歷史感懷」，在這整段，更是處處可見：暴虐的強秦、美德的周文王、諷諫君主的辛甲、貪斂的晉平公、罹禍的叔向、惜才的祁奚、在陳蔡遇到窮厄的孔子、忠貞的屈原、遭受黜辱的柳下惠、賢德的蘧伯玉、恣肆的荀寅、叛亂的吉射、昏庸的趙鞅，這一連串的歷史典故，旨在提供劉歆藉由史實抒懷，映顯自己的窘困失意，諸如：「雖韞寶而求賈兮，嗟千載其焉合」，以祁奚救助叔向，兩人之相遇合感嘆自己與知音的「千載其焉合」；至於「柳下黜而三辱」、「蘧瑗抑而再奔」，哀嗟他們的「方直之難容」、惋惜他們的「豐材知之不足」，其實也都是身情感的投射與對照，換言之，所吟詠的事典、賢能，無非是用來寬慰自己見逐失落的悲感。

不過，整體而言，〈遂初賦〉最大的特點乃在於，這一整段「因地及史」的論述脈絡，從「地理路線」到「歷史回憶」，倒是頗為集中的凝聚在同一段落；接下來，劉歆跳脫「因地及史」的思維，自「歷雁門而入雲中兮，超絕轍而遠逝。」開始，〈遂初賦〉首度以「行旅賦」的體類，對外在的「山水」景物進行了縟密的鋪排與羅列：

濟臨沃而遙思兮，垂意乎邊都。野蕭條以寥廓兮，陵谷錯以盤紆。飄寂寥以荒忽兮，沙埃起而杳冥。迴風育其飄忽兮，迴颮颮之冷冷。薄涸凍之凝滯兮，茀谿谷之清涼。漂積雪之皚皚兮，涉凝露之降霜。揭鼂霞之復陸兮，慨原泉之淩陰。激流澌之潀激兮，窺九淵之潛淋。棲愴以慘怛兮，慽風澟以冽寒。欷望浪以宂竄兮，鳥月劜翼之浚浚。山蕭瑟以鳴兮，樹木壞而哇吟。地坼裂而憤忽急兮，石捌破之齒齒。天烈烈以屬高兮，廖土孝窗以臬牢。雁邕邕以遲遲兮，野鵲鳴而嘈嘈。望亭隧之嶤嶤兮，飛旗幟之翩翩。回百里之無家兮，路脩遠之綿綿。

「濟臨沃而遙思兮，垂意乎邊都」的語句，容易讓我們聯想到前述的：「心滌蕩以慕遠兮，迴高都而北征」，「遙思」與「慕遠」，都是「感今思古」，所不同者，「心滌蕩以慕遠兮」引發了劉歆「因地及史」的歷史感懷，「濟臨沃而遙思兮」則開啟了一連串的「山水景物」，於是，陵谷、谿谷、九淵、山蕭瑟、齒齒（即「巖巖」，形容山勢），栩栩布列，紛陳而出，加上這一整段外在的「山水」、「花草樹木」、「天候變化」，不但篇幅遽增、結構完整，又層次井然，描繪生動，更緊接著「因地及史」的段落出現，就此而言，或許我們可以說，〈遂初賦〉中的「山水書寫」，與「歷敘於紀傳」、「因地及史」等題材，已然在文本中，具有等同的重要意義，是而為劉歆所注意、重視，在創作中大量的採擷、發揮、運用。

不過，〈遂初賦〉中的「山水書寫」，卻幾乎蒙上劉歆的主觀情緒，在作者情感的織染下，外在的氛圍是：蕭條、寂寥、棲愴慘怛、蕭瑟，路途的景況是：沙埃滿佈、迴風飄忽、積雪皚皚、凝露降霜，地坼裂、石捌破；行旅的跟蹌躝珊，心情的鬱悶憂懼，更在「回百里之無家兮，路脩遠之綿綿」，毫不掩飾地呈現出來了，所謂「路脩遠之綿綿」，一方面寫出行旅路途的邊涯無際，一方面更映顯劉歆對異域他方的茫然未知，有著惶惶不安的憂慮。

在「回百里之無家兮，路脩遠之綿綿」之後〔註22〕，劉歆擯落未知的隱憂，面對性命的靡常，他找到了一條寬慰自己的方式，也由此領悟到生命的

─────────────

〔註22〕「路脩遠之綿綿」之後的賦文，是：「於是勒障塞而固守兮，奮武靈之精誠。擄趙奢之策慮兮，威謀完乎金城。外折衝而無虞兮，內撫民以永寧。既邕容以自得兮，唯惕懼於筮寒。」《全漢賦》，頁232。此處談到的趙武靈王倡導胡服騎射、趙奢發揮智勇謀略，也是「因地及史」的書寫，不過，如前所述，〈遂初賦〉中「因地及史」的主要論述脈絡，是集中在文本的前半部分。

意義：

> 攸潛溫之玄室兮，滌濁穢於太清。反情素於寂漠兮，居華體之冥冥。
> 玩書琴以條暢兮，考性命之變態。運四時而覽陰陽兮，總物之珍怪。
> 雖窮天地之極變兮，曾何足乎留意。長恬淡以懽娛兮，固賢聖之所
> 喜。
>
> 亂曰：處幽潛德，含聖神兮。抱奇內光，自得貢兮。寵幸浮寄，奇
> 無常兮。寄之去留，亦何傷兮。大人之度，品物齊兮。舍位之過，
> 忽若遺兮。求位得立，固其常兮。守信保己，比老彭兮。

在這段的論述，劉歆顯然以老莊的義理作為超脫的理論依據，於是，性命的
變化無常、四時陰陽的流轉，都是宇宙天地自然的變化，無須特別留意，唯
有心境的「恬淡」、精神的「懽娛」，始能泯除差異，不再念茲在茲於榮辱、
寵幸、得位失位，像體道的「大人」般，齊物平等，是以〈遂初賦〉用道家
的旨意，作為結束：「守信保己，比老彭兮」，不啻是劉歆對這次行旅遷徙的
體悟，同時也是個人生涯的回顧與省視。

經由上述，劉歆〈遂初賦〉的大要，已然鮮明可見，我們進一步要探討
的是：劉歆〈遂初賦〉，作為漢代行旅賦的發軔，其結構組織，是否影響到日
後的行旅賦之創作？大抵而言，漢代的「行旅賦」之整體架構與書寫模式，
由劉歆〈遂初賦〉作為序端，均依循著這樣的脈絡，進行論述：

創作背景──地理路線（因地及史）──審美意識（山水景物）──亂曰（主旨）

由「創作背景」而言，〈遂初賦〉是劉歆「之官，經歷故晉之域，感今思
古，遂作斯賦。以歎征事而寄己意。」

由「地理路線」而言，隨著旅次的遷徙、移動，所到的地理空間、與中
途驛站，也會跟著不同，〈遂初賦〉的地理路線，已繪製動態的地理圖表，如
上所述，可參照。

由「審美意識」而言，其中，劉歆〈遂初賦〉率先以大規模的篇幅載錄
了外在的山水景物，注意到了外在的山水景物、氣候變化、飛禽走獸，使「山
水書寫」與「歷敘於紀傳」、「因地及史」等題材，在文本中，具有等同的重
要意義。

由「亂曰」而言，「亂曰」作為賦篇的總結，涵括了作者的創作旨意、思
想理念，從〈遂初賦〉中的道家義理，即可反映「亂曰」，是其書寫重點。

可以說，從劉歆〈遂初賦〉開始，「行旅賦」所推拓出的固定模式：1、創作
背景 2、地理路線（因地及史）3、審美意識（山水景物）4、亂曰（主旨）。
可以提供給我們深入了解漢代行旅賦的創作意識與書寫範式。

貳、班氏父女的行旅賦——〈北征賦〉、〈東征賦〉

一、〈北征賦〉

班彪的〈北征賦〉依循著劉歆〈遂初賦〉的書寫程式，首先，開頭即談
到了「北征」的動因：

> 余遭世之顛覆兮，罹塡塞之阨災。舊室滅以丘墟兮，曾不得乎少留。
> 遂奮袂以北征兮，超絕迹而遠遊。〔註23〕

公元23年，王莽篡漢以致政局動盪，關中離亂，此時班彪從長安出發赴北避
難，此賦即寫於北行途中的所歷所感。接著，「地理路線」延伸「歷史感懷」，
一同隨著賦文導引而出：

> 朝發軔于長都兮，夕宿瓠谷之玄宮。歷雲門而反顧，望通天之崇崇。
> 乘陵崗以登降，息郇邠之邑鄉。慕公劉之遺德，及《行葦》之不傷。
> 彼何生之優渥，我獨罹此百殃。故時會之變化兮，非天命之靡常。
> 登赤須之長坂，入義渠之舊城。忿戎王之淫狁，穢宣后之失貞。嘉
> 秦昭之討賊，赫斯怒以北征。紛吾去此舊都兮，騑遲遲以歷茲。遂
> 舒節以遠逝兮，指安定以爲期。涉長路之縣縣兮，遠紆回以樛流。
> 過泥陽而太息兮，悲祖廟之不脩。釋余馬于彭陽兮，且弭節而自思。
> 日晻晻其將暮兮，牛羊之下來。寤曠怨之傷情兮，哀詩人之歎時。
> 越安定以容與兮，遵長城之漫漫。劇蒙公之疲民兮，爲強秦乎築怨。
> 舍高亥之切憂兮，事蠻狄之遼患。不耀德以綏遠，顧厚固而繕藩。
> 首身分而不寤兮，猶數功而辭。何夫子之妄說兮，孰云地脈而生殘。
> 登鄣隧而遙望兮，聊須臾以婆娑。閔獯鬻之猾夏兮，弔尉卬于朝那。
> 從聖文之克讓兮，不勞師而幣加。惠父兄于南越兮，黜帝號于尉佗。
> 降几杖于藩國兮，折吳濞之逆邪。惟太宗之蕩蕩兮，豈襄秦之所圖。

如上，我們可以根據賦文所述，將班彪北征的路途，按照出發地點→行經驛
站→抵達終點的「地理路線」，搭配「歷史感懷」，繪製圖表如下：

〔註23〕班彪〈北征賦〉，見《文選》，頁231-234。

	地理路線	歷史感懷
出發地點（長安）	朝發軔于**長都**兮	無
行經地點（之一）：瓠谷	夕宿**瓠谷**之玄宮	無
行經地點（之二）：雲門	歷**雲門**而反顧	無
行經地點（之三）：邠邳	息**邠邳**之邑鄉	慕公劉之遺德，及《行葦》之不傷
行經地點（之四）：赤須	登**赤須**之長坂	忿戎王之淫狡，穢宣后之失貞。嘉秦昭之討賊，赫斯怒以北征。
行經地點（之五）：義渠	入**義渠**之舊城	同上
行經地點（之六）：泥陽	過**泥陽**而太息兮	悲祖廟之不脩
行經地點（之七）：彭陽	釋余馬于**彭陽**兮	無
行經地點（之八）：安定	越**安定**以容與兮	劇蒙公之疲民兮，為強秦乎築怨。舍高亥之切憂兮，事蠻狄之遼患。不耀德以綏遠，顧厚固而繕藩。首身分而不寤兮，猶數功而辭。何夫子之妄說兮，孰云地脈而生殘。
行經地點（之九）：朝那	弔尉邛于**朝那**	閔獯鬻之猾夏兮
抵達終點（高平）	隮**高平**而周覽	無

這樣一幅動態的地理路線圖，清晰的展現了班彪沿途北征所歷經的人文風景、歷史感懷，接著，外在的山水景物，緊鄰上述的「地理路線」，一一佈列：

> 隮高平而周覽，望山谷之嵯峨。野蕭條以莽蕩，迴千里而無家。風猋發以漂遙兮，谷水灌以揚波。飛雲霧之杳杳，涉積雪之皚皚。雁邕邕以羣翔兮，昆鳥雞鳴以嚌嚌。（《全漢賦》，頁 255-256）

賦中明確的山水描繪，諸如：「望山谷之嵯峨」、「谷水灌以揚波」〔註24〕，以山水為襯底，描繪了雲霧積雪等天候變化、雁鳥鳴禽等野生動物然而，班彪並不措意於對山水景物的「巧構形似」，倒是與劉歆〈遂初賦〉中，因「路脩遠之綿綿」而引發的憂慮惶恐，彼相呼應，試看其「野蕭條以莽蕩，迴千里而無家」的具體陳述，讓行旅過程的艱難窒澀、荒涼無邊，躍然紙上，是以離開京城的班彪，睎視來時路的長安，流露出異域／故鄉的落寞與傷悲：

〔註24〕 小川環樹認為：「班彪的〈北征賦〉，以「隮高平而周覽，望山谷之剎嵯峨」兩句開始的一段，……歷述嵯峨的山谷、蕭條的原野、突然吹起的風、揚波的谷水、雲霧、積雪、還有成羣飛翔的雁、悲鳴的鵾雞等，這句可說是後人行旅詩的前例。」詳參氏著：《論中國詩》，譚汝謙、陳志誠、梁國豪合譯（香港：中文大學出版社，1997 年），頁 13。

　　遊子悲其故鄉，心愴悢以傷懷。撫長劍而慨息，泣漣落而霑衣。
面對羈旅在外的生涯，人生的風霜雨雪，班彪以「陰曀之不陽」（頁 256）感
嘆法制眞理的「失其平度」，那麼，相對劉歆〈遂初賦〉從道家思想領悟人生
行旅的意義，班彪如何省視自身？

　　我們可從亂曰，窺知一二：

　　　　夫子固窮，遊藝文兮。樂以忘憂，惟聖賢兮。達人從事，有儀則兮。

　　　　行止屈申，與時息兮。君子履信，無不居兮。雖之蠻貊，何憂懼兮。

顯然的，班彪以儒家的聖賢爲榜樣，學習其固窮的心志、樂以忘憂的精神、
能屈能伸的堅韌，故而，縱使逼近蠻貊所居的天水郡，只要持守儀則、與時
並進、踐履誠信，自然能夠隨遇而安，無須憂懼。

二、〈東征賦〉

　　〈東征賦〉〔註25〕寫於班昭隨兒子曹成從洛陽赴長垣任職，在途中所經
歷的書寫感懷，如賦中所言：「惟永初之有七兮，余隨子乎東征。」〔註26〕不
過，〈東征賦〉的寫作年代，康達維認爲「永初七年」應爲「永元七年」之訛
誤。〔註27〕

	地理路線	歷史感懷
出發地點（洛陽）	余隨子乎**東征**	無
行經地點（之一）：偃師	夕予宿乎**偃師**	無
行經地點（之二）：鞏縣	遭**鞏縣**之多艱	無
行經地點（之三）：成皋	看**成皋**之旋門	無
行經地點（之四）：滎陽	歷**滎陽**而過卷	無
行經地點（之五）：原武	食**原武**之息足	無
行經地點（之六）：陽武	宿**陽武**之桑間	無
行經地點（之七）：封丘	涉**封丘**而踐路兮	無
行經地點（之八）：平丘	得**平丘**之北邊	無
行經地點（之九）：匡郭	入**匡郭**而追遠兮	念夫子之厄勤

〔註25〕班昭〈東征賦〉，見《文選》，頁 234-239。

〔註26〕《後漢書》：「恆恐子穀負辱清朝」條下注引：「永初七年，子穀爲陳留長，大
　　　　家隨至官，作東征賦。」范燁撰、王先謙集解：《後漢書集解》（台北：商務
　　　　印書館），頁 994。

〔註27〕參見康達維：〈班昭東征賦考〉，刊於《辭賦文學論集》（南京：江蘇教育出版
　　　　社，1999 年），頁 187-190。

| 抵達終點：長壇 | 到**長垣**之境 | 1、「睹蒲城之丘壚兮，生荊棘之榛榛。惕覺寤而顧問兮，想子路之威神。人嘉其勇義兮，訖于今而稱云。蘧氏在城之東南兮，民亦尚其丘墳。唯令德為不朽兮，身既沒而名存。」
2、「吳札稱多君子兮，其言信而有徵。」 |

　　由〈東征賦〉所繪製的地理路線圖來看，有幾個特別值得注意的地方：
首先，在行經地點（之九）匡郭之前，所闡述的地點都沒有相關的歷史感懷，
倒是從「入匡郭而追遠兮」開始，才藉由「匡郭古城」、「蒲城廢墟」、「蘧氏
丘墳」，分別想起曾拘囚於匡郭的孔夫子、子路的神威勇義、蘧瑗的美德賢行；
再則，仲尼、子路、蘧瑗這三位歷史人物均是孔門的聖賢，加上賦中援引吳
國公子季札讚頌「君子」的典故，可以確立儒家的美德風範，是班昭所奉行
的圭臬，這在「亂曰」有著更明顯的徵顯：

　　　君子之思，必成文兮，盍各言志，慕古人兮。先君行止，則有作兮。
　　　雖其不敏，敢不法兮。貴賤貧富，不可求兮。正身履道，以俟時兮。
　　　脩短之運，愚智同兮。靖恭委命，唯口凶兮。敬慎無怠怠，思嗛約
　　　兮。清靜少欲，師公綽兮。（《全漢賦》，頁 366-367）

「盍各言志」、「先君行止」、「清靜少欲，師公綽兮」，本身即與儒家道德規範
關涉〔註28〕，而「雖其不敏，敢不法兮」，更闡明了〈東征賦〉是賡續父親作
〈北征賦〉的理念，那麼，班彪〈北征賦〉中「固窮忘憂」、「君子履信」的
操守信念，勢必影響了班昭的價值判斷，換言之，班昭即深受父親以儒家志
節為模範的啟發，故而，〈東征賦〉中的歷史事典，何以都是關乎儒家的聖賢，
也就有了合理的說明與推斷。

　　不過，若從外在的山水景物之敘寫來看，〈東征賦〉卻明顯貧瘠、缺乏，
不但罕見具體的山水姿貌，就連「行旅賦」一向所強調的天候變幻、路況崎
嶇、鳥獸鳴集的特點──如〈遂初賦〉、〈北征賦〉──在〈東征賦〉中也鮮
少賭見，嚴格說來，「山水書寫」僅能從下面一句看出：

─────────────

〔註28〕這兩個相關的儒家經典，可以翻閱論語得知。並可參見康達維：〈班昭東征賦
　　　考〉，刊於《辭賦文學論集》，（南京：江蘇教育出版社，1999 年），頁 194-195。
　　　此外，「清靜少欲，師公綽兮」，也出自儒家經典，《論語‧憲問》：「子路問成
　　　人。子曰：『若藏武仲之知，公綽之不欲。』」

　　　　望河洛之交流兮，看成皋之旋門。(《全漢賦》，頁366)

事實上，班昭陪同兒子前往長垣就任，一路上所吟詠的儒家風範，固然是承傳班彪之志，最重要的，當然還是母者對於兒子的殷勤告誡與期待勗勉，故而，曹成的行止是否能夠合乎儒家禮儀，作爲能否有功於國、不辱家風，不啻爲班昭身爲人母的殷切盼望，同時也才是本文的要義〔註29〕，故此，〈東征賦〉並未將「山水書寫」作爲論述主調。

參、行旅賦的第一次特展──「人生之路」與「行旅之路」相互書寫的〈述行賦〉

　　根據賦序所言，可以初步勾勒蔡邕〈述行賦〉的撰作背景、內在情思以及地理路線：

　　　　延熹二年秋，霖雨逾月。是時梁冀新誅，而徐璜左悺等五侯擅貴于其處。又起顯陽苑于城西，人徒凍餓不得其命者甚眾。白馬令李雲以直言死，鴻臚陳君以救雲抵罪。璜以余能鼓琴，自朝廷敕陳留太守，發遣余到偃師。病不前，得歸。心憤此事，遂託所過述而成賦。
　　　　(《全漢賦》，頁566)

延熹二年，即是東漢桓帝的年號，其時政治動盪、民生疲弊，加上宦官攫取勢力，濫用職權，殘害正直賢良，賦中的「五侯」，即指徐璜、左悺、單超、具瑗、唐衡等人，專擅權勢的邪佞，讓役使的百姓死傷無數，李雲、陳蕃等忠良也獲罪治死，此時的蔡邕，因能「鼓琴」，遂爲徐璜召至京城，此賦即在歸返之後所寫成的。

　　綜合上述，有幾個重要的觀察點：首先，〈述行賦〉的創作背景是在東漢桓靈之世，政治、社會、民生在此時都是較爲昏亂動盪的；其次，蔡邕從宗族所在地「陳留」往西邊行進，本欲前往東漢首都──洛陽，卻在中途的「偃師」，稱病往東歸返；最後，再從「心憤此事」來看，蔡邕歸返宗族家鄉，撰寫此賦的心情，是悲憤不已，充滿喟歎無奈的。

　　於是，從第一點的社會背景，我將著重蔡邕如何在動盪時勢的催迫戕害之際，對政局進行批判、諷刺與反思，換言之，「以古諷今」的用法，在賦中

〔註29〕〈東征賦〉的「母職」論述，詳參筆者：〈漢代女賦家「女性書寫」探討──以〈自悼賦〉、〈東征賦〉爲析論對象〉，師大《思辨集》第八集，2005年，頁181-199。

有何深層意義？

第二點則考察〈述行賦〉的地理路線，從原本的「西行」，到中途停駐「偃師」，又「東返」的方位轉換之意義，此外，賦家如何觀看沿途的外在山水景物，與先前的行旅賦相較，有何不同？又可以看出怎樣的發展演變與階段性意義？均在此加以析論。

最後，蔡邕自述寫就此賦的心情是：「心憤此事，遂託所過述而成賦。」那麼，所憤究竟爲何？憤悶的心情如何自我開解？在賦中又如何呈現？我認爲，蔡邕的「遂託所過」，一方面固然是將沿途的旅況、心情，完整的示現出來，更重要的還在於，用「行旅之路」來隱喻「人生之路」，於是，「行旅之路」的艱難迫厄，其實就是蔡邕「人生之路」的晦澀幽明，相反的，「行旅之路」的坦途敞現，也就表徵了「人生之路」的豁然開朗，可以說，「人生之路」與「行旅之路」的相互指涉與對照，是〈述行賦〉最大的特點之一。

故此，底下擬分成三個主要面向進行深論，釐清上述的諸多提問：

一、地理路線的突破──「離」與「返」的方位轉換
二、審美意識的開顯──「山」與「水」的客觀展示
三、「行路」的難與易──「人生之路」與「行旅之路」的相互指涉

一、地理路線的突破──「離」與「返」的方位轉換

從賦文的首句「余有行于京洛兮」，可以知道蔡邕前往的目的地是「洛陽」，而賦序的「發遣余到偃師。病不前，得歸。」可以看出，還沒有到達目的地之前，蔡邕即在中途的「偃師」稱病告歸，最後，「爰結蹤而迴軌兮，復邦族以自綏。」則點出了蔡邕此行的出發點與回歸點──「邦族」、「宗族」──正是家鄉的「陳留」。

底下，繪製蔡邕「向西前進──中途停駐──往東歸返」的路線圖表，並搭配沿途所吟詠的歷史感懷，將「因地及史」的書寫特徵，清晰的展示出來〔註30〕：

	地理路線	歷史感懷
出發地點（陳留）	璜以余能鼓琴，自朝廷敕陳留太守。	無
行經地點（之一）：大梁	久余宿于**大梁**兮	1、詆無忌之稱神。2、哀晉鄙之無辜兮，忿朱亥之篡軍。

〔註30〕〈述行賦〉原文，引自《全漢賦》，頁 566-568。

行經地點（之二）：中牟	歷**中牟**之舊城兮	憎佛肸之不臣
行經地點（之三）：圃田	經**圃田**而瞰北境兮	悟衛康之封疆
行經地點（之四）：管邑	迄**管邑**而增感歎兮	慍叔氏之啓商
行經地點（之五）：榮陽	弔紀信于**榮陽**	過漢祖之所隘兮，弔紀信于榮陽。
行經地點（之六）：虎牢	降**虎牢**之曲陰兮	勤諸侯之遠戍兮，侈申子之美城。稔濤塗之愎惡兮，陷夫人以大名。
行經地點（之七）：鞏都	息**鞏都**而後逝	愍簡公之失師兮，疾子朝之爲害。
行經地點（之八）：偃師	赴**偃師**而釋勤	壯田橫之奉首兮，義二士之夾墳。
預計目的地：洛陽	吾將往乎**京邑**	懷伊呂而黜逐兮，道無因而獲入。唐虞眇其既遠兮，常俗生于積習。周道鞠爲茂草兮，哀正路之日澀。
中途歸返：陳留（宗族所在地）	爰結蹤而迴軌兮，復**邦族**以自綏。	無

從圖表來看，有幾點特別值得提出討論：首先，〈述行賦〉從宗族所在地「陳留」出發，在歷寫了八個地點之後，原本預計西行抵達目的地「洛陽」，蔡邕卻在此時突然折返往東，回歸了出發點；這樣的行走空間，突破了〈遂初賦〉、〈北征賦〉、〈東征賦〉原本單一路線的行程，是以有了「向西前進——中途停駐——往東歸返」的空間方位之轉換，讓行旅賦的「地理路線」有了變化曲折的軌軸，這是第一個要注意的現象。

　　再則，隨著「地理路線」的遊走，「因地及史」的「歷史典故」也盈溢篇章，細究賦中所談到的歷史掌故，多是「賢良的臣子」與「專權的臣子」（昏庸的君主）之對比，前者如 [註31]：

賢良的臣子	
紀信	劉邦與項羽爭奪天下時，曾在榮陽被項羽圍攻，紀信假扮劉邦，後爲項羽所殺。
魏無忌	信陵君，號稱門客三千，能排難解紛，受人崇拜。
伊呂（伊尹、呂尚）	伊尹，輔佐成湯的賢臣；呂尚，輔佐周武王滅商紂的賢臣。

[註31] 有關〈述行賦〉的歷史典事，斟酌參引曲德來等人所編：《歷代賦廣選新注集評》（瀋陽：遼寧人民出版社，2001 年），頁 360-373。

後者如：

專權的臣子（或昏庸的君主）	
朱亥	《史記‧信陵君列傳》記載朱亥曾奪取軍權，解救了鄲鄲之圍。
佛肸	佛肸，春秋時「中牟」的邑宰，後不守臣節，背叛趙簡子。
叔氏（管叔、蔡叔）	管叔、蔡叔曾聯合殷商之後代——武庚——向周公宣戰。
濤塗	轅濤塗，春秋陳國大夫，勸申侯修城，以建造城邑的壯麗侈靡之理由，進而陷害（鄭）申侯。
太康	夏朝的君主，沉溺於游獵，荒於國政。
子帶	周惠王次子，惠王卒，立太子鄭為襄王，襄王三年，子帶與戎狄謀伐襄王，接連作亂不已，直到襄王十七年，晉文公出兵，誅王子帶。事可見《左傳》、《史記‧周本紀》的載錄。
王子朝	《左傳‧昭公二十二年》、《史記‧周本紀》記載，（西周）王子朝，攻王子猛、又盤據王城，為亂不已。

何以蔡邕多以「賢良的臣子」與「專權的臣子」（昏庸的君主）彼此對照？前已述及，〈述行賦〉的寫作背景，其時政治動盪、民生疲弊，加上宦官攫取勢力，濫用職權，殘害正直賢良，賦序的「五侯」，即指徐璜、左悺、單超、具瑗、唐衡，專擅權勢的邪佞。故而，賦中處處可見的歷史典事，率皆以篡位越權、不守臣節的臣子，昏庸無能的君主為批判對象，諸如：朱亥、佛肸、管叔、蔡叔、濤塗、太康、子帶、王子朝，並以紀信、伊尹、呂尚等忠貞耿介之士，作為明顯的對照與映襯，表達了蔡邕對徐璜等宦官專擅政權的不滿、憤怒，在〈述行賦〉中，其「以古諷今」，借事抒懷的方式，誠具有特殊的意義。

二、審美意識的顯現——「山」與「水」的客觀展示

自上，考察了〈述行賦〉的地理路線，從原本的「西行」，到中途停駐「偃師」，轉瞬又「東返」的空間方位之轉換；此外，也注意到了賦中以「賢良的臣子」與「專權的臣子」（昏庸的君主）之對比的使用，誠表達了蔡邕對政局進行批判、諷刺與反思，具有「以古諷今」的意蘊。

接著，隨著旅程，賦家如何觀看沿途的外在山水景物，與先前的行旅賦相較，有何不同？又可以看出怎樣的發展演變與階段性意義？

首先，試看這一段落的敘寫：

> 登長坂以凌高兮，陟葱山之嶢陘。建撫體而立洪高兮，經萬世而不
> 傾。迴峭峻以降阻兮，小阜寥其異形。岡岑紆以連屬兮，谿谷夐其

杳冥。迫嵯峨以乖邪兮，廓巖窋以崢嶸。攢棧樸而雜榛枯兮，被浣
濯而羅布。虆炎與臺菌兮，緣層崖而結莖。（《全漢賦》，頁566）
蔡邕借由行旅的實際體驗，生動的描寫出「登長坂」、「陟蔥山」、「迴峭峻」
的動態過程，同時也注意到山崗溪谷裡叢生的雜樹、順著崖壁生長的莖草，
在這一段中，我們似乎感覺不到蔡邕因為西行而「心憒此事」的鬱悶，反倒
是擯落了個人的主觀好惡，注意到了「行旅賦」中一直存在，卻向來被忽略
的外在「山水」景物，於是，我們發覺，外在的山水景物，在此已客觀的如
實展現，以「山勢」來說：「蔥山嶢陘」、「峭峻降阻」、「小阜異形」、「岡岑連
屬」、「巖窋崢嶸」；以「水勢」來說：「谿谷杳冥」；這些描述當中，嶢陘、峭
峻降阻、小阜、連屬、崢嶸、杳冥等「巧構形似」、「蔚似雕畫」的用詞，精
巧細緻的鑲嵌在文本中，且都是用來刻劃山水景物，讓我們看到漢代「行旅
賦」中的「山水書寫」，不全然僅是文本的陪襯、或作為背景而已。

〈述行賦〉相較〈遂初賦〉以「山蕭瑟」來形容山勢，卻幾乎蒙上劉歆
的主觀情緒，因而在文本中形成的蕭條、寂寥、悽愴慘怛、蕭瑟的外在氛圍，
截然不同；亦與班彪〈北征賦〉中，視「望山谷之嵯峨」、「谷水灌以揚波」
作為「野蕭條以莽蕩，迴千里而無家」的荒涼背景，迥然有別；可以說，蔡
邕在此不把個人的主觀情感投射在山水景物上，於觀看山水之際，似乎有意
抽離自己的主觀好惡、淨化自己的憤恨不滿，讓外在的「山水」能夠以其本
然面貌顯現，故而，「行旅賦」中一直存在，卻向來被忽略的外在山水景物，
在此已客觀的如實展示，表徵了漢代「行旅賦」中的「山水書寫」，首次恢復
本然的樣貌，當然也昭顯了賦家的審美意識之跨越與進展，就此而言，在山
水賦史的演變上，〈述行賦〉寔有極重要的意義，不容輕覷。

三、「行路」的難與易——「人生之路」與「行旅之路」的相互 指涉

分析完〈述行賦〉中，「地理路線」的空間方位之轉換、「因地及史」的
事典意蘊，最後，我們將闡釋〈述行賦〉的另一項特點——「人生之路」與
「行旅之路」的相互指涉。

如果說，蔡邕對外在「山水景物」避免了過多的主觀情緒之投射與織染，
從而恢復其本然獨立的姿貌；那麼，〈述行賦〉儼然將作者的情緒意態，藉由敘
述行旅的過程，徹底的抒發出來，換言之，唯有在文本中的「行旅之路」，始能
體會出作者背後，那難以窺見、深層繁複的主體情思，更重要的是，這一趟西

行的「行旅之路」，其實就是蔡邕經過思索，歸返宗族，重新出發，迎向未來，所敞開的「人生之路」。可以說，「人生之路」即是「行旅之路」，兩者相互指涉，成爲文本中一個龐大的隱喻，此處即針對這個問題，作深入的分析〔註32〕。

　　賦中歷敘行旅路程之艱險，以及天候變幻、整體蕭瑟的氛圍，可先從此段理解：

　　　　山風汩以飆涌兮，氣憭憭而屬涼。雲鬱術而四塞兮，雨濛濛而漸唐。
　　　　僕夫疲而劬瘁兮，我馬虺頹以玄黃。格菴丘而稅駕兮，陰曀曀而不
　　　　陽。哀衰周之多故兮，眺瀕隈而增感。《全漢賦》，頁567

山風迅急驟起，天候淒厲清涼，加上烏雲滿佈、大雨迷濛，路途的艱辛，使得馬匹疲勞困頓，無法前行，由此來看，蔡邕往京洛西行的旅途，是異常疲憊困頓的，在這一段的敘述中，更重要的是：「陰曀曀而不陽」一句，將外在天候的隱晦、不明，沒有陽光的照耀，用來表達自己內心的陰鬱憤悶；賦中同樣強調「行旅之路」之辛勞，尚有：

　　　　玄雲黯以凝結兮，集零雨之溱溱。路阻敗而無軌兮，塗潭溺而難遵。
　　　　（《全漢賦》，頁567）

同樣的，「玄雲」的晦澀黑暗，一方面用來形容外在的天氣景況，同時也可以表徵蔡邕內在的深層情感，加上路途又有泥濘阻礙，車軌難以通行，行旅的疲憊，自是不言而喻，於是「亂曰」的首句，即如此申說：

　　　　跋涉遐路，艱以阻兮。終其永懷，窘陰雨兮。（《全漢賦》，頁567）

這句話，清楚的揭示了蔡邕對西行京洛的觀感；第一，路途是遙遠迢迢，且遍佈艱難險阻的；第二，作者爲徐璜等宦官強召入京，心境本已憂慮鬱悶，加上天候又陰晴不定，陰雨綿密，更顯困窘。

是以回過頭看賦篇首句：

　　　　塗迆邅其蹇連兮，潦汙滯而爲災。乘馬躓而不進兮，心鬱伊而憤思。
　　　　（《全漢賦》，頁566）

又再一次強調了「行旅之路」的困塞顛沛，且心情是「鬱伊」又「憤恨」的，這樣的情緒表露，確實跟賦序所言：「心憤此事」，彼相呼應；我們不難發現，帶著憤恨憂慮的心情，踏上西行的「行旅之路」，路途的景況是曲折迂迴、迤

〔註32〕「人生之路」與「行旅之路」的相互書寫與指涉，除了文本中有鮮明的表現，黃奕珍：《杜甫自秦入蜀詩歌評析》一書（台北：里仁書局，2005年），亦給予筆者很大的啓發。

遄蹇連的，只不過，大量突顯「行旅之路」的艱難、外在天候的陰晦，用意爲何？筆者認爲，標舉「行旅之路」的顛沛流離，其實就是在陳述自己的「人生之路」的坎坷崎嶇與理想價值的摧毀幻滅，換言之，動態的、實際的、困頓的「行旅之路」，適巧用來表徵隱微的、抽象的、「正道」幻滅的「人生之路」。

　　於是，蔡邕懷著「心鬱伊而憤思」的心情上路，沿途的景況如前所述，總是：「路阻敗而無軌兮，塗濘溺而難遵。」「跋涉遐路，艱以阻兮。」在這些窮困的「行旅之路」後，賦中提示了我們，何以蔡邕對此行，總是「鬱伊」又「憤恨」：

　　　　弘寬裕于便辟兮，糾忠諫其駁急。懷伊呂而黜逐兮，道無因而獲入。
　　　　唐虞眇其既遠兮，常俗生于積習。周道鞠爲茂草兮，哀正路之日澀。
　　（《全漢賦》，頁 567）

在賦篇接近結束前，蔡邕有感而發的寫出了這段議論：在上位的掌權者，對身邊的親近小人，總是寬宏大量，卻對忠貞耿介之士，嚴苛督察；最後並引用《詩經・小雅・小弁》：「踧踧周道，鞠爲茂草。」作爲警語，哀嘆周王室的王政之衰，就如同平坦的道路，將要被茂草覆蓋一般；以此觀之，蔡邕「哀正路之日澀」，句中所謂的「正路」，就不是指一般行走的「道路」，而是指涉「正道」，也就是蔡邕所奉行的價值理念——不與徐璜等宦官同流合污——「人生大道」。那麼，由此觀察，我們可以清楚的發現：蔡邕懷著「鬱伊」又「憤恨」的心情，西行京洛，沿途的「行旅之路」所以「塗濘溺而難遵」、「跋涉遐路，艱以阻兮」，其實都是用來比擬「正道」的頹敗、「大道」的衰竭，以及個人在「人生之路」上的坎坷曲折。以圖示之，則爲：

	沿途路況	作者心境
行旅之路	「塗濘溺而難遵」、「跋涉遐路，艱以阻兮。」	「心鬱伊而憤思」
人生之路	「哀正路之日澀」	「心憤此事，遂託所過述而成賦。」

此外，「行旅之路」與「人生之路」的相互指涉，還在於，用幡然省悟的從容心情，將「行旅之路」的平坦順遂與「人生之路」的豁然開朗，縮結起來，如此段所云：

　　　　率陵阿以登降兮，赴偃師而釋勤。壯田橫之奉首兮，義二士之夾墳。
　　　　佇淹留以候霽兮，感憂心之殷殷。并日夜而遙思兮，宵不寐以極晨。
　　　　候風雲之體勢兮，天牢湍而無文。彌信宿而後闋兮，思逶迤以東運。

見陽光之顯顯兮，懷少弭而有欣。（《全漢賦》，頁 567）

顯然的，到了中途的休憩站——「偃師」，蔡邕本來是憂心殷殷，徹夜不眠，等待著天亮，卻轉念一想：「彌信宿而後闋兮，思逶迤以東運。」在偃師歇宿之後，蔡邕做了重大的決定：改變了原本西行京洛的路途，轉而「往東」返回出發點——宗族所在地。然而，在這「行旅之路」的路線遷變之後，蔡邕的心情竟從原本「心鬱伊而憤思」的心情，轉成「懷少弭而有欣」的歡欣、欣慰之情，連原先「玄雲黯以凝結兮，集零雨之濛濛」的陰霾，也轉瞬變成了顯顯明亮的「陽光」。

何以情緒之轉折，如此明顯？筆者認爲，回到宗族所在地「陳留」，存在著蔡邕對「人生之路」的重新定義與思考，從「亂曰」，或可略窺一二：

翩翩獨征，無儔與兮。言旋言復，我心胥兮。（《全漢賦》，頁 568）

「翩翩獨征，無儔與兮」，可以從兩方面來解讀：第一，可解釋成西行的「行旅之路」，沿途是「獨征」，無人相伴的；第二，可解釋成「人生之路」上，沒有「志同道合」的同儔，能夠相互砥礪、彼此前進。

從這兩點來看，「行旅之路」與「人生之路」的疊合互涉，在此已昭然可見；值得注意的是，「言旋言復，我心胥兮」，蔡邕在偃師稱病告退，復返來時路，其心情是極度愉悅歡欣的，如賦中所云：

爰結蹤而迴軌兮，復邦族以自綏。（《全漢賦》，頁 567）

結束西行之旅，攬轡迴返的決定，蔡邕自言：「復邦族以自綏」，「自綏」即「自安」，可見回到邦族，讓蔡邕感到心安，所以如此，正在於：回到了宗族的所在地——陳留——便有了同宗族的「同儔」相伴爲伍，人生路上不再踽踽獨行，落寞孤單，自然呈現出「我心胥兮」的歡樂欣慰之情。可以說，這不僅止於「行旅之路」（地理路線）的往東歸返而已，更表徵著蔡邕在回到情感的結穴處（宗族所在地）後，可以重新出發，迎向未來，在「人生之路」，找到一個豁然開朗的出口。於是，「爰結蹤而迴軌兮」，回歸宗族的決定，讓蔡邕感到「自綏」、心安，故而，往東歸返的「行旅之路」遂不再崎嶇坎坷，而是「自綏」、「我心胥兮」的，而這一條「行旅之路」，更象徵著蔡邕對「人生之路」的重新思考與定義，以圖示之，如下：

	沿途路況	作者心境
行旅之路	「思逶迤以東運」、「爰結蹤而迴軌兮，復邦族以自綏。」	懷少弭而有欣
人生之路	「見陽光之顯顯兮」	言旋言復，我心胥兮。

　　綜合以上所述,「人生之路」即是「行旅之路」,兩者相互指涉,成為文本中一個龐大的隱喻,換言之,文本中的「行旅之路」就是「人生之路」;於是,當蔡邕往京洛西行,走向那「正道」已失的首都,他將面對的是專擅政權的宦官以及未可預知的際遇,「人生之路」可謂波濤起伏,艱難險阻,〈述行賦〉正是由此,將自己面對「人生」迷惘惶惑,嫉仇憤恨的心情,用崎嶇難行、滿佈荊棘的路程──行旅之路──迂迴曲折的表現出來。

　　同時,當決定東返宗族所在地,原先「心鬱伊而憤思」的心情,竟轉成「懷少弭而有欣」的歡欣、欣慰之情,連之前「玄雲黯以凝結兮,集零雨之溱溱」的陰霾,也瞬間變成了顯顯明亮的「陽光」,「行旅之路」自此不再艱辛。

　　何以行路之「難」瞬間變成了「易」?

　　實因蔡邕回到邦族,幽居沉潛,在「人生之路」上有了同宗族的「同儔」,可以相伴為伍,不須踽踽獨行,落寞孤單,自然呈現出「我心胥兮」的歡樂欣慰之情,故而,原先的行路「難」在作者心境的轉化下,變成了行路「易」,更重要的是,這一條「行旅之路」,在決定東返之後,所呈顯的平坦順遂,正與作者對「人生之路」的豁然開朗、心境上的柳暗花明,相互指涉、彼此呼應,成了文本中,一個極為龐雜纏繞的隱喻。

　　是而,我們認為,〈述行賦〉中,那些阡陌錯綜,道路交織的「行旅之路」,其實就在隱喻著賦家的生命流程與「人生之路」。

肆、漢代行旅賦的整體書寫特色

一、漢代「行旅賦」的整體架構與書寫模式,賡續劉歆〈遂初賦〉而來

　　大抵而言,漢代的「行旅賦」之整體架構與書寫模式,由劉歆〈遂初賦〉作為序端,均依循著這樣的脈絡,進行論述:

　　創作背景──地理路線(因地及史)──審美意識(山水景物)──亂曰(主旨)。

　　由「創作背景」而言,〈遂初賦〉是劉歆「之官,經歷故晉之域,感今思古,遂作斯賦。以歎征事而寄己意。」班彪〈北征賦〉則是:「遭世之顛覆兮,罹填塞之阨災。舊室滅以丘墟兮,曾不得乎少留。遂奮袂以北征兮,超絕迹而遠遊。」由長安北征天水的途中,所經所感;班昭〈東征賦〉則係「隨子

乎東征。」隨其子曹成赴任；至於蔡邕〈述行賦〉，因「心憤此事」，故寫下了自己西行京洛的沿途遭遇；整體說來，〈遂初賦〉、〈北征賦〉、〈東征賦〉、〈述行賦〉四篇賦作，都有各自的書寫動機與創作背景。

由「地理路線」而言，隨著旅次的遷徙、移動，所到的地理空間、與中途驛站，也會跟著不同，〈遂初賦〉、〈北征賦〉、〈東征賦〉、〈述行賦〉的地理路線，如上所述，已繪製動態的地理圖表，可參照。特別值得提出討論的是：蔡邕的〈述行賦〉，翻轉了原本單一的地理路線（向北或向東），讓行旅賦的「地理路線」有了變化曲折的軌軸，這是需要特別注意的現象。

由「審美意識」而言，四篇行旅賦，都注意到了外在的山水景物、氣候變化、飛禽走獸，其中，劉歆〈遂初賦〉率先以大規模的篇幅載錄了外在的山水景物，使「山水書寫」與「歷敘於紀傳」、「因地及史」等題材，在文本中，具有等同的重要意義，然〈遂初賦〉中的「山水書寫」，卻幾乎蒙上劉歆的主觀情緒，在作者情感的織染下，使得外在的氛圍充滿：蕭條、寂寥、棲愴慘怛、蕭瑟，「山水」在此，不具鮮明色彩，接著，再陸續觀察班氏父女之作——〈北征賦〉、〈東征賦〉以及蔡邕的〈述行賦〉，可以釐析出一條觀看「山水」的演進脈絡。

由「亂曰」而言，作為賦篇的總結，「亂曰」涵括了作者的創作旨意、思想理念，於是，從〈遂初賦〉中的道家義理，〈北征賦〉、〈東征賦〉的儒家思想，〈述行賦〉中找到「人生之路」，在在反映了「亂曰」，是漢代四篇「行旅賦」主要的書寫重點。

二、隨著行走空間的遞移轉換，有不同的歷史感懷與人物事典

行旅賦中的「地理路線」帶出了賦家行經的地理路線圖，而沿途的歷史感懷，也就是「因地及史」的歷史事典，恰為漢代「行旅賦」的特色之一，然不同的賦篇，運用「歷史事典」則有殊異的作用與意蘊，如：班昭〈東征賦〉主要採用儒家的聖賢，表徵了〈東征賦〉是賡續父親作〈北征賦〉的理念，並希冀其子曹成能夠以「君子」為典範，故而，通篇的歷史事典，主要是以儒家為核心；再如蔡邕〈述行賦〉，以「賢良的臣子」；紀信、伊尹、呂尚等忠貞耿介之士，對比「專權的臣子」（昏庸的君主）：朱亥、佛肸、管叔、蔡叔、濤塗、太康、子帶、王子朝，即是用來批判不守臣節的臣子與昏庸無能的君主，其「以古諷今」，借事抒懷的方式，誠具有特殊的意義。是以，「因地及史」的「歷史感懷」，隨著行走空間的轉換，會有不同的歷史感懷與人物

事典，所諷刺、感懷的人事，在賦中，都有特別的意義，須搭配賦文一同理解，始能看出作者「以古諷今」的用意。

三、賦家對山水景物的「審美意識」，有逐漸清晰鮮明的呈現

〔日〕小川環樹先生認為六朝時期「風景」的意義，主要是：「由風和光（光和空氣）的意思，轉而為風所吹、光所照之處，再轉而指人所觀覽的物的全體。」以此觀之，我們發現，漢代行旅賦中的「山水」，不但是自然「風景」的內容，更重要的是，此處的「山水」是人所「觀覽的物的全體」。也因此，行旅賦中的「山水」和文本中的雲霧積雪等天候變化、雁鳥鳴禽等野生動物全都成了外在的「風景」，是一種整體的氛圍之展現。「山水」如何在文本中，為賦家所觀看、對話、召喚，從而將其獨特性質，從整體「風景」抽離出來，煥發其姿貌顯影，也就成了必須釐清的課題。

本文認為，從劉歆〈遂初賦〉率先以大規模的篇幅載錄了外在的山水景物，使「山水書寫」與「歷敘於紀傳」、「因地及史」等題材，在文本中，具有等同的重要意義；然〈遂初賦〉中的「山水書寫」，卻因蒙上劉歆的主觀情緒，使得外在的氛圍充滿：蕭條、寂寥、悽愴慘怛、蕭瑟，「山水」在此，並不具鮮明色彩，接著，再陸續觀察班氏父女之作——〈北征賦〉、〈東征賦〉，賦中的「山水書寫」，不但在篇幅上，遜色於〈遂初賦〉，同樣的，也投射了作者的主觀情感，從而忽視了「山水」可以獨立作為審美客體的可能，這時候的「山水」，係四季氣化流行的自然，賦家以其抒情的自我，與四時山川、天地鬼神相感發，是一處個人情思抒發感興的場域〔註33〕。主體的「情」，儼然才是文本的重點所在。

直到蔡邕的〈述行賦〉，不把個人的主觀情感投射在山水景物上，於觀看山水之際，似乎有意抽離自己的主觀好惡、淨化自己的憤恨不滿，讓外在的「山水」能夠以其本然面貌顯現，故而，賦中：「嶢陉」、「峭峻降阻」、「小阜」、「連屬」、「崢嶸」、「杳冥」等「巧構形似」、「蔚似雕畫」的用詞，精巧細緻的鑲嵌在文本，均是用來形容「山水」，就這點而言，「行旅賦」中一直存在，卻向來被忽略的外在山水景物，在此已客觀的如實展示，表徵了漢代「行旅

〔註33〕龔鵬程認為漢人對於自然氣感的態度，係一抒情自我，由於有這樣的抒情性格與生命感受，才可能出現〈古詩十九首〉這個我國抒情傳統的歷史起點。詳見氏著：《漢代思潮》（嘉義：南華大學，1999 年），〈自然情感的世界〉，頁 25-28。

賦」中的「山水書寫」，首次恢復本然的樣貌，當然也昭顯了賦家的審美意識之跨越與進展，就此而言，在山水賦史的演變上，〈述行賦〉寔有極重要的意義，不容輕覷。可以說，從〈遂初賦〉、〈北征賦〉、〈東征賦〉到蔡邕的〈述行賦〉，可以釐析出一條觀看賦家觀看「山水」的方式，以及其中「審美意識」的演進脈絡。

四、「亂曰」的反思體悟與關懷層面，彰顯了賦家的「主體性」

最後，要特別提出討論的是，在這四篇賦作的最後，都有「亂曰」的組織架構，用以呈現賦家的主體情思與通篇旨意，從「亂曰」的反思體悟與關懷層面，賦家的「自我主體」也因此顯得更為立體、深刻，特別是，「行旅賦」中，「因地及史」的書寫特色，本就在於：「感今思古」、「眺望未來」，故而，「過去——現在——未來」的時序鏈條，正突顯出「我」的存在之主體性意義。

是以，〈遂初賦〉中用道家的旨意，作為結束：「守信保己，比老彭兮」，陳述了作者不再念茲在茲於榮辱、寵幸、得位失位，像體道的「大人」般，齊物平等，泯除差異，〈遂初賦〉可以說是劉歆「以敘征事而寄己意。」經過沉澱思索、反思體悟後的創作，作者的心志，躍然紙上；再如班氏父女的行旅賦作，以〈北征賦〉來說，「遭世之顛覆」的遊子流離故鄉，面對荒涼蕭瑟的行旅路途，路上所奉守的價值觀，正是儒家「固窮」的心志，所關懷者，無非是社稷蒼生與劉氏宗族〔註34〕；以〈東征賦〉來說，由於班昭身兼「母職」的要求，所著重者，自然是希冀其子曹成能夠走向正確的道路，不辱家門風範，可以說，〈北征賦〉、〈東征賦〉都有各自不同的關懷層面與書寫重點，「我」的主體之訴求，當然迥異；至於蔡邕的〈述行賦〉更是在折返地理路線後，回到宗族的所在地，獲致了「人生之路」的新意義，「自我主體」的價值追求與思索體悟，經由「亂曰」，可以見出。

整體說來，漢代行旅賦中的「亂曰」，其所映現的反思體悟與關懷層面，不但彰顯了賦家的「主體性」，也昭示了「我」的存在與思考。

〔註34〕《漢書》：「彪年二十，遭王莽敗，劉聖公立未定，乃去京師，往天水郡，歸隗囂。囂時據隴擁眾。囂不禮彪。彪後知囂必敗，乃避地於河西，就大將軍竇融，勸融歸光武。」〈北征賦〉寫於去京師，往天水郡，歸隗囂時所作，從之後勸大將軍竇融歸順光武來看，班彪是以復興劉氏宗族為己志的。

第三節　魏至西晉：從魏代行旅賦到潘岳的〈西征賦〉

從魏代行旅賦來看，大多殘缺散佚，就筆者所見，亦鮮少有亂日、地理路線、歷史事典的組織架構，只不過，魏代行旅賦中，片段之山水剪影，讓下階段的山水，有更寬廣的發展。因此，到了西晉，潘岳的〈西征賦〉又與漢代行旅賦接軌，原初的「地理路線」與「審美意識」（山水景物）又成了書寫重點，值得關注。而〈西征賦〉中的「山水書寫」，在山水賦史或者行旅賦史上，均具有極為重要的意義，同時，也是經過本文所判定、認可的「漢晉行旅賦的第二次發展」之賦篇。

壹、片段的山水剪影──魏代行旅賦綜述

> 超南荊之北境，踐周豫之末畿。野蕭條而騁望，路周達而平夷。（王粲〈初征賦〉，頁 99）

> 余因茲以從邁兮，聊暢目乎所經。觀庶士之繆殊，察風流之濁清。沿江浦以左轉，涉雲夢之無陂。……攬循環其萬艘，互千里之長湄。（徐幹〈序征賦〉，頁 147）

> 愴恨惻切，我獨西行。去峻溪之鴻洞，觀日月於朝陽。釋叢棘之餘刺，踐檟林之柔芳。皦玉粲以耀目，榮日華以舒光。信此山之多靈，何神分之煌煌！聊且遊觀，周歷高岑。仰攀高枝，側身遺陰。（劉楨〈遂志賦〉，頁 196）

從上述所摘錄的魏代行旅賦來看，我們發現，魏代行旅賦的「山水書寫」與漢代行旅賦中的「山水書寫」，有著相異的呈現。其所顯現的不同之處，約略可以從下述三點，進行綜合討論：

首先，魏代行旅賦大多是殘篇佚文，相較漢代行旅賦之完整具體，其殘佚的狀況，造成了文本解讀的阻礙，不能不說是一大缺憾。

第二，就目前所蒐集的魏代行旅賦來看，筆者發現，這時期的行旅賦作，並不依循漢代行旅賦之創作模式，亦即，「創作背景──地理路線（因地及史）──審美意識（山水景物）──亂日（主旨）」的文本結構，在魏代的行旅賦並不形成一通則的文學範式。以「地理路線」而言，在魏代的行旅賦中，地名的填寫、延展，不但付之闕如，即使像「行旅賦」特別強調的「歷史事典」，此時也鮮少使用，再如「亂辭」，也罕能在魏代行旅賦中出現。

整體說來，魏代行旅賦所強調的反倒是作者的主體情志，特別是有關建

功立業的期許與渴望〔註35〕，如王粲〈初征賦〉:「賴皇華之茂功，清四海之疆宇」、阮瑀〈紀征賦〉:「希篤聖之崇綱兮，惟弘哲而爲紀」、徐幹〈西征賦〉:「庶區宇之今定，入告成乎后皇。登明堂而飲至，銘功烈乎帝裳。」應瑒〈撰征賦〉:「嘉想前哲，遺風聲兮。」也因此，過於重視外在的功業，以及羈旅生涯的寫照，魏代行旅賦的內容，大多是賦家「羈役戎陣」的作品。

　　第三，正因爲魏代賦家大多描述「羈役戎陣」的景況，是以對外在「山水」的審美意識，遂無法進一步的去描摹刻劃、細緻體會。相較蔡邕〈述行賦〉所揭示的「客觀山與水」，自然顯得薄弱許多，不過，這當然也不能抹煞掉魏代行旅賦中的「山水書寫」之存在，上面所援用的〈初征賦〉、〈序征賦〉、〈遂志賦〉，不但出現了「千里長湄」、「峻溪鴻洞」、「周歷高岑」「樲林柔芳」等清麗雋秀的山水美景，劉楨〈遂志賦〉中更以「聊且遊觀，周歷高岑」來描述親身遊覽「高岑」的山路景況，故此，我們當然不能無視魏代行旅賦中的「山水書寫」，更何況，在現存的魏代行旅賦之內容大多爲殘佚的情況下，尚能親睹「山水書寫」的吉光片羽，就這點而言，其所存留的片段的「山水書寫」之剪影，在文本中也就有了舉足輕重的地位，值得我們更加重視。

貳、行旅賦的第二次發展──自然山水／地理空間／歷史典故嵌錯疊合的〈西征賦〉

　　如果說，魏代行旅賦鮮因殘佚缺失，以致少有長篇鉅作，到了西晉，潘岳的〈西征賦〉就可以說是延續漢大賦書寫模式的創製，在文本結構上，與漢代行旅賦有內在的聯繫與承續，換言之，以漢代行旅賦:「創作背景──地理路線（因地及史）──審美意識（山水景物）──亂曰（主旨）」的組織結構來看，我們發現，〈西征賦〉也依循這樣的創作模式，表陳了作者的情志旨意，並進一步確立了「自然山水」在行旅賦中不可移易的地位。

　　首先，可以從「創作背景」來觀察:

　　〈西征賦〉寫於惠帝元康二年五月，潘岳告別洛陽奔赴長安任職，就西行途中的所見所聞，「述所經人物山水」〔註36〕，而寫成的大賦:

　　　　遭千載之嘉會，皇合德于乾坤。弛秋霜之嚴威，流春澤之渥恩。

〔註35〕有關這方面的討論，〈空間與權力〉章，有較詳細的論述，請參照。
〔註36〕引自《晉書・潘岳列傳》（藝文印書館，未注出版年月），頁1022。

甄大義以明責，反初服于私門。皇鑒揆余之忠誠，俄命余以末班。
〔註37〕

此處講述身處晉惠帝「弛秋霜之嚴威，流春澤之渥恩」恩威并施的教化，
因而雖遭逢楊駿事變的打擊，尚承蒙君上明鑒，倖免於難，旋即又命我為
地方（長安）小官，緊接賦文之後，隨著潘岳行走移動的地理空間，每到
一處即有不同的人文風情、山水風景、歷史事典，是以外在的地理空間遂
嵌入一連串的典故史實，從而形成潘岳文本中獨特的敘事內蘊，同時，這
也就是本文所欲觀察的兩條路徑；「地理路線」（因地及史）與「審美意識」
（山水景物）。

　　按照賦文所述，潘岳所行經的路線圖，主要包含三個階段：從洛陽出發
→洛陽到長安之間→長安境內涖職轄區。故底下將循此製表，推移出潘岳行
走的地理路線圖、歷史典故的運用（因地及史）、自然山水景物（審美意識）
的布置，最後，我們將藉助表格的綜理，進一步的提出：〈西征賦〉中的「山
水書寫」，在山水賦史或者行旅賦史上，均具有極為重要的意義。

人文風情 地理路線	自然山水	歷史典故
從洛陽出發 ↓	「澡孝水而濯纓，嘉美名之在茲。」	夏桀／周武：夜申旦而不寐，憂天保之未定。惟泰山其猶危，祀八百而餘慶。鑒亡王之驕淫，竄南巢以投命。坐積薪以待然，方指日而比盛。
	「眄山川以懷古，悵攬轡于中塗。」	秦／漢：虐項氏之肆暴，坑降卒之無辜。激秦人以歸德，成劉后之來蘇。事回沄而好還，卒宗滅而身屠。
	「登崤□之威夷，仰崇嶺之嵯峨。」	東漢（光武帝）：當光武之蒙塵，致王誅于赤眉。鄧奉辭以伐罪，初垂翅于回谿。不尤眚以掩德，終奮翼而高揮。建佐命之元勳，振皇綱而更維。
		春秋：降曲崤而憐虢，託與國于亡虞。貪誘賂以賣鄰，不及臘而就拘。垂棘反于故府，屈產服于晉輿。德不建而民無援，仲雍之祀忽諸。〔註38〕

────────────

〔註37〕原文引自（清）陳元龍輯：《御定歷代賦彙》（北京：北京圖書館出版社，1999
　　　年11月第一版），頁435-454。
〔註38〕春秋時，虢與虞為相鄰的小國，晉國以屈地所產良馬和垂棘所產美玉賄賂虞國
　　　君主，借路滅虢。宰相宮之奇諫曰：「虢，虞之表也；虢亡，虞必從之。……
　　　諺所謂『輔車相依，唇亡齒寒』者，其虞、虢之謂也。」詳見清・高士奇撰：

		董卓：愍漢氏之剝亂，朝流亡以離析。卓滔天以大滌，劫宮廟而遷跡。
長安境內菑職轄區（從「都中雜遝，戶千人億。華夷士女，駢田逼側。展名京之初儀，即新館而菑職。」可知已到長安任內轄區）	造長山而慷慨，偉龍顏之英主。	諷刺漢武帝好大喜功：「武雄略其焉在，近惑文成而溺五利。侔造化以制作，窮山海之奧祕。靈若翔于神島，奔鯨浪而失水。爆鱗骼于漫沙，隕明月以雙墜。擢仙掌以承露，干雲漢而上至。致□蒟其奚難，惟余欲而是恣。縱逸遊于角觝，絡甲乙以珠翠。忍生民之減半，勒東岳以虛美。」
		讚譽漢高祖：「造長山而慷慨，偉龍顏之英主。胸中豁其洞開，群善湊而必舉，存威格乎天區。」
	鶩橫橋而旋軫，歷敝邑之南垂……疏南山以表闕，倬樊川以激池。	反對秦國修築阿房宮的奢靡：「鶩橫橋而旋軫，歷敝邑之南垂。門□石而梁木蘭兮，構阿房之屈奇。疏南山以表闕，倬樊川以激池。役鬼傭其猶否，矧人力之所為。」
	憑高望之陽隈，體川陸之汙隆。	批判王莽：「誦六藝以飾姦，焚詩書而面牆。心不則于德義，雖異術而同亡。」

自表列可以顯見，〈西征賦〉以自然山水／地理空間／歷史典故交融嵌錯，行經之處即穿插該地的人文風情、歷史典故，在賦中，潘岳除了在行征目的地長安及其周圍的杜郵、渭城、安陵、細柳投入大量的「因地及史」的筆墨外，其他的一路所經之地，如新安、澠池、曲淆、安陽、陝郟、函谷關、弘農、湖邑、潼關、華岳等地，都有眾多的人文掌故可供評述，因而形成這一篇空前絕後的紀行傑件〔註39〕。換言之，詳細記載旅途的景況，歷史遺跡，正是〈西征賦〉的特點，如〔美〕康達維（David R. Knechtges）所論述：

> 在這首賦中，他提供了有關他旅程的詳細記錄。如同班彪、曹大家先前的賦作，〈西征賦〉在本質上亦記錄了潘岳行經過的歷史遺跡，他對長安的描述是精於詳細的，並且提供了一個重要的資訊——三世紀的長安不再具有先前漢代時的光榮景象。〔註40〕

《左傳紀事本末》（台北：里仁書局，1981 年），頁 265。「仲雍之祀」則是虞國祖廟的祭祀，潘岳在此用以形容不建立仁德之政的國家，終會斷絕先祖庇佑。
〔註39〕 參考王琳：〈簡論漢魏六朝的紀行賦〉，《文史哲》，1990 年第五期，頁 68。
〔註40〕 原文如下：「In his rhapsody, he provides a detailed account of his journey. Like the preceding rhapsodies by Ban Biao and Cao Dagu, "Westward Journey" is essentially a record of the historical sites through which Pan passed. His description of Chang'an is rich in detail and provides important information on

也因此，潘岳藉著歷史興衰的歷史事件，反覆吟詠著一項主題：勸諫君主當以興教化，主禮樂，厚德載物為施政藍圖。因而可以歸納出潘岳在行旅途中勾勒出的歷史圖像，實有推崇與批判的兩面，其中推崇的典範，包括：「夜申且而不寐，憂天保之未定」的周武王、有德的劉邦、「建佐命之元勳，振皇綱而更維」的光武帝；至於批判的部分，則有亡國之君夏桀、「舉僑烽以沮眾，淫褒襃以縱慝」的周幽王、以及好大喜功，「縱逸遊于角觝，絡甲乙以珠翠。忍生民之減半，勒東岳以虛美」的漢武帝；此外，潘岳進一步指出領導者若不立德以教民，終究會遭致敗亡的一日，於是：春秋時因貪圖晉國賄賂而導致國家滅亡，不受祖廟庇護的虞公，最後落於「德不建而民無援」的下場；秦國雖具有險要地勢，然最終覆亡，實緣於不能「厚德載物」，「篤誠款愛」蒼生黎民；「誦六藝以飾姦」的王莽，則假借托古改制愚弄人民，最終是「心不則於德義」，新朝同樣走向滅亡。

凡此，可見潘岳西征途中的動線導覽圖，在這期間，隨著「地理路線」的遷徙，外在自然山水也跟著轉變，而每到之處所稱頌、批駁的前賢事蹟、夙昔風範、歷史實錄也都具有各自不同的人文景觀，換言之，自然山水／地理空間／歷史典故三者彼此滲透錯雜，共同交織成多元的時空命題，若從賦末收束於：「如其禮樂，以俟來哲」來看，更可見出潘岳心中企慕崇仰的理想德政，非但顯示賦家「以古諫今」，「曲終奏雅」，諷諫君主當以仁政為治的苦心孤詣，同時也回應了辭賦「諷諫」的美刺傳統。〔註41〕

綜上所述，「鍾美於《西征》」〔註42〕的潘岳，確乎發揮文學審美的長才，

　　　　third century Chang'an, which was no longer the glorious city it had been in the Former Han.」詳見 XIAO TONG:《Wen xuan》Trandlated, with Annotations and Introduction by DAVID R. KENCHTGES,（Princeton Library of Asian Translations: Princeton University Press, 1987 年）, pp183。

〔註41〕關於辭賦的「諷諫說」，如司馬遷評相如賦「雖多虛辭濫說，然其要歸引之節儉，此與《詩》之風諫何異」、班固對宋玉以降賦家「競為侈麗閎衍之詞，沒其諷諭之義」的批評，均以「諷諫」之說，當做賦體的重要功能。請參考許結、郭維森：《中國辭賦發展史》（南京：江蘇教育出版社，1996 年），頁 34；有關漢賦諷諫之起源與相關問題，簡宗梧先生有很詳盡的討論，見氏著：《漢賦源流與價值之商榷》（台北：文史哲出版社，1980 年），頁 12-21。由此觀之，潘岳〈西征賦〉運用歷史典事，提出「厚德載物」的主張，其中正有極深廣的諷諫意義。

〔註42〕詳見《文心·才略》，周振甫：《文心雕龍譯註》（台北：五南出版社，1993 年），頁 576。

將歷史舞台上的時代、人物、事蹟、掌故,「歷敘於紀傳」〔註43〕般的按次羅
列,延展了一條古往今來的時序鏈條,然而,〈西征賦〉的文學史意義,恐不
止於在紀行賦的集大成地位,或是迴溯賦學諷諫美刺的傳統,其在「山水書
寫」的承傳與「審美意識」的發皇,亦值得吾人重新審視。

　　故筆者擬先爬梳漢代以來的行旅賦,諸如:劉歆〈遂初賦〉、班彪〈北征
賦〉、班昭〈東征賦〉,探究潘岳〈西征賦〉中「山水書寫」(審美意識)的意
義,並認定其為「漢晉行旅賦的第二次發展」之賦篇。

　　首先,試看劉歆〈遂初賦〉:

> 濟臨沃而遙思兮,垂意乎邊都。野蕭條以寥廓兮,陵谷錯以盤紆。
> 飄寂寥以荒曶兮,沙埃起而杳冥。迴風育其飄忽兮,迴颭颭之冷
> 冷。薄涸凍之凝滯兮,茀豀谷之清涼。漂積雪之皚皚兮,涉凝露之
> 降霜。揚鼀霰之復陸兮,慨原泉之淩陰。激流澌之漻激兮,窺九淵
> 之潛淋。悽愴以慘怛兮,慽風漻以冽寒。獸望浪以穴竄兮,鳥月劦
> 翼之浚浚。山蕭瑟以鳴兮,樹木壞而哇吟。地坼裂而憤忽急兮,石
> 捌破之嶒嶒。天烈烈以厲高兮,廖土孝窣以梟牢。雁邕邕以遲遲兮,
> 野鵲鳴而嘈嘈。望亭隧之嶷嶷兮,飛旗幟之翩翩。回百里之無家兮,
> 路脩遠之綿綿。

在這段落中,固然出現對「山水書寫」的描繪,然而,行走的動態動線,必
經周遭的自然山水,是以賦中出現與山水相關的段落,並不殊異,且如前述,
〈遂初賦〉的創作旨意是偏向「言志」的,也因此,劉歆主觀的情緒,大量
的投射在自然山水上,遂形成了蕭條、寂寥、悽愴慘怛、蕭瑟的外在氛圍,
對「山水」的獨立鑑賞,顯然尚有一段距離;至於東漢班彪〈北征賦〉寫於
王莽之亂,時局動盪之際,賦中記錄了作者北行時的心境與歷史感懷:

> 慕公劉之遺德,及行葦之不傷。……
>
> 忿戎王之淫狡,穢宣后之失貞。嘉秦昭之討賊,赫斯怒以北征。……
>
> 劇蒙公之疲民兮,為強秦乎築怨。舍高亥之切憂兮,事蠻狄之邊
> 患。……

賦中讚揚公劉的懿行、秦昭王英勇北征,也批駁了狡猾的戎王、淫穢的宣后,

〔註43〕《文心・事類》:「劉歆《遂初賦》,歷敘於紀傳」,此借以形容潘岳〈西征賦〉
化用歷史典事的特色,周振甫:《文心雕龍譯註》(台北:五南出版社,1993
年),頁459。

「因地及史」的方式，盈溢篇章，隨後便抒發時局動盪的蒼涼悲愴之感：「故時會之變化兮，非天命之靡常。」文末「遊子悲其故鄉，心愴恨以傷懷」，感嘆離亂，觸目興懷的黍離之感〔註44〕，儼然才是班彪創作的要旨，故文中寥寥二句：「望山谷之嵯峨」、「谷水灌以揚波」的山水書寫，絕非其著意之處。

此外，班昭〈東征賦〉寫於班昭隨兒子曹成赴長垣任職，如序中所言：「惟永初之有七兮，余隨子乎東征」，賦篇起於敘述沿途所見景況：

> 歷七邑而觀覽兮，遭鞏縣之多艱。望河洛之交流兮，看成皋之旋門。……涉丘而踐路兮，慕京師而竊歎。……遂進道而少前兮，得平丘之北邊。

對山水書寫的刻劃，僅能從「望河洛之交流兮」一句看出，事實上，對於兒子是否能有功於國、不辱家風的殷切盼望，不啻為班昭身為人母的母職要求，也同時才是本文的要義，故此，〈東征賦〉也未將「山水書寫」作為論述主調。

總上所述，漢代行旅賦大凡以歷史興衰，個人感懷為論述主調，山水書寫總是寥寥幾語，匆匆帶過，尚未構成主要篇幅（如：〈北征賦〉、〈東征賦〉），即使如劉歆〈遂初賦〉中的「山水書寫」雖有不少篇幅之敘寫，卻遮掩不了賦家主觀情感之流露，以致「山水」無法真正被鑑賞。

到了〈述行賦〉，蔡邕不把個人的主觀情感投射在山水景物上，於觀看山水之際，似乎有意抽離自己的主觀好惡、淨化自己的憤恨不滿，讓外在的「山水」能夠以其本然面貌顯現，故而，「行旅賦」中一直存在卻向來被忽略的外在山水景物，在此已能客觀的如實展示，表徵了漢代「行旅賦」中的「山水書寫」，首次恢復本然的樣貌，當然也昭顯了賦家的審美意識之跨越與進展。

可以說，潘岳〈西征賦〉承襲了〈述行賦〉的特點，大幅擴寫沿途的自然山水，讓山水美景與地理路線、歷史典故，彼相嵌錯，鼎足三分，佔有一定份量，故山水不再僅具單調的背景，而逐漸浮顯成為創作時的立體圖像，讓「山水」能夠客觀展示，大量的使用山水書寫，諸如：「晒山川以懷古」、「仰崇嶺之嵯峨」、「眺華岳之陰崖」、「邪界褒斜，右濱並隴，寶雞前鳴，甘泉後涌」、「面終南而背雲陽，跨平原而連磌冢」、「九嵏□薛，太一巃□」、「北有清渭濁涇，蘭池周曲。浸決鄭白之渠，漕引淮海之粟」、「造長山而慷慨」、「疏

〔註44〕清孫執升評班彪〈北征賦〉說：「登山眺野，觸目興懷，雖鋪敘寥寥，而哀音屬落，具見《黍離》之感。」引自《歷代賦廣選‧新注‧集評》（瀋陽：遼寧人民出版社，2001年），頁421。

南山以表闕，倬樊川以激池」等；於此，自然山水與地理路線、歷史典故，鼎足而立，成了「行旅賦」中不可或缺的基底儀型。換言之，〈西征賦〉中的「山水書寫」，表徵了潘岳對「山水」的重視，不但篇幅遽增，再從徵引的文句來看，也都完全不摻雜作者或爲「欣在觀國」、「忧在斥徙」的情緒樣態，讓「山水」能夠客觀的獨立、被鑑賞。

就此而言，〈西征賦〉遂影響了日後的行旅賦，如謝露運〈撰征賦〉即大幅的使用了山水景觀：

> 易千里之漫漫，泝江流之湯湯。存赤圻以經復，越二門而起漲。脊
> 北路以興思，看東山而宜目。林叢薄，路透迤。石參差，山盤曲。
> 水激瀨而駿奔，日映石而知旭。〔註45〕

賦中有不少高超的「體物」表現，寫景生動，歷歷如繪〔註46〕，其他如：「厭紫微之宏凱，甘陵波而遠遊」、「越雲夢而南泝，臨浙河而東浮」、「殼連弩於川上，候蛟龍於中流」、「聆泗川之浮磬，翫夷水之賓珠」、「發卞口而遊歷，迄西山而弭彎」，均使用駢儷偶對的美辭，描寫林泉翠峰、山高水深，一幅「巧構形似」之山水圖景，不但呼之欲出，立體深刻，進而也使「山水書寫」在「行旅賦」中有著不可或缺的重要性。

於是，看到謝靈運〈撰征賦〉中「蔚似雕畫」的刻印山水，誠可看出潘岳〈西征賦〉對後來〈撰征賦〉的影響，可以說，若沒有〈西征賦〉大量採擷山水素材的開啓之功在先，何以能有謝靈運〈撰征賦〉、〈歸塗賦〉中，儁秀清逸的山水書寫？

以此觀之，〈西征賦〉中的「山水」已然係一獨立的審美客體，賦家的鑑賞活動，充分的顯示了其中活潑潑的「審美意識」。誠如〔日〕漢學家小尾郊一所云：

> 這個時代（按：西晉）的人們已經開始能夠看到真實的自然的樣
> 子了。又可以說，他們對於自然美的審美眼光也已經相當敏銳了。
> 〔註47〕

〔註45〕原文引自（清）陳元龍輯：《御定歷代賦彙》（北京：北京圖書館出版社，1999年11月第一版），頁478。

〔註46〕參考許東海對〈撰征賦〉的分析，詳見氏著：《另一種鄉愁——山水田園詩賦與士人心靈圖景》，（台北：新文豐出版，2004年），頁94。

〔註47〕小尾郊一先生所舉證的文本，爲：西晉胡濟的〈纏谷賦〉、歐陽健的〈登櫓賦〉、張載的〈敍行賦〉、潘岳的〈登虎牢山賦〉與〈西征賦〉、江流的〈函谷關賦〉；

也因此，〈西征賦〉中的「山水書寫」，在山水賦史或者行旅賦史上，均具有極為重要的意義，同時，也是經過本文所判定、認可的「漢晉行旅賦的第二次發展」之賦篇，由此，〈西征賦〉在文學史上的地位及其在行旅賦、山水賦上的重要性，已不言而喻。

第四節　東晉：從「山水以形媚道」到謝靈運的〈撰征賦〉、〈歸途賦〉

壹、山水以形媚道

宗炳《畫山水序》：

> 聖人含道暎（應）物，賢者澄懷味像（象）；至於山川，質有而趣靈。是以軒轅、堯、孔、廣成、大隗、許由、孤竹之流，必有崆峒、具茨、藐姑、箕首、大蒙之遊焉，又稱仁智之樂焉。夫聖人以神法（發）道，而賢者通；山水以形媚道，而仁者樂，不亦幾乎？

徐聖心疏解首段的意旨，分成兩大部分，可以幫助我們理解「山水以形媚道」的深層意涵：

> （一）自人而論，乃言「人存在上必有之生命方向：涵道或體道」：除聖人外，賢者（即生而知之以外，次一等有限存有者）必由「味像」觀道，而其關鍵即在山水之遊賞，因山水乃最大之「象」；由遊賞以完成人存在體道之樂，此亦聖賢之所不可免。……（二）另一方面，則論自然山水既由道創生，同時也是顯發「道」之象，且是增飾、附麗、豐美了道。山水以其存在之特性：「質有而趣靈」，使聖人含道能由山水暎物，賢者由賞鑑山水而體道，有確定的理據，此乃補充（一）成立的副論。這個副論在畫論史上開創突破的重要性，確立了山水自身的價值。〔註48〕

從第一部分來看，強調的是主體因遊覽山水所獲致的「體道之樂」；從第二部分來看，「山水」為自然之「道」所創生的象，並以其存在之特性，使「道」

詳見小尾郊一著，邵毅平譯：《中國文學中所表現的自然與自然觀》（上海：上海古籍出版社，1989 年），頁 141-142。

〔註48〕請參見徐聖心：〈宗炳畫山水序及其『類』概念析論〉，《台大中文學報》第 24 期，2006 年 6 月，頁 160。

更具豐贍之美，遊賞的賢者，更是透過「山水」之「質有而趣靈」進而「體道」悟理，獲致天機妙趣，「山水」在證悟「理趣」的過程中，扮演極為重要的地位與意義。

貳、行旅賦的第三次發展──征人幽思／祖德家風／山水理趣的〈撰征賦〉

有了「山水以形媚道」的觀念，接下來，我們將討論謝靈運在晉宋時期所寫的長篇賦作──〈撰征賦〉，並將之視為漢晉行旅賦的演變過程中的第三次發展。

首先，根據〈撰征賦〉的內文，可以繪製出行走的「地理路線」圖表，並勾勒出「歷史事典」與作者的「情志感懷」，繼而深入探究〈撰征賦〉中「山水」的表義功能與意旨所在，如下〔註49〕：

	地理路線	歷史感懷
出發地點（建康）	詔微臣以勞問，奉王命於河湄。夕飲餞以裝，且出宿而言辭。	《黍離》有歎，《鴻雁》無期。瞻天命之貞符，秉順動而履機。牽駿民之思，普邦國而同歸。
行經地點（之一）：冶城	視**冶城**而北屬	視冶城而北屬，懷文獻之收場。匪元首之康哉，孰股肱之惟良。
行經地點（之二）：石頭	次**石頭**之雙岸	1、究孫氏之初基 2、眾咸昧於謀兆，羊獨悟於理端。
行經地點（之三）：白石	造**白石**之祠壇	造白石之祠壇，尉二豎之無君。踐披庭以幽辱，淩桃社而火焚。愍文康之罪己，嘉忠武之立勳。（蘇峻、祖約攻破建康，幸賴庾亮大破敵軍。）。
行經地點（之四）：江乘	過**江乘**而責始	厭紫微之宏凱，甘陵波而遠遊。（方士徐福入海求仙藥）。
行經地點（之五）：廣陵	入夫江都之域，次乎**廣陵**之下。	1、勾踐行霸於琅邪，夫差爭長於黃川。 2、匪條候之忠毅，將七國之陵正。 3、欽仲舒之晬容，遵縫掖於前躅。
行經地點（之六）：宣武	聞**宣武**之大閱	造步兵而長想，欽太傅之遺武。思嘉遁之餘風，紹素履之落緒。
行經地點（之七）：津潭、射陽	發**津潭**而迴邁 貫**射陽**而望邗溝	無

〔註49〕〈撰征賦〉的地理路線與行經地點，參考自蘇瑞隆：〈論謝靈運的撰征賦〉一文，《文史哲》1990 年第 5 期，頁 50-51。

行經地點（之八）：邳鄉	鶩吾楫於**邳鄉**	從「奚車正以事夏，虵左相以輔湯。」到「相魏武以譎狂，冗謨奮於東藩。」
抵達終點：彭城	紛征邁之淹留，彌懷古於舊章。商伯文於故服，咸徵名於彭殤。	想蹈水之行歌，雖齊汨其何傷。啓仲尼之嘉問，告性命以依方。
行經地點（之九）：卞口	發**汴口**而游歷，迄西山而弭轡。	觀終古之幽憒，懷元王之沖粹。

〈撰征賦〉的寫作背景，正值劉裕攻克南燕後秦，歸反彭城，靈運受詔從建康前往彭城，步上征途，賦中先自敘譜系身世，屢以謝氏宗族——謝安——之表率為遙想對象，對劉裕「華夷有殊」的討伐之舉，流露出讚頌溢美之詞；只不過，細讀賦文，卻發現，靈運並不耽溺於對劉裕功業之歌功頌德，在賦中最主要的，反倒是反映了行旅景況的艱難與征人幽思的主體情感，以及靈運個人對謝安的追慕與懷想，底下即針對這兩方面進行深入的討論；此外，並進一步抉發〈撰征賦〉中「山水」與「理趣」的相映交響，以見「山水以形媚道」的理論在文本中的實際運作，同時，也預示了「山水」從中介的悟道過程，即將蔚為一獨立的審美客體，在山水賦史、行旅賦史甚至是文學史上，都有了深遠的意義。

　　職此，擬將討論的重點放在三個層面上來分析，分別是：征人幽思的主體情感、緬懷謝氏的祖德家風、山水與理趣的相映交響。

一、征人幽思的主體情感

　　靈運「奉王命於河湄」，從建康前往彭城，「夕飲饌以俶裝，且出宿而言辭。」隨著行旅路途的艱辛困厄，賦中屢有征人蒼涼悲悽的語調，以行經地點之五「廣陵」一段來看：

　　　　入夫江都之域，次乎廣陵之鄉。易千里之曼曼，泝江流之湯湯。泝
　　赤圻以經復，越二門而起漲。眷北路以興思，看東山而怡目。〔註50〕

千里迢遠，江流浩湯，面對山水景物，靈運顯然無法端視其中蘊含的審美況味，何以如此？「眷北路以興思」，明顯點出了靈運的羈旅之思與懷鄉意緒，這樣的主體情志，在漢代行旅賦時常出現，如，劉歆〈遂初賦〉：「回百里之無家兮，路脩遠之綿綿」、班彪〈北征賦〉：「野蕭條以莽蕩，迥千里而無家。」換言之，羈旅生涯、征人幽思、鄉思離情，在行旅賦中成了普遍的通則現象，

――――――――――――

〔註50〕顧紹柏：《謝靈運集校注》（台北：里仁書局，2004年），頁367。

但相較劉歆、班彪等人，靈運顯然更著意於自己的身世遭遇與征人幽思的主體情感，進入江都水域、廣陵之鄉，發出了這樣的吟詠感嘆：

> 於是抑懷蕩慮，揚搉易難。利涉以吉，天險以艱。于敵伊阻，在國斯便。勾踐行霸於琅邪，夫差爭長於黃川。葛相發歎而思正，曹后愧心於千魂。登高堞以詳覽，知吳濱之衰盛。戒東南之逆氣，成劉后之馘聖。藉鹽鐵之殷阜，臨淮楚之剽輕。盛几杖而弭心，怒抵局而遂爭。忿爰盎之扶禍，惜徒傷於家令。匪條候之忠毅，將七國之陵正。褒漢藩之治民，並訪賢以昭明。侯文辯其誰在，曰鄒陽與枚生。據忠辭於吳朝，執義說於梁庭。敷高才於兔園，雖正言而免刑。關里既已千載，深儒流於末學。欽仲舒之晬容，遵縫掖於前躅。對圖囿而不闚，下帷幪而論屬。相端非之兩驕，遭弘、偃之雙慝。恨有道之無時，步險塗以側足。（《謝靈運集校注》，頁 367-368）

在這段論述中，除了我們一般所熟知的行旅賦之特色——「因地及史」，值得注意的是，靈運以一連串的歷史事典組構鋪排，按其脈絡，可以分成四組：首先，「勾踐行霸於琅邪，夫差爭長於黃川。」談述吳王夫差、越王勾踐的爭霸；其次「匪條候之忠毅，將七國之陵正。」援引漢代的七國之亂；第三，「據忠辭於吳朝，執義說於梁庭。」則是懷想鄒陽受羊勝、公孫詭排斥，因而下獄〔註51〕；最後，「欽仲舒之晬容，遵縫掖於前躅。……遭弘、偃之雙慝」，想起受公孫弘、主父偃排擠逼害的董仲舒〔註52〕。如果說，進入江都水域，追想與長江地區相關的歷史事蹟，如吳越之爭、吳楚七國之亂，自是理所當然，那麼，後兩組的歷史人物鄒陽、董仲舒，顯然超越了南方的地域範圍，而是作者刻意安排進入文本之中，而別具用意的。特別是，鄒陽與董仲舒，都曾遭逢小人之讒言迫害，靈運在此特別使用了這兩組歷史人物，正是「聯想自己亦受徐羨之等猜忌」〔註53〕，將自己比附鄒、董二人，表陳了主體情志與深層隱喻，是以末句：「恨有道之無時，步險塗以側足。」一方面是行旅路途的艱險難行，一方面當然也指涉了作者人生之路的「有道無時」。可以說，

〔註51〕《漢書列傳》卷五十一：「鄒陽從梁孝王游，陽為人有智略，慷慨不苟合，介於羊勝、公孫詭之間，勝等疾陽，惡之孝王。孝王怒，下陽吏。」

〔註52〕《史記・儒林列傳》：「公孫弘治《春秋》不如董仲舒，而弘希世用事，位至公卿。董仲舒以弘為從諛。弘疾之，乃言上曰：『獨董仲舒可使相膠西王。』」。

〔註53〕引號內文字，見蘇瑞隆：〈論謝靈運的撰征賦〉一文，《文史哲》1990 年第 5 期，頁 51。

身世遭遇與征人幽思的主體情感，係靈運〈撰征賦〉中的主旋律，不斷吟詠，
如下所述：

> 夐千里而無山，緬百谷而有居。被宿莽以迷徑，覿生煙而知墟。□
> □□□□□，謂信美其可娛。身少長於樂土，實長歎於荒餘。(《謝
> 靈運集校注》，頁 368)

> 感日歸於采薇，予來思於雨雪。(《謝靈運集校注》，頁 369)

「謂信美其可娛」，化用了王粲登樓賦：「雖信美而非吾土兮，曾何足以少留」，
「遠望當歸」的心志，溢滿紙頁；而「感日歸於采薇，予來思於雨雪。」正
援引了《詩經‧小雅》：「昔我往矣，楊柳依依；今我來思，雨雪霏霏。」一
方面扣合了賦文所說的：「冒沉雲之晻藹，迎素雪之紛霏。」的征旅季候，更
重要的還在於強調行旅的長途跋涉與物事已非的嘆息。那麼，究竟靈運〈撰
征賦〉中深沉的嘆息與征人的幽思，究竟因何而起？除卻徐羨之等人的毀訪，
造成「恨有道之無時」的悲痛，是否還有更內在的動因呢？我們認為，以謝
氏宗族為榮耀的靈運，在賦中憑弔古蹟，親臨先輩的遺跡，憶起謝氏昔日的
榮輝，在今昔對照下，不免興發物事變遷，人事已非的感懷，是以賦中悲涼
深沉的征人幽思，很大部分即來自於對謝氏門風的懷慕。

接著，可再從〈撰征賦〉中的「緬懷謝氏的祖德家風」為討論重點，以
之與「征人幽思的主體情感」作一整體映照。

二、緬懷謝氏的祖德家風

抵達彭城，攀登山岳，賦中描述物華推譯，韶光流逝，頗有興味：

> 於是濫石橋，登戲臺。策馬釣渚，息轡城隅。永感四山，零淚雙渠。
> 怨物華之推驛，慨舟壑之遞遷。謂徂歲之悠闊，結幽思之方根。(《謝
> 靈運集校注》，頁 370)

山川物華，舟楫谷壑，歷歷在目，勾起旅人懷舊思古的幽思意緒，如果我們
仔細閱讀「濫石橋，登戲臺」之後的論述，可以發覺，賦中所談到的物事變
遷、人事已非之感歎，很大部分即來自於作者對謝氏宗族的遙想與追慕：

> 中華免夫左衽，江表此焉緩帶。既剋黜於肥六，又作鎮於彭沛。晏
> 皇圖於國內，震天威於河外。埽東齊而已窆，指西崤而將泰。值秉
> 均而代謝，寔大業之興廢。心無忝於樂生，事有像於燕惠。(《謝靈
> 運集校注》，頁 370-371)

登彭城戲馬台，覺歲月如流，感先祖功業德澤。有晉一代，烽火連天。苻堅父子犯涼州，陷襄陽；張昌、王彌作亂，正是謝玄固守長江，淝水一戰之功可與樂毅相比，但卻能功成不居，對官爵毫無貪戀之意〔註54〕。此外，另如：

> 造步丘而長想，欽太傅之遺武。思嘉遁之餘風，紹素履之落緒。……
> 卻西州之成功，指東山之歸予。（《謝靈運集校注》，頁368）

造訪謝太傅昔日流連的步丘，思慕其嘉遁遺風，並激賞謝安急流勇退，歸隱東山之志。可以說，謝安代表謝氏宗族的精神表率，靈運在賦中憑弔古蹟，親臨先輩的遺跡，憶起謝氏昔日的榮輝，再對照今非昔比的景況，不免有白駒過隙，時光倏逝，物事遷徙，人事已非的感懷，換言之，隨著旅次的前進，靈運所以不斷嗟嘆行旅之跋涉困苦、吟詠征人幽思，其實都緣於靈運對自己身世背景的緬懷、追想，一方面以謝氏宗族為榮，一方面卻又喟歎謝氏門風凋零，自己無能光大謝安、謝玄等人之弘大志業，加上靈運自身孤傲耿介的性格，遂於現實與理想，今昔對照下，產生極大的反差，自然的，就在行旅過程中，吞吐出那隱微深沉，卻又連綿不絕的嘆息。

三、山水與理趣的相映交響

感懷身世的起伏遭遇與征人幽思的主體情感，係靈運〈撰征賦〉中的主旋律，可以說，「緬懷謝氏的祖德家風」即是靈運「征人幽思的主體情感」之表露的深層動因，兩者相互並陳，成了〈撰征賦〉的主要意涵，此已如上所述；接下來，注意到〈撰征賦〉的結尾部分，卻明顯可以覺察，作者顯然有意將遊歷的「山水」和體道的「理趣」兩相結合，在文本的同一段落中並置顯示，茲徵引如下：

> 發卞口而游歷，迄西山而弭轡。觀終古之幽憤，懷元王之沖粹。丁戰國之權爭，方恬心於道肆。學浮丘以就德，友三儒以成類。潔流始於初源，累仁基於前美。撥楚族之休烈，傳芳素於來祀。彊見譽於清虛，德致稱於千里。或避寵以辭姻，或遺榮而不仕。（《謝靈運集校注》，頁371）

「卞口」與「西山」，顯然是遊歷的起迄之處，停駐在西山，諦觀大化流轉，經由外在的山水陶冶了自身的性情，古往今來的幽憤爭執，都可以消弭在「澄

懷觀道」的玄虛妙心,接連使用的歷史事典,即用來闡釋這個概念,如:沖
粹虛懷的楚元王、清靜少欲的辟彊〔註55〕、修黃老法老子的德路叔〔註56〕,
道家的觀物心法,堪破死生,虛心謙沖,涵納萬物,最後,靈運點出了行事
理念:「頒賢愚於大小,順規矩於方圓」,順任本性,各司其職,不假外求,
褪盡塵俗欲求,「守朴以終稔」,在賦文的結尾,靈運對此趟征途,做了一整
體的審視與檢討。

不過,可以進一步討論的是,賦篇以道家虛靜齊物的觀念,繼而體道悟
理的結尾,在劉歆〈遂初賦〉即有相近的理念:

> 長恬淡以懽娛兮,固賢聖之所喜。亂曰:處幽潛德,含聖神兮。抱
> 奇內光,自得貢兮。寵幸浮寄,奇無常兮。寄之去留,亦何傷兮。
> 大人之度,品物齊兮。舍位之過,忽若遺兮。求位得位,固其常兮。
> 守信保己,比老彭兮。

在這段的論述,劉歆顯然以老莊的義理作為超脫的理論依據,於是,性命的
變化無常、四時陰陽的流轉,都是宇宙天地自然的變化,無須特別留意,唯
有心境的「恬淡」、精神的「懽娛」,始能泯除差異,不再念茲在茲於榮辱、
寵幸、得位失位,方能像體道的「大人」般,齊物平等,萬化為一,是以〈遂
初賦〉用道家的旨意,作為結束:「守信保己,比老彭兮」。

相較於〈遂初賦〉,謝靈運在〈撰征賦〉所呈顯的道家義理,卻是由「發
卞口而游歷,迄西山而弭轡」的山水景色所觸發而來,換言之,透過「山水」
的滌淨玄覽,體道證玄,冥契自然,進而冥契了「道」的理緒與真義,可以
說,「山水」在此成了「體道」、「悟道」的中介,回溯劉歆〈遂初賦〉、班彪
〈北征賦〉中大量織染了作家主體情感的「山水書寫」,這時的「山水」,已
往前邁進,具有「山水以形媚道」的時代意義,事實上,在東晉玄言詩盛行
之際,即有大量的作品,係兼具「山水」描摹與「玄理」哲思的,茲舉列如
下:

> 三春啓群品,寄暢在所因。仰望碧天際,俯磐淥水濱。寥朗無涯觀,

〔註55〕 《漢書·楚元王傳》:「辟彊字少卿,亦好讀詩,能屬文。武帝時,以宗室子
隨二千石論議,冠諸宗室。清靜少欲,常以書自誤,不肯仕。」

〔註56〕 德字路叔(少),修黃老術,有智略。少時數言事,召見甘泉宮,武帝謂之「千
里駒」。昭帝初,為宗正丞,雜治劉澤詔獄。父為宗正,徙大鴻臚丞,遷太中
大夫,後復為宗正,雜案上官氏、蓋主事。德常持老子知足之計。妻死,大
將軍光欲以女妻之,德不敢取,畏盛滿也。

寓目理自陳。大矣造化工，萬殊莫不均。群籟雖參差，適我無非新。
（王羲之）

流風拂枉渚，停雲陰九皋。鶯語吟修竹，遊鱗戲瀾濤。攜筆落雲藻，
微言剖纖毫。時珍豈不甘，忘味在聞韶。（孫綽）

伊昔先子，有懷春遊。契茲言執，寄傲林丘。森森連嶺，茫茫原疇。
迥霄垂霧，凝泉散流。（謝安）

茫茫大造，萬化齊軌。罔悟玄同，竟異摽旨。平勃運謨，黃綺隱幾。
凡我仰希，期山期水。（孫統）

鮮葩映林薄，遊鱗戲清渠。臨軒欣投釣，得意豈在魚。（王凝之）

肆盼岩岫，臨泉濯趾。感興魚鳥，安茲幽峙。（王凝之）

川瀆山阜，萬千世界，都是自然妙有的「道」的存在，人們唯有滌除玄覽、
妙悟玄宗，不知己之是己，也不見物之為物，與萬象為一，方能「同體自然」、
「體於自然」，而這也是東晉作家素所關注的議題，如孫綽即有相關言論可資
證明〔註57〕，也因此，玄言詩中的「山水」，諸如：淥水、林丘、連嶺、凝泉、
清渠、岩岫，以及玄言詩中的哲理，諸如：「大矣造化工，萬殊莫不均」、「臨
軒欣投釣，得意豈在魚」，同時組構在詩歌當中，呈顯出「山水」與「理趣」
的緊密關係。

那麼，從這個角度再回過頭看〈撰征賦〉中的「山水」，由「發卞口而游
歷，迄西山而弭轡」的山水風景，帶出了其後的「沖粹虛懷」、「清靜少欲」、
「效法老子」等澄淨虛朗的玄想冥思，可以看出〈撰征賦〉中的「山水」與
「理趣」在文本中共構並存的特質，正與東晉盛行的玄言詩，如出一轍，不
但迥異於劉歆〈遂初賦〉、班彪〈北征賦〉單純的以「道家」、「老莊」思想作
結，而係將「自然山水」與「道家理趣」縮結並置，相互聯繫，成為〈撰征
賦〉中的有機整體，一方面反映了「山水以形媚道」的理論系統在文本中的

〔註57〕 例如，〈喻道論〉：「支道林者，識清體順，而不對於物，玄道沖濟，與神情同
任。」〈太平山銘〉：「有士冥遊，默往寄託。肅形枯林，映心幽漠。」〈王長
史誄〉：「余與夫子，交非勢利。心猶澄水，同此玄味。」〈太尉庾亮碑〉雅好
所托，常在塵垢之外，雖柔心應世，蠖屈其跡，而方寸湛然，故以玄對山水。
〈太傅褚碑〉：「公資清剛之正氣，挺純粹之茂質。深量體於自然，沖識足乎
弱冠。」引文分見〔清〕嚴可均校輯：《全上古三代秦漢三國六朝文》（中文
出版社，未注出版年月），頁 1812、1813、1813、1814、1814。

實際運作，同時，也預示了「山水」將從此時的「悟道」、「證道」之中介，逐漸擺脫玄言理趣，恢復本然的姿貌，蔚爲一獨立的審美客體。

就此而言，〈擬征賦〉既反映了靈運「征人幽思的主體情感」以及「緬懷謝氏的祖德家風」等面向，更重要的還在於，其「山水與理趣的相映交響」的時代意義與文化意涵；基此，〈撰征賦〉在山水賦史、行旅賦史甚至是文學史上，都有了深遠的意義。

參、山水恢復本然面貌：「見山是山，見水是水」的〈歸塗賦〉

最後，我們將來看看靈運在永嘉出任太守，準備離職歸返故鄉時的兩篇賦作：〈辭祿賦〉與〈歸塗賦〉。

綜觀而論，這兩篇賦作的意義在於：首先，靈運出任永嘉太守是在〈撰征賦〉之後，〈撰征賦〉的寫作背景與心態，已如前述，主要係在行旅的過程中，一方面抒發征人幽思，一方面又緬懷謝氏過往榮光而對比今昔已非的惆悵落寞，其情態志意，毋寧是失落、感懷的，在任永嘉太守期間，靈運遠離了政治核心，疏遠建康京城，帶著仕途的失意與挫折，在其作品中，特別是山水詩，均充斥了「憂」的危懼感，〈辭祿賦〉與〈歸塗賦〉即是有感政治生態的傾軋詭譎，遂生發了歸反故鄉，嚮往山林川澤的隱逸之志，此兩篇賦作，實爲靈運個人隱居山林的正式宣言。

第二個意義則是，〈歸塗賦〉中的「山水」，代表了「山水」的漢代行旅賦以降的附庸地位，終能在文本中逐漸獨立成一審美客體，爲賦家所賞鑑、觀看、欣悅，不僅恢復其本有之姿貌，煥發其特有之美感，更替「行程賦中的山水書寫」，作了一階段性的總結。換言之，〈歸塗賦〉中的「山水」已然迥異於「漢代以降的行旅賦中的山水書寫」，在謝靈運手中，行旅賦中的「山水書寫」，終能撥雲見日、開闊朗現，不但在文本中佔有了極大的篇幅，加上賦家賞鑑「山水」的觀看角度也有所調整，一方面，「山水」不再承載賦家過多的情感而成爲無意義的「風景」，當然，也不再僅是爲了「悟道」、「玄理」徒具中介之環節，而係恢復了其獨立本有之姿貌，煥發了純粹的美感經驗，就此而言，〈歸塗賦〉在行旅賦、山水賦、文學史、甚至是有關謝靈運個人的研究中，都有著開拓性的意義。

一、〈辭祿賦〉與〈歸塗賦〉的相互參照

〈辭祿賦〉：

荷賞延之渥恩，在弱齡而覃惠。蒙聖達之眷顧，得乘閒以沈泄。雖
鑣羈之有名，恆遊獎而匪滯。解龜紐於城邑，反褐衣於丘窟。判人
事於一朝，與世物乎長絕。自牽綴於朱絲，奄二九於斯年。服纓佩
於兩宮，執鞭笯於宰蕃。（《謝靈運集校注》，頁430）

賦中首先談論自己從弱齡的年紀即受到皇恩眷顧、君上榮寵，不過，雖然身
為官宦，卻恆常「遊獎」（即「遊賞」）山川而不停止，靈運在此指出了永嘉
任內期間，多方遊走山水皋壤的活動〔註58〕；不過，起伏跌宕的官宦生涯，
終讓作者引發了歸隱丘窟（即「故鄉始寧」）之志，決定「與世物乎長絕」，
隔離物事的紛擾喧鬧，推辭虛華的名祿，堪破無謂的執著，讓心境澄淨明朗，
回歸恬淡的「山居」歲月〔註59〕，這樣的理想追求，也出現在爾後的〈歸塗
賦〉之中。

茲徵引〈歸塗賦〉的原文如下：

昔文章之士，多作行旅賦，或欣在觀國，或怵在斥徙，或述職邦邑，
或羈役戎陣。事由於外，興不自己，雖高才可推，求懷未愜。今量
分告退，反身草澤，經塗履運，用感其心，賦曰：

承百世之慶靈，遇千載之優渥。匪康衢之難踐，諒跬步之易局。踐
寒暑以推換，眷桑梓以綢邈。褫簪帶於窮城，反巾褐於空谷。果歸
期於願言，獲素念於思樂。於是舟人告辨，楫佇在川，觀鳥候風，
望景測圓，背海向溪，乘潮傍山，悽悽送歸，慇慇告旋。時旻秋之
杪節，天既高而物衰。雲上騰而琪翔，霜下淪而草腓。捨陰漠之舊
浦，去湯景之芳藹。林承風而飄落，水鑑月而含輝。發青田之杜渚，
逗白岸之空亭。路威夷而詭狀，山側背而易形。停余舟而淹留，搜
縉雲之遺迹。漾百里之清潭，見千仞之孤石。歷古今而長在，經盛
衰而不易。（《謝靈運集校注》，頁431）

〈辭祿賦〉與〈歸塗賦〉實為一體兩面，創作動機、隱居緣由、內容語句，
都可以相互映照如下：

〔註58〕謝靈運在永嘉太守期間，並撰有《遊名山志》，足見其遊歷山水之行蹤。
〔註59〕在第一次隱居故鄉始寧時期，謝靈運即創寫了〈山居賦〉，此賦可以代表其歸
　　　　返故鄉之後，對山水園林的書寫與態度，賦中的空間狀摹、山林隱逸、遊居
　　　　型態、莊園文化等等，都有極具豐富的詮釋意涵，十分值得重視，擬另文處
　　　　理。

	〈辭祿賦〉	〈歸塗賦〉
創作動機	自牽綴於朱絲，奄二九於斯年。服纓佩於兩宮，執鞭筋於宰蕃。	果歸期於願言，獲素念於思樂。
隱居緣由	雖鑣羈之有名，恆遊獎而匪滯。	褫簪帶於窮城，反巾褐於空谷。
內容語句	1、荷賞延之渥恩，在弱齡而覃惠。蒙聖達之眷顧，得乘閑以沉泄。 2、解龜紐於城邑，反褐衣於丘窟。 3、判人事於一朝，與世物乎長絕。	1、承百世之慶靈，遇千載之優渥。 2、褫簪帶於窮城，反巾褐於空谷。 3、果歸期於願言，獲素念於思樂。

經過表格之對照顯示，〈辭祿賦〉與〈歸塗賦〉的共同層面，可從創作動機、隱居緣由、內容語句這三個面向，進行探討。

首先，從「創作動機」來看，〈辭祿賦〉感嘆自己歷經東晉、劉宋兩個政權之輪替，遊走仕宦的生涯已屆十八年——「二九」——，遂引發歸返隱居的心志，對政途的失意，可謂爲其創作動機，同樣的，〈歸塗賦〉亦有感政治的傾軋多變，興起「果歸期於願言，獲素念於思樂」的歸鄉之思與隱居生活〔註60〕，歸返山林、隱居故鄉，誠爲靈運撰寫兩篇賦作的「創作動機。」

第二，從「隱居緣由」來看，〈辭祿賦〉所云：「雖鑣羈之有名，恆遊獎而匪滯。」自然山水的世界，是靈運心中的一處樂土，而〈歸塗賦〉中：「褫簪帶於窮城，反巾褐於空谷。」同樣也徵顯了隱居的緣由，係嚮往回到故鄉過著「巾褐」隱士的生活，可以說，「恆遊獎而匪滯」的山水遊蹤與「反巾褐於空谷」的隱逸情調，是靈運的「隱居緣由」。

第三，精細對照兩篇賦作的措辭語句、內容要旨，我們更進一步發現，兩者具有如出一轍的同質性，試看靈運談論自己早年蒙受恩寵的經歷，〈辭祿賦〉是這樣說：「蒙聖達之眷顧，得乘閑以沉泄。」〈歸塗賦〉則云：「承百世之慶靈，遇千載之優渥。」「蒙聖達之眷顧」、「遇千載之優渥」都是賦篇一開頭的感念之詞；再談到歸返故鄉始寧的決定，〈辭祿賦〉說：「解龜紐於城邑，反褐衣於丘窟。」〈歸塗賦〉：「褫簪帶於窮城，反巾褐於空谷。」前者的「城邑」就是後者的「窮城」，均指涉永嘉太守的職位，而前者的「丘窟」也即是後者的「空谷」，都指稱靈運的隱居處所，兩者的句式、代詞、意義，都完全相仿；再看到靈運對隱逸生活之憧憬與想像，〈辭祿賦〉是：「判人事於一朝，

〔註60〕這裡化用了《詩經‧衛風‧伯兮》、《詩經‧魯頌‧泮水》兩個典故，前者：「願言思伯，甘心疾首。」主要是用來說明靈運的歸鄉之思，後者：「思樂泮水，薄采其芹。」主要是用來說明靈運心中嚮往的隱居生活。

與世物乎長絕。」希冀隔絕外在的人情物事，恣意縱情，〈歸塗賦〉則是：「果歸期於願言，獲素念於思樂。」回到故鄉營構「思樂泮水」的閒適生活，兩者的內容旨意、情思樣態，也都若相髣髴，並無二致。總上所述，〈辭祿賦〉與「歸塗賦」實爲一體兩面，這兩篇賦均寫於靈運解職永嘉太守，準備回故鄉始寧時所作，從創作動機、隱居緣由、內容語句的相互映照，即見一班，也因此，可將之並置合讀，視作靈運隱居山林的宣言。

二、風景與心靈的深心相契

接下來，我們進一步解讀〈歸塗賦〉，揆諸賦文，將之細分成「賦序」、「寫作背景」、「山水風景」三個主要結構進行分析，首先，根據「賦序」可以提供我們文士創作「行旅賦」的動機與理念以及「行旅賦」的定義之相關問題，此在本論文第一節已深入討論；第二，「寫作背景」，可與〈辭祿賦〉相互比照，以明其創作動機、隱居緣由、內容語句，此亦經過上文之討論；第三，從「山水風景」來看，〈歸塗賦〉中的「山水」是這樣論述的：

> 於是舟人告辨，楫佇在川，觀鳥候風，望景測圓，背海向溪，乘潮傍山，悽悽送歸，愍愍告旋。時旻秋之杪節，天既高而物衰。雲上騰而贋翔，霜下淪而草腓。捨陰漠之舊浦，去湯〔陽〕景之芳蕤。林承風而飄落，水鑒月而含輝。發青田之枉渚，逗白岸之空亭。路威夷而詭狀，山側背而易形。停余舟而淹留，搜縉雲之遺迹。漾百里之清潭，見千仞之孤石。歷古今而長在，經盛衰而不易。（《謝靈運集校注》，頁431）

〈歸塗賦〉之創作背景，即是作者解職永嘉太守，歸反故鄉始寧，在「反身草澤」的路途中所作。根據賦序所言，以往文士所作的行旅賦之動因，「或欣在觀國，或怵在斥徙，或述職邦邑，或羈役戎陣。」大體而言，都是奉命而行，承受詔命，出於君上對臣下的要求，不是己身所能操控選擇的，然而，靈運卻認爲創作〈歸塗賦〉的緣由，係經過個人「量分造退」之考慮，換言之，懷抱著質性自然的心靈，決意歸隱山林，是不經外力強迫、命令的自發性決定，於是，帶著從容平緩的心情，澹然閑雅的姿態，踏上歸途的行旅過程，沿途的「山水風景」，可以漸次的獨立彰顯，不再成爲賦家投射過多情緒，織染繁複情感的載體。由此，我們可以察覺，作者本身的態度與心情，對外在週遭自然山水等風景的觀看與匡解，就有了相互影響的關聯。

是以，證諸上引賦文之山水敘寫，靈運站在客觀的立場，以寧靜玄遠的

心情，澹然閑雅的步調，觀看外在的山水，精緻的描繪其中之審美意蘊，不
過多渲染主體情思，讓情感昇華、浮空，「我」站在距離之外，審視山水所彰
顯的美感體驗，探掘其中的深細內蘊，諸如：千仞山巖，水月澄明，山嵐煙
海，舊浦芳蕤，風吹林蔭，雲影飄蹤，從林泉翠峰、清潭孤石、水深山高乃
至曲寫毫芥，逼現了一幅栩栩如生的「巧構形似」之山水圖景。

　　再如同樣在出守永嘉時期所寫的〈初往新安至桐廬口〉一詩：

　　　　絺綌雖淒其，授衣尚未至。感節良已深，懷古徒役思。不有千里棹，
　　　　孰申百代意。遠協尚子心，遙得許生忌〔計〕。既及冷〔泠〕風善，
　　　　又即秋水駛。江山共開曠，雲日相照媚。景夕群物清，對玩感可喜。
　　　　〔註61〕

「感節良已深，懷古徒役思」，其中的羈旅之思，與〈辭祿賦〉、〈歸塗賦〉的
「服纓佩於兩宮，執鞭笏於宰蕃」，彼相呼應，只不過，「江山共開曠，雲日
相照眉。景夕群物清，對玩感可喜」一句，充份顯示了謝靈運站在距離之外，
審視山水所蘊涵的美感，小川環樹先生即認為：

　　　　這「對玩」兩字是表示詩人的態度、熟視風景的態度。小尾郊一博
　　　　士曾注意到謝靈運的詩文裏屢次出現的「賞心」一語，詳細論析「賞」
　　　　的字義沿革，證明由賞賜之義，轉而為賞揚、賞識之義，再轉為賞
　　　　玩、欣賞之義。

　　　　小尾氏所引〈世說新語〉的賞翫一語，也即是欣賞山水之景（自然
　　　　美）的意思。〔註62〕

謝靈運欣賞「山水」，賞玩自然美景的深心，自此已昭然若揭。綜合來說，〈歸
塗賦〉的「山水」顯然不同於自漢代以來的行旅賦──如劉歆〈遂初賦〉、班
彪〈北征賦〉、魏代行旅賦中的「山水」總是織染了主體情感之投射──總是
讓「山水」僅能是文本中的敘述背景，例如：「回百里之無家兮，路脩遠之綿
綿」（〈遂初賦〉）、「野蕭條以莽蕩，迴千里而無家」（〈北征賦〉），可以說，主
體情思的意義，才是漢代行旅賦之重點。

　　就這個角度來看，靈運以景抒情，卻讓「情」不滲入「景」，「山水風景」
可以成為一種展示的景觀，被賞鑑與觀視，成了文本中獨立的客體而有其存

〔註61〕《謝靈運集校注》，頁72。

〔註62〕詳參小川環樹著，譚汝謙、陳志誠、梁國豪合譯：《論中國詩》（香港：中文
　　　　大學出版社，1997年），頁17。

在的積極意義，換言之，〈歸塗賦〉中的「山水」已然迥異於「漢代以降的行旅賦中的山水書寫」，在謝靈運手中，行旅賦中的「山水書寫」，終能撥雲見日、開闊朗現，不但在文本中佔有了極大的篇幅，加上賦家賞鑑「山水」的觀看角度已有所調整，懷藏著緩和澹然，閑雅恬靜，不慕榮利，泯除欲求的澄淨姿態，游目騁懷，一方面，「山水」不再承載賦家過多的情感而成為無意義的「風景」，當然，也不再僅是為了「悟道」、「玄理」徒具中介之環節，而係恢復了其獨立本有之姿貌，煥發了純粹的美感經驗，是而，千仞山巖，水月澄明，山嵐煙海，舊浦芳蕤，風吹林蔭，雲影飄蹤，林泉翠峰，清潭孤石，水深山高，「山水」在此已然客觀而獨立的栩栩展列，如此看來，〈歸塗賦〉在行旅賦、山水賦、文學史、甚至是有關謝靈運個人的研究中，都有其開拓性的意義，十分值得我們審視並給予充分的肯定。

可以說，從漢代行旅賦以阪扨至〈歸塗賦〉，行旅賦中的「山水風景」與「主體心靈」之深心相契，相互對話，隨著迭代變遷的時空背景，而有「見山是山，見水是水」、「見山不是山、見水不是水」再回歸「見山是山，見水是水」等不同的詮釋景觀。只不過，「山水」仍舊「歷古今而長在，經盛衰而不易」（頁431），亙古屹立，靜默貞定，靜好如昔，成了文本中最美麗的永恆風景而存在著。

當然，我們不免要提問：何以「山水」能在〈歸塗賦〉恢復本然姿貌？或許不在於「風停」，也不是「幡停」，而是飄蕩浪游的「心靈」，終於有了停泊的居所。

綜合本章所述，漢代「行旅賦」中的山水書寫，經過漫長流溯的時光，終於在晉宋謝靈運，臻至最為成熟的境界，〈歸塗賦〉中的寧靜玄遠，超遠曠達，不但彰顯了賦家主觀心靈的開放，也表徵了主體與客體之間，拉出一定的角度、定位與距離，去發掘其內蘊之美感，從而彰顯出山水本然之面貌，是而，在這幅主觀情感／客觀山水互為消長的動態分析圖，可以讓我們重新去理解：文學史上慣以東晉「山水賦」為真正發現山水之美的既定說法，尚可再從不同角度——行旅賦——作一補充與說明，始能獲得全面的、深刻的、立體的認識。

第五章　結語──一個論點的完成，多個角度的開展

壹、本文整體研究之回顧

　　綜觀學界目前有關於賦學論述的研究，可以概括成幾個方面：針對賦體的本質、源流、定義以及產生背景，作出深入厚實的基礎〔註1〕；以賦體為軸心，探討六朝詩文的相關議題〔註2〕；對於斷代歷史與特定作家的綜合考察〔註3〕；重整賦體與思想、文獻、文化的思想史意義〔註4〕；以賦體為核心，觀照其他文類的交互影響〔註5〕；或細讀文本的肌理內涵，開啟賦學文

〔註1〕例如簡宗梧先生從漢賦的本質、瑋字、源流、特色及其意義，作出很深厚的研究，可以參考其：《漢的賦源流與價值之商榷》（台北：文史哲出版社，1980年）、《漢賦史論》（台北：東大出版，1993年）。

〔註2〕例如龔克昌先生：《中國辭賦研究》（濟南：山東出版社，2003年）；XIAO TONG:《Wen xuan》Translated, with Annotations and Introduction by DAVID R. KENCHTGES, (Princeton Library of Asian Translations: Princedton University Press, 1987年)〔美〕康達維(David R. Knechtges)翻譯《文選》，並探討了有關辭賦的代表性作品，如，康達維：〈班昭東征賦考〉，刊於《辭賦文學論集》，（南京：江蘇教育出版社，1999年）。

〔註3〕例如何沛雄先生：《漢魏六朝賦論集》（台北：聯經出版，1990年）所談論的對象，包含六朝時代的：班固、曹植植、陸機、江淹。曹淑娟先生：《漢賦之寫物言志傳統》，（台北：文津出版社，1987年）則針對漢賦作一斷代的聚焦研究。

〔註4〕例如朱曉海先生在近年來針對賦體與思想（先秦諸子）、文獻（神鳥賦）、文化（張衡〈歸田賦〉與東漢詠物賦）作整體的分梳，見氏著：《習賦椎輪記》（台北：學生書局，1999年）。

〔註5〕例如許東海先生：《另一種鄉愁──山水田園詩賦與士人心靈圖景》，（台北：

化與理論研究的整合式探討〔註6〕。

　　立基於這樣的研究成果，本論文的問題意識與研究目的，來自錢鍾書先生的一段話。如果說，詩文中所談到的「山水」，最初一部分都是用來描摹形制、狀寫品類，例如〈兩都賦〉、〈兩京賦〉；或是如董仲舒〈山川頌〉藉以表徵心性德行的天人隱喻；大體說來，山水尚處於附庸階段，直到東晉，方擺脫此從屬地位，逐漸為人發現其作為審美主體的存在。

　　那麼，藉著這個觀點的啟發，我們可以勾勒出幾個重點。第一，詩文中有關「山水」的描寫，隨著歷史演進，有其不同樣貌之展現；第二，漢代京都賦中的「山水」，主要是用來描摹形制、狀寫品類，其與王朝帝國的版圖界域，或有密切的關聯，可資觀察；第三，「山水」要在詩文的文本當中，躍為「玩物審美」的主體，必須要等到東晉時期。綜合這三點來看，我們發現，從漢代到東晉，詩文中「山水書寫」，會隨著歷史演進，而有易代轉化、變異之態勢，故而，我們理應注意到「漢晉」時期，「辭賦」（文體）中的「山水」，在文學史、賦史乃至山水文學上的可能意義與價值。

　　同時，本文以「辭賦」此一文體作為主要的觀察點，乃至於，學界有關六朝山水詩的研究，已有一定的成果展現，然則對於「山水賦」或是「辭賦中的山水書寫」之關注，則顯得寥寥無幾；如果我們承認中國古典「山水」文學，不僅止於「山水詩」之板塊，而是涵容其他文體（辭賦）、滲透其他文類（京都賦、畋獵賦、行旅賦），從而成為一龐大的、繁複的、有機的「山水」系統；那麼，將視角轉移至其他文體、文類，進行深入的探討、綜合的分析，勢必是一項無可迴避的問題，也唯有如此，始能更清楚地了解到中國古典「山水」文學的深厚底蘊，進而確立其文學價值，闡發其藝術美感。

　　大體言之，「山水」作為一種題材，大量的流溢散佈在不同文類當中，這時候，所關注的問題，也就不在於辭賦中的「山水書寫」到底從何開始？或者第一篇以「山水」為名的賦作，究竟為何的討論上？而是：「山水」作為一組題材、媒介，如何被大量運用、採擷與發揮？放諸文學歷史的脈絡中，有何演變的意義與價值，是否能幫助我們理解文學意涵、文化現象的多義性與複雜性？

新文豐出版，2004年）、《女性‧帝王‧神仙──先秦兩漢辭賦及其文化身影》
　　（台北：里仁書局，2003年）。
〔註6〕鄭毓瑜：《性別與家國──漢晉辭賦的楚騷論述》（台北：里仁書局，2000年）。

也因此，我們首先確立「漢晉」時期，是觀察「山水書寫」如何從「附庸」蔚爲文本「主體」的最佳考察時域；接著本論文認爲除了「山水賦」之外，其他題材的辭賦之「山水書寫」，諸如「京都賦」、「宮殿賦」、「畋獵賦」、「行旅賦」，亦對「山水」有著精采描述與深刻描繪，必須同時納入討論，始能更精確的拼貼出，漢晉辭賦中的「山水書寫」之整體樣貌。

再次，觀察與「山水」融涉交織較爲密切的議題，特拈出三個向度——空間與權力、神話與永恆、行旅與審美——來宏觀漢晉時期的「山水書寫」。並藉由歷史斷限的討論方式，把「漢到東晉」作爲整體論述的背景，特分成「漢代」、「魏至西晉」、「東晉」三個階段與時程，打破文類的限制與隔閡，觀察「山水」在此中的承傳、衍繹與轉化的文學史議題。由是，而撰作了本論文——第二章、第三章與第四章——之主體架構。

底下，茲從〈空間與權力〉、〈神話與永恆〉、〈行旅與審美〉三個側面，探析「山水」與之相互結合、互動、對話與交鋒，在歷史脈絡中，所演繹的文化現象、審美型態與深層意涵。

一、從「空間」議題言之，聚焦「權力象徵」與「帝國版圖」之展演

漢代的辭賦中，尤以「京都賦」運用山水書寫爲大宗，本文特以漢代「京都賦」中的「山水書寫」作爲討論核心，對長安、洛陽兩大都城進行論述，由此證明「京都賦」中「山水書寫」的大量運用，同時也觀察漢代賦家如何運用京都賦中的「山水書寫」，宣示君主的「權力中心」與帝國的「版圖界域」，從而建構出一由「中心」爲輻輳，往外漸次延伸的「同心圓」版圖。洎乎魏至西晉，辭賦中的山水書寫，亦將山水視爲表徵國土界域的權力劃分，如前者在三分天下（魏、蜀、吳），以「山水書寫」誇炫各偏一隅之政權，後者於三國歸（西）晉，以「山水書寫」編織太平盛世之藍圖；其中，尤其值得注意的是，「魏代辭賦中的山水書寫」、「西晉辭賦中的山水書寫」均在文本中透示出君主的權力滲透，亦即，建安諸子、魏初賦家在詠歎山水，圖謀大展所長之際，對君王的潤色鴻業，頌揚讚嘆，已然預設君主（閱讀者）的觀看，是以山水賦篇儼然成了臣下對君上的奏章；至於西晉賦家從規箴諷諫的角度加入了禍福興衰、歷史隱喻，則是希望文本背後的閱讀者——君主——能夠記取殷鑒不遠的教訓，俾使國祚綿延，功垂不朽，從而也揭示了賦家站在政治立場發聲，爲君主（閱讀者）服務的深意。從這個角度而言，魏代或西晉

辭賦中的山水書寫，或有各自不同的重心，然而在吟詠山水空間時，兩者卻止掩不住文本背後，那隱微不彰卻無所不在的——「君主權力」。最後，透過東晉「江海賦」，觀察賦家如何借用長江、大海呈顯王朝政權，同時也進一步探究，南方的江海水域與東晉王朝彼此緊密，相互定義的關係，換言之，江海空間一方面具現了東晉王朝的地理疆域，同時也宣示了：南方的東晉王朝，因座落水域繚繞，江海環抱的特殊位域，正係一「神聖空間」之所在。

二、從「神話」議題言之，扣緊「仙境嬗變」與「永恆想望」之論述

漢代京都賦中的「建章宮」與太液池（水）、「甘泉宮」與縣圃（山）之「仙境」，成了帝國版圖之「縮影」，此外，賦家們藉由瀛洲、蓬萊、方丈（方壺）等海中仙山的傳說，將太液池內塑造成「濫瀛洲與方壺，蓬萊起乎中央」、「列瀛洲與方丈，夾蓬萊而騈羅」的神話場景，於是，瀛洲、蓬萊、方丈（方壺）等仙境，再加上海若、松喬、羨門等仙人的同歡共樂，建章宮的太液池正逐步構顯出「人間仙境化」的圖式。然則到了東漢，班彪「覽海賦」、「冀州賦」到班固「終南山賦」，域外大海、境內名山直接促成了「遊仙世界」之建構，此時的「仙境」不再侷限於帝王的苑囿、宮殿，而是人們可以直接親所聞見的具體場域。

魏至西晉這段時域，賦家題寫的山水賦作，屢屢以神話中的兩大仙鄉——崑崙、蓬萊——作爲原型。此時的崑崙聖山、蓬萊仙島，分別代表著西方、東方，各自從屬的地理位置與神話系統，賦家本身對「地理方位的認知與徵實」之理性思維與觀察，是此時期兩大仙鄉各自獨立、出現的主要原因。然則，到了木華的〈海賦〉，賦中又同時收攏了崑崙聖山、蓬萊仙島，讓兩大神話仙鄉一應俱全的顯現在此長篇鉅作中，充分的展示與立體的顯現了兩大仙鄉所特有的地理位置、空間象徵乃至均衡對稱的神話系統，從而在〈海賦〉中形成一「均衡對稱的神話系統」。

最後，針對東晉境內名山，作一深入的探討，以孫綽〈遊天台山賦〉爲主軸，分梳幾個議題：「天台山」作爲境內名山，如何呈顯出其神聖特質？又如何能與五嶽相提並論？而重視「名山」的觀念又反映了怎樣的思維？再次，〈天台山〉係一座擁有道、佛宗教滲透融會的文化地景，將如何看待其中涵藏的思想義理？最後，並參照相關山賦以及同時期的「山嶽」詩文，共同呈示出「宗教名山」的文化圖景與衍繹軌跡。

三、從「行旅」議題言之，統攝「地理路線」與「審美意識」之概念

筆者綜觀漢晉行旅賦中的「山水書寫」之整體發展，並將之稱爲「一個開始」、「三次發展」、「一個止泊」。

從漢代行旅賦名篇來看──〈遂初賦〉、〈北征賦〉、〈東征賦〉、〈述行賦〉──筆者歸納四個共相如下：1、漢代「行旅賦」的整體架構與書寫模式，賡續劉歆〈遂初賦〉而來。2、隨著行走空間的遞移轉換，有不同的歷史感懷與人物事典。3、賦家對山水景物的「審美意識」，有逐漸清晰鮮明的呈現。4、「亂曰」的反思體悟與關懷層面，彰顯了賦家的「主體性」。其中，並對這四篇賦作中的「山水」進行初步的探討，並拈出劉歆〈遂初賦〉、蔡邕〈述行賦〉的重要意義。

魏至西晉，則分從「魏代」與「西晉」論述之。在現存的魏代行旅賦之內容大多爲殘佚的情況下，其所存留的片段的「山水書寫」之剪影，值得我們更加重視。而西晉行旅賦，則以潘岳〈西征賦〉作爲討論對象，〈西征賦〉中的「山水」已然係一獨立的審美客體，賦家的鑑賞活動，充分的顯示了其中活潑潑的「審美意識」。〈西征賦〉中的「山水書寫」，在山水賦史或者行旅賦史上，均具有極爲重要的意義，同時，也是經過本文所判定、認可的「漢晉行旅賦的第二次發展」之賦篇，由此，〈西征賦〉在文學史上的地位及其在行旅賦、山水賦上的重要性，已不言而喻。

最後，分析東晉時期的行旅賦。首先，理解當時「山水」之「質有而趣靈」、「體道悟理」的特質，藉由「山水以形媚道」的概念，進而討論謝靈運的〈撰征賦〉，以明「山水」在證悟「理趣」的過程中，扮演極爲重要的地位與意義。最後，則是並讀〈辭祿賦〉與〈歸塗賦〉，特別是〈歸塗賦〉中的「山水」，代表了「山水」在漢代「行旅賦」以降的附庸地位，終能在文本中逐漸獨立成一審美客體，爲賦家所賞鑑、觀看、欣悅，不僅恢復其本有之姿貌，煥發其特有之美感，更替「行旅賦中的山水書寫」，作了一階段性的總結。換言之，〈歸塗賦〉中的「山水」已然迥異於「漢代以降的行旅賦中的山水書寫」，在謝靈運手中，行旅賦中的「山水書寫」，終能撥雲見日、開闊朗現，不但在文本中佔有了極大的篇幅，加上賦家賞鑑「山水」的觀看角度也有所調整，一方面，「山水」不再承載賦家過多的情感而成爲無意義的「風景」，當然，也不再僅是爲了「悟道」、「玄理」徒具中介之環節，而係恢復了其獨立本有

之姿貌，煥發了純粹的美感經驗，就此而言，〈歸途賦〉在行旅賦、山水賦、文學史、甚至是有關謝靈運個人的研究中，都有著開拓性的意義。

貳、未來深入方向之研探

就如同本論文所一直強調的，漢晉辭賦中的「山水書寫」，就如同一幅拼圖，是一龐大的文化現象，它由不同文類（山水賦、京都賦、宮殿賦、畋獵賦、行旅賦）、不同主題（空間、神話、行旅）、不同時代（漢代、魏至西晉、東晉）所綴連組織而成，彼此交雜、混融與滲透，不但分散在不同文類之中，更隨著時代變遷而有不同的展示景貌，要如何拼湊其完整樣貌，廓清其繁複網脈，確實是件艱鉅龐雜的工作。本論文的撰寫，便是以「時代」（漢代、魏至西晉、東晉）為經，以「主題」（空間、神話、行旅）為緯，透過經緯交織的方式，去進行縫合拼湊的工作，讓前中古時期──漢晉──的山水書寫，能得到一較為清晰完整的樣貌。

然則本文雖藉由「空間」、「神話」、「行旅」三個大面向，進行分類、歸納、梳理與詮釋的工作，卻也有幾個區域，是目前尚無法深入的。諸如：「山水」與「隱逸」的詮釋，從漢末張衡高唱〈歸田賦〉之音律，晉末陶淵明〈歸去來兮辭〉亦踵繼其後，深化了中國文人歸返田園的隱逸情調〔註7〕；而「山水」與「園林」的闡釋，如謝靈運在第一次歸返故鄉始寧所撰作的長篇鉅製〈山居賦〉〔註8〕，此賦可以代表其歸返故鄉之後，對山水園林的書寫與態度，賦中的空間狀摹、山林隱逸、遊居型態、莊園文化等等，都有極具豐富的詮釋意涵，十分值得重視，再如謝朓〈遊後園賦〉中「山水」與「園林」的並置設計，是否有其「空間」文化之反映？而南朝開始，「擬騷」作品結合「山岳」，相繼而出，如江淹的〈山中楚辭〉五首、〈愛遠山〉〔註9〕，都是特殊的文化現象與文藝型態，值得釐清。凡此，都是可以進一步思索、探問的。

上面所談到的「山水」與「隱逸」、「園林」等幾個面向，都是本文暫時無法深入探討的議題，同時，也是本論文比較不足之處；以此觀之，益加呈

〔註7〕錢鍾書曾點出「山水」與「田園」的關係，云：「山水依傍田園，若薜蘿之施松柏，其趣明而未融。」引自錢鍾書《管錐編》第三冊（台北：書林出版，1990年），第六十六則〈全後漢文卷八九〉，頁1037。

〔註8〕原文請見顧紹柏校注：《謝靈運集校注》（台北：里仁書局，2004年），頁449-484。

〔註9〕原文請分別參考〔清〕嚴可均校輯：《全上古三代秦漢三國六朝文》（中文出版社，未注出版年月），頁3150、3151。

示了漢晉辭賦中「山水書寫」之混融龐雜，本論文的撰寫，即是爲了解決這些相關的課題，希望在文本閱讀的基礎工作上，建構出一套自己的詮釋理論與批評系統〔註 10〕，並以之爲基礎，爲日後有關「山水賦」之文化美學的建構，先作初步的準備。

如此說來，本論文的完成，同時也是多個角度的開展與相關問題的函待釐整。

〔註10〕文化研究者認爲，關於文化的論述可以分爲兩個層次；其一，是純粹理論的探討；其二，是日常生活中「實踐」的敘述。其實，理論並不是憑空建構起來的，它是集實踐之智慧而成的菁華。詳參蔡源煌：《當代文化理論與實踐》（台北：雅典出版社，1991 年），頁 21。

參考書目舉要

（每大類按照作者姓氏筆順排列，同一作者再依書籍筆劃排序）

壹、古籍文獻與今人譯注

1. 余嘉錫：《世說新語箋疏》，（台北：華正書局，2002 年）。
2. 林貞愛：《揚雄集校注》，（成都：四川大學出版社，2001 年）。
3. 周振甫：《文心雕龍譯註》，（台北：五南出版社，1993 年）。
4. 高士奇撰：《左傳紀事本末》，（台北：里仁書局，1981 年）。
5. 高明註譯：《大戴禮記今著今譯》，（台北：商務印書館，1984 年）。
6. 陳元龍輯：《御定歷代賦彙》，（北京：北京圖書館出版社，1999 年 11 月第一版）。
7. 徐震堮：《世說新語校箋》，（北京：中華書局出版，2001 年）。
8. 陳鼓應：《老子今註今譯》，（台北：商務印書館，1995 年）。
9. 陳鼓應：《老子註譯及評介》，（北京：中華書局，1992 年）。
10. 范曄撰、王先謙集解：《後漢書集解》，（台北：商務印書館）。
11. 俞紹初輯校：《建安七子集》，（台北：文史哲出版社，1990）年）。
12. 曹融南：《謝宣城集校注》，（上海：上海古籍出版社，1991 年）。
13. 費振剛、胡雙寶、宗明華輯校：《全漢賦》，（北京：北京大學出版社，1997 年）。
14. 楊家駱編：《三輔黃圖》，（台北：世界書局，1953 年）。
15. 蕭統編，李善注：《昭明文選》，（台北：五南出版社，1994 年）。
16. 顧紹柏：《謝靈運集校注》，（台北：里仁書局，2004 年）。
17. 瀧川龜太郎：《史記會著考證》，（台北：宏業書局，1994 年）。
18. 酈道元：《水經注》，（中華書局，未注出版年月）。

19. 嚴可均校輯：《全上古三代秦漢三國六朝文》，（中文出版社，未注出版年月）。

貳、今人專著

1. 〔日〕小川環樹著，譚汝謙、陳志誠、梁國豪合譯：《論中國詩》香港：中文大學出版社，1997 年）。

2. 〔日〕小尾郊一著，沼毅平譯：《中國文學中所表現的自然與自然觀》（上海：上海古籍出版社，1989 年。

3. 于浴賢《六朝賦述論》（保定：河北大學出版社，1999 年）。

4. 尤雅姿：《魏晉士人之思想與文化研究》，（台北：文史哲出版社，1997 年）。

5. 王力堅：《魏晉詩歌的審美關照》，（台北：文津出版社，2000 年）。

6. 王孝廉：《神話與小說》，（台北：時報文化出版社，1986 年）。

7. 王更生：《文心雕龍讀本》，（台北：文史哲出版社，1991 年）。

8. 王叔岷：《鍾嶸詩品箋證稿》，（北：中央研究院中國文哲研究所，1992 年）。

9. 王玫：《六朝山水詩史》，（北京：天津人民出版社，1996 年）。

10. 王青：《漢朝的本土宗教與神話》，（台北：洪業文化，1998 年）。

11. 王建元：《現象詮釋學與中西雄渾觀》，（台北：東大出版社，1988 年）。

12. 王健元：《奉天承運——古代中國的「國家」概念及其正當性基礎》，（台北：東大出版社發行，1995 年）。

13. 王國瓔：《中國山水詩研究》，（台北：聯經出版社，1986 年）。

14. 王貴祥：《文化・空間圖式與東西方建築空間》，（台北：田園城市文化出版，1998 年）。

15. 王鵬廷：《建安七子研究》，（北京：北京大學出版社，2004 年 10 月）。

16. 甘懷真：《皇權、禮儀與經典詮釋：中國古代政治史研究》，（台北：樂學，2003 年）。

17. 伊利亞德（Mircea Eilade）著、楊素娥譯：《聖與俗——宗教的本質》，（台北：桂冠出版，2001 年）。

18. 曲德來等人主編：《歷代賦廣選・新注・集評》，（瀋陽：遼寧人民出版社，2001 年）。

19. 朱曉海：《習賦椎輪記》，（台北：學生書局，1999 年）。

20. 艾蘭著、楊民譯：《早期中國歷史、思想與文化》，（瀋陽：遼寧教育出版社，1999 年）。

21. 何新：《諸神的起源——中國遠古神話與歷史》，（台北：木鐸出版社，1987

年）。

22. 李豐楙、劉苑如編：《空間、地域與文化——中國文化空間的書寫與闡釋》，（台北：中央研究院，1993 年）。

23. 李豐楙：《六朝隋唐仙道類小說研究》，（台北：學生書局，1986 年）。

24. 李豐楙：《探求不死》，（台北：久大文化股份有限公司，1987 年）。

25. 李豐楙：《誤入與謫降：六朝隋唐道教文學論集》，（台北：學生書局，1996 年）。

26. 李豐楙：《憂與遊：六朝隋唐遊仙詩》，（台北：學生書局，1996 年）。

27. 李豐楙主編：《文學、文化與世變——中央研究院第三屆國際漢學會議論文集文學組》，（台北：中研院中國文哲研究研究所，2002 年）。

28. 李寶均：《曹氏父子和建安文學》，（台北：萬卷樓出版社，1991 年）。

29. 杜而未：《崑崙文化與不死觀念》，（台北：學生書局，1985 年）。

30. 沈福煦：《中國古代建築文化史》，（上海：上海古籍出版社，2001 年）。

31. 汪涌豪、俞灝敏：《中國遊仙文化》，（上海：復旦大學出版社，2005 年）。

32. 周大興：《自然‧名教‧因果——東晉玄學論集》，（台北：中央研究院中國文哲研究所，2004 年）。

33. 林文月：〈關於文學史上的指稱與斷代——以六朝爲例〉，《中國文學的多層面探討》，國立台灣大學中國文學系編印，1996 年。

34. 〔南斯拉夫〕拉多薩夫：〈老子：嬰兒與水〉，陳鼓應主編：《道家文化研究》，（上海：上海古籍出版社，1994 年）。

35. 邱宜文：《山海經的神話思維》，（台北：文津出版社，2002 年）。

36. 邱福海：《道教發展史——道教的形成階段》，（台北：淑馨出版社，2000 年），

37. 耶律亞德（Mircea Eliade）：《聖與俗——宗教的本質》，（台北：桂冠出版社，2000 年）。

38. 耶律亞德（Mircea Eliade）著，楊儒賓譯《宇宙與歷史——永恆回歸的神話》，（台北：聯經出版社，2000 年）。

39. 耶律亞德：《宗教思想史》，（上海：社會學院出版社，2004 年）。

40. 胡學常：《文學話語與權力話語》，（杭州：浙江人民出版社，2000 年）。

41. 郁沅：《心物感應與情景交融》，（南昌：百花洲文藝出版社，2006 年）。

42. 唐曉峰：《人文地理隨筆》，（北京：三聯書店，2005 年五月）。

43. 孫昌武：《詩苑仙蹤——詩歌與神仙信仰》，（天津：南開大學出版社，2005 年）。

44. 徐復觀：《兩漢思想史》，（台北：學生書局，1976 年 6 月）。

45. 袁珂：《袁珂神話論集》，（四川：四川大學出版社，1966 年）。

46. 馬積高：《賦史》，（上海：上海古籍出版社，1998 年）。

47. 許東海：《女性‧帝王‧神仙——先秦兩漢辭賦及其文化身影》，（台北：里仁書局，2003 年）。

48. 許東海：《另一種鄉愁——山水田園詩賦與士人心靈圖景》，（台北：新文豐出版，2004 年）。

49. 康達維：〈班昭東征賦考〉，刊於《辭賦文學論集》，（南京：江蘇教育出版社，1999 年）。

50. 康韻梅：《中國古代死亡觀之探究》，（台北：台灣大學文史叢刊，1994 年）。

51. 張一兵：《明堂制度研究》，（北京：中華書局，2005 年 8 月）。

52. 張可豐：《東晉文藝系年》，（山東：山東教育出版社，1992 年）。

53. 張嘉純：《漢魏六朝辭賦中的遊仙題材研究》，（台北：國立政治大學碩士論文，2001 年）。

54. 曹勝高：《漢賦與漢代制度》，（北京：北京大學出版社，2006 年）。

55. 曹道衡：《魏晉文學》，（合肥：安徽教育出版社，2001 年）。

56. 梅新林、俞樟華主編：《中國遊記文學史》，（上海：學林出版社，2004 年）。

57. 郭預衡主編《中國古代文學史長編‧秦漢魏晉南北朝卷》，（北京：首都師範大學出版社，2000 年）。

58. 黃奕珍：《杜甫自秦入蜀詩歌評析》，（台北：里仁書局，2005 年）。

59. 陳天水：《中國古代神話》，（台北：三民書局，1990 年）。

60. 陳飛龍：《抱朴子內篇今註今譯》，（台北：商務印書館，2000 年）。

61. 陸侃如：《中古文學繫年》，（北京：人民文學出版社，1985 年）。

62. 章滄授主編：《歷代山水名勝賦鑑賞辭典》，（北京：中國旅遊出版社，1998 年 5 月）。

63. 傅錫壬：《中國神話與類神話研究》，（台北：文津出版社，2005 年）。

64. 程章燦：《賦學論業》，（北京：中華書局，2005 年）。

65. 程章燦：《魏晉南北朝賦史》，（南京：江蘇古籍出版社，2001 年）。

66. 楊儒賓：〈水與先秦諸子思想〉，《中國文學的多層面探討》，（台北：國立台灣大學中國文學系編印，1996 年）。

67. 葉太平：《中國文學之美學精神》，（台北：水牛出版社，1998 年）。

68. 葉舒憲：《中國神話哲學》，（西安：陝西人民出版社，2005 年 5 月），頁 164-165。

69. 葉舒憲：《老子與神話》，（西安：陝西人民出版社，2005 年）。

70. 葉舒憲：《探索非理性的世界》，（四川：人民出版社，1988）。

71. 葉舒憲編：《神話——原型批評》，（西安：陝西師範大學出版社，1987年）。

72. 鄭石平編著：《道教名山大觀》，（上海：上海文化出版社，1994 年）。

73. 鄭志明：《中國社會鬼神觀念的衍變》，（台北：中華大道文化，2001 年）。

74. 鄭振偉：《意識‧神話‧詩學——文本批評的尋索》，（北京：中國社會科學出版社，2005 年）。

75. 鄭毓瑜：《文本風景——自我與空間的相互定義》，（台北：麥田出版社，2005 年）。

76. 鄭毓瑜：《性別與家國——漢晉辭賦的騷論述》，（台北：里仁書局，2000年）。

77. 鄭毓瑜主編：《中國文學研究的新趨向——自然、審美與比較研究》，（台北：台大出版中心，2005 年）。

78. 錢志熙：《魏晉詩歌藝術原論》，（北京：北京大學出版社，1993 年）。

79. 錢鍾書：《管錐編》第三冊，（台北：書林出版社，1990 年）。

80. 鍾宗憲：《先秦兩漢文化的側面研究》，（台北：知書房出版，2005 年）。

81. 鍾宗憲：《中國神話的基礎研究》，（台北：洪葉文化出版社，2006 年）。

82. 簡宗梧：《漢賦源流與價值之商榷》，（台北：文史哲出版社，1980 年）。

83. 簡宗梧：《漢賦史論》，（台北：東大出版社，1993 年）。

84. 簡宗梧主編：《第三屆國際辭賦學學術研討會論文集》，（台北：政治大學文學院，1996 年 12 月）。

85. 顧彬著，馬樹德譯：《中國文人的自然觀》，（上海：人民出版社，1990年）。

86. 龔鵬程、張火慶主編：《中國小說史論叢》，（台北：學生書局，1984 年）。

87. 龔鵬程：《漢代思潮》（嘉義：南華大學，1999 年）。

參、碩博士論文

1. 張秋麗：《漢魏六朝紀行賦研究》，（台北：國立政治大學碩士論文，1996年）。

2. 張嘉純：《漢魏六朝辭賦中的遊仙題材研究》，（台北：國立政治大學碩士論文，2001 年）。

3. 楊玉成：《陶淵明文學研究——語言與民間禮儀的綜合分析》，（台北：國立政治大學博士論文，1993 年）。

肆、期刊、會議論文

1. 尤雅姿：〈文學世界中的空間創設〉，（台北：中央研究院中國文哲研究所，2000 年）。

2. 王文進：〈南朝「山水詩」中「遊覽」與「行旅」的區分〉，《東華人文學報》第 1 期，1997 年 7 月。

3. 王琳：〈簡論漢魏六朝的紀行賦〉，《文史哲》，1990 年第 5 期。

4. 王琳：〈楚漢魏晉辭賦寫景述要〉，《山東師大學報》（社會科學版），1997 年第 5 期。

5. 王立、劉衛英合撰的〈山水賦意境美初探〉《大慶高等專科學報》，第 17 卷第 2 期，1997 年 5 月。

6. 王瓊玲：〈中研院文哲所與「明清戲曲」研究〉，《漢學研究通訊》，20 卷，2001 年。

7. 朱立新：〈漢魏六朝遊仙詩的類型與結構〉，《上海師範大學學報》，2004 年 10 月。

8. 先巴：《崑崙文化與道教神仙信仰略論》，《青海民族學院學報》，2006 年 9 月。

9. 吳翊良：〈漢代女賦家「女性書寫」探討——以〈自悼賦〉、〈東征賦〉爲析論對象〉，師大《思辨集》第八集，2005 年 4 月。

10. 李炳海：〈帝都中心論的文化承載——古代京都賦意蘊管窺〉，《齊魯學刊》，2000 年第 2 期。

11. 林佳蓉：〈從宗教名山的形成看佛道交融的契機——以唐代天台山佛道二教的發展爲例〉，《成大宗教與文化學報》第 2 期，2002 年 12 月。

12. 梁承德：〈建安賦論〉，《中國古典文學研究》第 2 期，1999 年 12 月。

13. 馬磊、丁桂春：〈論晉代山水賦的思想價值及藝術成就〉，《岱宗學刊》，第 6 卷第 2 期，2002 年 6 月。

14. 徐聖心：〈宗炳畫山水序及其『類』概析論〉，《台大中文學報》第 24 期，2006 年 6 月。

15. 高莉芬：〈水的聖域——兩晉江海賦的原型與象徵〉，《政大中文學報》第 1 期，2004 年 6 月。

16. 〔美〕康達維（David R. Knechtges）〈漢頌——論班固《東都賦》和同時代的京都賦〉，《文史哲》1990 年第 5 期。

17. 張寧〈論中國古代山水賦的審美特徵〉，《大同高等專科學校學報》（綜合版），1995 年第 1 期。

18. 張建偉：〈易代之際的悲憤與自責——阮籍《首陽山賦》發微〉，《山西大學學報》2006 年 1 月。

19. 張懷通：〈先秦時期的山川崇拜〉，《河北師院學報》，1997 年 4 月第 2 期。

20. 陳忠信：〈試論《山海經》之水思維——神話與宗教兩種視野的綜合分析〉，《成大宗教與文化學報》第 3 期，2004 年 6 月。

21. 陳國香：〈郭璞遊仙詩中之神仙世界析論〉，《輔大中研所學刊》第 10 期，2000 年。

22. 陳萬成：〈孫綽《遊天台山賦》與道教〉，《新亞學術集刊》（香港：中文大學新亞書院），1994 年。

23. 楊利成：〈《昭明文選》賦體分類初探〉，《新亞學術集刊》（香港：中文大學新亞書院），1994 年。

24. 〈神話中之崑崙山考述——崑崙山神話與薩滿宇宙觀〉，《中國社會科學》，1996 年第 5 期。

25. 楊英：〈東漢郊祀考〉，《天津師大學報》，2000 年第 4 期。

26. 劉苑如：〈廬山慧遠的兩個面向——從〈廬山略記〉、〈與遊石門詩序〉談起〉、《漢學研究》，24 卷第 1 期，2006 年。

27. 劉衛英、王立：〈山水賦意境美初探〉，《大慶高等專科學報》，第 17 卷第 2 期，1997 年 5 月。

28. 蔡瑜：〈試從身體空間論陶詩的田園世界〉，《清華學報》，新 34 卷第 1 期，2004 年 6 月。

29. 蔡璧名：〈疾病場域與知覺現象：《傷寒論》中「煩」證的身體感〉，《台大中文學報》，2005 年 12 月。

30. 鄭毓瑜：〈身體時氣感與漢魏「抒情」詩——漢魏文學與楚辭、月令的關係〉，《漢學研究》第 22 卷第 2 期。

31. 駱水玉：〈聖域與沃土——《山海經》中的樂土神話〉，《漢學研究》第 17 卷第 1 期，1999 年。

32. 謝謙：〈大一統宗教與漢家封禪〉，《四川師範大學學報》，第 22 卷第 2 期，1995 年 4 月。

33. 阮芝生：〈三司馬與漢武帝封禪〉，《台大歷史學報》20 期，1996 年 11 月。

34. 蘇瑞隆：〈論謝靈運的撰征賦〉一文，《文史哲》1990 年第 5 期。

伍、外文專著

1. XIAO TONG：《Wen xuan》Translated，with Annotations and Introduction by DAID R. KENCHTGES，（Princeton Library of Asian Translations：Princeton University Press，1987oq）

2. 〔英〕Mike Crang 著，楊淑華、宋慧敏釋譯：《文化地理學》（南京大學

出版社，2005 年）。

3. 〔法〕格拉耐著、張銘遠譯：《中國古代的祭禮與歌謠》（上海：上海文藝出版社，1989 年）。